伍子胥演义

马光复 赵涛 主编

贾伟 著

中国古代军师演义丛书

国际文化出版公司

·北京·

图书在版编目（CIP）数据

伍子胥演义 / 贾伟著 . -- 北京 : 国际文化出版公司 , 2023.2
（中国古代军师演义丛书 / 马光复 , 赵涛主编）
ISBN 978-7-5125-1377-8

Ⅰ.①伍… Ⅱ.①贾… Ⅲ.①章回小说－中国－当代 Ⅳ.① I247.4

中国版本图书馆 CIP 数据核字 (2022) 第 013943 号

中国古代军师演义丛书·伍子胥演义

主　　编	马光复　赵　涛
作　　者	贾　伟
责任编辑	侯娟雅
出版发行	国际文化出版公司
选题策划	兴盛乐
经　　销	全国新华书店
印　　刷	保定市西城胶印有限公司
开　　本	880 毫米 × 1230 毫米　　32 开 13 印张　　292 千字
版　　次	2023 年 2 月第 1 版 2023 年 2 月第 1 次印刷
书　　号	ISBN 978-7-5125-1377-8
定　　价	69.80 元

国际文化出版公司
北京朝阳区东土城路乙9号　　邮编：100013
总编室：（010）64270995　　传真：（010）64270995
销售热线：（010）64271187
传真：（010）64271187-800
E-mail: icpc@95777.sina.net

序言
Preface

中国是有着五千年悠久历史的文明古国，中华传统文化博大精深，军事文化是其中很重要的组成部分。在我国古代军事文化中，军师的产生与存在也是一个十分特殊而耀眼的现象。

中国古代军事文化源远流长，异彩绚烂，在世界文化发展史上具有突出地位。它是中国古代无数次王朝战争和大规模农民起义战争的经验总结。它的丰富内容，是前人留下的宝贵军事经验，是中华民族灿烂文化遗产的一个重要部分，是用流血换来的推动历史发展的理论财富，也是人类智慧的结晶。随着历史的发展和社会的前进，历代的军事家、战略家和不断涌现的军事论著中对于战争与军事问题的理性认识，也在不断地深入和提高，中国近代直至现代的军事思想，都从中批判地继承和吸取了许多有价值的内容。

在我国古代大大小小的战争中，军事家与战略家不断总结经验，逐渐形成了独特的"以仁为本"的战争观，它主要包括两层含义：

第一，战争的核心支柱是"以仁为本"，即所谓的"仁义之师"。《司马法·仁本第一》中即开宗明义："古者，以仁为本，以义治之之谓正。正不获意则权。"仁者使人亲和，义者使人心悦。仁和义，才是军队战斗力的核心凝聚力，才是赢得战争胜利的最根本的基础。

第二，战争首要准则是"师出有名"。古籍《礼记·檀弓下》中就明确主张"师必有名"，认为"师出无名"必将遭到众人的非议和反对，终成败局。

这些战争的基本原则，即使历史发展到今天，仍然是颠扑不破的真理。

中国传统军事文化包含着丰富的军事理论和深邃的军事思想，以及战争智慧、军事谋略、战略和战役的策划、战争指挥与战争部署等内容。在中国历史上曾发生无数大大小小的战争，在轰轰烈烈的战争历史进程中，时时刻刻都有军师（军事家、战略家）的身影，以及军师的劳苦、军师的智慧、军师的心血。

我国古代杰出军师，通过战争的实践，以及长期对战争的研究，总结出许多可贵的军事思想，值得我们学习与借鉴。比如：

一、重战思维。战争是国家头等大事。《孙子兵法》中就明确指出："兵者，国之大事，死生之地，存亡之道，不可不察也。"它认为战争是关系到国家生死存亡的头等大事，绝对不能大意，不能不认真研究和对待。

二、慎战思维。慎重对待战争，要仔细分析前因后果，以及各种形势与条件，不可以轻易言战。《孙子兵法》中这样写道："亡国不可以复存，死者不可以复生。故明君慎之，良将警之。"

三、备战思维。指的是战争要有准备，要未雨绸缪，不打无准备之战。必须重视备战，思想上时刻不要忘记战备，要做到"用兵之法，无恃其不来，恃吾有以待也；无恃其不攻，恃

吾有所不可攻也。"(《孙子兵法》)

四、善战思维。就是要会用兵打仗。第一，注重以"道"为首要因素的多因素制胜论。"道"就是政治，是"令民与上同意也。故可以与之死，可以与之生，而不畏危也"。第二，庙算制胜论。庙算，是古代开战前在庙堂举行军事会议，商讨与谋划战争的一种方式。《孙子兵法》主张战前庙算，要对战争全局进行计划和筹划，制订出可行的战略方针。第三，"诡道"制胜论。《孙子兵法》里讲道："兵者，诡道也。"因此，他提出"能而示之不能，用而示之不用，近而示之远，远而示之近。利而诱之，乱而取之，实而备之，强而避之，怒而挠之，卑而骄之，佚而劳之，亲而离之"的诡道之法，进而达到"攻其不备，出其不意"的目的。第四，"知彼知己"制胜论。《孙子兵法》中写道："知彼知己，百战不殆；不知彼而知己，一胜一负；不知彼不知己，每战必殆。"

在用人方面，古代军师也有自己的精心总结。战争中怎样使用军事将领，几乎同样决定着战争的胜负。用将之道的原则是选贤任能，这不仅是古代军师的用将之道，也是社会的用人之方：

一、重将思维。即十分重视军队的将领工作，了解和统筹部属。《投笔肤谈·军势第七》指出："三军之势，莫重于将。"并且认为："大将，心也。士卒，四肢百骸也。"也就是我们现代所说的"千军易得，一将难求"。

二、选将思维。即注意考察、选拔将领工作。在古代，选将标准有五个。《孙子兵法》中就明确提出"将者，智、信、仁、勇、严也"。这五项标准即使在今天仍有极大的实用价值。

三、用将思维。即选人之后，还要用好人。古人认为，将帅使用的基本原则，就是第一信任和第二放手。要做到"用人不疑，疑人不用"。

古代军师是我国历史上一颗颗璀璨的明珠，他们的爱国主义思想、杰出的军事谋略与高超的指挥能力和军事智慧，是我们需要认真继承和弘扬的中华优秀传统文化遗产，广大读者也能够从中了解和学习我国古代军师那种兢兢业业、追求理想、大智大勇的精神，以及一丝不苟、认认真真学习和工作的高贵品德。

基于以上的认识，我们在20世纪90年代初策划了这套《中国古代军师演义》丛书，从中国古代众多军师人物中撷取十位。因为中国古代军师名录众多，撷取哪些人进入十大军师之中，曾有过不同看法。为了选题的严谨性，我们征求了著名历史文化学者、中国古典文学专家余冠英[①]先生的意见。

根据余先生的建议，本套丛书精选了十位具有重要历史地位的军师，用演义的文学样式，全面、生动、活泼、形象地书写他们辉煌的一生，书写他们的历史贡献以及丰功伟绩。作家们力求全书人物形象突出，故事性强，具有较强的可读性，能达到思想性与艺术性相结合的高度。

《中国古代军师演义》系列丛书一经上市，就受到广大读者的热烈欢迎。我们也深感欣慰。经历二十余年的沉淀，这套书也经受住时间的考验，在中国文化更有影响力的今天，为了

---

① 余冠英（1906—1995），江苏扬州人。毕业于清华大学，曾在清华大学、西南联大任教。1952年担任中国科学院文学研究所研究员，后又担任文学研究所主任，国家学术委员会主任。曾主编《中国文学史》《唐诗选》等。

更好地适应时代的变化,讲好中国故事,也为中华优秀传统文化的传播贡献一份力量,我们特组织了优秀的编辑老师对《中国古代军师演义》系列丛书进行重新修订、审校、设计,并对封面人物画像、内文插画进行了艺术创作,希望这套全新的丛书能再次给读者朋友带来更好的阅读体验。

阅读军师演义,不仅可以让我们形象地了解、认识、学习中国古代的军事与军师的高超智慧、战略思维、人格品德,帮助我们做好今天的工作,而且可以让我们享受阅读演义过程中的愉悦和快乐。

十卷军师演义的内容十分宽泛,历史材料的收集也繁简不一;书写工程宏大,还要做好取其精华去其糟粕。在塑造典型人物和描绘战事的时候,还要尽量坚持"大事不虚,小事不拘"的原则。因此,书中可能会有些许疏漏与不足,敬请学者专家和读者不吝赐教、指正。

马光复

(编审、国务院有突出贡献专家、中国作家协会会员、
北京作家协会儿童文学创作委员会副主任)

2022年4月

目 录

第一回	楚平王偷娶儿媳 太子建出镇城父	001
第二回	无极设计害忠良 伍奢含恨跳油锅	008
第三回	伍子胥躲避异乡 申包胥义释旧友	021
第四回	费周折携主入郑 失信义太子被诛	030
第五回	过昭关伍员白发 渡溧水渔翁溅血	044
第六回	除王僚江边练兵 吹洞箫吴市乞讨	054
第七回	被离有意荐能人 姬娘巧遇入吴宫	064
第八回	报父仇弱女刺王 怀大业强君杀爱	077

第九回	仗义男义荐义士 怀德女德尽德终	090
第十回	说剑仙精诚意笃 寻神器涉险登山	101
第十一回	楚夫人出走郧城 郧国君求救吴王	112
第十二回	假称病郧君设计 真救郧子胥随征	122
第十三回	公子光郧城解围 楚夫人面见子胥	132
第十四回	楚平王调发联军 伍子胥谋划御敌	144
第十五回	歼楚军以逸待劳 调吴将两处分兵	154
第十六回	恶贯满盈死平王 排除异己遣庆忌	165
第十七回	演斗羊孝子助父 献炙鱼专诸刺君	175
第十八回	走季札阖闾继位 建姑苏吴都换颜	187

第十九回	害人害己无极死 同病相怜伯嚭生	197
第二十回	惧庆忌阖闾伤神 说要离子胥荐士	207
第二十一回	施巧计心照不宣 骂吴王要离断臂	216
第二十二回	怜美女伯嚭献媚 明大义王氏殉身	228
第二十三回	莽勇士收容刺客 杀庆忌要离反思	238
第二十四回	假辞官要挟吴王 真相知义请孙武	251
第二十五回	除内患孙武献策 围舒城掩烛捐命	261
第二十六回	弃红尘孙武引退 伐楚君晋国联兵	272
第二十七回	战汉水囊瓦惨败 争战功夫概出兵	282
第二十八回	巧用兵子胥设计 驯羊战专毅扬威	293

| 第二十九回 | 折重兵司马死义
破麦城军师造假 | .... | 303 |

| 第三十回 | 淹楚都河水施威
鞭平王子胥报仇 | .... | 316 |

| 第三十一回 | 楚昭王奔逃随国
渔翁子一剑救郑 | .... | 328 |

| 第三十二回 | 践复楚包胥乞秦
叛吴王夫概被杀 | .... | 338 |

| 第三十三回 | 立军状伯嚭贪功
施善心子胥求情 | .... | 348 |

| 第三十四回 | 返姑苏寻访坟地
娶王氏伍门有续 | .... | 358 |

| 第三十五回 | 伐越国阖闾战死
败椒山勾践被俘 | .... | 367 |

| 第三十六回 | 献西施迷乱夫差
铭壮志卧薪尝胆 | .... | 379 |

| 第三十七回 | 越勾践一举灭吴
伍子胥属镂自裁 | .... | 391 |

第一回 楚平王偷娶儿媳 太子建出镇城父

西周末年,幽王宠爱褒姒,荒废朝政,终死于异族犬戎之手。平王继位,迁都洛邑(今河南洛阳),史称东周。自此,便进入春秋战国时期。公元前770年至公元前476年间,在中华大地上先后出现过一百四十八个国家,周朝天子只是傀儡君王,各国争夺霸业的战争此起彼伏。

话说周景王十九年(前526),中国南部,俗称南蛮的吴、楚、越三个国家逐步壮大起来,其中最强盛的当属楚国。楚平王继位后,黎民百姓安居乐业。平王为巩固霸业,与当时的中原强国秦结为"秦晋之好",同时,下重金聘礼,为太子芈建向秦国求婚。

孟嬴是秦哀公之妹,绝世之貌早在各国相传。女人福于美色,亦祸于美色。年满一十八岁的孟嬴盼望着以自己的姿色寻得一位如意郎君,却没想到要远嫁蛮夷之国。从未步出过宫廷的孟嬴,一跨出都城,便凄然泪下。时值秋日,孟嬴见北雁南飞,口中不由喃喃自语:"今年你能与我同行,明年我却不能与你同归了。"

这时,她的贴身侍女子齐正与她同坐一车,闻听此语,误以为在说自己,便温言劝道:"婢子与主不能同生,但愿同死,决不会弃主北回!"

孟嬴被子齐的误解逗乐了,调笑说:"以你的容貌与乖巧才更应做王妃。"

子齐的脸立时羞红了,细想自己随父从家乡齐国来到秦国后做了宫廷侍女,幸遇孟嬴性格柔顺,品德贤惠,八年的侍女生活倒也自在,如今随主远嫁楚国,不知是祸是福。这也许是人生的巧合,子齐的担忧反而正应了孟嬴的戏言。

太子芈建虽是蛮族之后,长相却不同于其父。他英俊高大,发长而有须,一直由太师伍奢辅佐。他性格温和,品德贤良,素日受忠臣伍奢的教诲,最恨谗佞之人。

朝中宦官费无极专靠奉迎取巧得宠,最受楚平王赏识,无极有奏,平王必准。

这一天,费无极听说孟嬴离都城还有三舍之远,而后宫已喜气洋洋,热闹非常,他闲着无聊,便心生一荒唐之计。

费无极带着几个心腹来到城外,远远见一队人马彩车迎面而来,便命车马随从入城交旨,只留孟嬴的彩车和几个侍女在城外驿馆休息。他打远看着孟嬴被子齐扶下车,心中不由一惊。虽然旅途劳顿,风尘仆仆,却仍掩不住孟嬴青春的娇嫩。她款步前行,袅袅婷婷,如一片轻云飘然而至。到了驿馆,无极隔窗细瞧,见孟嬴行动柔缓,举止端庄,眉目清秀俏丽,虽不妖媚却也风流。再看不离她左右的侍女子齐,容貌虽略逊于孟嬴,姿色倒也在万人之上,且有几分贵人之相。

无极看罢急急回城,见了平王,眉开眼笑,声声祝贺。平王笑着说:"娶亲的是太子,寡人有什么可贺的?"

无极仍说:"可贺!"

第一回　楚平王偷娶儿媳　太子建出镇城父

平王见他今日谄媚有些过头。心中很不耐烦，便闭目不语。

无极上前两步，涎着脸道："太子所娶之女孟嬴容貌美若天仙，真是举世无双啊，难道不可贺吗？"

楚王说："天下美女如云，这也值得吃惊吗？爱卿少见多怪了。"

无极知道楚平王乃好色之徒，听自己这么一说，口中虽然故作正经，但心中一定早已浮想联翩了，便又长叹一声说："虽说世间美女如云，可大王所见毕竟有限，宫中姬妾虽说全是国中最美者，可毕竟不如中原之女。只是芈建太子青春年少便有了奇美之女，可大王您已年近五旬却至今尚未见过如此美女……"

次日辰时，孟嬴被侍从领入后宫。她端坐中堂，等待着行大礼。此时，吹奏之声尚远，身边也冷冷清清，她心中甚是疑惑，揣想这可能是蛮夷的规矩，所以也不敢多问。过了约莫一个时辰，才有几个宫女领她转入内宫。孟嬴见已进了寝室，心中暗想，蛮夷人原来真的没有规矩，不行大礼便进了洞房。可怜孟嬴只认为楚国的"规矩"就是这样，岂不知楚国的国君已丧尽人伦，违反了纲常……

子齐自从与孟嬴到了驿馆之后，便由楚国侍从领至别处，她虽疑惑，但不敢乱问，唯恐失了秦国的体面。等她到另一处驿馆时，费无极已在室内正襟危坐。他见子齐进来，便问："你是否愿做王妃？"子齐懵懂半晌，不知所云。无极一声奸笑，涎着脸说："我见你颇有富贵之相，想给你做个媒人，让你一生荣华富贵，你看如何？"

子齐一怔，连忙跪倒，说："大人，小女乃秦国侍女，奉秦国之命前来侍奉孟嬴，绝不敢从命！"

无极哈哈大笑，子齐不由一阵恐惧。深感某种不祥之兆正向她袭来……

子齐被迎入太子后宫。她坐在床沿，脸上一阵白一阵红，忽而觉得自己已背叛了孟嬴，犯了欺主之罪，忽而又可怜自己这一生如缚宫闱不知是福是祸，平白捡来一个王妃，这是做梦也不曾想过的，可一个假冒的王妃，又如履薄冰，稍有不慎，便会丧命。

蒙在鼓里的太子芈建，欢欢喜喜进入洞房，见子齐秀美聪慧，举止不俗，心中甚悦。

子齐却想：孟嬴现在如何？细想途中孟嬴的戏言，不禁暗自伤怀。

孟嬴虽出自王宫贵族，却一生命薄，不能与芈建这样英俊贤明的太子举案齐眉，而只能与那个贪色的昏君为伴了。

楚平王自窃娶儿媳孟嬴之后，自觉天下美女之妙集于孟嬴一身，乃自己晚年之福，只是每每享乐之余，总似有心事在胸，被折磨得常做噩梦。太子芈建每次求见问安，他都寻找借口避而不见，后来，干脆下旨，不准芈建入宫，理由是如今自己日渐年老，太子应在王宫勤习文武，以便将来登基继位。

芈建对父亲的旨意虽然迷惑不解，但他素来以孝顺著称，所以也没有多问，便从命了。

楚平王虽然不再担心会见到太子，但心中还有一虑，那便是孟嬴。孟嬴终日闷闷不乐，偶尔欢笑，也让人感到勉强。平王知道能瞒过一时终瞒不过一世，倒不如厚着老脸一吐为快，生米已做成熟饭，想她也只能就范。

这一天晚间，平王问孟嬴："爱妃天生丽质，又正值青春妙龄，本应活泼动人，为何却整日愁叹，少有笑声呢？"

第一回　楚平王偷娶儿媳　太子建出镇城父

孟嬴自见过平王之后，便心如死灰，没想到这个郎君比自己想象的容貌还要可怕，而且已年近五旬！她虽然疑惑，但刚刚入宫，没有可信之人，也不敢乱问。烦愁时，她又想找子齐说说话，可宫人却说子齐已许配君王做妾，不由更觉得自己如坠深渊，眼前一片漆黑。今天平王一问，她也不隐瞒，怅然答道："妾奉兄之命，来楚赴婚，以为秦楚相当，青春两合。没想到太子这么大年纪，妾不敢埋怨，只怨自己生不逢时！"

孟嬴脸露愁怨，更显楚楚动人，平王涎着脸说："姻缘非今生之事，乃前世注定，爱妃跟我是晚了几年，可当王后却不知早几年呢！"

孟嬴心下生疑，便暗地追问身边侍女，侍女只能以实相告。

可怜孟嬴又气又羞，又不能自主，只能青春伴残生，听命于天了。

费无极自从献计成就了平王的好事之后，倍加得宠。只是外面沸沸扬扬，对秦女之事多有议论，他整日如坐针毡，唯恐太子知晓，于是又向平王献计说："晋之所以能久霸天下，是因其地近中原。现在我国退守南方，却忽略了北方的镇守，何不加派将士出镇城父，以通北方？如此大王便可以一心坐镇南方了。"

平王觉得无极之言有理，只是踌躇半晌找不出人选来，不由微闭双目，问："爱卿，你看谁是合适的人选呢？"

"太子！"费无极果断地说。

平王一激灵，思谋片刻，便知道了无极的用意，但他与太子毕竟血肉相连，既已霸占其妻，又要将其逐出宫廷，心中不免有些不忍。不过，一想到太子在身边，如骗婚之事败露，则更不堪设想时，便又暗下决心：既然已经错了，就不如将错就错，一错到底吧！

太师伍奢深知无极进谗的用意，刚想阻止，不料平王又命他辅助太子一同前往城父（今安徽亳州市东南）。平王接着又封奋扬为城父司马，并嘱咐他说："事太子如事寡人也！"

太子芈建不知其中原因，还以为父王教子严格，为君贤明，便欢欢喜喜地顺从了。

太师伍奢乃世代忠臣，此次随太子前往城父虽感不祥，但迫于君命，只好顺从，他身边携有两子：长子伍尚，温厚仁慈，忠实可信，一向遵从父母之言、君王之命；次子伍员，字子胥，能文能武，文能安邦，武能定国，而且心胸豁达，能蒙垢忍辱，为能成大事之人。司马奋扬也是忠信之人、侠义之士。一行四人皆为忠臣良将。

子齐自从闻知太子被派赴城父的消息后，知道事情即将败露，此事虽与她无关，但她仍日日担忧。太子芈建见她少言寡笑，以为是旅途劳累和怀孕之故，也不多问，只是好言安慰。子齐见他还蒙在鼓里，心中不忍，想以实情相告，又恐因此父子相残，所以多少次话到嘴边，又咽了回去。

芈建来到城父第二年春，子齐生一子，取名胜。孟嬴也于这年春生下一子，平王视如珍宝，取名珍。

费无极自从设计使太子、伍奢远离宫廷之后，仍感到不踏实，唯恐日后太子继位，终祸及身，因此又处心积虑，想置太子于死地。不过他很清楚，这并非一件易事，因为他身边有忠臣伍奢和他的两个儿子。

这一天，费无极来到后宫，想祝贺平王喜得贵子。刚走到中堂，便听见里面讲话之声，不由止步，细细窃听。

楚平王说:"爱妃生得一子,为何还是闷闷不乐?"

"……"

"爱妃入宫两年,都不曾大笑,哪怕是微微一笑,让寡人看看也好。"

孟嬴闻言,更有受辱之感,哪里还笑得出来,不由泪落双颊,怒道:"无可笑之事,哪来的笑意?"

"爱妃,你怎么做高兴就怎么做,你想要什么,寡人就给你什么。寡人只要你对我笑一笑。"

孟嬴仍不笑,平王又涎着脸说:"爱妃,你可喜爱娇儿?"

"当然喜爱。"

"寡人立珍为太子,你可高兴?"

费无极听到这里,心里一阵高兴,立刻生出一计,暗暗地说:好,大丈夫做事,一不做二不休。要消除心头之患,务必斩草除根!

第二回　无极设计害忠良
　　　　　　伍奢含恨跳油锅

　　城父之中，太子芈建与伍奢父子及司马奋扬相处十分融洽，芈建尤其欣赏伍子胥的才干，二人每天相伴，或习文或练武。

　　这一天，芈建请伍子胥出城打猎，二人既未乘车，也没骑马，只是徒步而行。伍子胥身材高大，声音洪亮，外貌虽然粗犷，但性格深沉，内藏睿智。他背挎箭弩，手持长矛，一路之上言语很少。二人刚刚来到山林之中，便见一只野兔向前飞跑，芈建前走几步，正要挽弓搭箭，子胥猛然发现太子腰中所佩宝剑，不由一愣，口中念道："不好！"

　　芈建刚刚搭好箭，正要射的时候，忽听子胥一声"不好"，手不由一松，箭落在五步之外，未射中兔子。他觉得丢人，又不好直说，便回头埋怨子胥，问："何事不好了？"

　　原来，楚灵王在位时，颇爱宝剑，命剑客风胡子寻访三年，请干将、莫邪夫妇二人合铸两口宝剑，一为龙渊，一为泰阿，两口剑同时铸就，因此又叫孪生剑。风胡子当年告诉灵王说："此剑已受日精月华，能通人性，不得相离，否则祸必及身。"此语虽是传言，但作为宫中之宝，平王终日将它藏于寝

第二回　无极设计害忠良　伍奢含恨跳油锅

室,只在每年祭祖之时有人见过,平常不为外人所见,为何龙渊宝剑现今却系在太子腰间?

子胥感觉事情蹊跷,便问道:"太子所佩宝剑可是龙渊?"

"正是,你认得此剑?"太子诧异地问。

子胥说:"民间早就相传先王得了两口宝剑,但见到者很少。我只听家父讲起过,说是先王给当今大王留作镇宫之用,其一是泰阿,剑柄赤色;其二是龙渊,剑柄绿色。这两口宝剑有特殊功效,夜晚可以领路,白天可以防身,如身边遇到不测,剑可自动出鞘御敌。只因当年铸剑之人乃夫妇二人,因此两口剑不能分离,否则便会失效,且祸必及身。我不解的是如此珍贵的宫中之宝,为何会系在太子腰间?"

太子听完,哈哈一笑,说:"子胥果然博学多闻,这剑是父王在我临来城父之时送给我的,你不必大惊小怪。既然你不曾亲眼看见,那就送你欣赏几日。"

芈建说着便取下宝剑,交给子胥,自己只顾寻找猎物。

子胥见芈建性情单纯,对宝剑的奥秘不细推敲,心中很是焦急,但又不便直说。因为平王霸占儿媳一事,宫廷内外以至百姓中早就传开了,俗话说:"好事不出门,坏事传千里。"现在只有芈建一人不知,所以他把平王对他的刻薄当作严格;将他放逐城父,又认为是重用。只有子胥常想,做贼之人必心虚,心虚之人必会坐卧不宁,所以对这样一些人还是多加小心为好。不过,令子胥不解的是,平王既然忌恨太子,为何又把珍宝送给他?再说,当今大王不知道孪生剑不能分离吗?子胥想到这里,不由又看了看手中握着的龙渊宝剑。龙渊剑柄绿光闪烁,使人感到寒冷,一种不祥之兆袭上子胥心头。

子胥快走几步追上芈建，问道："大王为何将宝剑送与你？"

"大王说，城父离都城甚远，以后很少相见，见剑如见父。"太子平静地回答。

伍子胥又追问："是大王对你亲口所说？"

"不是，是大王宫中御使传给我的！"太子见子胥如此追问，不知出自何因，"难道你敢怀疑大王之言？"

伍子胥连忙施礼，说："太子，小人不敢怀疑大王之言，只怕这宫中御史之言……"

太子听到这里，有些不悦，说："我知道你聪明，但遇事不能太多虑了！"

子胥听太子这么一说，真觉得他仁厚得有些愚钝。

自从平王娶了孟嬴，费无极便成了朝廷里一人之下万人之上的人物，出入宫廷已不需通报。这一天，他进入平王的寝宫，见他不在，猜他必是去了孟嬴处。自从孟嬴入宫以后，平王日日贪欢，不仅荒废朝政，就连自己的寝宫也空了起来。费无极唤了几声"来人"，也没人应声，干脆一个人坐在了床上。这老贼也够胆大了，他东瞧瞧，西摸摸，顺手便把床头上挂着的两口宝剑拿了下来，心想：平王这昏君只顾贪恋美色，什么事都不管不问了，倒不如带一口宝剑回去，细细欣赏几日。为什么世间的好东西只归君王所有，我就不能享受一番呢？老贼顺手便将龙渊带出寝宫。

费无极平日工于心计，对刀剑之类并不精通，只听说过这两把宝剑，一个能领路，一个能御敌，但究竟哪一个是龙渊，哪一个是泰阿，他全然不知。到了晚上，他带着宝剑出去，发

第二回　无极设计害忠良　伍奢含恨跳油锅

现剑柄与白天没什么两样,也不能带路。他躺下来又幻想着能出点什么意外,这样便可以试试剑的妙处。因为院里院外都有侍从把守,料定也不会有刺客,于是他干脆把身边侍从全打发走,只一个人在屋里静卧,但一连几天并没有动静。老贼折腾了几日,有些心烦了,便打算把剑偷着送回去。

这时,费无极已设计让太子镇守城父。为了置太子于死地,他又想出一个更毒辣的花招:买通御史,假传圣旨,把剑交给太子建。日后大王发觉,太子必是有口难辩。

费无极精心设计了圈套,只等着机会的到来。那一天,他正巧偷听了平王与孟嬴的对话,虽说平王为了一时哄孟嬴开心,顺口说立珍为太子,但对费无极来说却是一个斩草除根的良机。

这一天,难得楚平王上早朝,费无极故意大声说:"大王,臣有本要奏。"

"爱卿,请讲。"楚平王懒洋洋地说。

"臣听说太子在城父招兵造车,日夜操练,说是为了抵御外侵,可是……"费无极故意卖关子,以引起平王的猜疑。

果然,平王急切地追问:"爱卿,可是什么?有话尽管直说,不要有顾虑。"

费无极故意一脸愁容地说:"可是外面却传言太子有谋反之心。"

平王立即摇头说:"太子一向孝顺仁厚,怎么会谋反呢?"

费无极说:"起初微臣也不相信,可仔细一想,觉得也有道理:他镇守城父,远离王宫,对大王难免有忌恨之心,这是第一;伍奢一直辅助太子,二人非常亲善,难免有挑唆之意,这是第二；第三，太子离开王宫日久，会不会知道了……"老贼说到这儿，故意左顾右盼，假装失言。

费无极最后一句话果然令平王一惊，他心中暗想，假若太子知道了孟嬴之事，有谋反之心便顺理成章了。于是他忙问费无极："只是听说，空口无凭，你可有证据？"

费无极说："微臣可否问大王一句话？"

"可以。"

"大王的宝剑可在否？"费无极故意提高声音问，众大臣不知他又要耍什么花招儿，不由得竖起了耳朵。

"呃……在！"楚平王自继位后，朝中一直安全太平，宝剑虽是镇宫之宝，因为还没派上过用场，所以一直忽略了它的存在，再加上自孟嬴进宫起，平王便夜夜与她同寝，哪里还想得起自己寝宫的宝剑。今天被费无极这么一问，真不知如何回答，便说："你这话何意？"

"微臣听人说，太子偷了大王的宝剑，而且是一口，谁不知大王的宝剑乃孪生剑，能偷走一口就能偷走两口，可太子偏偏偷了一口，其中的意思不是明摆着吗？孪生剑分离便是割断相连的血脉，太子与您已断了父子情分，怕是要刀戈相见了。"

楚平王听到这里，便赶紧叫宫人回寝宫查看。一会儿工夫，宫人便回来说果真不见了龙渊剑。

楚平王勃然大怒，将寝宫的侍女全部杀掉。可怜数十名无辜的生命，瞬息间便死于奸贼的谗言和暴君的屠刀之下。

楚平王要立即下诏捉太子回宫，被费无极阻止。费无极进言说："现在太子与伍奢有重兵在手，如明诏太子回来，反会激他早日谋反，还是从长计议为好。"

第二回　无极设计害忠良　伍奢含恨跳油锅

楚平王稍稍镇定，说："众位爱卿，你们有何良策，都说给寡人听听。"

众大臣知道平常费无极一手遮天，今天的一席话是真是假也难料，所以无一人发言，只有费无极一个人自编自演。

费无极说："虽说太子有重兵在手，可操军练兵出谋划策之人，却是伍奢。只要大王先诏伍奢回京，再密诏奋扬杀了太子，事情不就妥了吗？"费无极口中虽然这么说，可心中想的却是伍家世代忠臣，伍奢刚直不阿，与自己一向势不两立，如果知道要杀太子，一定奋力相救，再加上他的两个儿子勇猛过人，一旦打起来，事情会闹大，反而有败露真相的可能，所以……

平王听了，点头应允。

伍子胥自从那天打猎回来，心中一直忐忑不安，便向父亲伍奢将此事讲了一遍。伍奢知道他一向深沉多虑，凡事比常人想得多，但自己又找不出事情的端倪，只能好言安慰几句。伍子胥几次都想把平王霸占孟嬴的真相与太子建讲明，劝他早做准备，但话到嘴边又咽了回去，一是日后父子真若相残，自己岂不成了小人；二是太子素来善良，对这种事恐怕不会相信；三是如果王妃不承认，自己怎么说都白搭。为此，子胥整日心事重重，常常一人闷声不响地在院中踱来踱去。子胥之妻韦氏，从小与他一齐长大，两情相投。这几天见他愁眉不展，也不知如何安慰，只是温和地说："我知道夫君性情深沉，遇事喜欢一人独自琢磨，我虽是一个妇道人家，不懂大事，但你若把事情说出来，心里也许会轻松一些。"

子胥叹了口气，说："我也不知为何，总觉得心中有事，很不踏实。"接着，又把太子及宝剑之事对韦氏讲了一遍。

韦氏说："当今大王如此无道，已不通人性，太子又如此仁厚，恐怕祸事早晚会发生，夫君倒不如向太子讲明，让他好自为之，也好准备日后从长计议。"

子胥说："我再三思考，还是不便于讲明，太子虽然仁厚，但是愚钝懦弱，恐怕是难躲祸事了！"

子胥和韦氏正在这儿商议，外面有人来报：大王有旨，要召伍太师护剑回朝。

子胥一听，说："不好，祸来了！"

御史宣读圣旨已毕，又问太子："大王的宝剑可在你这儿？"

芈建说："在。我日日带在身边。"

御史又说："大王最近几日总是神思恍惚，御医也查不出毛病来，后来一相士说，是宫中少了宝物所致，大王想定是指的这口宝剑了……"

御史的话还没讲完，太子建立即说："既然如此，还是父王的身体要紧，请把宝剑带回宫中，也免得我惦念。"

"大王正是这个意思。"御史说。

这时，伍子胥在一旁婉言劝阻道："太子，这宝剑既是大王珍爱之物，就不该轻易交与他人，更不该随意让人带走。"

太子芈建固执地说："大王已染病在身，我顾不了这么多了，何况有伍太师专程护送，我想是不会有闪失的。"

子胥见太子如此愚钝，便不再说话。

原来，圣旨传伍奢是真，护送宝剑回朝是假，这都是奸臣费无极一手策划的。

老太师伍奢临行时，伍尚和子胥送至城外数里。子胥仍不

第二回　无极设计害忠良　伍奢含恨跳油锅

放心，对父亲说："如今朝中费无极一手遮天，大王又昏庸无道，您遇事可要多加小心。"

伍奢说："你放心吧，为父做官几十年，一直辅助太子，咱家又世代忠良，有功而无过，连上天都会保佑我的。"说罢，又嘱咐两个儿子要专心侍奉太子。

伍子胥望着父亲走远了，陡生难言之情，不由得热泪潸潸。

伍奢日夜兼程，一路之上不敢懈怠，他万万没想到，正是因为自己的忠诚，才遭到奸臣的陷害。

伍奢到了都城，顾不上在驿馆休息，便上殿面见大王交旨。

伍奢来到朝中，跪倒后双手捧着宝剑举过头顶，对平王说："大王，臣伍奢回朝交旨。"

还没等楚平王开口，费无极便说："大王，你看这可是宫中的龙渊宝剑？"

楚平王命御史官接过宝剑，仔细一看，正是宫中所失之剑，不由得一声怒喝："伍奢！原来你真有谋逆之心！寡人以为你忠诚可靠，把太子交给你，没想到你心口不一，早有异心，今天物证在此，你做何解释？"

伍奢一听此言，如五雷轰顶，忙说："大王，微臣奉命护剑回朝，为何说我有叛逆之心呢？"

费无极听到这里，连忙说："伍太师，你还敢抵赖！大王听说你有叛逆之心，教唆太子招兵造车，想诏你回来问个究竟，没想到你如此狡猾，分明是想把太子所盗之剑带回来，以赎罪过，反而狡辩，说是大王让你护剑回朝，你好大胆！"

伍奢被费无极的话气蒙了，不知道是怎么回事。

原来，费无极怕把伍奢诏进宫来，说他有叛逆之心，空口无凭，又怕自己偷剑之事败露，所以他买通了御史，让他传了一道假旨，这样一来，芈建又觉顺理成章，平王跟前又有了真凭实据，既瞒过了太子，又瞒过了平王，真可以说是神不知鬼不觉……

费无极自以为很聪明，但众大臣都心中明白，只是敢怒不敢言。只有几个老臣上前启奏，说："伍家世代忠良，臣保伍奢没有反叛之举。"

楚平王本想只诏他进宫，没想到他会带着宝剑而来，糊涂的君王误信了无极之言，以为他真是来赎罪的。楚平王冷笑一声，说："无反叛之心，这剑又怎么解释呢？"

伍奢连忙说："大王可找御使做证，是他亲口宣读圣旨，微臣亲耳所闻。"

"传御史！"

憨厚的伍奢盼着御史会替他做证。只听楚平王问御史："你可曾传他护剑回朝？"

"不曾。"

"那你是怎么传的？"

"大王诏伍奢回朝。"

伍奢一听，这才知道中了奸臣之计，纵然全身是口也难辩了，于是索性破口大骂："无恶不作的奸贼，你整日像狗一样围在大王身边，不择手段，说尽谗言，坑害太子，陷害忠臣！"接着又对平王说："大王，你不该受奸臣挑唆，偷娶儿媳，更不该不念骨肉之情，让太子远离都城……"

楚平王听到这儿，再也听不下去了，当即下令："押下去，斩！"

第二回　无极设计害忠良　伍奢含恨跳油锅

两旁侍卫刚要把伍奢押下去，费无极连忙上前阻止，说："大王，慢来，微臣有话。"

楚平王说："伍奢依仗他世代忠良，竟当着众臣大肆辱骂本王，他死有余辜，你难道还为他求情？！"

费无极走近平王，小声说："大王，微臣不是为他求情。只是担心他的两个儿子，一旦知道父亲被杀，定来报仇，不如让伍奢死前给他两个儿子写好书信，就说大王诏他们回朝受封。只要有伍奢的亲笔信，微臣以为他们必定前来。同时，密诏司马奋扬，要他等伍奢的两个儿子离开城父后，立即把太子杀掉！大王，你看这个主意妙不妙？"

楚平王一听，立刻高兴地说："不知伍奢能不能写这封信？"

"只要大王下旨，就说只要他写了信，就可以免他一死，他不能不写。"费无极冷笑着说。

楚平王点点头，对伍奢说："刚才费爱卿为你求情，本王念你世代对楚国有功，饶你不死。不过，你要给你的两个儿子写一封信，就说本王诏他们回朝受封，然后再赦你归田。"

伍奢心中非常明白，费无极这是要对他们父子一同加罪。想到这儿，伍奢说："多谢大王不斩之恩，我愿意归田，只是我两个儿子不曾为国立功，给他们封侯晋爵，微臣实在不能轻受，这信微臣不能写，还望大王恕罪。"

这时费无极阴阳怪气地说："伍老太师，你这是什么意思，难道还怕封的官职小吗？还是抗旨不遵呢？这可不是你伍老太师的秉性！"

伍奢一听费无极如此逼他，气得眼冒金星，却一句话也说不出来，心想：自己一家世代忠良，对楚国从未生过二心，事到如今，怎么说都难逃一死，我既然问心无愧，何苦落个死后骂名？不如听天由命吧！想到这儿，他叹息一声，说："君叫臣死，臣不能不死。"

费无极立刻命人取过竹简，伍奢双手颤抖着把信写完，早已是老泪纵横了。

楚平王叫过御史，把伍奢的信和密诏交给他，让他急速赶往城父。

伍奢知道楚平王一向残暴，赦他归田不过是哄他之言，所以跪在那里一心等死。果然不出所料，御使走后，楚平王又问："伍奢你可知罪？"

伍奢一声冷笑说："臣不知罪！不过大王叫臣死，臣绝不反抗，你快叫人动手吧！"

平王说："你在城父放任太子谋反，又当朝辱骂本王，罪不容赦，还嘴硬？！"

"大王，臣不曾放任太子谋反，宝剑之事都是费无极一人搞的鬼。你娶儿媳之事也不假，满朝文武人人皆知，确实天理难容……"伍奢义愤填膺地说着。平王听他又揭老底儿，火一下就上来了，大喝一声："立即处斩！"

刀斧手过来就把伍奢五花大绑，刚要往外推，满朝大臣再也忍不下去了，一齐跪倒为他求情。其中，年近七旬的老臣蒋威说："大王，伍太师秉性仁厚忠义，不过性情直率了些，言语多有冒犯，还望大王开恩，免他死罪吧！"

平王正在气头上，心想：既然为他开脱，那就等于承认伍奢之言正确，这不就等于拐着弯骂我吗？平王想到这儿，便露出了他残暴的本性，说："把蒋威拉出去斩！"

可怜老臣蒋威只为了一句话，竟然死在了伍奢之前！此时

第二回　无极设计害忠良　伍奢含恨跳油锅

伍奢气得两眼冒血，跺着脚高声大骂："无道的昏君！你灭绝人性，丧尽人伦，死后也不得全尸！"

楚平王残暴、野蛮的本性暴露无遗，他站起来，凶相毕露地说："你这个逆贼，本王定让你不得好死，下油锅，炸！"

这时候，伍奢眼望北方，心想：城父与儿子一别，竟成永诀，看来子胥料事果然不错，他不会上平王的当，只是长子伍尚仁厚善良，见信后定来见我，唉，为父等不了你了，只能先走一步……

伍奢望着滚滚的油锅，一阵哈哈大笑，口中说道："我死不足惜，只要我儿子胥在，料定他早晚会为我报仇的！"说完，便纵身跳进了油锅。

伍奢含恨跳油锅

第三回 伍子胥躲避异乡
申包胥义释旧友

伍子胥虽然聪明过人,又深藏不露,但如果不是因为他的多虑,早点将心中所想告诉太子,也许有许多事情并不会发生。

这一天,御史来到城父,将书信交给子胥兄弟二人。伍尚果然十分高兴,而子胥却顿生疑窦。伍尚对他说:"大王要给咱们封侯,兄弟为何还不高兴呢?"

"咱兄弟二人只是随父镇守城父,并未建立过大功,俗话说,'无功不受禄',我看咱还是不受封为好。"子胥说。

"兄弟此言太过了,想必大王认为咱父亲辅助太子有功,但年岁已大,不便受封,便把机会给了咱俩。"

"即使如此,父亲也该在信中讲明,为何只匆匆一句?再看字迹也歪歪扭扭,这不像父亲平日的字体。"

伍尚重新看了一遍书信,说:"也许是父亲一时高兴所致。"

"不对,父亲不是贪图官禄之人,假如真有此事,也不会乐得忘乎所以,想必是出了什么事。"子胥一边说一边又问御史。御史临来之前已受了费无极的贿赂,所以躲躲闪闪不说实情。子胥不由更加怀疑，只好对伍尚说："想必父亲已有了不测，不得已才写了这信。"

伍尚哈哈大笑，说："兄弟聪明得过分了，这都是你的臆测！"

子胥找不出证据来，便不再辩解，但料定此去凶多吉少，只好对伍尚说："哥哥，我不喜欢做官，对封侯之事不感兴趣，我不回朝。"

伍尚说："你虽然对官职没有兴趣，但不可不遵父命。"

子胥果断地说："请哥哥代我请罪！"

御史见伍子胥断然不去，也不敢多嘴，唯恐露了马脚，反而丢了性命。

当夜，伍尚一夜未睡，反复琢磨子胥的话，觉得也有道理，但又想：假如父亲真有不测，做儿子的更应回去，否则心里更不踏实，这也算是为人子的本分。子胥不走，就由他去吧，若真应了他的话，日后伍家也留下了根苗。伍尚想着想着天就亮了，便打点行装，与子胥告别，离城父而去。

伍尚走后，御史又把密诏交给奋扬，奋扬一惊，半晌没有吱声。想想平王的无道和暴虐，真是可恨；想想与太子相处几年的情分，真不忍动手。奋扬急得在屋里走来走去，一言不发。

御史见奋扬对杀太子之事犹豫不决，再加上伍子胥早有疑虑，唯恐他转过弯来拿自己是问，所以赶紧偷偷溜走了。

伍子胥送大哥伍尚走后，心里越想越不对劲，便到处找御史，想问个究竟。他见太子处没有，又来到奋扬处。奋扬一见子胥，便把密诏之事告诉了子胥，子胥忙问："杀太子之名是什么？"

第三回　伍子胥躲避异乡　申包胥义释旧友

"谋反。"

伍子胥一听这二字，便明白了一切，料定父亲的书信确实是被人所逼才写的，虽然后悔自己没有劝住哥哥，但事已至此，只能等等消息再说了。

伍子胥虽有疑虑，但毕竟涉世不深，绝不会想到父亲已惨遭杀戮，而是一心想着如何搭救太子。事已至此，子胥和奋扬只好把事情的真相告诉了太子芈建。芈建听后，半晌不曾说话，继而一阵哈哈大笑，却让人觉得那么悲凉。他看看子齐，于齐早吓得面如土色。再看看儿子公子胜，又一阵酸楚。于是便无可奈何地说："谁知父王竟做出这样伤天害理的事！我只有等死了！"

奋扬跪下叩拜说："太子，我宁可去死，也决不杀太子！"

太子芈建方寸大乱，只是哭泣。

伍子胥说："我已想好，太子应赶快逃走，先保住性命再说！"

太子芈建说："我逃到哪里去呢？"

伍子胥说："目前之计，只有投奔宋国。"

事情紧急，太子芈建只好同意了伍子胥的主意，带上妻儿投往宋国。

芈建走后，司马奋扬便命手下人将自己打入囚车，赶赴都城交旨。

城父已经变成了一座空城，子胥感到格外悲凉。等了数日也不见父兄的消息，心中非常焦急。

司马奋扬坐着囚车刚到都城，便听说伍奢已跳油锅而死，伍尚也在前日受刖足之刑而死,奋扬一声长叹,知道自己也死到临头了。

奋扬被绑缚着上朝见驾,平王一愣,问他原因,奋扬说:"臣有罪!"

"何罪之有?"

"微臣放了太子。"

"你好大胆,为什么放了逆子?"楚平王大怒道。

奋扬说:"大王可还记得,微臣临去城父之时,你曾对我说过的话吗?"

"你快说!"楚王不耐烦地说。

"大王说'事太子如事寡人',臣不敢忘记大王的嘱托,如今让我杀太子,岂不等于杀大王吗?所以我放了太子,以我的命来抵太子之命。"奋扬这么一说,楚平王心中有所触动,反而消了气,便立即叫人给奋扬解去绑绳,说:"难得你对寡人的忠心,我不忍杀你,不过伍奢的次子伍员没有回朝,你立即回城父将他捉住杀了,算你戴罪立功。"

奋扬侥幸免去死罪,不敢在都城停留,急忙赶往城父,一路之上觉得车行得太慢,便派人骑快马迅速赶往城父,告诉伍子胥快快离开楚国。

这一天,伍子胥心中正等得焦急,刚想到城外看看,奋扬派的人便到了。来人气喘吁吁,一口气把事情讲完。伍子胥听后一言未发便昏了过去。韦氏夫人一听也悲痛欲绝,不由得号啕大哭起来。过了一个时辰,子胥才醒过来,不由一声长叹,后悔自己优柔寡断,以致父兄惨死,真想回朝与平王以死相拼,杀了无道的君王,以解心头之恨。韦氏看出了子胥心意,忙说:"夫君一向遇事沉着,如今家里出了这么大的事儿,你

第三回　伍子胥躲避异乡　申包胥义释旧友

更应冷静才是。伍家只剩你一个根苗，绝不能莽撞从事，一定要从长计议，只是我太拖累你了……"

韦氏说着，哽咽不止，不由想起了自己的身世。

韦氏夫人八岁时便死了父母，其父临死前交给她一支竹签，上面有她的生辰，并告诉她："我死后，你要在大路上等。若有人前来领你，你就把竹签交给他，以后你就是他家的人了。"父亲说完便咽了气。八岁的韦氏按照父亲的话，来到一条大路边，看着来来往往的人，没有一个人看她，整整等了三天，韦氏饿得竟哭了起来。这时正巧伍奢路过，见她大哭，便问清了缘由，顿生怜悯之情，对韦氏说："你把竹签给我吧，我领你走。"韦氏把竹签交给了伍奢，伍奢仔细一看，正面是她的生辰，再看反面，不由一惊，反面的生辰正是次子伍员的，便再问韦氏："你父亲临死还说过什么没有？"

韦氏说："他说谁领了我，我就是谁家的人。"

伍奢哈哈一笑，抱起韦氏就走，边走边说："缘分！缘分！"

韦氏到了伍奢家中，伍奢暂时将她收作义女，因她比伍子胥还小两岁，所以称伍尚和伍员为哥哥。兄妹三人从小相处和睦，子胥与韦氏更加亲近。韦氏到了十五岁，长得花容月貌，情窦初开，已经懂得了娇羞，虽然与子胥仍以兄妹相称，但知道了竹签上的秘密之后，只要一见子胥，总是要心跳脸红。子胥自从知道了父亲要把韦氏许配于他的消息后，心中非常高兴。真是两小无猜，天作之合。

韦氏到了十八岁那年，伍奢选了良辰吉日，让子胥与韦氏拜堂成亲。夜晚明月当头，洞房之内一对新人正值青春年华，再加上彼此爱慕已久，免不了一夜卿卿我我。子胥发誓说：

"我既娶了你,是天意,是缘分,一生决不再娶!"

韦氏听了心中自然非常甜蜜,想起自己可怜的身世,深有感触地说:"我本是薄命女子,幸亏伍太师当年救了我,又把一生托付于你,这是我的福分,妾生是伍家人,死做伍家鬼。"

从此,夫妻二人恩恩爱爱,相敬如宾。婚后三年,韦氏仍未怀孕,她多次劝子胥再娶一房,子胥信守诺言,严词拒绝,韦氏自然对他更加敬重。

今日子胥一家遭此大难,韦氏万般伤悲,心想:"子胥乃大智大勇之人,日后定要为父兄报仇,不过楚国是不能待了,我一个妇道人家,不仅帮不了他,反而牵扯他的精力,不如……"韦氏想到这儿,便对子胥说:"夫君,你作为好男儿大丈夫,一定要为父兄报仇,千万不要逞一时之能,反而害了自己,你要切记我的话,君子报仇十年不晚,为妾不能侍奉你了。"

子胥听到这里,才从悲愤中醒来,且似有所悟,便对韦氏说:"如今父兄已身亡,夫人一定要保重,千万不要做傻事,免得我担心。"

韦氏说:"夫君不必担心了,你有深仇大恨,恐怕日后要奔走他乡,寻机求援,以成大事,哪能被我所累呢?"

子胥一听,便失声痛哭起来,一把抱起韦氏,不敢让她离开半步。韦氏说:"夫君保重!"说完,便咬舌自尽。

伍子胥悲痛欲绝,想想父亲惨死于油锅之中,哥哥惨死于屠刀之下,如今竟逼得一个柔弱的女子也做出刚烈之事,越想越悲,越悲越恨,口中不由念道:"有仇不报非君子,自古忠孝方为人,我定要亲手挖了昏君的眼,扒了昏君的皮!"

第三回　伍子胥躲避异乡　申包胥义释旧友

伍子胥强忍悲痛，将韦氏掩埋后，便离开了城父。

子胥一路走一路想，一会儿想想父兄对自己的疼爱，一会儿又想想韦氏的娇美和贤惠。半年前一家人还是其乐融融，如今只剩下他孤身一人，无家可归，真是凄凉啊！子胥悲一阵怒一阵，一想起楚平王，恨不能立即与他以刀相见。子胥就这么没有目的地走了两天、想了两天。本想去吴国，因为吴国势力较大，对自己报仇有利，可他报仇心切，便觉得吴国路途遥远，不如先去宋国投奔太子建，然后再考虑如何报仇。

这一天，伍子胥正匆匆前行，忽遇大雨，附近又没有客栈、没有庙宇，只有一棵大树，便站在树底下躲雨。等雨停了，子胥刚要前行，忽然见前方一队车马，看装束像是楚国使臣，便闪到树后，等着他们过去。车刚刚过去，子胥因为挨了雨浇，不由自主地打了个喷嚏。子胥平时说话声音洪亮，再加上刚才是不由自主地出声，音量之大竟把车上的人吓了一跳。车上人不由也大声地问道："谁？"

子胥见来者从车上下来，也不好躲藏，便从树后走了出来。那个人一看子胥衣衫不整，且被大雨浇得湿漉漉的，觉得有些可笑。可是再仔细一看，不由大叫一声："子胥兄，你怎么这个样子？"

伍子胥仔细辨认，原来是自己的好友申包胥，于是他像见了亲人一般，不由得失声痛哭起来。

原来，申包胥与伍子胥是从小一块长大的好朋友，自从伍子胥随父去城父以后，他受楚平王之命出使他国，已经两年多了，今天遇见伍子胥，见他这副模样，觉得奇怪，再加上子胥一哭，更不知是怎么回事，便劝子胥止住哭泣，讲明原委。子胥这才强忍悲痛，把一家遭难之事从头到尾讲了一遍。

申包胥一听不由火冒三丈，破口大骂费无极。再看看子胥落魄的样子，又顿生怜悯。他问道："子胥兄现在要去哪里？以后有何打算？"

子胥一字一顿地说："去宋国借兵伐楚！"

申包胥沉思片刻，说："子胥兄，你我从小情同手足，你今日有难，我理当帮你，不过小弟有一言相劝，不知你是否愿听？"

子胥说："贤弟之言一向都有道理，你不妨讲给我听听。"

"杀父灭门之仇自然当报，可你若有弑君之心，此乃不忠，小弟劝你不要因小失大，坏你家世代忠良之名声。"申包胥恳切地说。

伍子胥一声冷笑，说："贤弟之言差矣，想必你也知道成汤和武王的故事，难道他们也遭后人唾弃？"

申包胥也是忠厚耿直之人，他一心报效国家，对楚平王忠心耿耿。他对子胥苦口相劝，没有丝毫恶意。他又说："成汤和武王是为了国家和百姓，而你却是为了私仇，这二者怎能相比？"

子胥恨恨地说："何谓私仇？昏君今天杀一个忠臣，明天就可能杀两个。他不仅残暴无道，而且丧尽人伦，早丧失了做国君的品格，我杀了他，能解万民之恨，这怎么是私仇呢？！"

"君叫臣死，臣不得不死，君王固然有错，也是奸臣挑唆所致，你是楚国臣民，忠于大王才是你的本分，你要三思而行啊！"

子胥见他如此愚忠，不由叹息一声，说："我虽生于楚国，但楚国也是周朝的属国，效忠于周天子更是我的本分。如今像楚平王这样的残暴之君治理国家，黎民百姓必遭涂炭，杀了他不仅报了父兄之仇，同时也是为大周朝除害，这难道不正是忠孝之举吗？"

申包胥见他主意已定，知道不能劝阻，但他认准了一个理：吃楚国俸禄，自当为楚国效力！不过念及与伍子胥多年朋友情分，又怜悯他此时的遭遇，所以只好说："子胥兄既然主意已定，我也不再劝了，今日我们相见之事，我绝不向任何人泄漏，愿你一路之上多保重。不过，你日后若是真行灭楚之举，只要包胥在，一定全力救楚，以赎今日放你之罪！"说完，便无可奈何地走了。

伍子胥看着他渐渐走远，心里感到空空荡荡的，想想亲人已赴幽冥，朋友也离他远去，自己只能义无反顾，一直向前走下去了。

伍子胥想罢，便直奔宋国而去。

第四回　费周折携主入郑
　　　　　　失信义太子被诛

　　伍子胥自蒙难以后，整个人变了个样：性格更加深沉，遇事更加小心。一路上，他一边走一边想：自己现在只有忍辱负重，吃苦耐劳，等待时机，才能成全大事。这一天，他路过一个村庄，口渴难忍，便敲开了一家院门，想讨碗水喝，顺便问问离宋国都城还有多远。一位中年男子开了门，一见子胥，竟吓了一跳。

　　原来，伍子胥因一路盘缠不多，常常是风餐露宿，弄得自己眼睛红肿，两腮塌陷，发髻上挂着土，仿佛从土堆里钻出来似的。子胥并不知道自己这个样子，见中年男子愣在那里，便小心地问："这位大哥，能否赏我一碗水喝？"

　　中年男子是个好心人，见他这个样子来讨水喝，料定必是远路而来，就赶忙请他进屋，舀了一碗水，递给子胥，子胥几口便咕咚咕咚喝完了。主人见他如此饥渴，又问："这位过路人，想必又渴又饿吧，我这里还有一碗剩饭，如果你不嫌弃，我热一热给你吃。"

　　子胥本来盘缠早已所剩无几，能遇上这样的好心人也算幸运了，虽说食人剩下之饭未免太辛酸，但落魄之人也只能这

第四回　费周折携主入郑　失信义太子被诛

样了。

子胥坐下来等主人热饭,不知不觉便睡着了。恍恍惚惚间,身后有一群似狼非狼之兽在追赶,眼看快追上了,竟得一男子相救,并用矛将群兽赶跑。子胥万分感谢,那人却一声冷笑,随即变成刚才野兽之状,说:"你虽能躲过群兽的追赶,却逃不出我的手心!"说完,向他扑来。

子胥吓出一身冷汗,睁眼一瞧,中年男子正端了饭递给他,才知自己做了个梦。这男子坐下来陪着他,问:"看你一路上定是很辛苦了,不知赶往哪里?还有多远的路程?"

子胥说:"去往商丘。"

中年男子一听,笑了,说:"这里离都城只有二十里路程了,你暂且住一夜,明天一早再走不迟。"

子胥心中甚是感激,刚要致谢,这人又问:"听口音你是从楚国而来?"

子胥略带迟疑地嗯了一声,那人又说:"来投亲靠友?"

子胥一听更是疑惑,想起刚才的梦,觉得事情不妙,于是起身说:"谢谢这位大哥赏饭,我赶路要紧,不便久留,告辞了!"

子胥说完,便快步离开了村子。其实,这位男子只是随意问问,因为子胥一头短发,又是楚国都城郢城(今属湖北荆州)一带的打扮,郢城离这里路途遥远,如果不是投亲靠友,谁没事走这么远的路程?没想到中年男子的好奇反而引起子胥的多疑。

子胥一刻不停地往前赶,走了约十里路,没发现有什么意外,才放了心。

到了都城,城门早已关闭,子胥只好倚门而卧,渐渐睡去。次日天明,守门军打开城门,见了伍子胥,以为他是个要饭的,但一看他身上的宝剑,剑柄之上还镶着宝石,非同一般,心中不免起疑,便问:"你是什么人?这么早到这里来干什么?"

子胥说:"我来找人。"

"找谁?"

子胥见他这么问,心想正好问问太子建的下落,便说:"请问各位将官,可否听说过楚国太子建?"

守门军说:"当然知道,两个月以前从楚国而来。"

这时,另外一个守门军显得更机敏一点,他看了看子胥的打扮,问:"莫非你也是楚国人?"

子胥并不回答,而是问:"各位将官可否告诉我太子现在住在哪里?"

这时一个守门官走过来说:"你这人真是奇怪,问你话你不回答,只顾问我们。我可以告诉你,但你必须告诉我们你是何人?"

子胥无奈,只好将实情相告。守门官说:"楚国的事情我们也知道一些,你虽是楚国逃犯,但与我们宋国无关,你不必担心。太子建现住在宫外驿馆之内,顺着大街向西行便可找到。"

子胥一听,心里踏实了,便谢过守门军,一路向西而来,很快就找到了驿馆,馆内侍从引着他到了后院,并且推开了太子的房门。二人一照面,都愣住了。

芈建想不到伍子胥会来,更不知道他为何会沦落到这个地步。芈建现在已是一身宋国人的装束,一点也没有楚国太子的模样了。

芈建问:"子胥,你这是怎么回事?"

第四回　费周折携主入郑　失信义太子被诛

子胥双膝跪倒，泪流满面，把事情经过从头讲了一遍。芈建又气又悲，想想自己从城父而来，一路上所受之苦，再加上现在寄居他国的处境，也顾不上君臣之礼，扑通跪倒，与子胥抱在一处，痛哭不止。哭了有一个时辰，二人才重行君臣之礼。

子胥说："太子殿下，你对日后有何打算？"

芈建叹息一声，说："如今我有家难回，真是寄人篱下，朝不保夕，哪里还有什么打算？！"

子胥说："殿下是楚国太子，又贤明仁道，本应发挥才干，为黎民百姓创建安居乐业之所，可大王夺你妻，要你命，难道太子甘愿束手待毙？"

芈建说："夺妻之恨，杀身之仇，我当然想报，只是我人孤力单，怕难以实现。如今你来了，有何主意，不妨说出来听听。"

子胥说："我之所以来宋，一是投奔太子，二是为了借兵伐楚，不知太子意下如何？"

芈建知道子胥很有谋略，是个能成大事之人，今天投奔自己而来，又说伐楚之事，精神不由为之一振，便说："讨伐昏君也正是我日夜所想之事，只是苦于没有力量，既然你来了，我们定要合力伐楚。"

子胥一听很高兴，又问："不知宋元公能否借兵给我们？"

芈建说："宋元公虽身为宋国之君，但宋国的政权却掌握在他的几个臣族手里，听说最近出了事，朝里很乱，我们不如先看看动静再说。"

子胥不明白出了什么事，芈建便把宋国最近发生的事，向他讲了一遍。

宋元公本是一个被架空的国君,相貌很丑,性格多阴柔之气,不讲信义,朝中大臣华亥、华定、华向势力很大,成了元公的心腹之患,元公总想着如何除去这几颗眼中钉。

有一天,宋元公与公子寅、向胜、向行等商议消灭华氏家族之计,不料被谋士向宁听到了。向宁素与华氏亲善,瞧不起元公的妇人之见。当天,他就把所听到的事情告诉了华亥,说:"元公忌妒华氏家族的势力和威望,早就有打击华氏家族的想法,只是苦于没有良策,现在他正与群臣合谋。华氏世代创下的祖业,恐怕要毁于一旦了。"

华亥一听十分气恼,当即便派人请华定、华向来商议对策。

过了几日,华亥装病,向宁在朝中说:"华亥出城打猎,偶感风寒。本来没事,可三五天了也不好,不吃不喝,现在两腮塌陷,视力模糊,口中胡言乱语,看样子怕是不行了。今早他突然回光返照,说若能见众位公子大臣一面,死也瞑目了。"

元公说:"既然如此,众位爱卿就到华爱卿那里看看吧,就说寡人问候他了。"元公果然是妇人之见,听向宁这么一说,心里喜出望外,暗想:华氏家族死一个少一个,真是天佑寡人!他根本没有想到大祸就要临头。

华亥等人并不想谋害元公,因为他们不愿冒风险。他们只是要除掉元公身边那几个谋臣,借以吓唬吓唬元公,这样,宋国天下实际上就是他们的了。所以,他们想出了这样一个计策。

公子寅等一众大臣来到华亥家中,见华亥没事儿人一样端坐中堂,笑眯眯地望着他们,心想不好,刚要向回跑,后边

第四回　费周折携主入郑　失信义太子被诛

早过来一帮家丁，将公子寅、向胜、向行全部拿下，当场就把公子寅杀了。华亥说："杀一儆百！"吓得向胜、向行紧闭双目，一言不发。华亥又放其余的大臣回朝中禀报元公。

宋元公不忍心再失去向胜、向行两位大臣，只得亲自来到华亥家中，请他释放二臣。元公刚一下车，脚还没站稳，就被左右家丁拿下了，他不知所措，但又恐失去君王的威严，便沉下脸说："华爱卿，与寡人开这样的玩笑，未免太放肆了！"

华亥说："大王，为臣不曾得罪于你，也不曾触犯大宋国法，为何要与众臣谋害我呢？"

元公无言以对，说："寡人与众臣固然有错，现在你已经杀了公子寅，也算报复了，就该放了向胜、向行二人。"

华亥说："我可以放了他们和大王，但人心难测，若日后再谋害我，这岂不是放虎归山？！因此，必须用人质交换，方可放人。"

元公说："周郑交质，自古有之，不过我把儿子交给你，你也必须把你儿子交给我，这才公平，也免你以后有变。"

华亥与华定、华向商量片刻后，决定将他们的儿子置于宋元公处，而将向胜、向宁的儿子与太子置于华亥家中。一切办妥，华亥才把元公和向胜、向宁放回朝中。

芈建把这些事情告诉了子胥，子胥心中十分焦急，说："宋国内乱尚未平定，即使元公有借兵给我们的力量，恐怕也没有这种心情。假如我们再去别的国家求援，也不敢断定就能一帆风顺，又何况路途遥远，更要耽误时间，不如我们暂且忍一忍，看看情况再说。"

芈建说："只好如此。爱卿一路上也辛苦了，先好好休息几日，养足精神，我们再细细商议。"

子胥随侍从到客房中休息，芈建便走出驿馆，想打听打听消息。

自从宋元公与华亥交换人质以后，元公与夫人常常惦记太子，每日都要三次去华亥家中，亲自看着太子吃完饭，才肯离开。这么一来，华亥非常反感，便与华向、华定、向宁商议，想把太子放回。向宁不同意，说："之所以让太子做人质，是因为元公不讲信义，如果你放了他，肯定有大祸。"不料隔墙有耳，这些话慢慢就传入了元公耳中。本来交换人质一事，朝中就多有议论，现在听向宁这么一说，元公不由心一横，决定先杀人质，然后再派司马华费遂攻打华氏家族。

司马华费遂说："太子在华门，大王不怕有闪失？"

元公说："寡人再也受不了华氏的侮辱了，太子生死由命吧！"

华氏家族虽然在宋国非常显赫，但也不过是族门人丁旺盛、田产颇多而已。纵然拥有无数家丁，也终不及朝中大军。

向宁说："元公如此不讲信义，不仅杀了华氏之后，还来攻打家族，不如先将太子杀了，以解心头之恨。"

华亥心存顾虑，说，"杀了太子并不能重振华氏家族。再说诛华门是元公所为，其子无罪，我们只能从别的国家借兵伐宋，杀了元公才算报了仇。"

向宁说："出国借兵倒是良策，只是离此最近的郑国和陈国都是小国，还没有宋国势力大，即使借了兵，恐怕也不能胜宋。"

华亥说："去楚国借兵，虽然路途遥远，但楚国势力大，

第四回　费周折携主入郑　失信义太子被诛

又是好战之国，只要借到楚兵，元公必死。"

华氏家族的人都同意了这个想法，华亥便去楚国借兵。

太子芈建因急于借兵，经常到宋元公那里去，顺便打听内乱的情况。这一天，当他听说华亥已向楚国求兵，便不敢再提借兵的事了。

伍子胥一听华亥已去楚国借兵，不由长叹一声说："宋国我们待不下去了，必须赶紧离开这里，否则，不仅宋兵借不成，等楚兵一到，我们反倒丢了性命。"

芈建觉得子胥说得有理，只是有所顾虑地说："那我们去哪里借兵呢？"

子胥思考半晌，说："去郑国。郑国与楚国不睦，去那里借兵伐楚，郑国一定同意。"

芈建欣然同意。于是，太子建携夫人子齐、公子胜与子胥直奔郑国。

春秋时期列国众多，等级不同，像齐、晋、秦、楚、吴等属一等国，陈、宋、蔡、郑等属二等国，还有一些更小的国家属三等国。三等国是二等国的附属国，二等国是一等国的附属国，各依等次交纳贡赋。

郑国本来也是楚国的属国，但因地处中原，后来归属了晋国（晋是中原大国），所以楚就与郑结了仇。

郑国国君郑定公一向仰慕伍奢一家世代忠良，又素知伍子胥有勇有谋，非同常人，所以对他们一家的遭遇深感痛惜。

这一天，当他听门官启奏说楚国太子及伍子胥在宫外求见时，真是喜出望外，赶忙亲自出来迎接。

郑定公命人将子齐和公子胜安置在后宫后，便与子胥、芈建携手进了大殿。分宾主坐下，互相问候一番后，定公说："寡人对你们的遭遇早有耳闻，你们既来到郑国，一路之上肯定非常劳乏，先休息几日，以后有何打算，再慢慢商议。"

子胥说："我和太子殿下有仇在身，心急如焚，不瞒大王，我们主仆来到这里是来求援的。"

子胥和芈建又把他们的遭遇尽述了一遍，定公听了更加同情。

芈建说："大王，我们报仇心切，不知你能否借兵给我们？"

定公沉思片刻说："这事慢慢再议，报仇也不是一天两天的事，先回驿馆休息，你们看如何？"

郑定公说完，命人取过金银衣物，送他们到驿馆休息。

几天后，郑定公仍不提借兵之事，芈建对子胥说："定公既然每日款待我们，而且对我们敬如贵宾，却为何不提借兵之事呢？"

子胥说："定公并非寡断之人，他迟迟不提借兵之事，想必定有隐情。"

这之后，芈建和子胥每天都去找定公，而且一见面就哭诉自己的遭遇，但并不提借兵的事。他们天天如此，几十天之后，郑定公实在忍不住了，说："你们虽不提借兵之事，但日日向我哭诉，我也明白你们的意思，实言相告，郑国势小力寡，只怕我借兵给你们，也不能攻取楚国，请两位仔细想想。"

芈建一听心凉了，说："我们从楚到宋，又从宋到郑，千里迢迢，历经苦难，没想到定公这么为难。"说着，泪水像断了线的珍珠一样往下滚落。

第四回　费周折携主入郑　失信义太子被诛

子胥心想:"定公之言也有道理,与楚交战,如果真是寡不敌众、有败无胜,岂不是……不如先看看定公有何主见。"

子胥想到这里,便说:"大王,我知道你是个讲义气的人,而且又如此看重我们,只是心有余而力不足。不过,我们现在非常需要你的帮助,你看我们应该怎么办呢?"

郑定公听子胥这么一讲,很受感动,同时也佩服伍子胥的机智,料定这个人将来必成大事,便说:"我有个想法,不知你们是否愿意。"

芈建、子胥齐声说:"大王请指教。"

郑定公说:"晋国是中原大国,势力强大,若到晋国借兵,定能克楚。"

子胥一笑,说:"大王高见,这真是个好主意。"不过心里却想:"一句话又要把我们支到晋国去。郑国势力虽小,可大海不弃涓流,倒不如将计就计。"想到这儿,便说:"大王自从归属晋国以来,与楚更加不睦,虽说已脱离了关系,但楚王依然恼恨郑,常说'中原之国惟郑不信'。现在我们先去晋借兵,然后与郑会合,共打楚国,也为大王出一口气。大王,你看如何?"

郑定公双手一拍,哈哈大笑,说:"子胥高见,我就依你了!"

芈建、子胥回到驿馆,商议去晋国的事,子胥说:"太子殿下,你虽然贵为太子,但这次求兵之事,非你亲去不可,我不便前去。"

芈建心中疑惑,说:"我去可以,但不知你这话何意?"

子胥说:"第一,我乃楚国逃犯,晋乃中原大国,不像郑、宋,我去恐他们认为不尊,而你却是楚国堂堂太子,有此身份加持，如果他们怜悯你，肯定借兵相助。第二，郑定公虽然仗义，但为人圆滑，如果我们二人都去了，借郑兵之事恐怕有变。故此，去晋必须殿下一人前往，请恕臣下不尊之罪。"

芈建一听，沉思良久，说："如今我们患难之交如同手足，顾不上尊与不尊。你才智过人，我们报仇有望了。我明日便动身前去借兵。"

次日，郑定公亲自为芈建挑选车马，安排护送人员。队伍浩浩荡荡，甚是威风。

春秋时，各诸侯国之间互相兼并，一国之内公卿之间也互相争权，都想扩充自己的势力。许多国家中这样的内战持续不断，君弱臣强的局面便不足为怪，晋国也不例外。

晋国国君晋顷公慑于当时六卿的权势，许多国家大事不能主宰，这六人是：魏舒、韩不信、赵鞅、范鞅、荀寅、荀跞。其中，除魏舒、韩不信是贤臣之外，其余四人均是贪权枉法之辈，尤以荀寅最为奸刁。郑国游吉代理执政时，荀寅曾经索贿，游吉不肯，从此他便怀恨在心，总想寻机报复。

这一天，他听说芈建已来晋借兵，便认为报复的机会到了。他对赵鞅、范鞅、荀跞说："郑国今日属楚，明日属晋，左右摇摆，国君无信，不如利用芈建把他灭了。"

三个恶卿说："怎么个灭法？"

荀寅奸笑一声，把心中的诡计告诉了他们，三恶卿都拍手称好。

次日，晋顷公召集六卿商议借兵之事。魏舒、韩不信同情芈建，都同意发兵。荀寅却说："借兵可以，伐楚也可以，但都不如先将郑国灭掉，再合兵伐楚。这样，我晋国不仅可以称

第四回　费周折携主入郑　失信义太子被诛

霸中原，还可以称霸蛮夷，不知大家意下如何？"

荀寅说完，三个恶卿立即附和，但魏舒和韩不信不同意，双方当即争执起来。晋顷公不忍心伤害忠臣，又不敢得罪恶卿，便说："既不借兵，也不伐郑！"

晋顷公这可笑又无奈的决定，正合了荀寅的心意。他悄悄到驿馆对芈建说："太子空有报仇之心，却无报仇之力，我的想法顷公又不采纳，太子不如早早投奔他国，另想办法吧！"

芈建因晋顷公不借兵，十分焦急，听荀寅这么一说，忙问："不知大人有何想法？"

荀寅说："只怕太子不采用，我还是不说为好。"

芈建说："只要能报仇，什么办法都行。"

荀寅说："你现在在郑，定公对你如何？"

"如待亲人。"

"既然如此，定公必信任你，只要你按我的主意办，定能灭楚。"荀寅便把诡计仔细说了一遍。

芈建报仇心切，也顾不得许多了，又觉得自己往日太仁义，才落得个如今的下场，倒不如依了荀寅之计。

原来，荀寅利用芈建报仇心切，要他在郑国招买勇士，然后在荀寅等四恶卿伐郑时作为内应。郑灭后拥立芈建做国君，晋郑再一齐伐楚。

芈建回到郑国，对子胥讲了荀寅之计，子胥紧皱眉头，说："殿下，请恕我直言，郑国不借兵并不为过。你如今讨伐它，却是你的不义。殿下万万不能这么做！"

芈建说："我到三国借兵都未成功，千辛万苦，忍辱负重，总是以仁义为本，可这深仇大恨何时能报？再说，我已答应了荀寅，如果违约，岂不是不信？"

子胥说:"不做不义之事才是君子,违反这样的约定正是仁义之举。"

芈建说:"在楚国当太子的时候,我曾以仁厚著称,但现在想起来实在是愚蠢。子胥,我意已决,你不必劝阻了!"

子胥还想说,芈建却说:"你若还讲君臣之礼,就不必说了!"说完,竟拂袖而去。

子胥劝不了芈建,芈建也怕子胥每天缠着他讲道理,便整天摆着太子的架子,使子胥不敢近前。而子胥又不好把这些话告诉定公,只好雇几个密探暗中跟随太子,一是掌握他的行踪,二是保证他的安全。

芈建自以为神不知鬼不觉,无人可知,然而却也正应了"若要人不知,除非己莫为"这句话。在他招买的这些勇士中,有一个叫宋伯的人,凡事都斤斤计较,因为嫌芈建赏的钱少而与他发生了口角,芈建一气之下把他逐出驿馆。此人怀恨在心,一气之下,便找到郑定公,把这些事情全都说了。

郑定公听完哈哈大笑,根本不信。宋伯便拿出芈建的赏钱,并说出一些勇士的名字。郑定公这才叫人暗中查访,果然这几个人常出入芈建的驿馆。郑定公勃然大怒,大骂芈建的不义,决定杀了他。

这一天,郑定公派人请芈建去后花园饮酒。子胥奇怪,心想:"定公平日的邀约都是要我们俩同去,今日为何只约太子一人?"他心生疑惑,便叫人偷偷跟了去。

芈建刚一进后花园的门,就见他雇的几个勇士被绑在那里,他料到事情不妙,转身想跑,这时早有人过来把他逮住,也将他绑在了树上。

郑定公说:"芈建,你自到郑国以来,寡人待你如何?"

第四回　费周折携主入郑　失信义太子被诛

芈建不语。定公又说："我厚待于你，因慕你的仁厚，怜你的处境，你却恩将仇报！纵算你报仇心切，也决不可如此不仁不义，这与平王有何两样？我一国之君险些死在你一个落魄的太子手上，今天你不死，他日我必亡，你当真是死有余辜！"

芈建闭着眼一言不发，也不害怕，只是对自己说：死里逃生，逃出昏君父王之手，仇未报，自己却害了自己，这真是生死由命啊！

芈建凄凉地想着，平静地赴了冥界。

伍子胥在驿馆惴惴不安，见几个人匆匆跑来，脸色发白，已明白了大半，口中喃喃念道："可悲又可怜呀！"

那几个人把经过说了一遍，子胥哀叹一声，不知是苦是酸，只是后悔没能劝阻住太子。但转念一想，后悔也没有用了。命该绝他，这是天意呀，不如为以后早做打算吧。郑定公虽说没有杀我之心，却难免没有怨我之意，再说，太子出了这样的事，我也无脸再见郑定公了，不如赶紧离开这里。

子胥这样想着，便来到太子房中去见子齐。子齐已经听说了太子建死的消息，见子胥过来，心里更是难过，哭着说："子胥，太子不听你的劝阻，终引火烧身，他自己丧命不说，恐怕又要连累你了。太子死了，我一个妇道人家无法把公子胜抚养成人，就托付给你吧。"

子胥说："夫人见外了，我与太子是患难君臣，他死了，有我在，就有夫人和公子在，请夫人想开些……"子胥的话还没说完，子齐就已拿起太子的宝剑自刎身亡。

第五回 过昭关伍员白发
渡溧水渔翁溅血

伍子胥本想安慰一下子齐，然后一齐投奔他国，没想到子齐如此刚烈，竟随太子而去，只好请人把子齐与太子的尸体匆匆掩埋，自己带着公子胜离开了郑国。

伍子胥在中原三国借兵都没有成功，大失所望，仔细想想失败的原因，既有客观的，也有主观的。当初太子为了躲避追杀，不过是因为宋国离城父最近，才逃奔宋国。自己报仇心切也追到宋国，结果是借兵不成，反遇内乱。后来到了郑国，定公空有同情之心，却无援助之力。太子一心盼着晋国能伸出援助之手，急切中中了荀寅的诡计，丧了性命。之所以屡遭失败，都是报仇心切所致。空空两只手，仅靠别人的同情和怜悯去借兵，无异于乞丐之讨食。大男儿要报仇雪恨，首先要有立身之本，要有自己的站脚之地，要有自己的实力，否则就永远也不能成大事，其次还必须要有一个长远之计。子胥一边走一边想。想起当年自己刚从城父逃出来，本来想去吴国，因为吴国是蛮夷之国中与楚国争霸最激烈的国家，完全可以利用这一点来为自己报仇，但只因吴国路途遥远，才奔了太子处。现在看来，也只好去吴国了。

第五回　过昭关伍员白发　渡溧水渔翁溅血

子胥带着公子胜日夜兼程，不知不觉已从春天走到了夏天。

自从楚平王得知伍子胥逃奔他国之后，日夜寝食不安，料定他不日定会游走各国借兵，所以在各个关口加派甲兵，张贴画像要捉拿伍子胥。

在岘山西有一个通往吴国的关口，叫昭关。穿过两座山之间的这个道口，就是去吴国的水路了。

这一天，天气十分闷热，子胥和公子胜顺着林中的小路往前赶。走到正午，子胥还能坚持，公子胜却一点也受不了了，他说："伍大人，我们歇会儿吧，等过了中午再走。"

子胥说："小公子，天气如此闷热，怕是快下雨了，现在不走，等下了雨，便要耽搁时间了。"

公子胜不过是个六岁的孩子，见子胥非走不可，便要赖不动，子胥只好背着他继续赶路。天气酷热，子胥早已汗透脊背，公子胜趴在他的背上，热乎乎的，自然更加难受，于是干脆放开嗓子哭了起来，并吵闹着说："不走，我不走！"

公子胜热得难受，坐在地上号啕不止。树林中本来就静，再加上一点风也没有，所以小孩的哭声传得非常远，这样便惊动了一个人。

东皋公是这一带的名医，年近六旬。有一天把守昭关的大将薳越病了，派人把他请去看病，他一进昭关，便见石墙上贴着一张画像，悬赏捉拿伍子胥。东皋公早就听说过伍奢一家的遭遇，更同情伍子胥的处境，心想：若是有朝一日伍子胥真的路过这里，我定要救他！

从此，东皋公每天盼着伍子胥到来，但又怕错过相救的机会，让薳越逮了去。因此，东皋公每天出外采药时，都十分留意与子胥相仿的人。

也许，这正是有心人的缘分。这一天，东皋公正在林中采药，忽闻小孩的哭声，以为是小孩迷了路，便顺着声音走过来。却见一大一小的两个人不像迷路的样子，便决定上前问个究竟。

东皋公一见子胥，突然一惊，不禁说道："莫不是真遇上了他？！"

子胥见这个人笑眯眯地看着他，又说了这么一句话，不知何意，便问："老人家何出此言？"

公子胜见来了生人，因为害怕，反而不哭了。这时，东皋公问："你可是伍子胥！"

子胥心中一愣，因为对老者本无戒心，这突如其来的一句问话，反而弄得子胥不知所措。

东皋公很爽快，把他的心情和蘦越把守昭关的情况从头到尾一口气讲完。子胥一听消除了疑虑，对老人连连道谢，并说："老人家既然想救我，不知有何良策？"

东皋公见伍子胥果然气度非凡，不同于常人，心中更是敬慕，说："我家离这里不远，深山陋室，无人来往，你先跟我到家里住几天，等我想想办法。"

东皋公一边说一边拉着子胥便走，也不容子胥考虑。到了家中，东皋公请子胥入座，子胥说："主公在此，我不敢坐。"

东皋公一愣，因为刚才只顾与子胥谈话了，也没顾上问小孩是怎么回事。子胥简单一说，东皋公忙行过大礼，才重新分君臣坐下。

东皋公详细询问伍子胥这些年的情况，子胥便一五一十地

第五回　过昭关伍员白发　渡溧水渔翁溅血

把几年的境遇讲给他听，东皋公听着又怒又悲又喜。他怒平王的残暴，悲子胥的不幸，又喜子胥果真是有志之士。

吃过晚饭，东皋公便安排他们君臣二人休息。子胥去吴国心切，便问："老人家，不知你有何良策带我走出昭关？"

东皋公说："你太性急了，明天我要出去拜访朋友，七天后就回来，那时办法就有了。"说完，带上房门，让子胥和公子胜休息。

子胥躺在帐中辗转不眠，一会儿想想几年中所经历的事，一会儿又想想到吴国后的打算，但最发愁的，还是如何闯过眼前这一关。自己千辛万苦从郑国走到这里，其中的艰难不必说了，而吴国近在咫尺，却又是可望而不可即，不由长叹一声，落下两行泪来。

次日天明，子胥起了床便去找东皋公，东皋公一见子胥，"啊呀"了一声，说："奇人，奇人！"

子胥懵懵懂懂，不知道是怎么回事。

原来，子胥因为一夜又愁又急，一头乌发竟如被雪染。伍子胥从脑后扯过一绺头发看了看，心中一阵悲凉，不由哀叹一声，说："伍子胥一事未成，却已雪染双鬓！"

东皋公说："这是吉兆！"

子胥说："老人家不要安慰我了。"

东皋公说："不是我安慰你，老子生而白发，人人皆知，你正当而立之年却出此异事，这说明你定是奇人转世，上天有意改你容颜，日后你定能成大事！"

子胥心情稍稍平静了些，便说："老人家，既然我已鬓发皆白，不如混过关去。"

东皋公说："不行，蒍越盘查得很紧，你虽然头发白了，但面目未改，若仔细盘问，恐怕会有危险。你只管住几日，待我回来后，再送你过关。"

子胥说："老人家，我有大仇在身，如芒刺在背，哪里有心思静养？"

东皋公说："不是我非留你不可，我必须先去请一位朋友，一起送你过关，才能万无一失。"说完，背起竹篓便走，刚走几步，又回头说："子胥请放心，我回来之后，不仅要送你过昭关，而且还要一直送你入吴境。"说完，笑着下山而去。

子胥只好耐心等待。几天之后，东皋公果然回来了，而且还带来一位朋友，子胥一见，万分惊讶。

原来，东皋公的这位朋友叫皇甫讷，居住在七十里外的龙洞山，这人的相貌非常像伍子胥，而且身材也十分高大。

东皋公说："子胥，我把朋友请来了，明天便可过关。"

子胥一见皇甫讷与自己长得十分相似，便明白了东皋公的用意，便说："皇甫先生无辜替我受屈，心中实在不忍……"

皇甫讷忙说："你只管出关，我们自有解围之策。"

子胥还是不放心，非要问个清楚。东皋公便说："我与蘧越打过交道，彼此还算熟悉，等你过了关，我再去救皇甫讷，他不会不信。再加上皇甫讷不是郢城口音，一说话，蘧越便会放了他。"

子胥听他这么说，才放了心。

次日，东皋公给公子胜借来农家小孩穿的衣服，又用汤药涂黑了子胥的脸，一行四人便下山直奔昭关。到了昭关，皇甫讷走在前面，故意与人相撞，以引起甲兵的注意，等他走到跟前，东皋公突然趁乱高喊："快来人哪，伍子胥在这儿！"

第五回　过昭关伍员白发　渡溧水渔翁溅血

大将薳越一听赶忙过来，一看皇甫讷果然酷似画像之人，便命人把他绑在了树上。

伍子胥就在混乱之际，带着公子胜过了关口，连走带跑，一口气就跑出了二十多里。子胥看后面没有追兵，稍稍松了口气，但仍不敢停步，又走了几十里。天色将晚，一条大江挡住了去路。

子胥心想：如果楚兵发现了假伍子胥，肯定会追过来，要是追到这里，便前功尽弃了。

子胥正在焦急中，忽听芦苇丛中有荡桨之声，而且伴随着渔歌，心中不由又惊又喜，赶忙高声招呼船家。工夫不大，小船便钻出了芦苇丛靠了岸，一位老伯从船上跳到岸上，说："先生需要摆渡吗？"

子胥说："正是。"说着便抱着公子胜上了船。

这时老伯问他："天色将晚，为何要匆匆过江？"

子胥一怔，刚想编个瞎话，老伯却又问："你可是从昭关而来？"

子胥又一怔。老伯紧接着说："先生请稍候，我去去就回来送你过江。"说完，向不远处的竹林中走去。

子胥心中甚是疑惑，见他奔竹林而去，唯恐去叫楚兵，便抱起公子胜跳下船，藏在了芦苇之中。大约半个时辰，听着路上有脚步声，接着又是那老伯的声音："芦中人，芦中人，快出来吧，我不是坏人，刚才为你们取饭去了，不是去叫楚兵。"

子胥听听果然没有别的脚步声，便从芦苇中钻出来，看见老伯盛饭的瓦罐还冒着热气，断定是刚才从家中取来的。子胥疑惑地问："老伯，你为何赏我饭食？"

老伯一笑说:"我看你面有饥色,想你一定一天没有吃东西了,所以才送饭于你。先生快吃吧。"

子胥走了一天的路,连口水都没喝,此时见了饭,也顾不上那么多了,与公子胜狼吞虎咽般吃了起来。

吃罢饭,老伯便渡子胥二人过江。子胥问:"老伯怎么知道我从昭关而来?"

老伯诡谲地说:"昨晚我偶得一梦,梦见一位仙人指点,说今日有落难之人过江,请我一定帮忙。所以,今天我一直在这儿等着,终于把你等来了。"说完,哈哈大笑。

子胥见他出言离奇古怪,也不知是真是假。但见老伯慈眉善目,断定也不是歹人。不过,老伯这样帮他,自己又觉得有些过意不去,便说:"老伯,我身无分文,身上只有这口宝剑,是我的传家之宝,上面有七颗宝石,可值百金,送给你做谢礼吧!"

老伯一听,脸就沉了下来,说:"平王悬赏捉你,我连五万石粮食和公爵之位都不要,岂能收你百金?"

子胥一听,才知老伯早已认出自己,便说:"老伯既不收宝剑,也应把尊姓大名告诉我,日后定当重报!"

老伯说:"我渡你过江乃区区小事,你却言谢言报,这哪里像个大丈夫?刚才我既叫你芦中人,那你就叫我渔丈人吧。"

二人说着,船已到了对岸。子胥说:"虽说生死由天定,但今天我的命是老伯救的,你的救命之恩,我永生难忘,还请老伯勿把我过江之事说与外人,以免引得追兵过来。"

子胥这几句话本是为表一片谢意,虽存有疑虑,却并非指老伯,不过是唯恐他人生事而已。但他万万没想到,就因这几

第五回　过昭关伍员白发　渡溧水渔翁溅血

句话，却断送了老人的性命！

原来，老伯也是东皋公的朋友。几日前，东皋公与他约好，请他渡伍子胥过江，这位老伯爱开玩笑，所以没把实情告诉子胥，今日见他如此多疑，心里很不痛快，便说："你是楚国'贼'，我是楚国人，我既然不以你取利，肯定没有害你之心，我本是受朋友之托，再加上怜你含冤负屈，才渡你过江，没想到你却有疑心，若是追兵从另外的路上追来，那我说也说不清楚，而且还要连累东皋公，看来，我只有一死才能消除你的猜疑，还我自己一个清白了。"说着，冷不防从子胥腰间抽出宝剑，自刎身亡。

子胥一见此情此景，痴呆呆地在那儿立了半晌，忽然想起东皋公曾说过的"不仅送你过关，而且一直送到吴国"的话，眼前就是吴国国境了，渡他之人却因他而死，他心里很不是滋味，不由得慨叹不已。伍子胥将宝剑插入剑鞘，放在渔丈人的尸体旁边，用力推船，任它随水而去。

伍子胥与公子胜入了吴境，已身无分文，但离吴国国都梅里还很远，只好一路乞食。

这一天行至溧阳，子胥和公子胜已经两天都没有吃东西了，公子胜饿得把手指头都吮红了，子胥只好把他带到江边，想让他先喝几口水。这时，正好一个女子在江边浣纱，年纪与子胥相仿。公子胜毕竟是个孩子，他看见女子身边有一个小罐，便嚷道："饭！饭！"

子胥瞧见了，但见是个女子，不好开口，便哄着他说："我们到前面便可以讨到饭了。"公子胜说："不，我现在就要吃饭。"说着，就哭了起来。

浣纱女子听见了他们的对话，扭过头瞧了瞧小孩，又瞧了瞧大人，便用手示意小孩过来，并掀开了瓦罐的盖，公子胜快步跑过去，抱着瓦罐便吃了起来。子胥赶忙给浣纱女子赔礼，女子低头不语。

子胥见公子胜已经吃饱了，而罐中还剩了不少，便对女子说："夫人，可否把剩饭赏给我一些？"

女子脸红了，但仍不语，只是用手把瓦罐递给他，又暗暗垂泪。

子胥说："我乃穷途之人，向夫人讨一口饭吃，不过为了活命赶路而已，若是夫人不愿，我也不便强求。"

子胥说着，便把瓦罐放回了原处。浣纱女子见他如此憨厚，便开口说："先生请用。"说完，自顾浣纱。

子胥拿过瓦罐吃了几口，见所剩不多了，便放到了地上，浣纱女子一见，又说："先生为何不吃完呢？"

子胥说："我若都吃了，你吃什么？"

女子说："你不必管我，这里离家不远，我可以回家去吃。"于是，子胥便把饭吃了个一干二净。吃完谢过女子，又说："我是个亡命之徒，今天蒙夫人相救，得以活命，终生难忘，倘若夫人遇见他人，请不要提起……"

女子听子胥这么一说，不由凄然地说："我三十未嫁，你却称我夫人；我又赠饭于你，已经失节，哪还有脸面与外人讲？！你既是过路之人，快赶路吧！"

子胥糊里糊涂，不明白浣纱女子这话是什么意思，但见她哭哭啼啼，也不好相劝，心想可能是因为自己叫错了称呼吧，便只好与公子胜继续前行。

原来，在这一带，未嫁女子不能与男子讲话，更不能给陌生男子和成年男子送饭，否则，就被视为失节。这位女子与寡

第五回　过昭关伍员白发　渡溧水渔翁溅血

母相依为生，今天在江边浣纱，多时不归，母亲便把饭送到了江边。恰好这时子胥路过，浣纱女子见子胥长相奇异，面庞年轻，而头发皆白，料定不是凡俗之辈，又见他十分饥饿，便生了怜悯之心。心想，何必为了小节而失大义呢？所以才赠饭与他。自己为他失了节，却没想到子胥会疑她告诉别人。

其实，子胥所疑和女子所悲完全是两回事。浣纱女子越哭越伤心，越伤心心眼越窄，口中说道："母亲，儿既已失节，不能再侍奉你了。"说完，便抱起一块石头，溺水而死。

伍子胥并不知道这里的风俗，更不明白女子心中所想，见她哭哭啼啼，觉得很是奇怪，走了几步，便又回头望了望，正好看见她跳江而死。

子胥"哎呀"一声，感慨万分，彻悟道："渔丈人为我而死，浣纱女子也为我而死，皆因我猜疑之语所致。看来以后再也不能以小人之心度君子之腹了。"

子胥望着浣纱女子浣纱的地方，心中非常惋惜，便转身回来，在一旁的大石上坐了片刻，然后咬破中指，写道："尔浣纱，我行乞；我腹饱，尔身溺。十年之后，千金报德。"

子胥写完，又恐怕风吹日晒雨淋，便捧土盖上了，然后怅然离去。

第六回　除王僚江边练兵　吹洞箫吴市乞讨

伍子胥离开溧阳，一路打听、一路乞食而行。这一天，行至一个叫吴趋的地方，子胥正想乞食，忽然听见街市上有喊叫之声，接着便见一个大汉追逐着另一个大汉，一边打一边追，街上围了好多人，也没人敢管。只见这个打人的大汉，身材高大魁梧，袒胸赤臂，肌肉凸出，高额头，高颧骨，深眼窝，真是虎貌熊姿。他抓住另一个大汉，一脚将他踢翻，骑到背上就打。正在这时，一个妇人挤到人群中间，说："专诸，住手！"

这位大汉一见，便松了手，跟着妇人回了家。子胥不解，便问旁观的人："如此凶猛之人，为何却怕一个妇人？"

那人笑说："这是他母亲，他是个孝子。"

子胥见那妇人与大汉年纪相仿，心中更觉疑惑，又问："是他后母？"

这时，旁边一个人快嘴快舌地说："你是过路之人，有所不知。这人叫专诸，生性剽悍，爱打抱不平，总是惹祸，但他非常孝顺，他只听他母亲的话。他母亲临死时不放心，对他妻子说：'我死后，你代我严加管教诸儿。'又对专诸说：'你

第六回　除王僚江边练兵　吹洞箫吴市乞讨

妻在，犹如我在，你务必言听计从。'专诸因孝其母，故称妻为母。"

子胥听了，觉得又可笑又可叹。笑的是天下之大无奇不有，叹的是难得专诸的一片孝心。子胥觉得此人可交，再加上饥饿难忍，便向专诸家走去。

子胥轻叩柴扉，专诸出来开门，一见子胥年少而发白，也很奇怪，竟不由自主地说："莫非仙人至此？"

子胥说："勇士，我乃过路乞讨之人，哪是什么仙人？不知勇士可否赏口饭给我吃？"

专诸性情直爽，怎么看子胥都不像要饭的，依然一口咬定他是位仙人："仙人请进。"

子胥和公子胜一同进了屋，专诸便对妻子说："母亲，请给这位仙人端些菜饭来。"

子胥见专诸称呼妻子为母亲时，毫无戏谑之意，十分庄重严肃，心想："此人性情专一，乃忠义之人。我今来到吴国无亲无故、无依无靠，不如与他交个朋友。"

子胥正想着，专诸之妻把饭端来，细瞧子胥，也觉得奇怪，便问："仙人从何而来？看你气度非凡，绝非乞讨之相，却为何乞讨为生？"

专诸也问："不知仙人姓什么叫什么，是哪路神人派遣，荣降陋宅？"

子胥哈哈大笑，说："你夫妻二人言过其实了，我虽年少发白，但并非仙人。"说完，便一声长叹，把真实情况一五一十地说了出来。

专诸听完，又同情又佩服，说："我最敬重有孝德的人，你能千辛万苦历经磨难为父兄报仇，又孝又义，这才是大丈夫！"

子胥说："我来到吴国举目无亲，如果你不嫌弃，我们结拜为兄弟如何？"

专诸一听，立即拍手称好。于是，各自报了年龄，子胥长，专诸小，子胥为兄，专诸为弟。

专诸说："子胥兄既已到了吴国，不知今后如何打算？"

子胥说："伺机接近吴王僚。"

专诸说："王僚不如公子光，公子光体恤民情，礼贤下士，在百姓眼中声望颇高。"

子胥说："公子光是何人？"

专诸说："他是吴国先王诸樊之子，现在是吴国大将，常在太湖边操练水军。你若能与他接近，将来定能成就大事！"

子胥说："蒙弟指教，我一定记在心里，如果将来有求于贤弟，请不要拒绝。"

专诸说："你的事就是我的事，小弟定尽力效劳。"

子胥要与专诸告别，专诸夫妻再三挽留。但子胥见吴王心切，所以只休息了一夜，次日便携公子胜直奔吴国国都梅里。

吴国先王寿梦有四个儿子，他们是诸樊、余祭、夷昧和季札。其中，以季札最为聪明博学和重信义。季札很喜欢音乐，常去各国学习，会弹奏中原各国的乐器。有一次，他路过徐国，徐君很喜欢他的宝剑，但没有说出来。季札已明白他的心思，心里说："等我周游各国之后，回来一定给你。"季札回来后，徐君已病逝，但季札仍把剑放在了他的坟头。有人问他："人已死了，为何还要把剑放在这里？"季札说："因为我早在心中相许，不能因为人死了，我就违背诺言。"这个故

第六回　除王僚江边练兵　吹洞箫吴市乞讨

事在各国已传为佳话。

寿梦见季札如此重信义，便要立他为太子，但季札不喜王位，情愿让给哥哥们。寿梦无奈，临死时说："季札既然不要王位，我死后即位之人理应是诸樊。不过，吴国从此以后传位只能兄弟相传，勿要传于子。"

兄弟几个非常明白父亲的意思是定要季札治国不可。季札只好躲避起来，诸樊没有办法，便即了位。后来，传到夷昧，夷昧临死，眼看王位就该传给季札了，季札却又周游列国，躲了起来。

按传统，既然季札拒不受位，就该把王位传给诸樊长子公子光。这时，夷昧的儿子王僚却早已觊觎上王位了。

古时候人们迷信鬼神，统治阶级便利用这种迷信来维护自己的统治。当时，东周分封诸侯，国家四分五裂，争霸战争连年不断，虽然周天子名存实亡，但各诸侯国却不敢随意侵犯他，因为传说中周朝君主是天上神仙下凡，是天之子，反对天子，便是逆天而行，必遭天诛，同时也会引起百姓的反对。

王僚也正是利用这一点，夺得了王位。他见父亲病入膏肓，眼看就要把王位传给公子光，心里很不是滋味，心想：历来王位禅让都是父传子，可气的是祖父偏偏定了这么个规矩。若是公子光即位，我们年龄相仿，等他死了，我也快了，当国君之事自然也就随风散去。他心里想着，便有了主意。

当时，侯爵和官宦，收买门客和勇士是一种常见现象。门客主要用来传播自己的思想，扩大自己的知名度；勇士则相当于保镖和家甲。

王僚重金收买门客，在朝中内外到处宣传，说天子让位乃父传子，而诸侯各国理应效之，否则便是逆天而行。夷昧早就知道王僚有夺位之心,明白这都是他搞的鬼,但人已垂危,也无力阻止。

夷昧死了,王僚在灵前痛哭,突然远处有人说道:"天神降旨,王僚理当即位,请速速节哀。"

所有灵前悼念之人,举目观瞧,并不见人影,接着灵棚外边便来了一群人,高呼:"天神降旨了,理当拥王僚为君!"

王僚轻易地当了国君,虽然瞒过了百姓和大臣,却瞒不过公子光。他又气又恼,脸上一点也不表露。但从此,便对王僚怀恨在心,暗藏报复之心。

公子光素与宫中一个小吏感情甚笃。小吏名被离,善于相面,他对公子光说:"我看公子非凡人之相,眉宇间颇有君王之气……"

没等被离说完,公子光故意沉下脸,说:"你好大的胆子,一个宫中小吏竟敢胡言乱语!"

被离一向了解公子光的为人,纵有心事也不外露,虽然早就存有杀机,表面上对王僚却仍是毕恭毕敬。被离断定他日后必能成事,从此二人心照不宣。

王僚自即位后,心中颇感不安,他知道公子光比自己有谋略,因而公子光越是服服帖帖,王僚越是心中嘀咕。

有一天,王僚决定试探一下公子光对自己的忠心是真是假,便当着众臣的面,问他:"按先王之意,我的王位本该是季札的,但他不受,便应该传给你,可如今我奉了上天的旨意,做了国君,不知你有什么想法?"

公子光说:"大王遵从上天的旨意,是顺民心之举,吴国定会强盛发达。"

王僚又问:"公子有何治国之道,可否讲与我听听?"

第六回　除王僚江边练兵　吹洞箫吴市乞讨

公子光反应敏锐,知道这是试探他,若说出真实的想法,王僚定会忌恨他才智盖主,若敷衍了事,又会说他无德无能,倒不如顺了他的心意。

公子光说:"大王若想吴国昌盛太平,必须重用王室亲人。"

王僚一激灵,心想:"莫非他要举荐自己?"便说:"公子请明讲。"

公子光说:"大王长子庆忌勇猛过人,又有特殊本领,能日行三百,马不能及,却远在江边操练水军,不如让他回到大王身边,以保大王安泰。"

王僚虽然得了王位,其实并无大智,靠的是用金钱收买门客和勇士,靠的是小聪明。现在一听是举荐自己的亲儿子来身边护驾,他不由大悦,便立即说:"正合我意,不知公子还有什么意见?"

公子光说:"掩余和烛庸是大王夫人的亲弟弟,如今只是大将之职,不如让他们掌握重兵,定可保吴国天下太平。"

王僚听完,哈哈大笑,觉得公子光对自己确实忠心不二,否则不会举荐自己的亲信。于是,他立即任命掩余、烛庸为司马,并调长子庆忌回朝任大将,守候在自己身边。

王僚吩咐完,又一想,说:"庆忌回朝,不知哪位爱卿愿去江边接任?"

因为江边潮湿,操练水军又很辛苦,所以没有人应,只等着大王吩咐。公子光早就料到这一点,便应声道:"臣愿往!"

王僚一听,心想:"此人真是个庸才,真是个窝囊废,丢了王位不仅不恼,反而抢着苦差事干,看来我的心病已消除了。"想到这里,王僚欣然应允。

掩余和烛庸平白无故地便做了大司马,心中的喜悦自不必说。只有庆忌回朝后闷闷不乐。他对王僚说:"父王,公子光非等闲之辈,他这么做是另有打算,你千万不要大意!"

王僚一贯骄横,听庆忌这么说,心里很不痛快,说:"你是我的亲儿子,将来还要立你为太子,你怎么能长他人志气灭自己威风呢?!"

庆忌还要辩解,王僚已不耐烦了,说:"反正他已不在身边,我多加小心就是了。"他嘴里这么说,但心里依然没把公子光放在眼里。

从此,公子光一边在江边操练水军,一边招纳贤士,亲善百姓,从而迅速提高了自己在百姓中的威信。

王僚自从做了君王,又消除了对公子光的疑虑,性情不由变得更加骄横,生活也更是穷奢极欲。他非常喜欢吃鱼,尤其喜欢吃炙鱼。他每顿饭都要求做几种炙鱼,酸、辣、甜、咸各种味道必须齐备,而且要求做鱼的厨子一直跪在下边,等他吃完了才能站起。吃得高兴时,他便给厨子赏钱;吃得不高兴时,便把厨子活活饿死,再当着众厨子的面进行焚烧,然后说:"不做好炙鱼,都将变成人干!"当时,很多厨子因为怕被捉进宫去,不敢学做炙鱼。

王僚残暴无道的事例还有很多。

有一次,一个厨子做的鱼很好吃,王僚高兴,不由想起自己的崇妃,便赶紧派人请崇妃来一起吃。崇妃进来一见大王已把鱼吃了一半,心中不悦,但嘴上不说。后来越想越不对劲,觉得大王拿剩鱼给她吃,很瞧不起她,心想:"既已失宠,活着还有什么意思!"这个崇妃因此而自尽了。

王僚见最宠爱的妃子死了,便决定厚葬她。

第六回　除王僚江边练兵　吹洞箫吴市乞讨

他命人挖了一个能容纳万人的隧道。入殓前，派人散布谣言说："王妃乃鹤仙转世，入殓时可见白鹤舞于市。"很多人好奇，到了入葬那一天，数万男女都来观看。殡仪人员又说："想看白鹤必须先入隧道。"人们信以为真，争抢着进了隧道……王僚坑葬了万人，这才满意地说："这回爱妃不会寂寞了！"

公子光见王僚的残暴无道日甚一日，杀他之意便有增无减，只是苦于没有能人相助。这一天，他向被离倾诉了苦衷。

被离眯着眼，微微一笑，然后装出一副高深莫测的样子说："我早就说过公子有君王之相，这本是上天所赐。我为公子寻访贤士已有几年了，却无一中意者，难道这也是天意？"

公子光说："先生这话是什么意思？"

被离说："自古天赐良缘，可遇不可求。"

公子光急切地说："请先生指教。"

被离说："公子可曾听说过楚国罪臣伍子胥？"

"有所耳闻，先生的意思是……"公子光虽然听说过伍子胥的事情，但并不了解，又何况他奔走各国，也不知现在何处，所以有些纳闷。

被离说："公子若有意相见，我可给你引见。"

公子光问："不知他现在何处？"

被离说："在吴市乞讨。"

公子光一愣，说："为何沦落到如此地步？"

被离说："改日我把他带来便知。"

据史料记载，周朝分封诸侯时，并没有吴国，吴国只是后来兴起的一个小国，但吴人勇猛好战，势力逐渐壮大，且常与楚国争霸，这才引起各国的注意。不过，它在政治、军事、经济、文化等方面仍落后于其他各国。传说，吴国人虽好战，但丝毫不懂战略战术，是楚国人到了吴国后，才教会了他们如何打仗、如何种田。

伍子胥带着公子胜来到梅里，见吴国都城还不及其他国家的一般城镇，料定吴国的君王缺乏治国之才。为了引起人们的注意，他便在吴市上一路走一路吹箫吟唱：

伍子胥！伍子胥！跋涉宋郑身无依，千辛万苦凄又悲！父仇不报，何以生为？

伍子胥！伍子胥！昭关一度变须眉，千惊万恐凄又悲！兄仇不报，何以生为？

伍子胥！伍子胥！千生万死及吴陲，吹箫乞食凄又悲！深仇不报，何以生为？

…………

伍子胥在前面边走边唱，公子胜在后尾随，二人破衣烂衫，很是凄凉。子胥专找人多的地方唱，唱到动情之处，泪流满面，哀号不止，公子胜也跟着啼哭。围观者有的投之以钱，有的投之以残羹剩饭，子胥毫无被辱之色，都一一接纳。

伍子胥每天在街上吹箫，声音悲凄动人。一时间，人们议论纷纷，有的人同情，有的人好奇。人们的议论引来了更多的围观者，小孩子很快就学会了，也尾随其后跟着唱，弄得吴市中人人都知道了伍子胥的故事。

这件事引起了被离的注意。他来到街上，见子胥天庭饱满，地阁方圆，鼻直口阔，眼中闪烁着智慧之光，而那一头白发，更透出仙风道骨之气。被离一声惊叹："此人蓬头垢面，

第六回 除王僚江边练兵 吹洞箫吴市乞讨

不耻乞讨,必定心怀大志!"

被离走到子胥跟前,说:"先生请止步。"

子胥闻声止步,说:"先生有何指教?"

被离说:"能否让我给你相上一面?"

子胥说:"落魄乞讨之人,相面有何用?"

被离说:"这是天意,请先生跟我来。"

子胥听这话意味深长,又见此人面带善意地看着他,便跟着被离来到一个僻静小巷。

子胥说:"先生所说'天意'是什么意思?"

被离说:"我四处寻访多年,也不曾见你这样容貌的人,这难道不是天意?"

子胥说:"那就请先生为我相上一面吧。"

被离哈哈一笑,说:"先生之貌不用相了,你的经历吴市妇孺皆知。我只问你一句话,你为何来吴?"

子胥一听,觉得他也不是凡俗之辈,料定此人已明白了自己的意图,便心照不宣地说:"先生乃聪明之人,如今能够有此一问,想必我的出头之日到了!"

被离笑笑说:"先生的出头之日到了,公子的出头之日也到了。这真是天意呀!"

子胥说:"请先生指教。"

被离说:"先生可曾听说过公子光?"

子胥说:"来吴多日,早已知道。"

被离说:"我引你去见他如何?"

子胥一听,喜出望外,心中暗想:"苍天有眼,父兄亡灵保佑,子胥报仇有望了。"

第七回　被离有意荐能人
　　　　　　姬娘巧遇入吴宫

　　伍子胥听说被离要带他去见公子光，心中喜悦，反倒落下泪来。他看看公子胜已经九岁了，当初出生在城父，襁褓之中便遭大祸，随太子建走奔他国，如今跟着自己颠沛流离也有三年了，弄得衣不遮体、食不饱腹，瘦得一阵风都能吹倒。虽说二人是君臣关系，但情如父子。子胥看着此情此景，再想想往日的苦难，一把拉住公子胜的手，含着泪说："小公子，你以后不会再挨饿受冻了！"说着，便热泪潸潸。

　　被离看着，心中也很难受，便说："男儿有泪不轻弹，我们还是快走吧。"

　　子胥止住眼泪，说："感谢先生引见之恩，请问先生尊姓大名？"

　　被离与子胥通了姓名后，二人便一同来见公子光。

　　江边的水军营房都是用竹子、柴草搭成的，很是简陋。因为江边湿气很重，所以公子光的双腿常常疼痛。这一天，他刚刚巡视完毕，回到帐中，腿病又犯了，只好卧床休息。工夫不大，守门军来报：被离求见。

　　公子光自从被离那天说要把子胥带来见他，心中非常高

第七回　被离有意荐能人　姬娘巧遇入吴宫

兴。他素知子胥是难得人才，只是做梦也没想到他就在几十里外的梅里。所以，当守门军一说，公子光便仿佛忘了腿疼，立即从床上跳下来，跑出大帐。

被离见公子光亲自出来迎接，便赶忙对子胥说："这便是公子。"

子胥赶紧施礼，说："拜见公子。"

公子光没有说话。他见子胥脚上的鞋子只剩下一层鞋底连着半片鞋帮，衣服袖子只剩下半截，不由得想："传说中的伍子胥就是这副样子吗？"但是，当他看到子胥的气度和相貌时，却又立刻肃然起敬。只见伍子胥身材高大挺拔，站在那里犹如千年松柏，风吹不动，雷打不弯；相貌不但英俊，而且有异于常人的气质，自信而不傲，聪慧而不浮；而那一头白发，更显出主人的饱经风霜和深沉练达……

公子光愣愣地看着，子胥又施一礼，他这才赶忙还礼，说："先生之相，好像神仙下凡，令陋室蓬荜生辉！"说着，便与子胥携手进了大帐。

公子光详细询问了子胥的情况，子胥一一作答。公子光问："你现在来到吴国，有何打算？"

子胥说："我空有报仇之心，却无报仇之力，今天幸遇公子，真是三生有幸，不知公子能否赏我一席站脚之地？"

公子光说："先生过谦了，像你这样的能人，我求之不得，正有许多事要求教于你呢！"

子胥说："何事？"

公子光便把王僚夺位的事讲了一遍，又说："王僚不过是匹夫之辈，既无治国之才，又骄横残暴，我早有意诛他，只愁没有贤人相助，今天见了先生，真是相见恨晚！"

子胥说:"我不过是楚国罪臣,几年来疲于奔命,幸蒙公子垂青,否则,我将无出头之日了。公子有何打算,有何吩咐,请明讲。"

被离见两个人客气起来,便说:"明人不说暗话,子胥辗转数千里是为了报仇;公子含冤忍辱是为了诛王僚。今天二人相遇,实是缘分。子胥定能助公子成就大事,公子也定能为子胥报仇雪恨,这正是将遇良才啊!"

子胥听了,心中明白,便请公子光将吴国朝中的情况讲了一遍。他心想:"公子光果然有治国的才能,看来专诸的提醒是对的。"他又沉思良久,说:"公子杀王僚的事不可操之过急。"

公子光说:"为何?"

子胥说:"公子要想成事,必须具备三个条件:一是博得王僚的信任,二是有适当的机会,三是要有忠义的勇士相助。这三个条件具备了,公子定能成事。"

公子光说:"依先生之见,我现在应该如何去做?"

子胥说:"请问公子,王僚若是知道我在你门下,问起你,你该如何回答?"

公子光是聪明之人,一点就透,心想:"伍子胥乞于市中,人人皆知,难免不被王僚知道。虽然他看不出我有报复之心,但若知道伍子胥就在我门下,也必定会引起他的怀疑。"

公子光想到这儿,便问子胥:"先生何意?"

伍子胥说:"依我之见,公子要做的第一件事,就是把我引见给王僚,然后公子再逐步接近王僚,不仅要赢得他的信任,而且还要博得他的欢心。这之后,再伺机将我逐出朝中,这样我才不会引起别人的注意,暗中助公子成事。"

第七回 被离有意荐能人 姬娘巧遇入吴宫

公子光和被离一听，都点头称是。

王僚闲着没事，便召了几个宫中歌女唱曲，听着都是些老调子，便很不耐烦，一怒又要杀人。这时，有一个比较机灵的宫女走到大王跟前，说："大王，小女最近听了外面传唱的一支曲子，只是调子悲凉些，不知大王想听不想听？"

王僚问："什么曲子？"

宫女说："小女只是听别人传唱才学会的，不知道是什么曲子。"

王僚一挥手，说："不知道也行，唱唱吧！"

宫女坐在王僚身边，自己手打节拍，就唱了起来。她唱的便是伍子胥吹箫乞讨的曲子。

王僚听着，觉得也很悲凉。在宫中平常所听的曲子都是热闹喜庆的，偶尔有一支悲凉的曲子，他倒也觉得新鲜。不过，王僚越想越不对劲，便问宫女："传唱这支曲子的是什么人？"

宫女说："听说是个吹箫乞讨的人在市中唱的。"

王僚心想："乞讨之人为何要唱伍子胥的事情呢？谁不知道伍子胥是楚国罪臣，莫非现在他到了吴国？若真是如此，我倒要见见他，看他是不是传说的那样！"

自从伍子胥给公子光献计之后，便仍在街上吹箫乞讨，而被离则寻机把他举荐给王僚。

这一天早朝，王僚问："哪位爱卿最近听到外面传唱伍子胥的曲子？"

被离正想奏本推荐子胥，一听王僚先开口问，赶忙上前说："臣听说过。"

王僚又问:"你可见过此人?"

被离说:"此人每日在街上吟唱乞讨,所以微臣见过,这人便是伍子胥。"

王僚说:"寡人命你把他带上朝,我要见见他。"

被离说:"伍子胥沦落到这般地步,知道大王召见他,不用片刻定会前来。"

被离说完退出朝中,到市上找到子胥,二人当即直奔王宫而来。

子胥进了宫门,还没有来到大殿,便开始吟唱,声音悲悲切切,一直唱到大殿之上。

这时,被离上前一步,对王僚说:"微臣已将伍子胥召来!"

子胥来到王僚面前,跪伏在地。

王僚问:"下跪之人可是伍子胥?"

伍子胥回答:"正是小民。"

王僚又问:"寡人早就听说过你的名字,不过你为何沦落到如此地步?"

子胥长叹一声,把这些年的经过叙述了一番。王僚也生了怜悯之心。这时,被离到王僚跟前,小声说:"大王,伍子胥对楚国仇恨很深,而且此人又有才干,不如给他个一官半职,让他在朝中效劳,他定会感恩戴德,对大王日后称霸蛮夷必有好处。"

其实,王僚召他入朝也有这个意思,不过又怕召一个乞丐做官,会有大臣笑他无能。今天一见子胥,果然是相貌不俗,心中已有爱慕之心,经被离这么一说,便立即传令,封伍子胥大夫之职。

第七回 被离有意荐能人 姬娘巧遇入吴宫

伍子胥叩头,但不谢恩,说:"大王,我是楚国罪臣,几年来疲于奔命,晨不保夕,如今虽有大王恩典,我也不敢受。"

王僚说:"这是为何?"

子胥说:"我之所以奔走各国,千方百计保性命,不过是想替父兄报仇,讨伐楚平王。除非大王答应为我报仇,我才敢受。"

王僚说:"讨伐楚国、称霸蛮夷是我的心愿,寡人定替你报仇!"

伍子胥这才叩头谢恩。从此,他只要有机会,便向王僚提起伐楚之事。

公子光自从伍子胥给他献计后,心中非常高兴,一心想着如何接近王僚。这一天,他一个人沿着江边散步,边走边想,走了有半天的工夫,不知不觉已走出二三十里路,走累了才发现自己早已离军营很远了。见前面有一片竹林,竹林青翠繁茂,风一吹沙沙作响,犹如仙宫奏乐。公子光心想:"这正是一处休息之所。"

公子光来到竹林中,找了一块平整地方,便躺了下来。他仰望天空,正午的太阳透过竹林缝隙,刺得他睁不开眼,他便合上眼睛,工夫不大就迷迷糊糊睡着了。

一觉醒来,已经日落西山,公子光感到腹中饥饿,望望周围,没有人家,便顺着一条小路信步走去。走了好大一会儿工夫,才看见有一排竹篱笆。竹篱内有一条狗,非常凶恶,见了公子光便嗷嗷大叫。

这时从屋里走出一个姑娘,用手拍拍狗,那狗便不再乱叫。她抬头,看见了公子光,不由一愣,心想:"这人好像在哪里见过!"

公子光看见姑娘也一愣,心想:"竹林深处竟有如此美貌女子!"他仔细打量那女子,虽是粗布衣裙,却掩不住柔弱的盈盈细腰;头上虽无任何首饰,脸上也未涂脂粉,却散发着动人的光彩。

姑娘上前走了几步,欲言又止,面有胆怯之色。

公子光明白了姑娘的意思,便说:"我是吴国公子光,今日来到林中快一天了,腹中饥饿,想讨口饭吃。姑娘不必害怕。"

姑娘名叫姬娘,她常去江边浣纱,见过公子光巡视水军,再加上公子光在百姓心目中声望很高,所以当她听了公子光自我介绍后,心里的恐惧便立即消除了。

姬娘微微一笑,赶忙请公子光进屋。公子光见屋里并没别人,便问:"令尊、令堂不在吗?"

姬娘神情悲哀,说:"娘在我小时就染病死了,是父亲把我带大,父亲去年又死了。"姑娘说到这儿,不敢往下说了,但分明话音未尽。

公子光说:"姑娘不必害怕,我没有恶意,请你直说就是了。"

姑娘刚一开口,泪便落了下来,说:"我父被当朝大王所杀。"

原来,姬娘的父亲善做炙鱼,十里八村若有红白喜事,他都去帮厨,一传十、十传百,被王僚手下的人知道了,便把他抓到了王宫。

王僚吃了姬娘父亲做的炙鱼,果然满意,便天天让他做。

第七回　被离有意荐能人　姬娘巧遇入吴宫

有一次，姬娘父亲不小心烫了手，献鱼时，只好用一只手举到大王面前，王僚一见大怒，说："你一只手献鱼，分明是对寡人不尊！"王僚想杀了他，可他做的鱼太好吃了，又有些舍不得，便下令叫人把他烫伤的那只手砍掉，并让他继续在宫中做鱼。

姬娘父亲忍着疼痛，忍着悲愤，心里盼着有朝一日能逃出宫来。可是宫中看管很严，根本没有机会。一晃一年过去了，他日日担惊受怕，又思念姬娘，可王僚就是不准他回家。他看看自己的另一只手，说："如果不是因为这只手，就不会遭这份罪！"悲愤之中，他将手放进炭火里烧伤致残，心想这回能与姬娘团聚了。

姬娘的父亲恰恰想错了，王僚见他几天不来献鱼，便叫宫人把他传来，问他为何不来献鱼。

姬娘父亲以为出宫的机会到了，说："大王，我的手已经残废了，不能为大王献鱼了，请大王开恩，让我回家种田吧。"

王僚看了看他的手，问他："你是怎么烫伤的？"

姬娘父亲是个老实人，不会撒谎。王僚一问，他支支吾吾不知如何回答。

王僚大怒，说："你不愿为寡人做鱼，那这只手也没用了。"姬娘父亲的另一只手也被砍掉了。他疼痛难忍，想一死了之，便要撞柱。王僚不解恨，命人对他施加酷刑，没过几日，便活活将他折磨死了。

姬娘一边说一边哭，公子光听着，恨不得把王僚立即剁成肉泥。

公子光见姬娘哭得实在可怜，便好言相劝。姬娘这才想起为公子做饭。公子光坐在里屋，姬娘在外屋，公子光隔着门看她一举一动甚是敏捷轻巧，料想这个姑娘一定非常聪慧，再加上其举手投足都显得妩媚动人，不由得心里一动，竟脱口而出："姑娘可否想为父亲报仇？"

姬娘正端着饭进屋，听公子光这么一说，愣了一下，又叹息说："不瞒公子，我当然想为父报仇，可一个弱女子哪有这个本领。"

公子光说："姑娘会做炙鱼吗？"

姑娘说："跟父亲学过，但父亲因为炙鱼而丧命，我现在一想起来就害怕。"

公子光说："只要姑娘愿意，我可替你报仇。"

虽说这竹林中人烟稀少，可堂堂吴国公子对姬娘说出这种话来，还是把她吓了一跳。公子光又说："王僚残暴而无人性，早就被万民所痛恨，这样的昏君不杀，我枉为吴国公子！"

姬娘很聪敏，听话听音，知道公子光对她必有所求。姬娘沉思半晌，心想："反正父母双亡，父亲又是惨死在王僚手下，如今只剩下我孤苦伶仃的一个人，无依无靠，生死又有什么区别？有缘结识公子光也算我的福分，若真能助公子一臂之力，不仅可为父报仇，也能名传千古了。"

姬娘想到这儿，扑通一声跪倒，说："多谢公子替小女子报仇，公子有何吩咐，小女子万死不辞！"

公子光赶忙用手扶起，姬娘羞怯地退到屋角坐下。公子光把他的想法对姬娘一一说了，姬娘点头应允。二人又谈了很久，直到深夜……

公子光把姬娘带回营帐中，让她做婢女。又亲自驾车来到

第七回　被离有意荐能人　姬娘巧遇入吴宫

掩余和烛庸府中，拜见他们二人。

掩余和烛庸自从公子光举荐他们做了大司马后，心中感念不已。一听说他来府求见，二人赶忙出来迎接。

公子光从车上跳下来，一步一拐地向前走，二人很奇怪，忙问："公子这是怎么了？"

公子光一脸痛苦的表情，说："两位大人不必担心，不过是我的腿病又犯了。"

二人问："公子何时染上的腿疾？"

公子光说："只因去江边操练水军，与士兵同吃同住，帐内湿气太重，我的腿便常常疼痛。"

自从子胥在吴国朝中做了官，掩余和烛庸便渐渐有了一种危机感，唯恐因此而失宠。所以，今天见公子光来拜访，心里很高兴，也感到轻松了许多。掩余说："公子对大王如此忠心耿耿，尽力操劳，如今却不如一个讨饭的伍子胥！"

公子光听出了他话中之意，便故意一笑，很轻松地说："我只管为大王尽忠，别的事我不管。今天我来，是请两位大人检阅水军。"

掩馀和烛庸对检阅不感兴趣，虽答应下来，但嘴里仍不断唠叨："大王偏偏喜欢伍子胥的悲腔悲调，真是人之所爱，各有不同。"

公子光听着，心里暗笑，但脸上不露声色。

他叹息道："朝中能人颇多，不知大王为何要用伍子胥？难道大王不知他的用意？"

掩余和烛庸一听，觉得这话很对他们的胃口，便问："公子说他的用意是什么？"

公子光说："伍子胥有父兄大仇，他无非想借吴国之兵为他报仇,这叫'鹬蚌相争,渔翁得利'。他并非真心对待大王,只有像我们这样的臣子,才能做到精忠报国。"

二人一听,颇有同感,觉得公子光不仅真心实意忠于朝廷,而且与他们情投意合。

掩余和烛庸检阅了水军之后,更觉得公子光诚实可靠,便把这些情况禀报给了王僚,王僚信以为真,立即召公子光回朝,不再让他去江边操练,水军之事另派了他人。

这一天,公子光求见王僚。说:"大王一向爱吃炙鱼,我明日备好炙鱼宴,请大王品尝。"

王僚很高兴,一口便答应下来。公子光走后,庆忌对王僚说:"父王还是不去为好。"

王僚觉得很扫兴,便不高兴地问:"为什么不能去?"

庆忌心想:"父王夺了他的王位,他一定怀恨在心,凡事应多加小心才好。"可他不能直言,只好说:"我为父王着想,他虽表面很忠诚,但内心却十分狡诈。"

这些话王僚都听腻了。因为没见公子光有什么不忠的行为,所以对庆忌所说很不耐烦。可儿子毕竟是为他好,他想了想,便把伍子胥叫来,问:"伍爱卿,公子光明日请我去吃炙鱼,你看我该不该去?"

伍子胥故意沉思片刻,然后说:"大王该去。"

王僚一听很高兴,庆忌则闷闷不乐。伍子胥又说:"大王,如果你担心公子光另有他图,不妨多带侍卫,并且让公子庆忌守候在你身边。公子勇猛无比,没人是他的对手,若真有不测,也能立即诛杀公子光!"

王僚拍手称好,庆忌也放了心,但伍子胥又显出欲言又止的样子,王僚便问:"伍爱卿还有什么话要讲么?"

第七回　被离有意荐能人　姬娘巧遇入吴宫

伍子胥沉吟了一会儿，说："臣有小计，可消除大王和公子庆忌的疑虑。"

王僚说："爱卿快讲。"

伍子胥说："臣听说公子光府中有一婢女，名叫姬娘，美貌无比，而且善做炙鱼。大王去吃鱼宴时，定能见到姬娘，你若有意，可试探着要她进宫。公子光平时也颇喜爱此女，他若答应，这说明他能为大王倾其所爱，一定真心忠于你；若不答应，则是不忠。"

王僚一听，既有炙鱼，又有美女，心里更是高兴，决定去公子光府中赴宴。

伍子胥与公子光一个在朝中，一个在江边，被离传递消息，彼此早就暗中定了计策。

王僚带着庆忌等几十个勇猛侍卫，来到公子光府中。公子光迎入，献茶叙谈。王僚却有些急了，说："公子今天请我来吃鱼，不知何时开宴呢？"

公子光立即命人开宴。这时，姬娘端着鱼走上来，双膝跪倒，说："大王，姬娘献鱼。"

姬娘出现在门口时，王僚就盯上她了，他觉得那不是一个女子款款而来，而是一阵香风徐徐吹过，弄得脸上痒酥酥的……

正在王僚发愣的时候，公子光说："大王，请吃鱼。"王僚醒过神来，夹了一口鱼，觉得味道果然不错，便问公子光："这鱼可是这女子所做？"

公子光说："正是。"

王僚又问："这女子是哪里人？能做如此香美的鱼！"

公子光说："太湖人，祖传炙鱼手艺。"

王僚无耻地说:"真是鱼香人美,可惜寡人只能受用这一次。"

公子光故意没应声,看看姬娘,姬娘会意。虽然她心中憎恨王僚的凶暴、无耻,但她为报父仇,只好故作笑颜,向王僚妩媚地一笑,这一笑,把王僚乐得连手中的筷子掉了都不知道。

公子光虽气得火顶脑门,但也只能忍痛割爱。他对王僚说:"大王,如果你喜欢吃此女做的鱼,可把她带回宫中,日日侍奉大王。"

王僚一听,心中暗想:"既得美女,又得忠臣。"不由得哈哈大笑,一把拉住公子光的手,说:"公子舍得吗?"

公子光说:"吴国江山属于大王,又何况一个婢女!"王僚一听更高兴,又是一阵大笑。公子光暗中咬牙切齿。

王僚吃完鱼宴,带着姬娘回宫。公子光怅然若失。

第八回 报父仇弱女刺王
　　　　　怀大业强君杀爱

　　自从公子光把姬娘献给王僚后,王僚对公子光便倍加信任,公子光也变着法地使王僚高兴。

　　这一天,公子光带了两只野鸡,来到宫中求见王僚。公子光说:"大王,我今天上山打猎,活擒两只野鸡,一雌一雄,非常漂亮,而且善斗。现特来献给大王,供大王赏玩。"

　　这时,王僚正与姬娘饮酒,旁有宫女边舞边唱。王僚一见又有了新鲜花招,一摆手让宫女退下,咧开大嘴,笑呵呵地说:"公子真是个有心人,知道寡人在宫里闷得慌,事事都想着我。不知公子喜欢什么,只要你说出来,寡人就赏给你。"

　　公子光说:"我理应为大王尽力,不图赏钱。"

　　王僚更高兴了,说:"公子真是憨厚之人,不像那些势利小人。既然你不图赏钱,那就教本王斗鸡吧。"

　　姬娘在一旁看着,心想:"公子果然有大丈夫之气,能屈能伸,看来父仇一定能报了,即使我受再大的侮辱,也要等到那一天!"姬娘想到这儿,便对王僚说:"大王久在宫里,对民间游戏就有所不知了。斗鸡没有什么定规,只要放一个诱饵在地上,它们必争抢厮打,这不就是斗鸡了吗?"

王僚听姬娘这么娇滴滴地一说，乐得眼睛眯成了一条缝，拉着姬娘的手说："爱妃聪明，爱妃聪明！"

宫人取来一片菜叶，菜叶上有一条虫子，两只鸡见了，立即就争抢起来。山里的野鸡非常漂亮，雌的是红身子、黄翅膀，还夹着黑色花纹，而鸡尾上的羽毛更透着光亮，争斗时摆动起来，就像宫女旋转的舞裙。那只雄的是蓝身子、绿翅膀，夹着白色花纹，红红的鸡冠子像血染一般，头一动，鸡冠颤巍巍一抖，耀人眼目。王僚越看越乐，姬娘在一旁也拍手叫好。

正在这时，伍子胥在门外求见，王僚连忙招呼说："伍爱卿，快来瞧瞧，这野鸡长得如此漂亮，却这般好斗。"

伍子胥进了门，也不看鸡，也不看公子光，对王僚施礼，说："大王，臣来朝中近一年了，多次提起发兵伐楚之事，大王也已答应为臣报仇，却不知大王为何迟迟不动？"

王僚正玩得高兴，根本没工夫搭理他，挥挥手，心不在焉地说："等寡人闲下来再说！"

伍子胥叹息一声，退到一旁。他又哼起了小曲，声音不大却很悲凉。自从伍子胥入朝以后，王僚起初很喜欢他唱的曲子，觉得悲凉调子很新鲜，常常让伍子胥唱给他听，但久而久之，王僚就腻了，再加上伍子胥常把报仇的事挂在嘴边上，对他也就渐渐疏远了。

今天王僚正高兴，伍子胥却又哼起了陈词滥调，王僚心中很是不悦。这时，姬娘又在一旁拱火，说："大王，真扫兴，凄凄凉凉的。这哪里是赏鸡呀，分明是吊丧嘛，臣妾要回房休息了！"

王僚见姬娘要走，赶忙拦住她，对伍子胥说："伍爱卿没事可以回去了。"

第八回　报父仇弱女刺王　怀大业强君杀爱

伍子胥只好悄悄退出。从此之后，他常常在王僚玩耍时来打扰，弄得王僚对他产生了反感。

这一天，王僚刚刚上朝，大殿外面一声马嘶，紧接着守门军来报："钟离探马求见大王！"

王僚心想肯定是边境出事了，赶紧传探马进来，探马气喘吁吁，把边境的事情从头到尾讲了一遍。

原来，在吴国边境有一个小镇，名叫钟离，与楚国的卑梁相邻。两城之界是一条小路，小路两边都长满了桑树，那里的人多以养蚕为生，所以钟离的妇女和卑梁的妇女常常到桑林采桑，但互不相犯。这一天也正凑巧，钟离的一个妇女带着小孩来采桑，卑梁的一个妇女也带了小孩来采桑，两个小孩一边帮大人采桑叶一边玩，玩着玩着就嬉戏在一处。钟离的小孩折了一根桑条，甩来甩去当马鞭子。卑梁的小孩觉得挺好玩，也想要，二人便争了起来。钟离的小孩稍大，便把卑梁的小孩打哭了。孩子一哭，两边的大人赶忙过来。卑梁妇女说："你家小孩实在没有教养，怎能以大欺小呢？"

钟离妇女不高兴了，说："小孩子打架是常事，谈不上教养，你说得过分了！"

卑梁妇女一听更加生气，说："你儿子把我儿子打哭了，你不仅不赔礼，反而说我过分，真是有其母必有其子！"

钟离妇女一听连自己都被骂了，也不相让，二人便由互骂转为大打出手。她们各自回家后，丈夫一见，火就来了，便又各自纠集家族人等刀刃相见。群斗之中，卑梁死了一人，便惊动了当地守边官兵。

官兵交战的结果是钟离得胜。卑梁气不过，言称回朝调兵，钟离守边大将这才也派人回朝中搬兵。

王僚听完，赶紧问："哪位爱卿愿意领兵前去交战？"

伍子胥在一旁听着，早有了主意，赶紧上前，说："大王，依臣之见，不如调动吴国所有兵力，乘机伐楚，直捣郢都。那时，大王便可称霸蛮夷，微臣的冤仇也可报了。"

王僚本是个无谋的人，做事只凭一时之勇，而无长远打算。伍子胥这么一说，正中了他的心意。

这时公子光启奏说："大王不可！"

王僚问："为何不可？"

公子光说："楚国兵力强盛，吴国远远不及。如果我们出动全国兵力，楚国也一定出动大军，双方交战，敌强我弱，大王不仅不能灭楚，只怕是连吴国也保不住了。"

王僚仔细想想，觉得也有理，可又总想称霸蛮夷。正在左思右想、不能决定之时，掩余和烛庸站了出来。

掩余和烛庸对伍子胥素有恶感，今天他们一见公子光反对伍子胥，便想趁热打铁，参他一本。

掩余说："大王，伍子胥来到吴国，无非想利用我国兵力，为他报家仇。他不思治国之策，一心只想自己，所以今天才出此下策，请大王三思。"

掩余刚刚说完，烛庸又说："大王，伍子胥自入朝以来，整日除了请求大王伐楚以外，朝中之事一概不闻不问，可见此人的自私自利。大王万万不能听从他的计策。"

公子光又在一旁添柴加火，说："大王，我也觉得两位司马大人说得有理。伍子胥整日报仇心切，才为大王出了这个主意。伐楚称霸是国家大事，必须深思熟虑、周密计划才行。若是仅仅因为两童争桑这样的小事去为一个楚国罪臣报仇，不论成败，都会令各诸侯国贻笑大方。"

第八回　报父仇弱女刺王　怀大业强君杀爱

满朝官员都被公子光说服了，王僚也觉得这话有道理，便问公子光："若依爱卿之见，这事该怎么办呢？"

公子光说："依我之见，宜派精壮士兵前去抵挡，保住钟离，然后加强边境防范。"

掩余和烛庸赶紧附和，说这主意好。

王僚又问："哪位爱卿愿意领兵前去？"

公子光立即搭腔，说："臣愿往。"

王僚说："公子有腿疾，能行吗？"

公子光说："为大王效劳，死不足惜，腿疾这点毛病又算得了什么呢？"

王僚很受感动，当即吩咐人为公子光挑选车马，后天起程。

伍子胥在众目睽睽之下，被众臣参奏，觉得时候到了，便上前说道："大王，几年来，臣虽投奔了几个国家，报仇之事却没有眉目，臣实已心灰意冷。臣请大王开恩，赏臣几亩土地，臣愿一生农耕，再也不过问人间恩仇！"

王僚听了众臣参奏之后，对伍子胥这个人也很有看法。仔细想想，他一年来除了言及伐楚之事，其他事情一概不问，觉得朝中有无此人实在无足轻重，因此便立即允准。

从此，伍子胥便在乡间与公子胜种地。而公子光则常常暗中与他见面，共商灭王僚之计。

姬娘自从与公子光竹林相遇之后，心中敬仰他英武不凡，爱慕之情日益加深，公子光也爱她聪明伶俐、美貌动人，这真是两情相投。但为了报父仇，也为了报答公子光的这份情，姬娘不得不入宫蒙受侮辱。平时，公子光为了接近王僚，常来后宫，姬娘即使不与他讲话，只要静静地看着他，也就心满意足了。可现在公子光去了钟离，一晃一个月过去了，还没有一点消息，姬娘整日神思恍惚，郁郁寡欢。

王僚自姬娘入宫后，整日要她陪在身边，供他享乐。这些天见她闷闷不乐，便想着法儿逗她高兴。

王僚叫人拿来野鸡，让姬娘看斗鸡，姬娘却眼睛看着门外。又叫来宫女奏乐起舞，姬娘仍脸无笑容。王僚有些恼火，说："姬娘，你整天没有笑容，沉着脸，给谁看呢？你的本分就是陪着寡人笑，让寡人高兴！"

姬娘醒过神来，只好附和着说："大王，我自入宫以来，不曾到外面去过一次，总觉得烦闷。不过是想出去散散心而已，并非不愿陪着大王笑。"

王僚这才乐了，立即吩咐人备好车马，带姬娘出去打猎。

姬娘本来只是附和之词，没想到王僚当真，也就只好陪着他出去了。

王僚带着姬娘去了城外，身边有庆忌和二十几个侍卫军保护。他们的车刚行到半山坡，只见一个老汉正在拾柴。那老汉只顾低头拉柴，看见路上有一根长树枝，便过来要捡。正在这时，王僚的车走到跟前，只好停下。王僚问怎么回事，庆忌说有个老汉挡住了路。王僚一瞪眼，说："杀了他！"

这个老汉无缘无故便死在庆忌剑下。姬娘在一旁看着，心里直打冷战，恨不得把他们父子都杀了。

姬娘问王僚，说："大王，你为何把这老汉杀了？"

王僚一副无所谓的样子，说："这吴国的江山都是我的，这道路也是我的，他走在我的路上，还挡住我的去路，当然该杀！"

姬娘默不作声，心想："公子啊，你何时能把这个老贼

第八回　报父仇弱女刺王　怀大业强君杀爱

杀了？"

回来的路上，王僚又借机杀了三个人。庆忌也如其父一样，残忍狠毒，无恶不作，他居然用手将一个小孩的头拧下来，抛到荒野，吓得沿路百姓慌忙躲藏。

姬娘再也看不下去了，回宫后接连呕吐。王僚说："寡人陪你散了心，你不但没高兴，反而这般模样，岂非对寡人不敬！"

姬娘连忙说："大王，臣妾从未见过杀人，是今天的事把我吓得。"

王僚哈哈大笑，说："这算什么。三年前，宫中一个炙鱼厨子，被我砍去两只手，再加上水烫，最后被活活烧死。你若是见了这些，还不吓死……"

王僚的话正好扎在了姬娘的痛处，她气得浑身发抖，往旁一栽，便昏死过去。

王僚一看，觉得扫兴，以为姬娘是被吓的，便叫人找来郎中，自己则一赌气回房休息去了。

姬娘醒来后，泪水潸潸。她想象着父亲的惨状，想着昏君一路上的作为，又想起远在边陲的公子……她让两旁的宫女都退下，独自躺了好长时间，夜已深了，残暴的昏君早已在寝宫发出了鼾声。姬娘躺在凉榻上，吹灭了灯，四周更显得静悄悄的。她突然萌生了个念头。此刻，她大概把公子光的吩咐忘了。公子光把姬娘献给王僚的目的，一是获得王僚的欢心，二是在将来起事时，让她做内应。公子光万万想不到，姬娘此时此刻恨王僚恨得眼睛都红了。

姬娘悄悄拿过宝剑，光着脚走到王僚床前，心里暗暗说："杀了他，我死也心甘了，同时也成就了公子的大事。公子，我死而无憾！"

姬娘再看看王僚，袒胸露腹，鼾声如雷，一副凶神恶煞之相。姬娘一咬牙，一剑便刺了下去。

姬娘这一剑是照着王僚胸口刺下去的，本来可以要他命。可他命不该绝，王僚平时睡觉身上一丝不挂，今天因为打猎累了，只想着早点睡觉，便没有脱衣服，身上的一块玉佩保住了他的命。

王僚一激灵坐了起来，姬娘吓得宝剑落地，人也坐在了地上。

王僚大喊一声"来人"，宫女们赶紧进来掌上了灯。王僚从地上拿起宝剑，就冲姬娘刺过来。姬娘愣在那里，见剑过来了，才猛然醒悟，连忙在地上连打了几个滚，王僚几剑都没刺中她。

庆忌在宫中护王保驾，每日都睡在王僚寝宫的侧房里，相距不过四五丈。他一听到王僚的喊叫，便匆忙跑过来。王僚刚刚用手抓住姬娘，想用剑刺她，庆忌却说："父王慢来！"

王僚不解，一下把姬娘摔出几步远。

庆忌说："父王，她是公子光所献。如果没有他的示意，一个弱女子是不敢行刺你的。"

王僚气得暴叫，说："来人，选派大将去钟离杀了他！"王僚气急败坏，说话根本不加思索。深更半夜，这里除了宫女和侍卫军，没有一个大臣，如何选人派将？

庆忌说："父王莫急，不如先把刺客打入大牢，等公子光回来再问个清楚。他若真是幕后主谋，再把他们一齐杀了，岂不更好？"

王僚想了想，觉得有理，便命人将姬娘打入大牢。然后又

第八回　报父仇弱女刺王　怀大业强君杀爱

与庆忌商量了好一阵子，决定等公子光回来后，让他亲自审问姬娘，到那时，公子光弑君之意是真是假，便一清二楚了。

姬娘入牢以后，心里有些后悔。一是后悔失手没杀死王僚，二是后悔这么做将会给公子带来麻烦。有心撞死算了，可又一想，这么一来，公子更说不清楚，就必死无疑。姬娘左思右想，既盼着能与公子见一面，死而无憾；又怕公子回来，性命不保。

姬娘行刺王僚的事，在朝中很快传开，被离听后赶紧跑到郊外去找伍子胥。

伍子胥听了悲叹不止，心想："天下竟有这么刚烈的女子！"他想起自己的妻子韦氏为他而死，想起素不相识的浣纱女子也因他而死，真是……而如今，姬娘也得为公子光而死了。

被离见子胥半天不出声，心中正在纳闷。突然听子胥说道："公子有救了！"

被离问："怎么个救法？"

伍子胥叹息一声，说："姬娘死，公子活。"

然后二人又商议半晌，被离才离去。

十天后，探马来报，说公子光得胜而归，大队人马后天就到。

王僚传旨："满朝文武官员，后天在城西十里外迎接公子！"

被离心想："这个老贼也长心眼了，唯恐走漏风声，想把公子光先稳住。"

被离离朝后，赶紧把这个消息告诉了伍子胥。

公子光打了胜仗，心里一点也不兴奋。他日夜所想的是如何把王僚杀了,所以一路上总也打不起精神来。

这一天,公子光的队伍走到离城三十里外的地方,前面有人来报:"有一个樵夫挡住了去路,要见公子。"

公子光奇怪,便叫人把樵夫领了来。等樵夫走到近前,公子光不由一愣。别看伍子胥用了当年东皋公的"易容"之术,而且故作弯腰驼背状,但公子光还是一眼认出了他。

伍子胥冲他递个眼色,说:"老汉有一宝物想献给公子。"说着,便向旁边的小树林走去。公子光会意,紧跟在后。

伍子胥见离士兵远了,便停住脚步。公子光忙问:"伍先生,出什么事了?"

伍子胥说:"公子命在旦夕!"然后把姬娘的事讲了一遍。又说:"王僚现已命人在城西十里处'迎接你',只等你回去与姬娘对质。"

公子光叹息一声,说:"姬娘真是胆大刚烈!"

这时,伍子胥故意激他:"公子若想保命,现在还来得及。"

公子光忙问:"以先生之见,我该怎么办?"

伍子胥说:"逃!"

公子光想了想,说:"逃有何用,既救不了姬娘,而我所做的一切又将前功尽弃……我不能逃!"

伍子胥点点头,说:"不逃也有办法活!"

公子光这才觉得伍子胥话里有话,便赶忙施礼,说:"请伍先生明讲。"

伍子胥说:"王僚设计等你回去审问姬娘,你若能把姬娘杀了,你的命也就保住了,而且王僚和庆忌从此对你绝对不会

第八回 报父仇弱女刺王 怀大业强君杀爱

再有戒心了。"

公子光愣了半响，眼前浮现出姬娘的一举一动、一颦一笑，还有她那双脉脉含情的眼睛。让这样的人送命，实在是太残酷了！

伍子胥看出了他心中的犹豫，便说："姬娘现在在牢里，受尽折磨。一个弱女子若是遇到这种情况，按常理说早就自尽了。可她之所以没有这样，不过是为了用生命来救公子，你千万不能辜负她。否则，她同样也会死在王僚手中。望公子三思！"

伍子胥说完便飘然而去。公子光愣了好半天，一咬牙，便回到队伍中，直奔宫城。

这一天，姬娘正在牢里等候审理，见有狱卒提她，心想一定是公子来了，她心里喜悦，但不敢表现在脸上。

姬娘来到大殿上，只见王僚坐在王座上，公子光坐在一旁，身后站着庆忌，周围的侍卫，一个个剑拔弩张。姬娘心想："这哪里是在审我，分明是在审公子！"

王僚先发话了，说："公子，开审吧！"

公子光应了一声，瞧瞧姬娘，人已瘦得脱了形，鲜血渗透了衣服，脸色蜡黄，嘴上起了一层水泡。公子光强忍悲痛，说："姬娘，你为何要行刺大王？"

姬娘见到了公子，心里踏实了，常说人终有一死，自己死有所值，也瞑目了，便大声答道："为报父仇！"

公子光问："你父何人？"

姬娘说："我父亲就是被老贼砍掉两只手，又惨遭折磨而死的炙鱼厨师。"

怀大业强君杀爱

第八回　报父仇弱女刺王　怀大业强君杀爱

公子光问："那我在太湖买你时，你为何却说你父死于疾病？"

姬娘说："我知道你一向忠于老贼，若说真话，你定会提防我，甚至把我也杀了。再说，我既然想伺机报仇，哪能与公子讲出实情！"

公子光又问："你难道不知道刺杀大王是灭门之罪吗？"

姬娘一心想为公子光而死，便两眼一瞪，说："王僚是个残暴的昏君，杀了他，纵犯灭门之罪也值得！"

王僚听着气得一声大叫，站起来想走过去一剑把她刺死。这时，庆忌将他拦住，并故意高声地说："父王莫急，且待公子光审讯！"

公子光明白庆忌的意思，知道自己该动手了。姬娘早已把生死置之度外，她又大骂王僚畜生不如，昏庸无道。这时，公子光心里一狠，暗暗说："姬娘，我一定替你报仇！"接着，几步走到姬娘跟前，说："大胆狂徒，你敢侮骂大王？"说着，一剑刺过去，鲜血便顺着剑锋流了下来。

第九回　仗义男义荐义士
　　　　怀德女德尽德终

公子光自从刺死姬娘以后，心情沉重，心想："大事未成，竟让一个无辜的女子为自己白白丧命，此生若不杀王僚，生有何用？可现在杀王僚的条件只具备其一……"公子光一边徘徊一边沉思，不由自主地便走到郊外，来找伍子胥。

伍子胥和公子胜所住宅院并不很大，房前种菜，房后种粮，门前还有两棵李子树，枝头李子正摇摇欲坠。此时，子胥已把水担了过来，公子胜则用瓢一瓢一瓢地舀着浇菜……

公子光站在栅栏外面看着此情此景，心中颇有感触，心想："子胥如此沉着冷静，定能助我灭掉王僚！"

伍子胥自从到郊外种地以来，很少与他人来往，朝中的消息多由被离传递，姬娘一死，他就料到公子光必来。

子胥听到院外的脚步声，没抬头，便说："公子请进。"

公子光笑道："伍先生真是神机妙算！"

子胥把公子光迎进屋中，落座后，公子光说："先生，依你高见，我下一步该如何做？"

子胥说："我想为公子推荐一个人，日后定能助公子成事，不知公子愿否屈尊前去？"

第九回　仗义男义荐义士　怀德女德尽德终

公子光非常高兴，说："请先生细细讲明。"

子胥说："我有一个结拜兄弟，姓专名诸，是我在吴趋结识的。他生性勇猛，为人忠义，公子若能与他结识，王僚必死！"

公子光明白了胥的意思是让他去请专诸做刺客，可自己凭借什么去请他呢？子胥看出了他的为难之处，便说："只要公子有恩于他，他定会以死相报。"

第二天，公子光携带布帛银两，亲自驾车与子胥直奔吴趋。

二人来到村头，只见村头有一条河，河边长满了青草。一个少年手拿鞭子正在放羊，其中一只体肥肚大，浑身白色，另外一只体瘦结实，浑身黄色。

公子光和伍子胥看着这两只羊感到奇怪，但更使他们奇怪的却是那少年手中的鞭子。只见他用力一甩，两只羊便立即停止吃草；再一甩，那只白羊便似腾空而起，直扑黄羊；又一甩，瘦羊立即灵敏地应战。紧接着，少年又是"啪啪"几鞭子，两只羊竟打得难解难分……

二人不由得停了车，仔细看着这个少年，只见他眉清目秀，皮肤红里透黑，年纪只有十四岁左右，但身体已过八尺，很像个大人了，只是腰肩略显纤细。子胥觉得有些面熟，便下了车，走到少年跟前。

这少年见有人过来，"啪"地一甩鞭子，鞭声悦耳动听，传向远方。再看那两只羊也立即停止了争斗。

子胥看着少年。少年也看着他，心里感到奇怪，心想："这个人看起来还不到四十岁，却为何生了一头白发？连眉毛胡子也是白的，而那目光，也让人感到深不见底。莫非真是神仙下凡？不对，神仙来无影去无踪，不会驾车而来……"

少年正在纳闷，子胥先开口了："这位少年是用什么方法，把不通人性的畜生训练得听从你的指挥？"

少年爽快地说："我从小就放羊，时间长了，摸准了它们的脾气性子，自然就训练熟了。不知这位先生从哪里来，到哪里去？"

伍子胥觉得这个少年将来定有出息，心中早有了几分喜爱，便说："我到村中找我的结拜兄弟，请问你叫什么名字？我好像在哪里见过你。"

这个少年见这位白发先生不同于常人，心里也不由得敬仰三分，便说："我叫专毅。不知先生要去找谁？我可以给你带路！"

子胥一听，非常惊喜。这才忽然想起专诸曾经说过，他有一个儿子叫专毅，喜欢放羊，有时带着羊进了山，天晚了都不回家，还说他的羊可敌猛兽。伍子胥在专诸家里时，专毅正巧去了山上，所以没见着，今天一见，专毅的英武之气正像其父，只是比专诸要英俊得多，而且十分招人喜爱。

子胥对这样的巧遇，有些不太相信，于是便问："你可是专诸之子？"

专毅说："正是。这位先生怎么知道我父亲是谁？"

子胥哈哈大笑，说："我是伍子胥，今天要找的人就是你父亲。"

专毅听父亲说过伍子胥，早盼着能见上一面，今天一见，果然不同寻常，高兴得蹦了个高，又"啪啪"地甩了两下鞭子。这时，卧在草地上的两只羊立即站了起来，走到专毅身后，一副听从命令的样子。

第九回　仗义男义荐义士　怀德女德尽德终

伍子胥又把公子光引见给专毅，三人坐车，羊跟在车后，一起来到专诸家中。

专诸夫妻二人自然又惊又喜，子胥让他们拜见公子光之后，大家便进屋落座。子胥与专诸一阵寒暄后，才说："兄弟，我当年牢记你的指点，投靠在公子门下，与公子说起你的勇猛和为人，公子十分钦佩，今天特意来拜访你，你应该好好谢谢公子。"子胥说完，又让专毅把外面车上的东西拿进来，专诸忙说："我早就听说过公子的贤德，今天能来草民家中，已是我三生有幸了，怎么敢收公子的东西！"

公子光说："我知道你为人仗义，想与你交个朋友，你生活清苦，房屋简陋，我理应帮助你，勇士不要见外。"

专诸说："公子，我虽然清贫，但有句话叫'无功不受禄'，我与公子萍水相逢，焉能收公子重礼？！"

公子光一见专诸不仅勇猛似巨人，而且为人忠厚。再听他这么一说，便知不是个贪利忘义的小人，心中便想："杀王僚之人非专诸莫属！"可是专诸拒不收礼，公子光便很为难。他看了看伍子胥，伍子胥却故意避开他的目光，站起身朝外屋走去。公子光很纳闷，又觉得很尴尬。

伍子胥来到外屋，专诸之妻正在做饭，她早就听到了屋里的对话，见伍子胥出来，知道定是要她来劝丈夫。

专诸之妻不仅贤惠，而且聪明。她牢记婆婆临死之言，对专诸如对儿子一般，严而不苛，柔而不溺。她自从见过子胥以后，就料定专诸早晚会与子胥同道共事。今天她见公子光与伍子胥来，心中就已明白了八九分，心想："伍子胥是个有心人，他做事一定有他的道理，只是夫君性情憨直，看不出事情的端倪。"

专诸妻子正想着，子胥开口说："弟妹，愚兄有一事相求！"

专诸妻子心想："夫君若是能与这样的人成就大业，相信婆母在九泉之下也就瞑目了。"于是便说："兄长，我明白你的意思，待我劝劝他吧。"

子胥心想："这个女子果真明理。"

公子光正等着伍子胥进来解围，却见专诸之妻来到屋中对专诸说："专诸，公子亲自驾车而来，是对咱们的恩典。你我夫妻虽不是贪利之辈，但俗话说'恭敬不如从命'，夫君不如把东西收下，记住以后为公子出力就是了。"

专诸听了，二话没说，便收下了公子光的礼物。

公子光很高兴，又见专毅在一旁忽闪着两只大眼睛似懂非懂地听着，心里非常喜爱，有心把他带回府中严格调教，又怕专诸夫妻舍不得。

伍子胥看出了公子光的意思，便灵机一动，说："专诸兄弟，侄儿专毅生性聪明伶俐，应该让他习文练武，将来才会有出息。"

专诸说："这个孩子生性散漫，不愿受约束，哪有合适的人调教？"

公子光反应灵敏，立即说："若勇士愿意，我可将他带回府中严格调教，不知勇士是否舍得？"

专诸立即就答应了。专毅也很高兴，只是有一点顾虑，他说："我若去府中，公子能否让我带着羊？"

公子光哈哈大笑，说："当然可以。"

专诸一家与公子光、伍子胥也没有君臣之分。吃完饭，公子光和伍子胥便带上专毅，连夜赶回都城，以免引起外人的

第九回 仗义男义荐义士 怀德女德尽德终

注意。

等这些人走了,屋里便只剩下了专诸夫妇,显得空空荡荡的。专诸之妻见丈夫倒头便睡下了,心里更不是滋味,她隐约中有一个预感,只是连自己也说不清楚。她就坐在床边,呆呆地看着丈夫一直睡到天亮。专诸一睁眼,见她坐在那里发怔,眼睛刚流过泪,以为是想儿子想的,便劝道:"专毅能遇上公子是他的福分,若日后有了出息,能够光宗耀祖也是你我的造化。"

专诸妻子见丈夫如此痴愚,心里更不是滋味,便说:"我不是惦记孩儿,是惦记夫君。"

专诸并不明白,只是说:"我好好的,你惦记什么?"

专诸之妻说:"夫君请想,子胥兄和公子光都是胸有大志的人,他们送来重金,定是有事求你。"

专诸心粗,想不到这么多,所以很不以为然。

果然,三天以后,公子光又来拜访,又带来了粮食与银两。就这样,公子光三天两头地来,每次都是来去匆匆,有时一个人,有时和子胥同来,时间一长,专诸也明白了八九分。

这一天,公子光走后,专诸对妻子说:"公子对咱家如此大恩,我们无以回报,日后公子若有事相求,我定尽力相助。"

专诸妻子说:"穷人一无所有,只有命,怕的是将来夫君要以命相报了。"这样说着,泪水便流了下来。

专诸赶忙相劝,说:"母亲生前说过,你在,如母亲在,我不会丢下母亲不管。"

专诸妻子赶忙揩泪,说:"好男儿志在四方,怎能被妇人所累?你若能成全公子大事,母亲在九泉之下也就得到安慰了。"

专诸一想，母亲生前也常教育自己，为人要忠义，面对公子的恩泽，自己岂能不义？！

几天后，公子光和伍子胥又来到专诸家里，发现院墙的篱笆已重新加固，房屋也修缮整齐，而且院里堆了一人高的干柴。公子光纳闷，因为他每次所带的钱物，专诸大部分都接济了村里百姓，对自己的庭院从未修缮过，今天是怎么回事呢？

伍子胥看到这一切，想到专诸之妻是聪明之人，想必她明白了他二人的意图，这是做好了"士为知己者死"的准备。伍子胥想到这儿，对公子光说："公子，功夫不负有心人。专诸贤弟已做好了随时为你赴汤蹈火的准备。"

公子光见子胥目光深沉，语气肯定，知道他料事如神，心中也就明白了。

专诸和妻子知道他们一两天内一定会来，所以一直在家中等候。

夫妻二人把公子光和伍子胥迎进屋，专诸很痛快地说："公子今日送银，明日送粮，又把犬子带回府中学文识字，你的恩泽我无以回报，若公子有事相求，我定舍命相报！"

伍子胥听了，心想："专诸果然忠义。"

公子光也被他的侠义之心所感动，便说："如今王僚在位，黎民生灵涂炭，我想铲除昏君，让吴国百姓安居乐业。"

专诸心中迟疑半晌，说："公子，王僚固然昏庸，但他是一国之君，以下犯上，谋权篡位是不忠之举，公子可否想过你的名节？"

公子光说："专诸勇士，你有所不知。吴国先王生前有

第九回　仗义男义荐义士　怀德女德尽德终

遗嘱，吴国天下传弟不传子。王位本应传给季札，但他拒绝不受，便应传给我。可是王僚见先王夷昧病入膏肓，就动了篡位之心。阴谋篡位之人正是他，而不是我。"

专诸夫妻认真地听着，公子光又把王僚篡位的详细经过说了一遍。专诸听了，蓦地站了起来，口中骂道："无耻的昏君！真是死有余辜！"

公子光也站了起来，激动地说："这么说，专诸勇士答应助我了？！"

专诸说："杀了昏君不仅可以替公子报仇，而且也是为民除害。我一向最看不过世间不平之事，这一次岂能不管？！"

专诸说着，眼睛瞪得又大又圆，一拳猛砸在桌子上，似乎这一拳正砸在王僚的脸上。

公子光一把将专诸的双手握住，只觉得这双手不是血肉所做，而是钢铁铸就，口中不由慨叹："果真是位勇士，不仅性情豪放，而且侠肝义胆，看来吴国有勇士在，就不愁日后的振兴了。"

伍子胥看到此情此景，也暗暗钦佩专诸的勇士之义。

子胥说："既然专诸贤弟答应了助公子一臂之力，你具体想如何去做，不妨说出来，让愚兄听听。"

专诸不假思索，说："行刺是最简单的方法！"

子胥又问："那你如何进入王宫呢？"

专诸恳切而坚定地回答："闯！"

子胥摇摇头，说："那岂不打草惊蛇？这样做，贤弟不仅不能成事，反而白白送了性命！"

专诸有些不高兴，说："子胥兄，你别小看了我，十里八村没人不知道我专诸胳臂粗力气大。就凭我的双手之力，就是有几十个人，也根本不在话下。"

子胥说："贤弟不该太自信了。进入王宫不比村中打架，王僚自从姬娘行刺后，常常身穿铠甲，一般的利器都不能穿透，更何况王宫之内侍卫密布。若依贤弟之见，怕只能失败，而不能成功了。"

专诸愣在那里，一言不发。公子光赶忙问："那依先生之见，如何去做才是万全之策呢？"

子胥心中早有打算，所以脱口而出："要想刺杀王僚，必须先投其所好，想法接近他，让他没有防范。"

公子光说："昏君对吃喝玩乐都感兴趣，专诸勇士必须学会一样才行。"

子胥说："专诸贤弟生性刚烈，而且心性粗放，不善调侃，若陪着昏君吃喝玩乐，一定不行。只有投其嗜吃炙鱼之所好，专诸贤弟才能近他身。"

专诸一听，立即就摆手，说："家里做饭，我都不曾帮过忙，哪里会做炙鱼？"

子胥说："不会可以学嘛！"

专诸还是摇头，摊开一双大手，说："我这双手，干力气活行，搬一座山我也不愁，可学做炙鱼，不是难为我吗？"

子胥见专诸推辞，便忽地拉下脸，说："你若有心，真拿出移山之力，炙鱼定能学成！"

虽说专诸与子胥只是结拜兄弟，但专诸对子胥十分敬畏，见他脸色一变，便不敢再多言了。他瞅瞅妻子，想让她为自己说说情，妻子却说："子胥兄的话很有道理，只要夫君有心，没有办不成的事。"专诸无奈，只好答应下来。

公子光和伍子胥告辞后，专诸便要妻子教他做炙鱼。妻子

第九回　仗义男义荐义士　怀德女德尽德终

说:"炙鱼有各种各样的做法,味道各异。我做的炙鱼只能农家百姓吃,哪能上宫廷席面?又怎能赢得昏君的欢心?"

专诸说:"那怎么办呢?"

专诸妻子说:"夫君不要着急,你先去村边的河里钓来几条鱼,我教你如何用刀、如何剖鱼,等你把这两步学会了,再去太湖寻找名厨,学习调味、配色、烧炙。"

专诸一想,妻子之言有理,免得以后找到了厨师,却不会用刀、不会剖鱼。专诸很痛快地答应了妻子,便朝村外的河边走去。

专诸之妻见他走远了,一个人独自坐在门口,沉思了半晌,心想:"夫君大志已定,专毅也有了安身之所。只怕夫君刺杀王僚要一去而无返了。我一个妇道人家如今活着只会使夫君分神,若想让丈夫千古留名,倒不如断了他的顾虑,一来也算我助了他一臂之力,二来我到了阴间见到婆母也有个交代。夫君死有所值,留名百世,也算我家的造化了。"

专诸妻子一边想一边落泪,眼看日落西山,丈夫快回来了,赶忙擦干泪,找了一条裙带,便踩着板凳,将裙带搭到房梁上,她环视着屋里的一切,再看看窗外,看着高高的一垛干柴和重新加固的篱笆,心想:"夫君虽然心粗,但自从明白了公子的用意之后,早做了远行的准备,看来我只有一死,才能使他无后顾之忧!"

专诸妻子想着,口中念道:"夫君,毅儿,我走了!"她把头往裙带里一钻,用脚踢翻了板凳,自缢而亡。

专诸从村外拎着两条鱼,兴冲冲地走回家,见到妻子悬于梁上,心中猛然顿悟,便抱着妻子的尸体,失声痛哭。

因为专诸母亲生前有嘱,专诸一直遵守牢记,把妻子视若母亲。所以，妻子死后，专诸便按照殡葬母亲的礼节，将她安葬。

专诸有重任在身，只能守孝三天，便按照妻子嘱托，去太湖寻师学做炙鱼去了。

第十回　说剑仙精诚意笃
　　　　　　寻神器涉险登山

　　公子光和伍子胥得知专诸妻子已死的消息，都为这位节义之女深感痛惜。专毅在公子光府中习文练武已有半年，长进不小，为了守孝，他只好暂离公子光而去。

　　这一天，公子光和伍子胥商量下一步的打算。子胥说："杀王僚不但要有勇士，还要有利器。听说王僚天生与众不同，皮肤坚硬，一般的铁器根本碰不出血，再加上这老贼常常身穿铠甲，即使有机会动手，也怕杀不死他。所以，必须求得削铁如泥的利器，刺杀之事才能如虎添翼。"

　　公子光说："可这样的利器要到哪里去找呢？"

　　子胥说："我在楚国时，知道楚王有两口宝剑，是干将、莫邪夫妻所铸。这夫妻二人本是吴国人，因为求剑者太多，且其中不少是亡命之徒，所以他们虽人在吴国，却常年藏在深山铸剑，没人知道在哪座山中。"

　　公子光说："我也曾听说过这对夫妻，百姓中也传说他们是剑仙，一般人不容易访到。"

　　子胥说："既然他们仍在深山炼剑，所在之地，一定是无人出没的高山险境，这样想，也就不难找到了。"

公子光十分佩服子胥的推断，便说："既然如此，这件事只能有劳先生了！"公子光说着，深深鞠了一躬。子胥赶忙还礼，说："这十年来，我只顾匆匆赶路逃命，跋山涉水已不陌生，所以我去最合适，只是有劳公子多多照顾公子胜。"

公子光说："请先生放心，你的事就是我的事。"

相传干将、莫邪从师于封敖与颐娘。老夫妻二人铸剑，有四个条件，必须四个条件齐备才能开炉。

封敖与颐娘的四个条件是：一、必须采五山之铁精和六合之金英，这五山指的是泰山、华山、恒山、衡山和嵩山；二、伺天候地，妙选时日；三、童男童女各三百人，装炭鼓橐；四、夫妻铸剑，取阴阳相合之意，但男女不得伤精破血。

对这四个条件，一般的人不是望而却步便是半途而废，也有的人过了前三关，却过不了第四关……

封敖与颐娘苦于没有得意弟子，四处寻访也没选中合适的人。

这一天，颐娘灵机一动，说："我们何必舍近求远呢？在这三百对童男童女中，分别选出自己中意的小童，细心调教，培养成人，再授他们铸剑之法，也未必不行。"

封敖急于寻找弟子，没有别的办法，只好答应试试。他说："炼铸宝剑，一半在人，一半在天。我们挑选弟子也要顺应天意。"

颐娘问："怎么个顺应天意？"

封敖说："令童男童女全部穿上同样的衣服，分别站成一队，你我分别从队后各选一人，命该是谁就是谁。"

颐娘答应，二人决定次日五更挑选弟子。

第十回　说剑仙精诚意笃　寻神器涉险登山

在这三百对童男童女中,有一个男童名叫干将,相貌丑陋,思维愚钝,胆子很小,但力气很大。另有一个女童名叫莫邪,与他正好相反,漂亮聪明,活泼好动,胆子也大。

平时,这些小童们常常戏弄干将。山上的虫蛇很多,人人都习惯了,只有干将害怕,调皮的小童们常常捉了蛇,放在干将的被窝,吓得他号啕大哭,但他从不禀告师傅。有时莫邪看不惯,就为他打抱不平,一个小女孩常常能抵挡十来个男孩。

莫邪很机灵,她知道师傅要亲自挑选弟子传授铸剑大法后,便一心想着如何被师傅选中。

到了五更天,天刚亮,山中的风很凉。这些童男童女们一听到号令,赶紧起床,迅速地各排成一队。

封敖与颐娘拜过剑祖,封敖从男队中选男徒,颐娘从女队中选女童。

三百人的长队,在早晨的雾气中看不见头。颐娘从一头开始慢慢向前走。她心中已有打算,走到六十六步时,停在谁的身后,女徒便是谁了。

莫邪站在队伍当中,听着师傅的脚步声越来越近,她的心像小兔子乱蹦一样,突突地猛跳。她决心鼓足勇气请求师傅收她为徒。

莫邪听着脚步声近了,感觉身后有一阵风似的轻轻吹过来,她突然转身,扑通跪到地上,说:"师傅请收我为徒吧。"

颐娘心里正数着,数到六十四步了,被这小孩的一句话吓了一激灵。她再仔细一看,这个女童在队伍中个子最矮,年龄过不了十岁,但长得非常漂亮,眼角眉梢透着机灵,非常招人喜爱。

这些童男童女虽然天天在山上，但只是装炭运炭，真正接近师傅的不多。他们中有的是父母亲自送上山来，为了得一口饭吃，等到了婚娶年龄便接回家去了；也有的是家里遭灾，没有亲人了，好心人送他们上山，求一条生路，所以，颐娘并不是对每个小童都熟悉。

颐娘虽然很喜欢这个小孩的模样，但她总觉得自己还没数到六十六步，心中有些遗憾，再说也违背了当初与封敖的约定。她决定问问这个小孩。

颐娘转过身，说："你叫什么名字？家是哪儿的？家里还有什么人？"

莫邪朗朗答道："我叫莫邪，家乡在梅山，因为水灾，家里人都饿死了，是一个好心的爷爷把我送到这儿的。"

颐娘听着这小孩的声音又甜又脆，更觉可爱，但故意说："我选女徒的方法是顺应天意，选上谁就是谁，你却如此大胆，竟敢与天意对抗！"

莫邪一点也不害怕，她说："三百童女中只有我一人敢这么做，这就是天意，师傅命中注定要收我为徒。"

颐娘哈哈大笑，觉得这个小孩果真与众不同，便说："可我心中已定，决定数到六十六步时，才能决定谁是女徒，现在只数到了六十四步。"

莫邪赶紧说："师傅，你停下来后，又转身，这一转身就又动了两步，正好六十六步，这既是天意，又是你我师徒的缘分！"

颐娘心中非常高兴，一个不到十岁的小娃娃能说出这样的话，也是上天的有意安排。颐娘决定收莫邪为徒。

封敖在男童队伍中选择男童的方法是：闭眼前行，睁眼

第十回　说剑仙精诚意笃　寻神器涉险登山

时，看见谁，谁就是男徒。

封敖正闭着眼往前走，走到大约队伍中间时，一块石头一绊，他"哎哟"一声，眼睛不由自主地就睁开了。他看见的正是干将。干将一听师傅"哎哟"一声，赶紧回过头来，憨声憨气地问："师傅，怎么了？"

封敖见这个小孩相貌很丑，额头高高鼓起，嘴唇厚而翘起，眼睛小而痴愚，只有这一对耳朵很大，看起来很有福气。封敖觉得这个小孩虽然丑而痴，但很投缘。自己险些摔倒，三百人中，唯他问候一声，看来这个孩子长大以后，也是个忠厚善良的人，铸剑绝技只有传给这种人，才更能让人放心。封敖决定收干将为男徒。

从此，干将、莫邪便跟封敖夫妇苦学铸剑绝技。干将为了克服胆小的毛病，故意捉了蛇放在枕边，久而久之，胆子也大了起来。他平时言谈举止虽然痴愚，但学铸剑却一点也不笨。莫邪天性聪慧，一点即透。封敖夫妇都很高兴，只是有些担心这最后的一关。

到了干将、莫邪十八岁那年，他们铸剑的技艺已经完全掌握，只是最后的绝技还没传给他们。封敖夫妇决定为他们圆房，只要他们能够守住防线，这绝技便一定能学成。

成亲这一天，皓月当空，山中寂静异常。一对少男少女同居一室，本是天造地设的一对，应该同常人一样享受人生之乐，但干将、莫邪一心想学成铸剑绝技，二人心中如水般清净，一丝他念也没有。一连数天，他们严守防线，决心请师傅传授绝技。

封敖夫妇说："男女结合本是天经地义，但要刻意与天性对抗，数天容易，数年就难了。即使学成了绝技，一旦失精破血,也将前功尽弃。绝技若毁于一旦,便再无传人了。"

干将、莫邪说:"我们谨遵师傅教诲,一定让铸剑绝技永世相传!"

古代传说很多,因为代代口耳相传,就不免加上传说者的主观臆测。传说干将、莫邪学成绝技后,封敖夫妇即化作剑仙,乘剑而去了。

伍子胥与公子光分别后,便独自出门寻山访剑。一路上,他专找险峻山岭。这些地方大都无人出没,所以也没有路,而攀登又很艰难。饿了,只好摘些野果;渴了,只能喝口山泉。他翻越了三座大山,都没有找到干将夫妇。

这天,子胥登上了一座山峰,仍然没有干将夫妇的影子。他也觉得累了,便找到一块大石躺了下来。细细一算,自己出来快三个月了,因为着急,便又站了起来。就在他猛然抬头的瞬间,忽然发现远方有一座直插云霄的高山。子胥心中豁然开朗,认为只有这种山,才是隐士剑客们所在之地。他决心不管路多远、山多高,都要爬上此山。

虽然山顶可以看见,但要真正走到它跟前,少则几百里,多则上千里。子胥为了尽快爬上此山,不敢绕行平坦之路,只能翻山越岭走近路。一个月后,子胥才算走到了山脚下。

这座山绵延几百里,山脚还零零落落地住着几户人家,再往上走,就没有人烟了。满山遍野的青松翠柏,繁茂非常,山花野草铺满了山石的缝隙,山风呼叫,烟雾之中似乎弥漫着某种神秘的色彩。这座山同样没有路,稍微平坦的地方,也长满了树,枝藤蔓延,子胥只好一边用宝剑砍断枝条,一边行走。有的地方山石怪异,非常陡峭,稍有不慎,就有摔下去的可

第十回　说剑仙精诚意笃　寻神器涉险登山

能，只好手拽藤条，一点一点往上爬。

干将夫妇正是在这座山中铸剑，他们所铸之剑，削铁如泥，异常锋利。这对夫妇自从师傅死后，一直都不曾下山。能够攀上此山者寥寥无几，他们也遵循了师傅生前的教诲，决不随意将宝剑施于他人。因为剑是利器，本来应做防身御敌之用，但有的人却以此招祸惹事，甚至误伤无辜生灵，从而破坏了宝剑自身的傲洁之气。

当年，楚国好剑之人风胡子受楚灵王之命，几次寻山访剑，才找到干将夫妇。他曾经七次上山，恳求夫妇二人施剑于他，干将被他的精神所感动，将龙渊和泰阿送给了他，并嘱他不得讲与他人铸剑之地。风胡子遵守诺言，一直未将此处告诉给任何人，因此，伍子胥在楚国所闻风胡子求得龙渊和泰阿之事，并非事情全貌。

自从风胡子求剑之后，干将夫妇想重新铸造宝剑，但三十年过去了，也不曾铸成一口宝剑。他们夫妇时刻遵守着铸剑的四个条件，不知为什么，铁精就是不化。

这一天，太阳刚刚升起，山中花香鸟语，景色宜人。云雾之中，干将夫妇面南静坐，心中都似有一种异样的感觉，隐约感到好像有什么事情将要发生。

干将说："昨晚我得一梦，梦见师傅告诉我说，铁精久炼不化，一是缺乏人气，二是尚待异人出现，亲点炉火。如此，神剑必能铸成。"

莫邪十分惊讶，说："我也得同样一梦，想必是师傅死后有灵，托梦给我们，那我们的神剑一定能铸成了！"

干将说："这山中只有你我二人，要用人气熔化铁精，只能用你我之身了。"

莫邪说:"你我一生的愿望就是炼成宝剑传世,死又何干?只是这异人要等到何时才能出现呢?"

干将说:"师傅既然托梦给我们,时间不会很长了。能来此山中者便是异人。"

二人说完,闭目静坐以待。这一坐,他们又坐了三年。三年之中,除了饮食以外,他们未曾开炉,只是面南祈祷。

伍子胥爬到山顶,整整用了七天。本来他应该是又饿又累了,可现在却反而觉得神清目明。他环顾四周,云烟弥漫;往下看,一片翠绿,根本找不见来时的山径;抬起头,仿佛手可触天。真是好一派仙境!

子胥在山顶一边欣赏一边前行,不久便发现不远处有一个山洞。此洞洞口呈方形,周围没有树木杂草,子胥不由一阵惊喜,便快步前行,但又忽地站住不动了。

原来,干将夫妇正在洞口静坐。两位老人鬓发皆白,脸色由于长期烧炉铸剑,变得非常红润。他们的表情之肃穆、坐姿之庄重,让人一见,便知不是凡人。子胥愣了片刻,断定他们便是干将、莫邪夫妇,不由脱口而出:"真是仙山仙境藏仙人!"

干将和莫邪正在静坐祈祷,心中没有一丝杂念。他们忽然感到身边似有一股异常的风吹动,心中不由默想:"莫非异人出现了?"子胥的一声慨叹,声如洪钟,山谷间立刻响起了他的回声。

干将、莫邪睁开眼睛,"哎呀"一声,惊喜若狂。他们喜的是终于有人走上此山,而且此人之貌,正异于常人,恰似仙

第十回　说剑仙精诚意笃　寻神器涉险登山

人所至。

伍子胥见二人此状，不知何因，便赶忙走上前施礼，说："请问两位尊长，可是剑仙干将、莫邪夫妇？"

干将说："正是，请问尊仙从何处而来？"

子胥说："两位剑仙，我不是仙人，是从吴国而来，姓伍名员，字子胥。"

干将夫妇一生在山中度过，对山外之事从不过问，所以并不知伍子胥其人其事。

干将说："请问先生到此山来有何贵干？"

子胥刚想回答，莫邪一笑，说："莫非先生是来求剑的？"

子胥惊讶，说："剑仙如何知道的？"

莫邪说："此山又高又陡，平常人不会来这里，凡是来此的人都是为求剑而来，又何况你虽有仙风道骨，但眼角眉梢却透出血仇之气，所以我断定你是胸怀大志之人，求剑定是为了洗冤雪恨！"

子胥听到这儿，心中十分钦佩，赶忙又施一礼，把自己的身世和求剑的目的详述一番。

干将听后，说："师傅有遗训，铸剑千万不要只为杀生，何况对方还是国君，我们若是铸剑赠你弑君，岂不更是罪加一等？"

子胥说："人有善恶之分，君有贤明昏庸之别，若不杀昏君，他便会残害无辜，岂不是让更多的人遭殃？"

干将听了，沉思了起来。莫邪却说："伍先生，实言相告，自从风胡子取走龙渊和泰阿之后，我们一直未铸成宝剑，纵然有心帮你，也是爱莫能助。"

子胥听了，只觉得从头到脚如一阵透骨的寒风刮过，全身变得冰冷。他呆立了半响，一时竟说不出话来。

莫邪见他这副样子，知他求剑之心恳切，心中断定此人便是师傅托梦所指之人。此时，干将与莫邪似乎正想到了一处，二人不由微微一笑，说："伍先生，你若真心求剑，这就要看你的造化了。"

子胥虽然不明其因，但心中又燃起了希望，赶忙问："两位剑仙何意？"

干将便将师傅托梦之事全部说出。子胥赶忙拜谢，并祝愿神剑铸成。

干将说："不必感谢，若铸成剑，是你帮了我们的忙。如能让剑流传于世，也等于使我们夫妇永世留名了。"

次日，干将、莫邪细观天象：风和日丽，万里无云。此时，山中万籁俱寂，夫妇俩先祭拜师傅，然后将炭和铁精放入炉中。子胥也面向神灵方位膜拜片刻，心中祈祷，然后钻木取火，将炭点燃。火光顿时映红山洞，莫邪立于炉旁，干将铸炼铁精。

两个时辰之后，莫邪已被烤得皮肤发烫，也不见铁精熔化。她猛然顿悟，人气必须熔于炉内，与之相合，才能使神物开化。莫邪想到这儿，决定以身铸剑，让后人永世不忘。她对干将说："夫君，剑铸成后，无论几口，必须将其中之一，取名'镆铘'。"

干将不知她这话的意思，还没等他发问，只见莫邪纵身跃入炉中，刹那间，炭火映遍山野，百鸟齐鸣，百兽齐吼，山风呼啸，满山喧哗……

眼前所发生的一切，使子胥恍若隔世。若不是亲眼所见，他绝对不会相信这一切都是真的。

第十回　说剑仙精诚意笃　寻神器涉险登山

干将终于把剑炼成了。剑共有四口，口口寒光闪闪，锋利无比。一口俏丽秀雅，入水可见玉人之影，酷似莫邪年轻时的容貌，乃四剑之精华，干将为其取名"镆铘"；一口雄浑，富有阳刚之气，干将为其取名"干将"（这便是后来人们把宝剑称作干将、镆铘之渊源）；一口有细刻的龟文，锋口非常考究，干将为其取名"属镂"；一口形似匕首，细如鱼肠，干将为其取名"鱼肠"。

干将本想只将"属镂"和"鱼肠"赠予子胥，把干将、镆铘留下，以寄托对妻子的思念，但又想起莫邪入炉之前的话，便又把"镆铘"也赠给了子胥。子胥不忍，干将说："请先生拿到世间，让其流传，以完成我妻生前之愿吧！"

子胥只好收下，于是，他身佩三口宝剑，告别干将，匆匆下山。

传说，公子光后来做了吴国君王，想要"干将"，干将不给，便乘剑直上云霄，化作剑仙。

第十一回　楚夫人出走郧城
　　　　　　郧国君求救吴王

　　自从伍子胥寻剑走后，已半年有余，公子光心中十分焦急。就在这个时候，王僚派人来请他说是有要事相商。公子光很纳闷，这个人便把情况简单说了一下。

　　原来，楚平王自从娶了孟嬴之后，一心想立芈珍为太子、立孟嬴为夫人，于是，在逐杀芈建之后，又把其母赶回了娘家。

　　楚夫人本是一个小国的国君之妹，这个国家名郧，是楚国的一个附属国。

　　楚夫人贤惠善良，但性格比较软弱，她得知楚平王娶儿媳的事后，敢怒不敢言，一心想着大事化小、小事化了，以为事情平息后，风言风语就会消失。但她却万万没有料到，昔日的夫君，为了一个美女，竟会听信奸臣之言，杀了伍奢父子后，又追杀太子。于是，她实在忍不下去了，便决定当面质问楚平王。

　　这一天，楚夫人闯入他的寝宫，想指桑骂槐地数落一番孟嬴，让平王收收心，对儿子开开恩。当她进来时，平王正在与孟嬴饮酒。只见平王正嬉皮笑脸地与孟嬴搭讪，而孟嬴却脸色忧伤、容貌端庄。这时,楚夫人顿时气消了二分,对孟嬴也多了几分怜悯之情,而对丈夫却更憎恶了几分。

楚平王的心思全在孟嬴身上,根本没有发现楚夫人进来。自从他娶了孟嬴之后,几乎把夫人软禁了起来,所以他也绝没想到夫人会闯入他的寝宫。但孟嬴却看见夫人进来了,一见她的装束,便断定这是楚夫人了。

孟嬴赶忙起身,想要大礼参拜。楚平王这才发现夫人站在自己跟前。楚夫人双膝跪倒,还未开口,已经泪落双颊,泣不成声。

楚平王心里非常清楚夫人是怎么回事,但还是故意沉下脸来,厉声问:"夫人不在后宫安心静养,为何跑到这儿来?而且也不经人通禀一声,见到寡人又哭哭啼啼,这成何体统?!"

夫人抽泣半晌才缓过劲来,接着便是说一声哭一声:"大王,你娶新妇,臣妾不敢多管,可你万不该偷娶儿媳,乱了人伦,让世人耻笑。再说,你心愿已经达到了,本该对建儿有歉疚之情,对他更好才是,却为何将他逐出王宫,远守城父,如今你又听信谗言,追杀于他,大王于心何忍呢?"

楚平王早听得不耐烦了,所以只是勉强地说:"夫人,你有所不知,建儿在城父不安心守边,一心想谋反篡位,我若不追杀他,他日后定会来杀我!"

夫人冷笑一声,说:"大王,建儿平时十分孝顺,性格又内向,怎么会动杀父的念头呢?"

楚平王说:"夺妻之恨,他岂肯罢休!"

夫人说:"大王,我生的儿,我最清楚,他即使知道你夺了他妻子,也会忍气吞声,绝不敢有杀父之念……"

楚平王还没等夫人说完,便打断她的话说:"那宝剑之事，夫人又怎么解释呢？"

夫人说："大王，这件事定是有小人从中作祟，故意挑拨，希望大王明察，为我儿洗冤。"

楚平王更不耐烦了，便强压着火气说："夫人，你不必说了，像这样的逆子，死有余辜！"

夫人一听，心中又一阵悲凉，便苦苦哀求说："大王，建儿毕竟是你的亲骨肉，求你看在父子的情分上，饶了他吧！"

楚平王终于压不住火了，怒斥道："贱妇！你不好好管教这个不孝之子，反而为他求情，还不快回宫去！否则，寡人就要治罪于你！"

孟嬴在一旁深深地怜悯楚夫人，便跪倒在地，为夫人求情。楚夫人一见，心中似有所悟，大王之所以对太子丝毫不肯放过，不仅是惧他日后报夺妻之仇，更是为了立孟嬴之子为太子！她想到这儿，便说："大王，你若放过太子，臣妾愿意离开王宫回娘家去，请大王重新再立夫人！"

夫人的这几句话比什么都管用，楚平王心里非常高兴，但面上不好表露。他扶起孟嬴和夫人，说："既然爱妃也为逆子求情，夫人又愿替他赎罪，寡人也只好依你们了！"

楚夫人就这样离开了王宫，回到郧国。后来，太子建逃到了宋国，楚平王知道宋国力量微弱，不敢替太子建报仇，只凭他一人之力，纵然有深仇大恨，也不敢返楚了。所以，追杀太子建一事也就不了了之。倒是楚夫人一走，反而成全了平王的心愿，他立珍为太子，立孟嬴为夫人，觉得天下从此就太平了。

孟嬴本想为太子和楚夫人求情，没想到老贼却利用这一点，找了个台阶下，反而害了楚夫人。但她一个弱女子，也只

第十一回　楚夫人出走郧城　郧国君求救吴王

好屈服于现实，听天由命了。

楚夫人回到郧国后，郧君一听妹妹的这些事，非常气愤，一怒之下，真想杀到楚国，为妹妹雪耻。但楚夫人拦住了郧君，说："王兄，妹妹落到这一步，全是上天的安排，认命也就是了，怎么好连累于你呢？又何况，兴兵打仗，受苦的是百姓，妹妹更是于心不忍。再说，依王兄的力量，怎么能与楚国开战呢！王兄，妹妹只有一个恳求，请王兄不要嫌弃我，能赏我一口饭吃，给我一条生路也就行了。"

郧君听了哀叹一声，觉得妹妹的话也在理，只好忍了，便说："妹妹，我对你只有怜悯之情，哪有嫌弃之意？妹妹以后只管安心度日就是了。"

一晃几年过去了，楚夫人后来听说太子建死在异国，不由更觉得悲凉和孤独。

楚平王听说太子建死了，心里便更踏实了，整日生活在骄奢淫逸之中。不久伍子胥到了吴国落脚的消息慢慢传到了楚国，楚平王和费无极便整日惶惶不安，心神不宁。这一天费无极忽然想起伍奢临死时说的一句话："有子胥在，料定他早晚会为我报仇的！"他越想越怕，就觉得伍奢父子的鬼魂正向他走来，要他偿命。恍惚之中，又好像是伍子胥站在他面前，正以剑责问……老贼就这样整天地胡思乱想，唯恐自己死于伍子胥之手。突然，他又猛然想起楚夫人还活着，若有朝一日伍子胥兵伐楚国，途经郧国时，她若做了内应，这后果……

费无极想到这儿，便立即向楚平王奏明，楚平王也正在惴惴不安中，因此马上决定派兵去郧国捉拿楚夫人。

楚国大将蒍越因为在昭关没有捉住伍子胥，所以很不受楚平王的赏识。这一次要派人去郧捉拿楚夫人，蒍越想将功补过，便主动要求出战。楚平王答应了他，给他兵将五千、兵车六十辆和辎重车十二辆。蘧越觉得对付郧国已绰绰有余。

蘧越率军行至郧国，令士兵在城外安营扎寨，休整半日，同时命人叫城。

郧国虽然是个小国，但麻雀虽小，五脏俱全。城头的守卫也是三步一人，防守严密，并且也早就看见一支队伍黑压压地向郧城行来。守城军报告了郧君，郧君亲自来到城头瞭望。只见队前一杆大旗，上写着一个"楚"字，才知是楚军兵临城下。郧君立即想到楚平王的残忍无道，口中不由道："来者不善！"

郧君回到宫中，立即召集群臣商议对策。这时，楚夫人听说楚国兵临城下，心中早已明白了八九分，恨恨地说："平王老贼，你不但不放过自己的亲生儿子，连我一个孤老太婆也不放过，真是丧尽天良！"楚夫人一边说着，一边老泪纵横，痛不欲生。她思前想后，决定不再拖累哥哥和郧国百姓了，为了一个妇人而起干戈，实在于心不忍。楚夫人想到这儿，赶紧来见哥哥。

郧君见妹妹来了，而且脸色苍白，知道她定然是为楚军之事而来，便好言劝慰说："妹妹，你暂且回去静养，不管出了什么事，哥哥都会帮你的。"

楚夫人双膝跪倒，说："王兄，这几年来，妹妹多亏你的照顾，不然我早就不在人世了。今天楚兵来到城下，想必是老贼惧我日后寻他报复，想断了一切隐患。看来这老贼也是终日惴惴不安，想着要赶尽杀绝呀！"

郧君说："妹妹，你不要担心，我正在和群臣商议对策，你先回去吧。"

第十一回　楚夫人出走郧城　郧国君求救吴王

其实，郧君和群臣商议了一个时辰，对楚平王的出兵动机分析得一丝不差。郧君说："如果单单是为了一个妇人，平王不会派出数千兵将来此，看这架势肯定是想一举两得。"

郧国是一个弱小的国家，还不及楚国的一个小城，怎么能对付得了强敌呢？这时，楚夫人见哥哥面露难色，便把自己的想法说了出来："王兄，你不必为难了，楚军此来定是为我，只要我随他们而去，事情就解决了。"

郧君叹了一口气，说："妹妹，你想得太简单了。你若回到楚国，必死无疑，假如侥幸活下来，也少不了受折磨，我怎能忍心看着你去送死呢？再说，楚军大兵压境，定想顺手牵羊，把郧国一举灭掉，假如现在你顺从了老贼，躲过了这场战争，说不定他日后又要惧我报复，所以打仗是早晚的事。妹妹，只要有郧国在，就有你在！"

楚夫人听了很感动，也觉得这话有道理，可是郧国的这点兵力怎么能对付楚军呢？群臣都陷入苦苦的思索之中，不知如何是好。

正在这时，外面守城军匆匆来报："楚国大将蒍越在城外求见。"

郧君一听，急得在地上走来走去，好大一会儿，才说："请他进城。"

命令传下去，工夫不大，守城军又匆匆来报："蒍越要求城外相见！"

郧君更加证实了自己的猜测，心想：蒍越连城都不敢进，真正是做贼心虚，怕进得来出不去呀！看来，这场战争是不可避免了！

郧君坐在那里愣了半晌，急中生智，想出了一个办法。他一面亲自出城与蘧越相见，一面派人去吴国求救。

郧国与吴国最近，而且吴国势力较大。不过，他并没有以郧国的口气求救于吴，怕吴国小看自己势小而不相助，而是以楚夫人的名义写了书信，利用吴国一直想与楚国争霸这一点，来为郧国解围。

郧君出城，只带了几个侍卫，镇定自如。蘧越见郧君出城，便从车上跳下来，躬身施礼。郧君先与他客气了一番，然后说："蘧越将军此行，定是有事，请到城内叙话。"

蘧越说："多谢大王盛情，我们这一行来的车马太多，不便城中打扰，以免惊扰了百姓。"

郧君说："难得将军如此贤德，那就请将军把你的来意说明吧。"

蘧越说："我主想请楚夫人回去，请大王给予方便。"

郧君一听，果真不出所料，他们是为妹妹而来，可却把狐狸尾巴露出来了。既是请妹妹回去，为何带了如此多的兵马，而且又不敢进城？想到这儿，他便故意问："既然楚王让妹妹回了娘家，而且又立了夫人，却为何又要她回去呢？"

蘧越在临来之前，楚平王和费无极早就把话编好，教给了他。因此，蘧越不慌不忙地说："大王有所不知，我主自从夫人走后心里一直很愧疚，但迫于太子的威胁，又只好让夫人暂时受些委屈，如今得知太子死了，所以楚夫人也不必再为他受委屈了。我主要请楚夫人回去安享晚年！"

郧君哈哈大笑，说："我替小妹先谢谢大王的好意了。不过，我有一事不明，要请教将军。"

蘧越说："请讲。"

郧君说："大王既然新立了夫人，那我妹妹回去后，怎么

第十一回　楚夫人出走郧城　郧国君求救吴王

安置呢？"

蒍越说："这个我主不曾交代于我，再说，臣下怎能向君主问及这样的事呢？"

因为郧国是楚国的属国，每年都要纳税进贡，所以郧君也是楚平王的臣子，刚才蒍越这些话分明是一语双关，就是说，我作为一个大臣不能干预大王的后宫之事，你作为楚臣同样也不应该过问。郧君心中明白，但脸上一丝也未表现出来。他很想问问蒍越，既然是请夫人回去，却为何带了这么多人？但仔细一想，这话一问，蒍越无非是敷衍几句，却反而让他知道自己已有了戒备，所以干脆假装什么也不想、什么也不问，先稳住他，让他无机可乘。郧君想到这儿，便很诚恳地说："是呀，我们同为楚国臣下，本不该多问大王后宫之事，我不过是关心妹妹而已，请将军多多体谅。她既已嫁到楚国，就是楚国人了，她的一切也本该由大王决定。又何况，大王是君，我是臣，决不敢抗旨不遵。"

蒍越虽效忠楚平王，但为人不蛮横，很忠厚。他当年没能捉住伍子胥，心里多少有些庆幸，天下凡是有良知的人，没有人不同情世代忠良的伍家。但他又觉得自己渎职，愧对楚国。所以，这一次来，楚平王的本意是把楚夫人捉回国，寻机把郧也灭了，真正地来个斩草除根。但是，蒍越心里想的却与楚平王有些出入，他并不想连郧君一同杀了，使郧国的百姓也无辜遭受战争之苦。只要能把楚夫人安然带回楚国，便能对楚王交差，以后若再打郧国，那又是另外一回事了。因此，他一听郧君非常通情达理，便说："难得大王如此贤明，小官也是奉旨而来，还请大王给予方便。"

郧君想："我若给了你方便，我妹妹的命就没了；我若不给你方便，咱们迟早是要同归于尽的。唉！还是先稳住你再等救兵吧。"

郧君说："将军，不知你想何时带妹妹回去？"

蒍越一听，更高兴了。这句话本该由他问，没想到郧君却先说了，蒍越有点感动，说："不急，等夫人稍做收拾，与大王再叙叙兄妹之情。十天之后再动身，你看如何？"

郧君叹息一声，微微皱了皱眉头，说："那就依将军之意。不过，将军回去后，一定要替我向大王谢罪！"

蒍越纳闷，说："大王何罪之有？"

郧君又是悲哀地一声长叹，说："将军有所不知，妹妹回来后，身体一直不好。最近又得了一种病，全城的大夫都看过了，也说不出是什么病来。她现在全身浮肿，见不得风，每天都不敢出门。现在已一个月了，也不见好转。如果不是这样，妹妹听说楚国来人了，定会出来与将军相见。"

蒍越一听，心中动了怜悯之情，便说："大王不必着急，夫人既然染病在身，又见不了风，那就暂且安心养病，等病好了再走不迟。"

郧君说："多谢将军善解人意，只是将军若交旨太迟，大王怪罪于你，你该怎么办呢？"

蒍越见郧君还为自己着想，心中更有些不忍，便说："请大王放心，只要楚夫人平安回去，我就算交旨了。"

郧君说："将军如此仗义，小王深为敬佩。不过这些将士们在城外多受委屈了，明日我定叫人多送些酒肉来，请大家饱餐。"

蒍越又是一阵客气，二人谈了足足有一个时辰，郧君见把蒍越稳住了，便与他告别，回到了城中。

第十一回　楚夫人出走郧城　郧国君求救吴王

郧君派到吴国的人叫邧原。他日夜兼程，十几天的工夫就到了吴国。他见了吴王僚，把事情的原委说了一遍，最后说："楚夫人恳请大王相助！"

王僚虽然也有与楚争霸之心，但他整天只顾吃喝玩乐，不思治国，所以只是空有个想法，具体的事一点也没想过，眼下倒是有心做一回"英雄"，与楚较量较量，却也不知吴国到底是不是对手。因此，他问邧原："楚夫人为何来吴求救，而不去中原大国呢？"

邧原说："楚夫人早闻大王的势力日益壮大，与中原大国相比，早已强于他们，因此，楚夫人才要小人来此求救。"

王僚哈哈大笑，有点动心了，便立刻派人去请公子光，要与他商量对策。

公子光听来人把事情一说，也不知该如何办才好，原因是他的心思全在刺杀王僚这件事上了。伍子胥一去半年有余，至今尚未有音信，他心中十分焦急，所以不由得脱口而出："该来的不来，不该来的却来了！"他的意思是，盼望来的人还没来，没想到的事又出现了。他的话刚说完，从外面进来一个人，说："谁不该来呀？"公子光抬头一看，不由愣住了。

第十二回　假称病郧君设计
　　　　　　真救郧子胥随征

　　伍子胥得了宝剑之后,日夜兼程,回到梅里。他先来到村舍,见了芈胜,看他很壮实,生活得不错,而且个子也长高了许多。主仆二人各叙离别之情。之后,伍子胥把宝剑仔细藏好,便直奔公子光府上而来。

　　伍子胥与公子光是莫逆之交,公子光府中的人都知道,而且这些人也都是公子光亲自挑选的信得过的人,整个府中从上到下,连用人都包括在内,都是公子光的忠仆。所以伍子胥一来,老家人就要去通报,伍子胥却说:"不必了。"伍子胥走到堂屋门口,正好听见公子光在室内念叨,心中料定,又有事情发生了。

　　公子光见了伍子胥又惊又喜,一把拉住他左看右看。

　　伍子胥被他看得有些难为情了,便说:"公子在我脸上找什么呢?"

　　公子光不由得眼含热泪,说:"伍先生,你辛苦了!"

　　伍子胥笑着说:"分别半年有余,不知公子近况如何?"

　　公子光说:"自先生走后,我除了每天与王僚口是心非地应付外,就是日夜盼着你回来。这半年里,别的事倒是没有发

第十二回　假称病郧君设计　真救郧子胥随征

生,只是刚才有人来报,说王僚请我去商量救楚夫人之事。我正在发愁,先生就来了。"

子胥一听"楚夫人"三个字,心里一激灵,便紧紧追问事情的根由。公子光便把来人说的情况,向他讲了一遍,伍子胥气得火冒三丈,但他却仍然镇定地对公子光说:"公子,这件事我们暂且不议。你不想知道我此去半年,结果如何?"

公子光一下子来了精神,他见伍子胥两眼放光,可腰间却并未系着宝剑,便不敢断定此行结果,只是说:"请伍先生明讲。"接着公子光命人端来茶水,又吩咐人准备饭菜,为伍子胥接风。

伍子胥与公子光边吃边谈。子胥说:"公子放心,我已把宝剑求来了,现在放在我的住处,等公子过目。"

公子光一听,喜上眉梢,恨不能马上看见宝剑,瞧瞧它如何锋利。他有些埋怨地说:"先生为何不直接带入府中?"

子胥说:"公子有所不知,我一共求了三口神剑,带在身上惹人注目,带来贵府更会令外人生疑,所以才没带来。"

公子光对伍子胥的细心十分敬佩。当他听到有"三口神剑"时,便急忙问:"为何求得这么多宝剑呢?先生又说是神剑,是什么意思呀?"

伍子胥便把这一路的经过和衡山的事从头到尾讲了一遍,公子光屏息倾听,唏嘘不止,更加急不可待地要去观瞧神剑。

二人用完饭,天色将晚,公子光便亲自驾车与子胥回到村舍。子胥从房梁上把宝剑拿下来,交给公子光。公子光见了不由得惊呼:"果真好剑!果真神剑!"他又找来一块大石,把三口宝剑挨个试过,个个锋利无比,一剑下去,大石齐刷刷地被截成两块。最坚硬的是鱼肠剑,一剑扎下去,破石而出,尖端毫无损伤；最奇异的是镆铘剑，隐约可见丽人之影；最漂亮精致的是属镂剑，细刻的花纹，栩栩如生。公子光想拿走其中一口，但又舍不得另外两口。他左看看右看看，半个时辰不能决定。子胥看出了公子光的心思，便说："公子，我既然是为你去求剑，这剑求来了，你就全拿走吧！"

公子光有些不好意思，说："这……不太合适吧，先生辛苦了半年，理应收下一口作为纪念，你就选一口吧！"

伍子胥说："公子，我求剑是为了辅助你成大事，并不是为了自己珍藏，请公子不必客气。"

公子光这才安心收下了，再次谢过伍子胥，便与他又商议起眼前楚夫人这件事来。

子胥未曾开口，先长叹一声，公子光不知何因。子胥说："太子死在异国，小主芈胜有国不能投、有家不能归，如今楚夫人已到了晚年，却还不能安生。看来平王这老贼不除，天理难容啊！"

公子光说："看先生的意思，是一定要救出楚夫人了？"

子胥坚定地说："是！当年楚太子罹难，我一直觉得是自己没照顾好他，很愧疚，如今楚夫人遭受此难，又是受我所累，我心中何忍？"

公子光有些疑惑，问："怎么是受先生所累？"

子胥说："楚平王纵然是做贼心虚，但一个妇人对他并没有威胁，而郧国不过是个只有几万人口的小国，即使想替楚夫人撑腰，也没有那么大力量，楚国何惧之有？想必是老贼听说我现在在吴国，若有朝一日攻打楚国，怕楚夫人在郧国做内应，所以才要赶尽杀绝，消除一切隐患！"

伍子胥果真料事如神，想得丝毫没错。公子光听了伍子胥

第十二回 假称病郧君设计 真救郧子胥随征

的这番话，恍然大悟，便说："伍先生，我一定力争让老贼王僚出兵，救出楚夫人！"

伍子胥说："公子，你还没有完全明白我的意思。我想亲自去阵前，一来救出楚夫人，二来与楚军交战，打个胜仗，以解这些年来的心头之恨！"

公子光深深理解他的这种心情，但又有些迟疑，便说："先生若去阵前当然很好，以你的才智，一定能胜，只是在王僚面前如何去说才妥呢？"

伍子胥离开吴国朝中，是他和公子光的计策，王僚并不知道。他只是认定公子光与伍子胥之间多少有隙，所以伍子胥才不得不离开。现在若是再让公子光向吴王僚推荐他，恐怕会引起老贼的怀疑，因此公子光有些犯愁。

伍子胥也想到了这一点，他思忖半晌，与公子光低语一番。公子光一边听一边点头，之后便告辞回府。

第二天，公子光上朝见王僚，王僚把楚夫人之事又向众臣陈述了一遍。众臣都懂得顺情说好话没亏吃，一见王僚很兴奋的样子，又召集众臣商议，这说明他八成是想出兵。这时，大司马烛庸先上前说："大王，依臣之见，不如利用这次机会与楚兵会会面，看看他们兵力究竟如何？"掩余紧接着也说："依我国力量，臣以为一定能胜！

公子光一听这两位大司马的口气，还没得胜就露出耀武扬威的气势，一定是求功心切，因此，他趁势说："大王，按理说依我国的力量不一定能抵得上楚国，但这次若真的交锋，臣也以为楚国必败！"

王僚不知公子光这话是什么意思，听着有些别扭。公子光说："楚国这次出兵并不是直接冲着吴国而来，而是冲着郧国来的，郧国乃一个万人的小国，楚国不会动用大批兵将，所以用我国的精锐之兵去对付楚国的部分兵力，这是必胜的第一个理由。另外，楚国人想不到吴国会前去助阵，也不会把郧国放在眼里，他们斗志松懈，这是我们必胜的另一个理由。就是因为这两点，所以吴国必胜。如果救出了楚夫人，这正彰显了大王的仗义与贤德，与楚平王的残暴相比，天下人更会称颂大王的功德。因此，微臣希望大王能够派兵去救楚夫人。"

公子光的一番话，说得王僚心服口服，当即决定出兵营救楚夫人。他要邔原赶紧回国把这个消息告诉郧君。

王僚接着问："哪位爱卿愿意领兵出征？"话音未落，跪下一排人，最后，王僚决定派公子光、烛庸、掩余和庆忌四人带兵出征，一切指挥调遣听从公子光的。拨给步兵五千、兵车六十辆、辎重车二十辆。公子光又特意要了三千罪人，王僚准奏。这是伍子胥暗中嘱咐的，说不定能派上用场。

一切部署完毕，王僚刚要说散朝，就见外面有人来报："启奏大王，有人求见！"

王僚说："谁呀？"

那个人说："伍子胥。"

众臣愣了一下，王僚也愣了。伍子胥自从退出朝中以后，一直过着隐居生活，一年多了，人们几乎把他这个人给忘了，今天又来干什么呢？王僚虽然粗鲁，但他今天却似乎已猜出了几分，因此，便传伍子胥上朝。

伍子胥来到大殿，躬身施礼，说："很久不见大王了，不知大王一向可好？"

王僚说："伍子胥，你辞官一年多了，这一年多来也不曾听过你的小曲，也不曾见过你的面，不知你今天来见寡人，有

第十二回　假称病郧君设计　真救郧子胥随征

什么事情啊？"

伍子胥说："大王，自从你赐给我良田以后，我本想安心种地，从此不再提及伐楚之事，可是，我昨天得一梦，梦见楚兵追杀楚夫人，醒来后，小主芈胜也醒了，他说也做了这么一个梦，小主本来未见过楚夫人，他把梦中楚夫人的形象一说，正是楚夫人的样子。我觉得事情很蹊跷，便想今天到街上走走，听听是否有楚国的什么消息，没想到，楚夫人果然有难了。我想请求大王救出楚夫人，让小主与祖母相见，这样，我也就安生了。"

王僚哈哈一笑，对他的话半信半疑。这时公子光说："大王，这一年多来，人们几乎把伍子胥这个人给忘了，看来他真的不想再过问是非恩怨了，所以他今天的话不会是假的。"

王僚说："真假没关系，反正已经决定去郧国解围了。伍子胥你放心就是了，"

伍子胥说："多谢大王！小民还有一个请求，不知大王准不准？"

王僚说："快讲。"

伍子胥说："我想随军前去，亲眼看着救出楚夫人。"

王僚很不耐烦，说："有这个必要吗？"

伍子胥说："这是小主的意思，我不好违抗，请大王恩准！"

王僚说："你没有一官半职，怎么去呢？"

子胥说："我不求官职，只要能去便行，我对小主也有个交代。"

这时，公子光又说："大王，依微臣之见，不如依了伍子胥，在别人看来，大王不仅能够救人之危，而且又成全了伍子胥救主的心愿，何乐而不为呢？"

王僚觉得这话有理，便答应下来。伍子胥只在军中做了个随从，他与公子光配合得很默契。

邳原一出去就是半个多月，这半个月中，薳越和郧君都非常焦急。薳越急的是楚夫人的病一直未好；郧君急的是邳原还没有回来。一开始，薳越出于对楚夫人的关心，想去城中看望楚夫人，却被郧君婉言谢绝。楚军中有个姓魏的副将，很狡猾，他总觉得不对劲，怀疑其中有诈，但又没有什么证据，而且郧君三天送肉、五天送粮，没有丝毫敌意，所以又不好说破，只是劝薳越快点接楚夫人走。薳越说："不管大王为何想把楚夫人接回，我们作为臣下只是执行命令，没有理由伤害夫人。所以，一定要等她病情好转后才走。"

魏副将是一个急功近利的人，一心想寻机挑衅，灭了郧国，带回楚夫人，自己也可立上一功。因此，他与薳越分歧很大，二人常常为此争论不休。

魏副将说："薳将军，其实你我都很明白，大王要楚夫人回去只是个借口，不然，为什么这么兴师动众呢？所以，即使我们没有任何借口就把郧国杀个鸡犬不剩，大王也只会给我们重赏，而绝无责怪之意。薳将军，你说是不是？"

虽然这些话听着不太入耳，但薳越知道这是真话。不过，他有为人善良的一面，不想让无辜之人也遭伤害。魏副将见他一言不发，以为说得薳越动了心，又说："将军，我觉得郧国城中一定有诈，不如我们硬攻，把楚夫人抢出来算了。"

薳越说："你怎么知道有诈呢？"

魏副将说："郧君为什么不让你去看望夫人呢？再说，妇

第十二回　假称病郧君设计　真救郧子胥随征

人除了产后不能见风外,什么病见不得风?"

蘧越说:"那不一定,你我都不是大夫,谁也不能断言。"

魏副将说:"那我们就这么傻等着?郧君分明是在拖延时间!"

蘧越说:"他为什么要拖延时间?"

魏副将说:"楚夫人是被迫回到郧国的,想必郧君也能料到楚夫人再回到楚国,一定不是去享福,所以不愿让她走。他现在采取拖延战术,说不定早就暗中去搬救兵了!若是等救兵到了,我们就不好对付了。"

魏副将最后这几句话,倒使蘧越吸了口冷气。但仔细一想,觉得还是慎重些好,便决定明天叫城,再探个究竟。

再说郧君等邳原等得焦急,不知借兵是否成功,忽然外面有人报:邳原求见大王。郧君赶紧请他上殿,邳原跑上大殿,双膝跪倒,喘着气说:"大王,臣交旨!"

郧君说:"可否借得兵来?"

邳原说:"回大王,吴兵两三天以后就到。"

"多少人马?"

"步兵五千、兵车六十辆、辎重车二十辆,还有罪人三千,大队人马由公子光率领。"

郧君一听,立即命人将好消息传给楚夫人,楚夫人也非常高兴,只盼着吴兵一到,内外夹击,把楚兵杀退。

这一天,蘧越和魏副将一起要到城中看看虚实。二人刚想叫城,还未开口,却见城门里出来一辆车,车中之人正是郧君。互相施礼后,郧君说:"告诉两位将军一个好消息!"

蘧越忙问:"什么好消息?"

郧君说:"楚夫人的病情有所好转,再休养几日便可与两位将军起程了。"

蓝越很高兴，魏副将却两眼死盯着郧君，盯得郧君有些发毛。蓝越说："我们正想进城看看，问问夫人的病是否好转了，我们也好赶紧回去交差呀！"

郧君心想："这次恐怕你们要去阎王那里交差了。"但他嘴上却说："难为两位将军了，都怪妹妹的病生得不是时候。"

蓝越说："人吃五谷，哪有不生病的，只要楚夫人平安就是了。"说完，便向郧君告辞，和魏副将回到大帐。魏副将说："将军，我总觉得这事蹊跷，夫人的病怎么说好就好了呢？"

蓝越说："病了这么多天了，也该好了。"

魏副将说："可是前天，郧君还说楚夫人神思恍惚呢。再说，看郧君眉飞色舞的样子，莫不是真的搬来了救兵？"

蓝越说："魏副将，你太多疑了，楚夫人的病好了，郧君自然高兴。你怀疑救兵来了，可哪有救兵的影子？"

魏副将答不上来，但他就是不放心，仔细想了想，决定明天一定要进城查看查看。魏副将想的是，若是城中在操练兵车，说明郧君已有了应战准备，以前所做的一切不过都是缓兵之计罢了。

第二天，魏副将扮作郧国的百姓，担了一担柴，便进了城。他把这担柴卖给一个开酒铺的老头，在那儿喝了两盅酒后，便顺着老头所指的方向，向演武场走去。

快到演武场时，魏副将听到了车马之声。他紧跑几步，近前一看，郧国果真在操练人马！他二话没说，立即跑回大帐，对蓝越说："将军，不好了，我们中了郧国的计了！"

第十二回　假称病郧君设计　真救郧子胥随征

蒝越并不知道魏副将去了城里,一见他这副打扮,又气喘吁吁的样子,不知是怎么回事。等魏副将缓过劲来,把事情的经过一说,蒝越这才一愣,半晌没说出话来。

第十三回　公子光郧城解围
　　　　　楚夫人面见子胥

　　蘧越听了魏副将的话，也觉事态严重，但想到作为一个国家，操练兵马也是正常的事情，似乎不足为怪……这时，急性子的魏副将又说："将军，郧君迟迟不肯交出夫人，其中定是有诈，如果现在不趁早把夫人抢出来，等救兵一到，他们内外夹击，我们寡不敌众，一定吃亏，怎么回去向大王交差？！将军，下令攻城吧！"

　　蘧越找不出更多的事实证明郧国已去搬救兵了，但魏副将这么一说，似乎救兵已逼近，这使蘧越又不免有些慌神。他在大帐内来回徘徊，一时间拿不定主意。

　　魏副将也冷静下来了，想了想，又生了一计。他悄悄对蘧越说了，蘧越觉得也只能如此。

　　蘧越和魏副将来到城门下，让守城军向郧君通报，说他们有事求见。不到半个时辰，郧君出城相见。

　　蘧越施礼，说："大王，我们这次到贵国，承蒙你的关照，如今夫人的病也好了，不日我们将返回楚国，为了表达对大王的感激之情，我们已在帐内备好酒肉，请大王赏光。"

　　郧君一直认为自己的行动神不知鬼不觉，丝毫没想到这是

第十三回 公子光郧城解围 楚夫人面见子胥

蘧越的计策。所以,他根本不加思索,心中还一个劲儿嘀咕:"蘧越呀蘧越,今天你我友人相待,说不定明日就要兵戈相见了。虽然你为人善良忠厚,但平王心狠手辣,为了妹妹性命,我也不得不如此了。"郧君这样想着,便爽快地答应了。这时魏副将暗暗冷笑,心中暗道:"郧君,你聪明一世、糊涂一时,别怪我们不恭了!"

郧君出城,随从只有二十多人,现在既已答应去楚国大帐赴宴,他就只留下两个贴身侍卫随行。他们三个人随蘧越到了大帐,下了马车,一同进入帐内,酒席已经摆好了。大家落座,魏副将向两旁一使眼色,就过来两个人,把郧君的贴身侍卫请到了另外一个帐篷,也是酒肉款待。

酒席间,蘧越问:"大王,楚夫人贵体如何?"

郧君说:"已经好了,只是身体无力,还需要静养几日。"

魏副将说:"依大王看,何时能够起程?"

郧君沉吟片刻,说:"五日后,如何?"

魏副将说:"大王,我们到这里已经一个月了,若迟迟不回去交旨,恐怕我主会怪罪于我们,依我看,楚夫人的病既然好了,不如明日就启程吧!"

魏副将这句话本来是想试探一下郧君,看看他反应如何。这句话也确实出乎郧君意料,自从邳原回来后都三天了,救兵还未到,郧君本来就着急,再加上魏副将这么突然的一句话,他不由得有些慌张,头上冒出了汗珠。这一切,魏副将都看在眼里,嘴角不由得掠过一丝冷笑,说:"大王,你同意不同意?请明讲!"

郧君稍稍镇定下来,又看了看蘧越,蘧越却避开了他的目光,郧君这才觉得有些不对劲,再一瞧魏副将却一直盯着他,不由得想起那天城外相见时，魏副将也是这么冷冷地死盯着他的。郧君这才想到："不好，莫非他们看出什么破绽来了？要是这样，弄不好我是有来无回呀，还是先稳住他们，等我回城再想办法。"郧君想到这儿，说："如果两位将军非要明天起程，我也不好再留了，待我回去让妹妹打点行装，与你们一同回楚。"说着，站起来就要告辞。魏副将冷笑几声，说："来人呀！"门外立即走进来两个人。魏副将说："把那两个侍卫押上来！"紧接着，两个侍卫被押了上来。

郧君愣在那里，看看蒉越，又看看魏副将，说："两位将军，这是什么意思？"

蒉越开口说："大王，请恕我不恭，把楚夫人带回去，是我们的职责，可你一拖再拖，已经耽搁一个多月了。今日魏将军去城中演武场，见贵国正在操演车马，心中有些疑虑，所以想把你请到这里来交换夫人。大王，你暂且受些委屈吧！"

郧君说："蒉越，你虽然是受楚王的旨令而来，但也没有扣押我做人质的道理，再说妹妹有病是实，操演车马也是常有的事，你本不该多疑……"

不管郧君说什么，蒉越和魏副将都一言不发，只装没听见。魏副将对郧君的两位侍卫说："你们既然听到了我们的谈话，那就赶快回去禀告楚夫人，请她决定吧！"把这两个侍卫打发走后，蒉越和魏副将离开大帐，叫来十几个人将郧君看守起来。

郧君后悔莫及，眼看着救兵快到了，却因自己的疏忽而前功尽弃。他一气之下，将刚才吃剩的酒席掀翻，杯盘摔了个粉碎。两旁看守也不阻拦，等他摔完了，砸完了，闹腾累了，再悄悄收拾干净，又重新端来茶水。郧君哪里有心思用茶，他最

第十三回　公子光郧城解围　楚夫人面见子胥

担心的是妹妹会出城随楚军而走。

两个侍卫回到城中，把事情一说，郧君的儿子阿腾火冒三丈，马上就想出兵救出父亲。这时，老将华如赶忙上前相劝，说："太子，大王至今不敢与楚兵硬碰，就是因为咱们寡不敌众，还是暂且忍耐几日，等救兵一到，内外夹击，定能把楚兵打个落花流水！"

阿腾说："即使我们不想叫阵，恐怕明天楚兵也会叫阵，那时我们怎么办？"

华如说："明天五更，我们便点齐全城人马，做好一切应战准备，但是，不到万不得已，决不能出兵。"

阿腾也想不出更好的办法，冷静下来一想，硬拼确实不行，也只好依了华如。他焦急地问邝原："吴兵究竟何时出发？何时能到？"

邝原说："我亲耳听见，吴王说两日后出发，估计也该到了。"

华如又安慰阿腾说："邝原是一个人从吴国而来，十几天就到了。可吴兵大队人马，一路上免不了耽搁，肯定要晚到几天，请太子少安毋躁。"

阿腾说："只能如此。"说完，见天色已晚，便吩咐众人回去休息，准备明天一早去演武场点兵。然后又来到楚夫人房中，安慰了姑母一番，自己回房，一夜辗转反侧，不曾合眼。

再说，公子光正率领着吴军昼夜兼程。烛庸负责兵车；掩余负责步兵；庆忌负责三千罪人，因为他健步如飞，可以手擒飞鸟，由他率领着这些罪人，哪个也逃不了。伍子胥与公子光同乘一辆车，掩余和烛庸忌妒伍子胥，唯恐有了他就显不出自己,但因他没有官职,不过是个侍从,所以又不好直说,怕降低自己的身份。公子光看出了他们的心思,说:"两位大人,伍子胥现在不过是个侍从,这次一同出征,他是想完成自己的心愿,并没有争功之念。假若他能为我们出谋划策,打了胜仗,功劳就全是两位大人的了,我们何乐而不为呢?再说,他报仇心切,一定不遗余力,多一个人多一份力量,到时候,在大王面前加官晋爵的还不是两位大人?"烛庸和掩余的情绪这才稳定下来。

大队人马行了近二十天,到了郧国十里以外的一个山坡下,公子光下令在此安营扎寨,然后派出探马,向郧城方向打探消息。工夫不大,探马回来报:"前方五里处,有楚国军队安营扎寨,大概人数与邵原说得差不多。再向前方五里便是郧城了。"

公子光问:"可否有争战之声?"

探马说:"没有。"

公子光回头看看伍子胥。因为伍子胥眼下只是公子光的一个侍从,所以在大帐内的掩余、烛庸、庆忌都分别坐在公子光两旁,只有他站在公子光身后。伍子胥一听没有争战之声,便料定郧国是在等救兵。这时掩余和烛庸都急着要出兵讨战。公子光又看了看伍子胥,伍子胥还是不出声。公子光这才下令,先埋锅造饭,大家饱餐一顿,然后再议与楚兵交战之事。

魏副将和蒉越自从怀疑郧君之后,也有了心理准备。他们为用郧君来交换楚夫人,曾数次把郧君押到城下,但都被阿腾拒绝。后来干脆硬攻,但郧军有准备,又一时难以攻下。这天,楚国探马来报:五里以外,吴兵已安营扎寨,人数与楚兵不相上下。蒉越一听,气得捶胸顿足,恨自己太轻信郧君,上了他的当。他来到郧君跟前,质问道:"实言相告,这次我奉主命前来接楚夫人,大王有言在先,只要你有反对之意,我就有权把郧国踏平。只因我不想伤害无辜,才轻信了你的谎言,既然你不仁,就休怪我不义了!"接着,薳越命兵士拾干柴,将郧城城门堵住,打算点火烧着后乘势抢出楚夫人。然后又下令,将郧君五花大绑,以防他乘混战之机逃跑。这时,郧君心想:"自己已年过五旬,死了也不足惜,但愿我这一条命能换来妹妹一个平安的晚年和全城百姓的平安!"想到这里,他冷笑一声,对薳越说:"薳越,你奉旨行事,我不怪你,可恨平王丧尽人伦、灭绝人性,把我妹妹都快逼上死路了。我早就知道你这次来的目的,因为我不想让妹妹再去楚国遭罪受苦,所以才编了谎话骗你。没想到,你一个堂堂楚国大将居然相信了。如今,吴国救兵已到,你不仅接不走楚夫人,恐怕连自己的性命也难保了,我看你还不如趁早投降算了!"

郧君的一席话说得薳越又气又羞,他真恨不得一剑把郧君刺死。可又一想,楚夫人没接到手,还没达到最终目的,留下他或许仍然有用。

吴国兵将饱餐一顿之后,已过了中午,公子光升坐中军帐,与战将共议讨敌之策。公子光听了大家的意见之后,问伍子胥:"伍先生,依你之见,这一仗该如何打才好呢?"

伍子胥说:"楚军一听说我们来救楚夫人,一定把精锐兵力放在攻城上,以抢出夫人为目的,所以我们也要用精锐力量保护楚夫人!"

公子光说:"请先生讲得更具体些。"

伍子胥说:"以步兵和兵车先与敌交战,混战之间,由公子庆忌率领三千罪人,直奔郧城,保护楚夫人!"

烛庸和掩余一听说让三千罪人去保护楚夫人，觉得实在可笑，便问伍子胥："伍先生，吴国有数千精兵强将，却为何要用这三千罪人？"

伍子胥说："两位大人，请仔细想想，这三千罪人大多是死罪，大王赦免他们，对于他们来说是绝处逢生，战则不死，不战则亡，他们自然会拼命与敌交战！"

伍子胥这么一说，很多不理解的人也都理解了。公子光心中暗暗称是，便说："伍先生的话有道理，就依你之见。"

烛庸和掩余虽然心中还有些不服，但王僚有旨，军中一切由公子光调遣指挥，违抗了公子光就等于违抗王僚，便也不敢言语。

公子光一声令下，烛庸点齐兵车，掩余点齐步兵，庆忌点齐罪人，公子光乘坐战车，伍子胥步行于车旁，来到楚营前叫阵。

工夫不大，蘦越乘坐战车出营。他见对面车中一人，年纪在四十开外，相貌体态很有气势，料定必是吴兵统帅。车旁所站之人，鹤发童颜，眼角眉梢透出一股英气，似乎在哪里见过，但一时又想不起来。

蘦越壮壮胆，开口问道："对面何人？因何事前来？"

公子光说："我是吴国公子，姓姬名光，今日前来，是为救出楚夫人。你是何人？"

蘦越一听是公子光，心里就有些胆怯了，心想："吴国既然把公子光都派出来了，看来是非把楚夫人救走不可了！"他开口道："我是楚国大将蘦越，我主唯恐楚夫人一人在郧国寂寞，遣我来此接她回国，以享天伦之乐，公子为何前来阻挡？"

第十三回　公子光郧城解围　楚夫人面见子胥

公子光冷笑着说:"薳越,你是惧怕吴国兵力,才编造谎言的吧?"

薳越见公子光看穿了他的心思,有些恼羞成怒了,便说:"我来郧国接楚夫人,是奉我主之命,你是吴国公子,一心报效吴王才是你的本分。你我本来井水不犯河水,却为何到此自讨苦吃!"

公子光还未答话,伍子胥在旁一阵哈哈大笑,声音洪亮,响彻山谷。他大声说:"薳越,你还认识我吗?"

薳越看看伍子胥,仍然想不起来。薳越本来不认识伍子胥,在昭关时,他只是每天与伍子胥的画像待在一处。昭关一守就是一年,因此他一见伍子胥就觉得面熟,但他没有想到眼前的这个人就是伍子胥!

伍子胥又说:"薳将军,你难道不记得镇守昭关的事了吗?"

薳越听罢,脑子里嗡的一下,不由猛拉丝缰,兵车向后退了一节。他定睛观看,心中暗想:"果真名不虚传哪,关于他的传说实在太多了,也难怪我当年捉不住他,也许这是天意。如果我不是楚国大臣,定要下车大礼参拜。"薳越第一次真正见到了伍子胥,就产生了敬慕之情。当然,在两军阵前,他并不敢表露出来,因为伍子胥是楚国叛臣,怎么能对他表示友好呢……想到这里,薳越大喝一声:"伍子胥,你这个叛贼,当年我没能捉到你,你今天却来送死,我非擒你去见大王不可!"

伍子胥又是一阵大笑,说:"薳将军,楚平王昏庸残暴,你保个畜生不如的昏君为何?"

薳越把眼一瞪,说:"伍子胥,你不但不认罪伏法,还敢辱骂大王,看我先擒了你再说!"

蘧越说着,一挥手,兵将便一齐奔伍子胥杀来。公子光一见,立即请伍子胥上了战车,同时一挥手,吴兵也蜂拥而上,迎战楚兵。

再说魏副将率领三千精兵,在城门外刚刚点了干柴,就听见后面人喊、马嘶及车轮滚动之声一阵紧似一阵。这时,见楚兵要烧城门,太子阿腾便赶紧动员全城官兵和百姓担水灭火。但因城外堆的干柴多、面积大,浇了这一块,浇不着那一块,大家正在着急时,忽听远方喊杀声响彻长空,阿腾知道救兵到了,便命华如点齐人马出战。就在这时,庆忌带领三千罪人杀出重围,来到郧城脚下,与魏副将所率三千精兵厮杀在一处。

这些罪人,有的在牢中押了几年,有的押了几个月,如今不仅放出来,还给饱饭吃,所以都撒着欢地与楚兵交战。魏副将看这支吴兵衣衫不整、蓬头垢面,不像士兵,倒像是一群疯子;再看为首的那人,身材魁梧,既不用矛,也不用棍,动作迅捷,气势凶猛,酷似猛虎出洞。魏副将料定自己不是对手,便从战车上跳下来,躲在一边,准备伺机蹓进郧城,先抢出楚夫人再说。

阿腾和华如率兵打开城门,越过火堆,与三千罪人合在一起,同楚兵厮杀。阿腾又命华如率领兵车直奔前方战场,与吴兵会合,共灭楚军。

庆忌见郧兵出城了,把楚国的人马杀得也差不多了,忽然想起了自己的任务,便赶紧向城内跑去。魏副将乘混战之机入城。他想抢出楚夫人,立个头功。因为他化装成郧城百姓进过一次城,知道宫殿所在方向。可是庆忌却没进过郧城,不知道宫殿在哪儿,他转悠半晌,才看见不远处有一片殿堂瓦舍,

第十三回　公子光郧城解围　楚夫人面见子胥

走近一看，断定是宫殿，便赶紧向宫中跑去。这时，他隐约听见兵器相撞之声，便顺着声音，健步如飞地来到后宫，恰见魏副将携了楚夫人向这面过来。庆忌并不认识魏副将，但一看此景，断定他是楚国兵将。他大喝一声："你是何人？为何闯入郧国后宫？"

魏副将在城门外已经见过庆忌的本领了，心中害怕，便有点口吃，显得更加慌张。庆忌看到他挟持了一个妇人，心中就明白了。他二话不说，一个箭步蹿上前，先把魏副将的剑夺了过来，然后掐住他的脖子，问："你叫什么名字？"魏副将害怕，口中刚说出一个"魏"字，便被庆忌掐死了。庆忌向楚夫人施礼，楚夫人连忙谢恩。

这时天色已晚，楚兵大败，吴、郧之兵将他们追出三十多里。此战共灭楚国步兵三千人，俘虏步兵一千人和兵车十五辆。吴、郧得胜而回。吴国兵将在郧城外重新安营扎寨，阿腾将公子光等邀入城中，为他们接风并庆功，以表达感激之情。

阿腾和公子光等人来到王宫，公子光想先参拜郧君，阿腾长叹一声说："公子，不瞒你说，我父王已被蒍越掳去三天了，也不知生死如何？"

公子光连忙询问事情的经过，阿腾讲了一遍。公子光安慰他说："太子不要着急，待明日我们出兵，把大王救出来就是了。"

阿腾叹息一声，说："怕的是楚兵明日把父王带回楚国，父王的命就没了。"

这时，伍子胥在一旁说："太子莫急，楚兵绝不会立即回国的。他们得不到楚夫人，回去同样没命。所以，他们不会善罢甘休，大王也不会有生命危险的。因为他们仍想利用大王换回楚夫人。"

太子阿腾这才稍稍放下心来。伍子胥又请求见见楚夫人，阿腾便命人领着伍子胥来到楚夫人房中。伍子胥见房中端坐的老妇人，形容体态之端庄，有一国之母之仪，不由思绪万千，一时不知从何说起。他鼻子一酸，两行热泪滚滚而下，不由双膝跪下，说："夫人，罪臣救驾来迟！"

楚夫人不知怎么回事，愣在那里。伍子胥说："夫人，我是伍员伍子胥呀！"

楚夫人听了，不由惊得站了起来，一是因为她根本没想到伍子胥会突然出现在她面前，二是她从未见过伍子胥，今日一见却是这般模样，便揉揉眼睛，似乎不敢相信这是事实。这么多年来，她只知道伍子胥曾经与自己的儿子芈建一齐逃奔他国，后来儿子死了，子胥便到了吴国。别的事情只是道听途说，所以今日一见，她真以为是在做梦。

伍子胥见楚夫人直愣愣地看着自己，以为是惊吓了她，赶忙赔礼说："夫人，莫非是我貌丑，惊吓了你？"

楚夫人慢慢醒过神来，不由自主地想起了儿子，便泣不成声。伍子胥见状，甚感同病相怜，竟也痛哭起来。二人哭了多时，才镇定下来。楚夫人将伍子胥搀起，说："子胥，你怎么会来这里呀？"伍子胥把事情的经过简单说了一遍，然后又说："夫人，现在你的孙子芈胜在吴国，与我一齐在乡间耕作。他也盼着你能到吴国与他相见，一起生活。"

楚夫人听到这里又是一阵伤心，悲哀于自己有家不能回，只能投奔他国与亲人相聚。伍子胥想起自己的一腔仇恨，也愤恨地说："不杀平王老贼，我死不瞑目！"

楚夫人面见子胥

第十四回　楚平王调发联军
　　　　　　伍子胥谋划御敌

　　伍子胥见了楚夫人如见亲人，楚夫人见了伍子胥，也如见了亲生之子。二人互相倾诉这么多年来的痛苦和磨难，说到激动处又是抱头痛哭，竟无君臣之分。

　　公子光和阿腾共庆胜利。阿腾思念父王还在虎口，恳请公子光把郧君救出来。

　　蘧越打了败仗以后，退出郧城以外三十里，重新查点人马，发现不见了魏副将。由于魏副将贪功心切，独自一人进郧城抢楚夫人，没有向别人说，所以他的生死无人知晓。蘧越派出人去打探，回来报告说："魏副将的人头已高悬郧国城头。"

　　蘧越听了，再看看丢盔弃甲的士兵，心中一阵难过。他前思后想，想起自己在昭关时，为了捉拿伍子胥，整整一年时间里风餐露宿，严守关口，没想到伍子胥却从自己的手掌缝里逃走了。更没想到，今日战场之上会与他相见，这真是阴差阳错，命里该着见他一面！如今，自己为了弥补放过伍子胥的过失，已在楚王面前发誓，非把楚夫人接回去不可，谁想又上了郧君的当，被吴军打得几千精兵所剩无几，又死了副将，而

第十四回 楚平王调发联军 伍子胥谋划御敌

楚夫人定会随伍子胥而去。这一次不仅吃了败仗,又失一国之母,真是生不如死……蒍越想到这儿,心里更难过了,他走到大帐外,见郧君被反绑在一棵树上,冷风吹得他浑身发抖。他不由得又生了怜悯之情,心想:"郧君何罪之有?事到如今,楚夫人是换不回来了,不如将他放回去,他还会记住我的不杀之恩。"想到这里,便过来为郧君松绑。

蒍越说:"大王,我吃了败仗,吴军定会把楚夫人接走,我再留着你也不能换来夫人了,你就快回城吧!"

郧君一愣,他呆呆地看着蒍越,不敢相信是真话。蒍越又说:"大王,我说的是真话,快走吧!"接着,又亲自套了战车,把缰绳交于郧君手中,郧君这才相信是真的。郧君施礼说:"将军,多谢你不斩之恩!可是你放了我,回去就更不好交差了,倒不如与我一同回郧城吧!"

蒍越仰天大笑,说:"大王,我蒍越为楚国效劳,岂能做叛臣?!虽然我败了,但不等于我屈服于你!"说罢,抽出宝剑,自刎而亡。

郧君见了,不由得深深为他惋惜,想把他的尸体带回郧国掩埋,但又一想:"他既如此效忠平王,还不如让楚国人带回去吧!"想罢,他上了战车,打马飞跑,直奔郧城。

楚国剩余的残兵见主将死了,便纷纷弃营而逃。

郧城之内,太子阿腾、公子光以及伍子胥等人正在商议救郧君之事。阿腾说:"楚兵大败,剩余残兵无几,料定也无心恋战,只要咱们派出精兵,踏平楚营,便可救出父王。"在座的很多人都赞成这个主意。伍子胥说:"大王现在根本无险,一是因为楚兵想利用他,二是我观蒍越并非恶毒之人,绝不会伤害大王。郧国的危难还在以后呢。"

众人不解，忙问子胥这话是什么意思。子胥还未开口，就见从外面跑来一人，进屋跪倒在地，说："太子，大王回来了……"说完，连连喘着粗气。大家先是一愣，接着是又惊又喜，赶忙出外相迎。阿腾果然见郧君从战车上跳了下来，父子相见，格外亲热。之后，阿腾把吴国客人逐一介绍给了郧君，当他介绍到伍子胥时，郧君心中更是高兴，认为此人相貌不凡，将来必有不凡之举。接着，众人又询问郧君是如何逃出来的。郧君把情况向大家一说，众人这才放下心来。伍子胥却又接着刚才的话题说："如此说来，回楚国交差的人不会太多了，平王老贼一定不会善罢甘休，必定会卷土重来，兵力必定大于这一次，这便是郧城的危难了，同样也是吴国的危难。"

众人听了伍子胥的话，谁也没有出声，气氛骤然紧张起来。

蘧越的残兵败将回到楚国，见了平王，把郧城战事从头讲了一遍，楚平王气得吼叫，费无极吓得魂飞魄散。半晌，楚平王才缓过一口气，破口大骂伍子胥和公子光。费无极在一旁挑唆说："大王，你可否还记得伍奢临死之前说的那句话吗？"

楚平王没好气地说："不记得。"

费无极说："大王，伍奢说：'只要我儿子胥在，料定他早晚会为我报仇的！'此话果真要应验了！"

楚平王把眼一瞪，厉声说："休要再提姓伍的一家！"

费无极真不愧是昏君的奴才，他不仅不气，反而扑通一声跪倒在地，说："大王，如今伍子胥依仗吴国势力，救走了夫人，恐怕这仅仅是一个开端，兴兵伐楚的日子不会远了。大王，若不尽早将伍子胥灭掉，楚国危在旦夕！"

第十四回　楚平王调发联军　伍子胥谋划御敌

楚平王本就气得浑身发抖，被费无极这么一说，更是气上加气，但也想不出个主意来。还是费无极诡计多端，他说："大王，依楚国的势力和您的威力，调齐几国精兵，易如反掌。我们何不合兵反攻，即使伍子胥再次逃脱，也能煞煞他的威风。同时，让吴国也知道知道楚国的厉害，只要它不给伍子胥做靠山，伍子胥纵然有天大的本领，也不会以卵击石，自找苦吃，大王便可以安享富贵荣华了。"

费无极的一席话，说得楚平王稍稍镇定了些，他沉思了片刻，觉得也只能如此了，便立即吩咐在朝大将前往各国调运人马。三十天之后，胡、沈、陈、顿、许、蔡几国人马到齐，共计一万五千精兵。这些国家都是小国，都惧怕楚国的势力，所以每年都要进贡纳赋，如今楚平王前去调兵，哪个敢违抗？各国只好点齐国中精兵，并由国君亲自率队。楚平王检阅了各国队伍之后，又亲点本国精兵五千，派令尹囊瓦为大将、令尹阳匄为副将，准备即日出发。

这时，费无极赶忙上前说："大王，如果这样出兵，即使取胜，顶多是煞煞吴国的威风，把一个小小的郧国灭了。这样的结局，却要消耗七国兵力，岂不是有点冤吗？"

楚平王不知费无极是什么意思，问他道："费爱卿，你就别卖关子了，你是怎么想的，就快说出来吧。"

费无极奸笑一声，说："大王，依我之见，既能得郧，又能得吴。"

楚平王一听就来了精神，忙问："费爱卿有何良策？"

费无极说："大王，依微臣之见，这七国人马在鸡父分成两队，由副将阳匄率领楚军南下，直奔郧国。郧国刚刚打了胜仗，想必忘乎所以，防守疏漏，一攻即破。大将囊瓦率领七国联军可直奔吴国。现在吴国主将都不在城中，王僚势孤力单，哪能敌得过七国的兵马？所以灭吴国之事，也易如反掌。"

楚平王听了，觉得好是好，可又一想，说："若公子光等人已回吴，怎么办？"

费无极说："大王，公子光救了郧君，他一定再三挽留，犒赏三军，这就要耽搁几日。再说，从郧城到吴国，有平川大路，他们又有兵车，所以一定会走大路的。而我们七国之兵由鸡父直奔吴国，是山路，因为路途很近，估计能赶在吴军之前到达。等公子光到达吴国，吴国江山已更名改姓了。他纵有天大本领，锐气已少了几分，我们还愁杀不了公子光和伍子胥吗？"

楚平王听了非常高兴，笑得眼睛眯成一条缝，连连夸赞费无极的"智慧"。可是，在一旁的囊瓦却不同意这个主张。他想："两军阵前，你死我活，怎能只凭想象和估计来定应敌之策呢？这分明是想讨好大王！"想到这里，便上前说："大王，依微臣之见，千万不能贪求太多。吴军能胜，不只是依仗人多势众，军中一定还有能人，我们万万不可掉以轻心！"

楚平王很不爱听这话，他一沉脸，说："你说的能人，是谁？难道他能胜过寡人？"

囊瓦其实早就知道伍子胥不是等闲之辈，加上这么多年的磨难，定是智勇双全，于是他说："大王，这世上当然没人能胜过你，但是叛贼伍子胥在吴军中，恐怕难以对付。"

楚平王一听"伍子胥"三个字就急了，他大喝一声："囊瓦！伍子胥一个叛臣，何德何能敢与七国之兵相比？再说，你乃楚国大将，怎能长敌人志气灭自己威风！你不必多言了，就依费爱卿之见，即刻起兵！"

第十四回　楚平王调发联军　伍子胥谋划御敌

囊瓦还想辩解，楚平王却已拂袖而去。他只好闷声不语地跳上战车，出了郢城，率领七国之兵直奔鸡父（今河南省固始县东南）。

费无极对囊瓦的一番话讨厌透了，望着他的背影，心中恨恨地想："等你回来，看我如何收拾你！"

伍子胥早就料到楚平王不会善罢甘休，定会卷土重来。众人商量了几天，意见也不统一。公子庆忌主张立即撤兵回关，认为救了楚夫人，郧国也免于失守，已经尽责尽义了。掩余和烛庸主张留在郧国，等待楚军一到，再打一场胜仗，好回国请赏。公子光不知如何办才好，便想听听伍子胥的意见。伍子胥说："公子，楚国卷土重来，兵力一定大于前次，凭我们现在的兵力，难以抵挡。不如派人回吴国，请求援兵，做到有备无患。"

公子光说："依先生的意思，我们一定要留守郧城，准备与楚兵再战了！"

伍子胥很沉着地说："公子，这一仗非打不可了。"

庆忌以为伍子胥又是想报私仇，不同意他的想法，因此赶忙问："此话怎讲？"

伍子胥说："楚平王一向以强欺弱，从未有哪个国家打败过他，如今败在吴国手下，岂肯受辱？他不仅会派重兵剿灭郧国，而且会把主要兵力放在如何对付吴国上。这正是我所说的郧国的危难，同样也是吴国的危难。"

庆忌听了这些话觉得有些道理，便不再多言。公子光更是赞同伍子胥的判断，于是，他当即命烛庸回吴搬兵，然后来郧城会合。伍子胥赶忙拦住，说："且慢！"

公子光不解，问："伍先生何意？"

伍子胥说:"楚兵由楚而来,必途经鸡父,鸡父乃楚、吴、郧三国交界之地,由此去吴、来郧,路途便捷。若吴国救兵到郧后,再等敌前来,恐怕只能守住郧城,而失掉吴城了。"

公子光说:"先生的意思是说楚军会兵分两路,趁吴国城中空虚,发起偷袭?"

伍子胥说:"公子聪明。楚王乃贪婪之辈,费无极在朝中一手遮天,为讨好平王,定会如此去做。"

公子光问:"依先生之见,下步该如何去做?"

伍子胥说:"请司马烛庸去吴搬兵,然后直接到鸡父。司马掩余率三千人马留守郧城,与郧兵共敌楚军。剩余人马由公子光率领前去鸡父,与援兵会合,单等楚国大队人马一到,打他个措手不及!"

公子光一听,拍手称好。众将也不敢小瞧伍子胥了。烛庸和掩余怀着个人目的,也盼着伍子胥的主意能保证战斗得胜,以便将来在吴王面前邀功请赏。

时值七月,天气格外闷热,囊瓦率领两万大军日夜兼程,全速前进。一路上,七国的兵将嘟嘟囔囔,心中很不服气。而且许、蔡二君都很迷信,认为七月不利战,所以,一直打不起精神来。囊瓦一路上不住地思索,但不论怎么想,都觉得此次出征很难取胜。他明明知道费无极的心思,可是平王却偏偏就相信他一人,自己只有唉声叹气了。阳匄年近六旬,身体本来就不好,再加上旅途劳累,行军没几天就病了。囊瓦心情更加低落。

联军就这样走了十数天。这一日,先行官跑来报告:"令尹大人,前方有一个三岔路口,向南可去郧国,向东可去吴国。"

第十四回 楚平王调发联军 伍子胥谋划御敌

囊瓦说:"这么说鸡父到了?"

先行官答道:"东行三十里就是鸡父,南行一百里就是郧国。"

囊瓦又问:"过了鸡父再去吴国,还有多少里?"

先行官说:"大概也有一百余里,不过全是山路。"

囊瓦听到这里,看了看尚在病中的阳匄,说:"老令尹,鸡父到了,你我该分手了。"

阳匄很吃力地抬起眼皮,说:"既然如此,我们就此作别吧,祝你凯旋,郢城再见!"说完,他勉强支撑着身体,率队南下而去。鸡父一带群山连绵,楚兵过了三岔路口,就进入山道,因崎岖难行,速度明显慢了下来。

这时候,吴国一万精兵和三千罪人的援军已到,并已同公子光会合。他们在这里择了山中有利地势安营扎寨。这一天,探马来报:"前方大队楚兵直奔鸡父而来,约有一万五千人。"

公子光一听,霍地站起来说:"果真不出伍先生所料!不知对方何人领兵?"

探马说:"楚国令尹囊瓦。大队人马由各个小国组成,有胡、沈、陈、顿、许、蔡六国,各国之兵都由各自的国君率领。"

公子光问:"大约离此有多少里?"

探马说:"约有二十里。现在天色将晚,看样子正在择地安营扎寨。"

公子光说:"再探再报!"

探马匆匆出帐,打马飞奔而去。

大帐之内庆忌、烛庸等人一听说楚国联合了六国兵力,都倒吸一口冷气,感到了形势之严峻,你看看我,我瞧瞧你,不知如何是好。

伍子胥想到了平王会调动全国精兵，却没料到这么快就调来了七国之兵。他思忖了片刻，反而转忧为喜。众人不解，公子光问："伍先生，七国大军逼近，你不但不忧，反而高兴，这是为何？"

伍子胥说："公子，我给你道喜了。这一战我们不仅能够得胜而归，而且楚国从此再也不敢进犯吴国了！"

公子光忙问："先生凭何这样说？"

伍子胥说："就凭这七国联军。"

众人一听，知道伍子胥又有了计策，连忙齐声问："此话怎讲？"

伍子胥说："其他六国乃中原小国，对楚国口服心不服，联军是迫不得已而来，人虽然不少，但士气未必高。人心不齐，纵有千军万马也没有战斗力。"

众人听了伍子胥的话，虽然觉得有道理，但还是感觉胜算渺茫，便追问如何才能取胜？正在这时，探马又来报："联军已经扎营，正在埋锅造饭，看样子明天一早就要拔营前行了。"

伍子胥忙问："他们军中士气如何？"

探马说："一路劳累，再加上暑热，很多士兵并未吃饭，或依树而卧，或三五成群躺在路边睡着了。"

子胥说："果然如此！那我们就打他个措手不及！"

公子光有些疑虑，说："虽然七国士兵全无斗志，但毕竟人多势众，我们不一定能胜。"

子胥微微一笑，说："我自有妙计。"然后又在公子光耳边小声低语，公子光连连点头。接着传令下去，让士兵们赶快

第十四回　楚平王调发联军　伍子胥谋划御敌

休息，决定次日三更造饭、五更出击。

囊瓦军中兵将来自中原，大多受不了南方的闷热，再加上连日的疲惫，很多人都中暑了。帐篷内似蒸笼一般，透不过气来，外面又有蚊叮虫咬，所以折腾得一夜没睡好。到了五更时分，天气稍稍凉快了一点，一个个才开始犯困。大多数士兵刚刚睡着，忽听远处传来喊杀之声，且越来越近，囊瓦军中立即大乱。

第十五回 歼楚军以逸待劳
调吴将两处分兵

一是因为天气太热,二是因为这一路上心事重重,胜败难料,所以囊瓦彻夜未眠。到了五更天,刚想闭目休息一会儿,就听到外面喊杀之声。他赶忙起身走出大帐,正在纳闷,先行官气喘吁吁地跑过来说:"大人,不好了,遇见强盗了!"

紧接着,六国之君也都过来了,询问发生了什么事。囊瓦沉思片刻,说:"若是强盗,也不过几十人,或几百人,最多也超不过千人,为何喊杀声如此震耳?"

胡国和沈国之君继位时间短,年龄不大,阅历浅,战争场面更是从未经历。但他们年轻,争强好胜,所以立刻向囊瓦请求出战。囊瓦虽然怀疑这喊杀之声是否真的出自强盗,但又一想,四周高山峻岭,强人出没也是常事,别说藏上几千强人,就是藏上几万,也不见得发现得了。他这么想着,便紧走几步,爬上一个山坡。只见冲过来的人,根本没有队形,手中所持武器,剑、矛、棍不等,且个个衣衫不整、蓬头垢面。人数倒是不少,约有三千多人。看到这些,他立即传令,命胡、沈二君带领两国之兵,把这些强盗杀个精光。

胡、沈二君是初次上战场,且打心眼里轻视这些强人,所

第十五回　歼楚军以逸待劳　调吴将两处分兵

以,干脆也散乱地向对方冲过去,想利利索索地杀个痛快。

这三千人正是吴军中的三千罪人,伍子胥想乘联军不备来个袭击,让他们不明不白地先吃个败仗,以削减敌人的锐气。

胡、沈二君率三千人马与吴国三千罪人交战在一起。胡、沈二兵由于精力不足,再加上毫无准备,所以三个也顶不了吴国一个罪人。而吴国罪人,连日来不仅休息得好,而且刚才天不亮又饱餐了一顿,鼓足了精神,只等着这一刻的到来,因此,他们越战越有劲,越杀越猛,有的嘴里还一个劲地数着:"杀了一个了,两个了……"而胡、沈之兵则越杀越没劲,越没劲死伤越多。胡、沈二君一见此状,唯恐回去被问罪,所以一边战斗一边商议,决定抓个首领回去交差。

胡、沈二君一边交战,一边寻找,只见这些人中有一人最为突出:人长得最高,劲头最足,动作最敏捷。这人便是庆忌。他拿着剑,右手刺死一个,左手一拳打死一个,真正是以一当十。胡、沈二君同时瞧出了这人便是首领,却又不敢近前。

庆忌早就认出了谁是对方的首领,因为他们的穿着与士兵截然不同。想捉住他们俩,本来易如反掌,但他必须先杀一阵才觉得过瘾,所以一直用眼盯着他们。胡、沈二君怯懦不前的举动,庆忌看在了眼里,心想:"别着急,我这就去取你们性命!"

胡、沈二君见庆忌直奔他们而来。谁也不敢想捉个首领回去交差的事了,所以都撒腿往回跑。他们哪里跑得过庆忌!庆忌的腿长得快到常人的胸前了,他一跳两蹿,就能出去十来丈。胡、沈这两个年轻的君主,逃的时候也不知道分散,只一个劲地并肩而逃。庆忌伸开像蒲扇似的两只大手,一手一个,就把两国之君抓住了。

楚兵见国君被擒,纷纷投降。其实这么一杀,三千人剩下的也不过半数了。山野之内尸横遍野,血流成河。

庆忌回到中军大帐交令,胡、沈二君这才明白过来。他们忙叩拜求饶,公子光为了煞一煞联军的威风,还是下令将他们斩首示众同时释放了几个俘虏,让他们回去向囊瓦报告。

吴军首战告捷,众人对伍子胥佩服得五体投地。

囊瓦听胡、沈败兵回来一说,吓得傻眼了,他做梦也没想到吴军会在这里"迎接"他。他仰天长叹一声,说:"果然吴国有能人啊!伍子胥呀伍子胥,一定是你在吴军出谋划策。三千犯人竟然灭了我两国之兵,又杀了二君,鸡父首战便遭惨败,这可如何是好哇!"

陈、顿、许、蔡四国之君听了报告,个个胆怯。许、蔡两位国君说:"大人,这未必就是因为吴军有能人。七月乃兵家晦日,依我们看,不如先在这里安营,再等半月进军。七月一过,再战必胜。"

陈、顿二君知道他们是不想应战,才以此做借口,便从心里瞧不起他们。

陈君说:"何谓兵家晦日?双方交战必有胜负之分,这是天经地义的。"

顿君也说:"既然是晦日,交战应对双方不利,为何吴军获胜?分明是你们畏惧吴国,才以此作借口!"

许、蔡二君见他们如此揶揄,心中不服,说:"既然陈君和顿君不以七月为晦日,那就请你们打个胜仗,扬扬楚国之威,如何?"

陈、顿二国之君本来就有勇而无谋,不过想讨好囊瓦,才

第十五回 歼楚军以逸待劳 调吴将两处分兵

故意这么说,并不真想前去应战。

囊瓦一见这七国联军只是一个早晨的工夫,就变成了五国联军,而且人心涣散,主将不和,不由斗志骤减。

两天后,吴军约战。囊瓦问:"哪位君主愿意领兵应战?"

四国之君都不出声。按理说,三军统帅有生杀大权。可囊瓦掌握的是楚国兵权,对这四国君主并不管用。这四国之君虽然是小国之主,但毕竟身居王位,纵然囊瓦是楚国令尹,也不敢把他们如何。所以,囊瓦只好又问:"各位君主,这次兴兵是奉大王之命而来,胜败荣辱大家共同承担。你们违抗我不为过,难道想违抗大王吗?"

四国之君心中暗想:违抗楚平王就为过吗?他是一国之王,我们也是一国之主,不过是惧怕他的势力罢了。可现在平王不在,战场之事就由不得他了。

囊瓦急得头上冒汗,只好先传令下去,战期延后两天。两天很快就过去了,吴军又在外面叫阵,囊瓦军中仍无人应战。就这样一拖再拖,拖了将近十天。

十天之后,双方都着急了。囊瓦着急无人肯应战,吴军中公子光着急这场战争何时结束。最不着急的人是伍子胥。公子光说:"伍先生,我们与其在这里坐等,不如硬攻,破了他五国联军算了。"

伍子胥说:"公子,敌营不攻自破,我们何苦再费力气?"

公子光问:"先生何出此言?"

伍子胥说:"我们约战多次,敌军不敢应战,未必是因他们兵微将寡。"

公子光说:"他们首战就失两国之君,想必是胆怯了。"

伍子胥说："他们仅损失了三千人，还有一万多精兵呢，与我们兵力不相上下。依我看，他们是内部不和，军心涣散，囊瓦一个令尹调动不了四国之君。这些小国之兵再多困上几日，心中就更为不满了，军中无斗志，还何谈打仗？！这就是他们不攻自破的道理。"

公子光听了暗暗点头，可他还是有些疑虑，说："囊瓦既然觉得四国之兵不好调遣，会不会令人再去郢城搬兵？"

伍子胥微微一笑，说："公子，你太多疑了。平王此次出兵已联合了六国之兵，又派了令尹亲自率兵出战，气势之大足够威震蛮夷各国了。囊瓦不仅没取得战果，反而先折了两国之兵，又有何脸面去搬救兵呢？"

公子光这才释然，便说："依伍先生看，我们要等上多少天，五国之兵才能自破？"

伍子胥心中早已想好了对策，他说："七月本是兵家晦日，四国之君中定有人以此为借口，不肯交战。再过七天，晦日即过，不过到了那时，他们想交战也没有力气了。"

公子光一听来了精神，连忙请子胥拿出具体办法。子胥把妙计一说，众人无不心服口服。

囊瓦正处于进退两难之中。想进，无人与他上阵；想退，就这样不战而归，在平王跟前又吃罪不起。眼看军中粮草已绝，好在山中野菜、野果、野味还有，尚可勉强充饥。囊瓦已派出辎重车去附近城镇押运粮草，但十天过去了，就是不见辎重车的影子。

在鸡父西南方向七十里有一个小镇，名钟幽。子胥断定囊瓦军中已无粮饷，肯定会去钟幽借粮，因为那里离鸡父最近。他派庆忌率领三百罪人从山后绕过，绕到鸡父之西三十里处，

第十五回　歼楚军以逸待劳　调吴将两处分兵

专等辎重车路过。

负责押运粮饷的是蔡国人，他们大都是为躲避打仗而自愿报名前往钟幽的。钟幽一个小小城镇，把所有的存粮整合在一起，也只装了二十车。蔡国一百多人押着二十车粮食，一路上不急不慌地走着。其中，有两个人在漫不经心地交谈，一个说："钟幽离鸡父太近了，没几天工夫就又回去了。要是能去更远点的地方押粮多好，一两个月过去，仗也打完了，也没咱们的事了。"另一个说："打仗的事儿，主将不着急，咱们更不用着急。我看前面一片树林，正好休息休息，等过了正午再走不迟。"

另外一些人，眯着眼睛看看天，太阳热辣辣地烤着他们，衣服都湿透了，便都同意在前面树林中休息片刻。

这时，庆忌早已带着三百罪人藏在林中了。这三百人都是庆忌精心挑选的，一个个膀阔腰圆，浑身透着用不完的力气。庆忌见这些人把车赶进了树林，一声口哨，就见这些罪人从树上跳下来、从草丛里钻出来，一拥而上，把一百多人围在了当中。

这一百多蔡军，还没喘过气来，脚跟都没站稳，就被这突如其来的一幕吓得不知所措。仔细一看，来人远远多于他们，想打也不是对手。其中有一个胆子较大的首领，觉得就这么死了，不明不白，所以便开口问："这些勇士从何而来？为何拦住我们的去路？"

庆忌向前走了一步，把那人吓得后退了好几步。庆忌说："明人不做暗事。我是吴国公子庆忌，奉公子光之命前来截取粮饷。不知你们是否愿意？"

这人一听到庆忌的名字，吓得魂飞魄散。自从沈、胡二君被庆忌擒获以后,他的名字就在联军中传开了,无人不知他的厉害。因此,这个首领赶忙跪倒,说:"原来公子在此,小人不知,请饶命!这粮食你尽管取走。"

庆忌一见这人胆小如鼠,不由得大笑,说:"天下竟有如此怯懦之人。你把粮食送我,你回去如何交差呀?"

这个人看看自己的这一百多人,一个个吓得缩成一团,眼睛望着他,好像说:"别管日后了,先顾眼前吧。只要保住性命,怎么都好说。"

庆忌看出了他们的意思,干脆说:"只要你们听我的,保你们没事儿!"

众人齐刷刷跪倒,说:"愿意听公子的!"

公子庆忌立即命众人把二十车粮食全部卸下来,大家肩扛手抬,随着他翻过山岭,从山后绕过囊瓦的大营,直奔吴军而来。

公子光一见十分高兴,又为庆忌记上一功。

囊瓦见运粮的车还未到,便派人去查看。庆忌等人把粮食从车上抬下来以后,这些降兵齐扛着粮食去了吴营,所以楚军查看时,毫无踪影。囊瓦只好再派人去钟幽借粮。这么一折腾,半个多月就过去了。联军饿得都快吃人了。有的说与其饿死还不如战死,也有的说,在这里不战不降,还不如撤退算了。这些士兵一闹,四国之君便再也沉不住气了,囊瓦见时机已到,便立即与吴军约战。双方约定八月十五日开战。囊瓦派陈、顿之君率三千人打头阵,许、蔡在后面接应。

吴军中自从庆忌屡立战功之后,掩余很不服气,对公子光和伍子胥有些不满。公子光看出了这一点,所以这次给他两千人马派他打头阵。掩余喜欢逞能,说只要一千五百人,并

第十五回　歼楚军以逸待劳　调吴将两处分兵

保证头阵打胜。公子光有些担心，但伍子胥却说："依司马的才能，陈、顿的几千人算得了什么？我看连一千五百人都太多了，只需一千人即可得胜。"

公子光一听，心想："子胥，你虽然心中瞧不起他，可也别拿打仗当儿戏呀，这可是涉及全军胜败的大事呀！"

掩余听了却更加兴奋，对伍子胥的成见荡然无存。他立即请求公子光再撤回五百人。公子光见他如此气盛，又不好驳伍子胥的面子，只好答应了。

约战日到，双方主将各驾战车上了战场，步兵将士也严阵以待。双方战鼓擂响，喊杀之声响成一片。

公子光等人站在山坡之上。见双方战在了一处，公子光便悄悄问子胥："伍先生，今日你为何只让掩余携一千人出战呢？"

子胥笑一笑，说："公子，这有什么不好呢？以少胜多，方能显出我军兵力的强大！"

公子光说："伍先生何以见得掩余能以少胜多？"

子胥说："前几次战功均由庆忌所得，掩余早就妒忌上他了。所以他这一仗会格外卖力气，想争个头功，这是第一；第二，陈、顿之兵多日困于山中，兵将迫不得已才开战，纵然有心打个胜仗，好赶紧回去交差，可心有余而力不足。人无粮食，哪来的精神？因此，我断定掩余必胜！"

公子光点点头，说："先生高见。"

二人说着，继续观战。陈、顿之兵一开始还有个猛劲，杀了一阵之后，便没了力气，越战越气馁。而吴军则越战越猛，一个顶三个，所以显得并不比陈、顿之兵少。

掩余一开始就和陈君交上战了。陈君见掩余中等身材，脸上没有胡须，头发高挽，也没戴盔甲，典型的蛮夷形象，心中便有些瞧不起他。这两个人都用长矛，陈君出手很快，而且急于求成，想连刺几下，致掩余于死地。可掩余不慌不忙，躲过几下，先让对方泄泄气，然后才进攻。二人打了几个回合，陈君见不易取胜，便有些慌张，招数也就乱了。掩余趁机驾车向前驶出去一丈开外，没等陈君的车转过来，掩余已从自己的车尾跳上了他的车尾。陈君只觉车一震，以为马要惊了，赶紧拉紧丝缰。没想到掩余的长矛向前一使劲，陈君还不知怎么回事呢，便"哎呀"一声跌了下去。

顿君一见陈君死了，吓得不敢再战，想寻机逃走。这时，囊瓦在山坡之上看得清清楚楚，也就不管什么约战不约战了，而是立即命许、蔡二君点齐本国所有人马，一齐冲上战场。

吴军一千人马如何敌得过敌军一万多人！其实，伍子胥早就料到囊瓦会狗急跳墙。吴军除了上阵的这一千人，其余的人早已在山中埋伏好了。如今见囊瓦全部出击，伏兵便一齐冲上阵前，把敌军团团围住。

囊瓦根本没想到吴军会这么快就冲上阵来，也不清楚这些人藏在什么地方。不过事已至此，也只好拼死应战了。

这一战，从早晨一直战到晚上，楚兵腹中本就空空，哪里经得起这么折腾，因而越战越疲，有的战死了，有的连累带饿倒下了。顿、许、蔡三君一见情况不妙，连忙拼死杀出重围跑了，囊瓦只领着千余人突围西逃。掩余争功心切，想带人追赶，但公子光已鸣金收兵，他只好作罢。

正是傍晚时分，日落西山，夕阳如血。一时间，山野之内，夕阳映着血光，分不清天与地。

这一仗，吴军俘获敌军约七千人。当夜，军中一片欢腾，

第十五回　歼楚军以逸待劳　调吴将两处分兵

共庆胜利。

众人在兴奋之中,询问公子光何时回吴,公子光说:"尚不知郧城的消息,但等几日吧。"

公子光的话音刚落,就听守门军进来报告:"司马烛庸派人来求见公子。"

公子光十分惊喜,真是想谁谁就到。他连忙传令将来人请入大帐。

来人见了公子光,扑通一声跪倒,说:"公子,司马烛庸派小人前来禀报战况。"

公子光急忙问:"是喜是忧?"

来人说:"郧城一战告捷。"

且说阳匄病病歪歪地来到郧城,在五里外安营扎寨。郧城探马早已探知了消息,城中烛庸、郧君、阿腾、华如等早就做好了应战的准备。

阳匄本想安下大营以后,再休息两天,病也许就会好了。谁想,安下营以后,病情反而加重了,而且因为夏日炎热,又起了一嘴泡。到了次日晚间,闷热的天气稍稍凉爽了一些,他走出帐外,想透透气。凉风一吹,身上觉得怪舒服的,便干脆找了块干净地方坐下了。坐了一会儿,不知不觉就睡着了。夜深了,等侍卫请他回帐时,他已经全身僵硬。阳匄就这样死了。

郧君等见楚军到来后,不讨敌叫阵,也不攻城,不知是怎么回事。

原来,阳匄一死,楚兵的心就散了。军中有一员副将,名叫泰岳,是阳匄的徒弟。他一见师父死了,唯恐郧城知道后会乘虚出击，便赶紧封锁消息，将师父尸体草草掩埋。

一开始，将士们还都听泰岳的，并决定两天后与郧城约战。谁知首战下来，楚兵死伤无数，泰岳也身负重伤。这样，将士们可就乱了，纷纷要求撤兵。

郧城中烛庸想乘胜歼灭楚军，连连约战，但楚军坚守不战。老臣华如心想：楚军中阳匄是主将，虽然没有见过，但年纪也该六旬开外了。而领兵之人自称是主将阳匄，年龄不过三十几岁。再说，楚军一到，气势就不对，一个个不是斗志昂扬，而是无精打采。华如越想越不对劲，便把心思与烛庸说了。烛庸也有同感，便派人扮成楚国小卒，去营中探听消息。

小卒回来，把探明的楚营情况告知华如。华如便立即点齐城中五千人马，由烛庸、阿腾率领出战。

泰岳因为伤口感染，烧得昏迷不醒，朦胧之中，听见喊杀之声由远而近，便勉强支撑着身体，升坐中军大帐。

众将士见他如此模样，军心不由得更加涣散，但因他下令出战，众人也只好执行。结果自然是一败涂地，除死伤近千人、逃亡近两千人外，全部归降。泰岳在混战中死亡，老臣华如敬佩他的忠心，想找到他的尸体单独掩埋。但战场上尸体压尸体，实在难寻，也只好作罢。

第十六回 恶贯满盈死平王
排除异己遣庆忌

吴军分两路凯旋,吴王非常高兴,得意地说:"楚晋争霸多年,世人一直认为这两个国家如何强大。如今楚国却失七国之兵,原来还不如吴国强大。看来我称霸天下的日子不远了。"整整七天,王僚在宫中大摆酒宴,犒赏三军,嘉奖公子光等主将。

公子光向王僚报告了庆忌、掩余、烛庸的战功,王僚对他们大加封赏。不过,他们心中都非常明白,鸡父之战如果没有伍子胥设谋,是不可能取得如此战果的,既然公子光对此只字未提,自然就正中他们的下怀,不由都暗自高兴。

王僚瞧瞧伍子胥,见他一言不发,便问道:"伍子胥,你有什么事吗?"

伍子胥说:"大王,我有一个请求,不知大王是否应允?"

王僚正在兴头上,便很爽快地说:"你说吧"。

伍子胥上前施礼,说:"大王,我请求你赐楚夫人和小主芈胜一所宅院,让他们也有一个安身之所,我也了却一桩心愿。"

王僚笑着说:"这有何难。寡人赐给他们西门之外那所宅院,你看如何?"

伍子胥施礼致谢。从此,楚夫人和芈胜便在吴国安居,而伍子胥仍回乡间存身。

囊瓦从鸡父一直逃出一百多里,心里才稍稍平静下来。他看着这一千多残兵败将,一个个连累带饿,都没了人模样。再想想来时队伍浩浩荡荡,何等威风!如果不是奸贼费无极乱出主意,导致联军出师不利,也许现在早已将楚夫人抢了回来,还能灭了郧城。如今,郧城一战还不知胜负,鸡父之战已丧七国之师,有何颜面再见楚王?囊瓦坐在路旁,越想越痛心,不由得掉下泪来。

这时,从郧城逃出来的楚兵,正遇上这些逃兵。败军见了面,便在一起聊了起来。囊瓦一见他们这副样子,便料到了事情的结果。其中一个楚兵见到了囊瓦,便赶紧过来施礼,并把郧城一战的情况详细讲了一遍。

囊瓦听了,一句话也说不出来,在那里呆坐了半晌,然后对所剩无几的残兵说:"鸡父一战既然已经结束,你们幸而逃生,再与我回楚也没用了,就赶紧各回各国吧。"

兵将们听了这话,倒觉得囊瓦实在可怜。有心不走,又觉得留下来也没什么用,所以也只好就此分手。囊瓦见他们都走了,便率领楚国的残兵直奔楚国。

囊瓦见了平王,扑通跪倒在地,把事情的经过讲了一遍。平王听了,张大着嘴巴,半晌没有说出话来。

楚平王一向以强欺弱,从未遭受过如此惨败。如今,声势浩大的七国之师竟然毁在吴国之手,他一时间,不知是气、是悲、是叹,自此,竟一病不起。

第十六回　恶贯满盈死平王　排除异己遣庆忌

囊瓦自从这一战后，在朝中常受冷遇。平王一气之下真想杀了他，可一想七国之师都没了，阳匄也死了，再加上自己病情日益加重，眼看命都快绝了，还哪有心思考虑这事，也只好作罢。但囊瓦总觉得心中有愧，便想方设法讨好平王。他苦思冥想，向平王献计道："大王，你久病在床，微臣看了实在不忍，你若想早日康复，我有一良策，不知大王想不想听。"

平王一听能治好他的病，当然高兴，便说："请爱卿快快讲来。"

囊瓦说："大王，鸡父惨败，你贵体染疾，这都是天之定数。这一切皆由郢城之方位所致，若是能够改变郢城的方位，大王的病自然好转。"

平王听了这番话，立刻来了兴致，赶紧让囊瓦细细讲明。

囊瓦说："如今郢城在纪山之南，山高而城低，形状狭小，毫无气派。风水全让山给占了。微臣认为，可从城东辟地，筑一大城，比旧城高七尺、广二十余里，将旧城更名为纪南城，将新城起名为郢，迁都而居。同时再在纪山之西筑一城，作为右臂，号曰麦城。三城以晶字形矗立于纪山之围，纪山的风水自然让三城所收，以后楚国定能万事亨通，大王的病自然也就好了。"

楚平王听他说得条条有理，便当即下令大修城池。

有的人认为这是囊瓦的功劳，也有的人讥讽他说："纵然再修十城，吴兵若至，你也奈何不得！"囊瓦听了以后，脸上很挂不住。他想："既然重修都城都不能雪鸡父之耻，还是大造舟楫，操演水军，以防后患吧！"于是，他又亲自指挥水军，日夜操练。只可惜，楚平王是因惊吓而得的病，再也没法治好。他还没有住进新的都城，也没有看见囊瓦所操练的水军的雄姿，便一命呜呼了。

楚平王病死的消息，很快传遍各个诸侯国。当消息传至吴国后，公子光立即就告诉了伍子胥。

伍子胥听后愣在那里，半响不语，接着便号啕大哭起来。公子光纳闷，赶忙解劝，说："伍先生，你对平王恨之入骨，如今他死了，你反而为他哀号，这是为何？"

伍子胥说："公子，我哪里是为他哀号？我是为自己不能亲手杀了他而难过呀！"

公子光听了，非常理解他的心情，忙宽慰了几句。伍子胥思前想后，悲愤地说："我伍家世代忠良，父兄却惨死在楚平王手下，就连妻子也因此而亡，只剩下我一人逃出虎口。为了借兵复仇，我奔走数年。昭关一夜愁白了头，在吴市吹箫乞讨受尽了屈辱，如今刚有了安身之所，眼看报仇有望了，他却先死了。"伍子胥说到这里，又哭了起来。之后，他愤恨地说："楚平王，你死了我也不会放过你，我要扒你的皮、抽你的筋，以解我恨！"

伍子胥说完坐在那里又是半响不动。公子光一直陪着他，二人直坐到天亮。子胥这一夜脑子根本没闲着，他心生一计，对公子光说："公子一直想成大事，如今机会到了。"

公子光赶紧往子胥跟前凑，说："先生请讲。"

伍子胥说："现在楚国朝中丧乱，吴国又刚刚在鸡父大获全胜，王僚心气正高。公子若乘机请求吴王派烛庸、掩余前去伐楚，他必应允。然后再举荐庆忌与郑、卫联合兵力共同伐楚。朝中没了这三个人，公子便可行事了！"

公子光非常高兴，但转念一想，说："万一王僚派我去伐楚，怎么办？"

第十六回　恶贯满盈死平王　排除异己遣庆忌

子胥微微一笑，说："公子，这很好办，只要你受点苦就行了……"话音未落，公子光还没明白过来，冷不防被伍子胥踢了一脚，凳子翻了，公子光跌坐在地。子胥赶忙过来搀扶。公子光站起来，却"哎哟"一声，不敢迈步，原来他的脚脖子扭伤了。

公子光被伍子胥踢愣了。伍子胥连连赔礼说："公子，我这一脚踢得不恭，请你多多宽容。"

公子光看伍子胥一脸神秘，忙问："先生何意？"

子胥哈哈一笑，说："公子一向聪明，今天怎么了？你现在走路都困难，还能领兵打仗吗？"

公子光看看双脚，又看看子胥，也哈哈大笑起来。之后，公子光又猛然想起一人，忙说："先生，即使这三人离开吴国，还有一人恐怕不能容我行事。"

子胥问："何人？"

公子光说："延陵季子。"

季子就是季札，他因不愿继承王位，便离开吴宫，独自去延陵（今江苏常州一带）驻守。他把王位和功名看得很淡，决不愿见到为夺王位而相争、厮杀。

子胥思谋片刻，说："吴、晋刚刚有了联系，可以让王僚遣他出使晋国，名为窥探中原实力，为以后称霸天下做准备。王僚心贪，一定会答应。"

公子光听了连连称谢。次日，众臣上朝，王僚瞧见公子光一跛一拐，便问："公子怎么了？莫非又犯腿疾了？"

公子光说："回禀大王，自从你恩准我回朝后，腿疾就逐渐好了。这次是不小心从车上跳下来摔伤的。"

王僚赶紧命人为公子光请大夫，并嘱咐精心医治，然后又说："公子若行动不便，可以回府休养，不必每日上朝了。"

公子光连忙拜谢说："大王，微臣早就知道你有称霸天下的夙愿，只是吴国国力尚弱，迟迟不敢动兵。如今，我看机会到了，不知大王如今还有无此愿？"

公子光心中非常清楚王僚心中想什么，却故意吊他的胃口。王僚果然来劲了，忙说："寡人当然愿意称霸天下，莫非公子有良计可使寡人如愿？"

公子光说："大王，自鸡父一战之后，微臣总觉得以我国兵力可一举灭楚。如今楚国正在丧乱之中，朝无良臣，若兴师伐楚，定可成功。"

王僚听了喜上眉梢，有心让公子光领兵西伐，可他脚又摔伤了，这可如何是好？公子光已经看出了王僚的心思，便说："大王，此事微臣本该效劳，只是眼下行动不便，不能在两军阵前冲锋陷阵了。"

王僚说："公子理应在府中治伤，伐楚之事可另派他人，只是派谁合适呢？"

公子光说："大王，这样的大事，所派之人一定要能征善战，而且最好是亲信。"

王僚想了想，说："掩余、烛庸如何？"

公子光说："大王明鉴，两位司马大人在鸡父、郧城一战中，战功卓著，有勇有谋，而且是大王的亲眷，对大王忠心耿耿，派两位大人攻打楚国，再合适不过了。"

掩余、烛庸听了这些话自然高兴，而且自楚国丧七国之师后，他们根本就不把楚国放在眼里，觉得这是轻而易举就可得到的便宜，何乐而不为呢？二人便立即请命。王僚给他们两万精兵，命他们水陆并进。

第十六回　恶贯满盈死平王　排除异己遣庆忌

王僚见掩余和烛庸下去各做准备，觉得自己几乎已是霸主了，正洋洋得意时，公子光又进言说："大王，我国兵力虽然强大，但有备而无患，若遣人去联合郑、卫之兵，合力伐楚，岂不势力更大？再有，晋国已逐渐衰微，若派人访问中原，窥其内情，然后，大王招兵屯粮，操练舟师，灭楚之后，便可讨伐中原，如此，大王称霸天下必将指日可待！"

王僚听了笑得合不拢嘴，便又问公子光："公子，你看这些事派何人前往才合适呀？"

公子光说："公子庆忌勇猛无比，行疾如飞，又是大王的亲子，我看派他去郑、卫定能联合两国之兵。至于去中原的人，我也想好了。"

王僚忙问："谁？"

公子光说："季札。他曾经周游中原，在中原很有名望。若是他去，必能赢得中原各国的信任，还愁探听不到各国的消息？"

王僚觉得公子光说得条条有理，便立即令人传诏季札。

半月之后，掩余、烛庸出发了。季札也回朝受命，前往中原。只有庆忌迟迟不动。

庆忌对公子光并不信任。不过这几年来公子光颇得父王宠信，他也没看出公子光有什么破绽。加上鸡父之战公子光确实卖力，所以他也不好说什么。如今公子光把王僚在朝中的亲信都打发走了，莫非有何非分之想？他把想法告诉王僚，王僚不以为然，说："姬光这些年来，为我做了不少事，想必他已不计前嫌。否则，他恨我还来不及呢，还能对我如此忠心耿耿？"

庆忌说："我若一走，父王身边无一亲信，他这又是何意？"

王僚想了想，脑子里也画了个问号，但他再想想公子光的话，没有一句没道理的。再加上称霸之心作祟，他也不愿想得太多，于是便说："你不必多虑，我多加小心便是了。不过，姬光的主意很对，我们不能耽误了大事，你速去郑、卫联合兵力，以备后用。"

　　庆忌见说服不了王僚，又不好违抗，便又找借口，说身体不适，过些日子再去不迟。王僚对亲生儿子不能怎样，也只好依他。公子光见庆忌迟迟不走，又不敢直接催促，唯恐露了马脚。

　　公子光对伍子胥说："伍先生，庆忌迟迟不走，想必心存疑虑，这可如何是好？"

　　伍子胥想了想，很神秘地说："公子莫急，我保他一个月之后，便会离开吴国。"

　　公子光追问："先生此话怎讲？"

　　子胥微微一笑，说："天机不可泄漏。"

　　公子光知他心中有数，但不便多说，只有耐心等待。

　　子胥又说："公子在这一个月中，可以使人重修府宅。"

　　公子光说："先生，我大事未成，眼看快到天命之年了，哪有心思修建府宅？"

　　子胥说："公子，我所说的府宅，可非同一般，它可助公子成大事。"

　　公子光忙问："先生此话怎讲？"

　　子胥说："公子明修府宅，暗造机关，以待行事之用。"说完，又一一与公子光细谈。公子光听了，佩服得五体投地，不由得动情地说："我今生得遇先生，真乃天赐之福！"

　　一个月后，公子光的府宅已经修好，忽然掩余、烛庸军中

第十六回　恶贯满盈死平王　排除异己遣庆忌

有人来报,说大军在潜邑附近受阻,请求援兵。公子光得知消息后,赶紧来找子胥商议,伍子胥微微一笑,说:"公子,眼看你的行事之日到了!"

公子光听到请求增援的消息,朝中又没有合适的人选,自己的脚伤也好了,唯恐王僚会派他去,心中非常焦急,所以被子胥这么一说,反而糊涂了。

子胥解释说:"王僚早已派庆忌去联合郑、卫之兵,他却迟迟不动。他们虽是亲父子,王僚心中也难免不快。只要公子按我的意思去和王僚讲明,保证事成。"

次日上朝,王僚正愁救兵之事,公子光启奏说:"大王,当初我想让公子庆忌去郑、卫合兵就是此意,只是到现在公子的身体也不好……"

王僚听公子光这么一说,再加上对庆忌早心存不满,所以很生气,要求庆忌立即去联合郑、卫发兵。

庆忌对公子光的话很不服,便启奏说:"父王,未能及时去郑、卫是我的过失。可如今再去,恐怕已经来不及了。不如把吴国兵将集中到一起,少说也有两万,先助潜邑之战。"

王僚虽然有气,但觉得庆忌的话不是没有道理,便想准奏。这时,公子光急说:"大王千万不可!"

王僚问:"为何不可?"

公子光说:"大王,我们乘楚国丧乱伐之,他们定会乘我们国内空虚先来侵犯都城。到时候,大王的命便掌握在楚国手中了!"

王僚吓得愣在那里,忙问公子光该怎么办?

公子光说:"掩余、烛庸两位司马在潜邑受阻,但粮草充足,一时不会有什么危险。只有让公子庆忌去联合郑、卫发兵，才能解潜邑之急。微臣留在朝中招集全国各路人马，以保大王安全。"

王僚觉得只能如此，便立即命庆忌去郑、卫二国。庆忌虽然心中还是不服，但他不敢屡次抗命。再加上公子光的话，在他听来也不无道理，只好连夜出奔郑、卫。

庆忌离开了吴国，正应了伍子胥以前所说的话。公子光不解，便问子胥："先生是用何妙法把未来之事算得如此之准？"

子胥说："公子，我哪有什么妙法？不过是看准了人，看清了各国的形势，才有了准确的推断。"

公子光忙说："请先生赐教。"

子胥说："掩余、烛庸有勇无谋，鸡父和郧城之战，我观他们并不以战局为重，不过想求功而已。这次出战，更是耀武扬威，目中无人，定然轻敌。再加上，楚国虽然丧乱，又失七国之师，但本国国力并未削减。平王一死，新君当政，必然要重振国威，所以，知道吴国大军进犯，绝不会像平王那样打无谋之战，新用的重臣也定会全力御敌。这两个原因加在一起，掩余、烛庸必败。"

公子光越听越心服口服，高兴得不住地夸赞子胥。

子胥忙说："公子不要抬举我了，还是商议大事吧！"

第十七回　演斗羊孝子助父　献炙鱼专诸刺君

公子光和伍子胥把行刺王僚一事商议妥当后,伍子胥说:"这事办得越快越好,以免再生枝节。"

公子光问:"依先生看,定于何日为妥?"

伍子胥说:"我们先去请专诸贤弟,再择日期。"

公子光应允,二人驱车来到吴趋。因为这一年多来,子胥山中求剑,又奔郧城、鸡父而战,所以很少来专诸家了。自从专诸妻子死后,专毅恐父亲寂寞,便离开公子光,一直陪伴在专诸身边。

专诸的炙鱼手艺已在太湖学成,并且已远近闻名,不论谁家有红白喜事,他都乐意帮忙,主要也是为了熟练手艺,免得生疏。

专诸之妻为了丈夫成名,也为了能让他尽忠义之心,自缢而亡,专诸虽然痛心,但他深明妻子之意,所以一直盼望着公子光请他效力,这样也就完成了妻子的遗愿。

这一天,专诸和专毅正在家中议论。专毅说:"父亲,你为何整天坐卧不安?莫非有什么事?"

专毅虽然在公子光府中生活的时间不长,但他却已一扫村野孩子们的愚顽。专诸本不想把心事告诉他，怕他担心，但想到迟早他也要面对这一切，还不如让他早些知道为好。

专诸说："毅儿，你可知道一年前公子光和伍伯父为何常来咱家，你母亲又是为何而死吗？"

专毅非常聪明，虽然大人的事他没有正面过问，但他察言观色，处处留心，也知道了八成。他说："父亲，我知道。"

儿子这么一说，专诸反而愣了，便问："莫非你在公子府中时，他已与你讲明？"

专毅说："不是。公子光和伍伯父常来送粮送银，母亲在世时，又常说'穷人受人恩惠，只有以命相报'。所以，我料定他们定是有大事求于父亲。"

专诸看着儿子聪明天真的样子，又想起了妻子，心里很不是滋味。专毅见父亲不吭声，便说："父亲，我问你的问题你还没有回答呢。"

专诸说："毅儿，你可知道当今国君王僚自立为王的事？"

专毅说："当然知道。在公子府中时，公子光常常与我讲起，又嘱我不要讲于外人。莫非父亲犯愁与此有关？"

专诸说："毅儿真聪明，将来定有出息。我把事情告诉你，你切记不要告诉外人。"

专毅一口答应。专诸说："当今王位理应属于公子光，他不仅贤德，而且体恤民情，若是把国政交于他，吴国定会富强。他对咱家格外施惠，便是想让为父替他除去昏君王僚。"

专毅一听，忙说："父亲一向为人仗义，何不成全了公子光？"

专诸说："毅儿，为父既受人恩惠，正如你母亲所说要以

第十七回　演斗羊孝子助父　献炙鱼专诸刺君

命相报。为了能接近王僚，我已学会炙鱼，只待行刺老贼。可都一年了，公子光却迟迟不行事，为父正是为此而烦乱！"

专毅聪明机灵，长相酷似母亲，性格却颇像父亲，当他听说要行刺王僚时，立刻感到了事情的严重性。他看看父亲，不知是该庆幸公子光迟迟不来，还是安慰父亲要耐心等待。父子二人半晌默默不语。

就在这时，忽听门响，父子俩同时出去，见到的正是公子光和伍子胥。专诸父子同时预感到事情很快就会发生了。

专诸把公子光和伍子胥请到屋里，专毅又重新拜过，才分宾主坐下。

专诸忙问："公子、子胥兄，你们为何多日不来？"

公子光把这一年中发生的事一一告诉了他。专诸又急切地说："现在我已学会炙鱼手艺了，公子赶紧吩咐，我当全力相助！"

公子光见专诸如此诚恳，心里非常感动，忙起身施礼说："多谢勇士！"

专诸赶紧还礼，说："我助公子成事一为报答你的恩德，二为全国的百姓和吴国的昌盛！公子何必谢我！"

公子光和伍子胥见他大义凛然，都非常钦佩。公子光又动情地说："上天已赐我一子胥，今天赐我一专诸，看来灭掉昏君也是天意呀！"之后，公子光将伍子胥的计划讲述了一遍，只等专诸择时而定。

大家又商议一阵，决定三日后举事。专毅在一旁听着，暗暗吃惊，并从心里佩服公子光的胸怀、伍子胥的智谋和父亲的勇敢。当大人们说完之后，他插言说："伯父，我想助我父一臂之力，你看如何？"

公子光和伍子胥都没想到专毅会提这么个要求，两人一愣。公子光说："专毅，你虽然有武功，又有胆量，但你毕竟还小，这种事你帮不上忙，等你长大后再为吴国效力也不迟。"

专毅说："我长大后自然要为国家效力，不过这次父亲行刺王僚很危险，我必须帮助他，否则，便是我做儿子的不孝了。"专毅说着，便扑通一声跪倒在地。他见子胥一声不吭，又说："伯父，请你答应了我吧。不然，我就长跪不起！"

公子光和专诸都认为专毅是孩子气，好奇心强，所以不允。但伍子胥不这么认为，他觉得这孩子太像专诸了，忠义而倔强，不给他一个满意的答复，他是不会罢休的。于是他就问："贤侄，你能告诉我为何要这么做吗？"

专毅立即回答说："伯父，我们全家都受公子恩惠，尤其公子待我视若亲生，我想以此相报。还有，我担心父亲安危……"专毅说到这里，说不下去了，眼里含着泪水。

三人听了都很受感动，觉得这个孩子太懂事了。专诸见此情此景，故意生气地说："专毅，你既然想报答公子，就该听他的话才对，不要无理取闹，否则为父可要气恼了！"说着，就要过去打他。伍子胥赶忙拦住，又问专毅："贤侄，难得你小小年纪，就有忠义之心。可是你想怎么帮你父亲呢？如果你说得合理，我就请公子依了你；若不合理，那我就没办法了。"

专毅觉得还是伍伯父公平，他想了一会儿，便说出了自己的想法。子胥听了，心想："这个孩子是很机灵，但他主要是想与父亲战在一处、死在一块儿。真是难得他小小年纪，竟有这样的孝心！只是专诸这一去恐怕不会生还了，万一再搭上这个孩子，专家就没有后人了。"子胥陷入沉思，公子光和专

第十七回　演斗羊孝子助父　献炙鱼专诸刺君

诸也不知应该怎么办，而专毅依然跪在地上等候答复。最后，还是子胥说："公子、贤弟，我看专毅是非去不可了，那就只好依了他吧。"公子光不忍专毅参加这次举事，是恐他丧失性命；而专诸则是怕他误了大事。听了子胥这么一说，他们也觉得只能如此了。

三天以后，一切准备就绪，公子光来到王僚后宫求见。王僚自从掩余、烛庸被困潜邑（今安徽霍山东北）之后，让公子光说得真有些害怕，怕楚军万一打到都城，性命就难保了。这个昏君一个月前还雄心勃勃地想称霸天下，一个月后就怕命都难保了。庆忌临走前千叮咛万嘱咐，要他多加小心，千万不要轻易出宫，儿子走了，王僚也确实感觉心里空得慌，想找个人说说，却没有可信的人。虽说庆忌对公子光一再怀疑，但王僚想来想去，还只有他可算作最亲近的大臣。再说，万一楚兵打过来，还得依仗他的保护，因此，他便对公子光有了依靠之感，王僚听说他来求见，赶紧出来相迎。公子光施礼拜见。

王僚说："公子，你我本是同宗兄弟，以后在后宫见面就不必多礼了。"

公子光连忙道谢。王僚又问："公子，你来见我，有何事？"

公子光说："大王，前几天微臣派人调运各路人马，现在大都已接到大王的命令，正在路上。请大王放心。"

王僚说："大军调齐之后，由公子负责操演，可否？"

公子光说："遵命！"

公子光说的话都是假的。王僚却并未多想，所以根本没听出破绽来。

公子光说完这几句话，好像再没什么可说的了，只是在那里坐着一言不发。王僚问："公子，还有事吗？"

公子光说:"大王,微臣没事了,不过想在这里坐会儿,陪陪你,免得寂寞。"

王僚有些感动,觉得公子光太懂他的心思了。再看看他毕恭毕敬的样子,心里又产生一种君王的神圣之感,十分得意。眼看时近晌午,公子光要起身告辞,王僚不允,留他一齐用膳。两个人饮着酒,公子光如侍者般地恭敬王僚,并且一直陪着他饮了两个时辰。王僚还在兴头上,公子光却故意装醉,要告辞。王僚还是不允,说:"公子,这些天寡人心中常常不宁,今日你来了,才踏实一些,你一定要陪寡人饮个通宵。"

眼看天快黑了,公子光心中有些焦急,因为他本来是要在天黑前把王僚请至府中,以便行事。但他迟迟不敢说,恐怕王僚不去,因为"官不入民宅、君不入臣宅"的说法自古有之。虽然以前王僚曾去自己府中用过炙鱼,但因姬娘之事,这次不便直说,只能见机而行。所以当王僚这么一说,他不由灵机一动,说:"大王,微臣也很想陪着你饮到明晨,但大王保重身体要紧,明日微臣一定再来陪着大王。"

王僚正在兴头上,哪里肯让。公子光又说:"既然大王还想饮酒,我看不如换个地方。"

王僚说:"为什么要换地方?换到哪里去?"

公子光说:"大王整天在宫中饮酒,虽然有宫娥彩女陪伴,但天天如此,难免厌倦。微臣新修了府宅,全是依仗了大王的垂爱,大王若是愿意,明天可以驾临陋室,不仅有微臣陪你饮酒,而且还有手艺高超的炙鱼厨师候驾,愿大王赏光。"

王僚听了更兴奋,立即说:"公子为何不早说?寡人早就在宫中待得厌倦了,咱们立刻起程!"

公子光心中高兴,嘴上却故意说:"大王若有此意,还是

第十七回　演斗羊孝子助父　献炙鱼专诸刺君

等明天再去吧。今日天色已晚,大王早些歇息吧。"

王僚故作生气地说:"公子,虽然是你请寡人,但寡人毕竟是君,你敢不从命?!"

公子光也故作害怕,赶紧说:"大王恕罪,微臣遵旨。"

王僚吩咐一声,左右过来更衣。公子光说:"大王,晚上出去还是多加小心为好。依微臣看,不如穿上铠甲,再多带侍卫,严守街市两旁,以防不测。"

王僚说:"还是公子想得周到。"然后又吩咐人按公子光说的去做。

王僚一高兴,便把什么事都忘了,儿子庆忌的话自然早已成了耳边风,公子光的言行丝毫没有破绽,而且显得处处为他着想,所以王僚毫无戒备。

王僚穿上铠甲,公子光亲自为他驾车,一路之上侍卫军五步一岗,站满了街道,火把照得满城通明。

到了公子光府中,王僚被请到大厅,公子光又吩咐人赶紧准备酒宴。时间不长,酒席就准备好了。公子光下令府中人等全部退下,只把王僚的人留在身边,以免他生疑。上菜的时候,公子光又请侍卫军把府中用人上下搜查一遍,看看有无凶器利刃,然后再跪行至前。王僚一见此情此景心中更加坦然了。二人饮了片刻,公子光说:"大王,我们只顾喝酒也没什么意思,如果大王愿意,微臣可以给大王解解闷。"

王僚很有兴趣,说:"公子拿什么解闷?"

公子光说:"有一次我外出打猎,见一个牧羊少年,喜欢用鞭子驯羊,非常有意思,我就把他买回府了。本想送给大王,又唯恐这羊玷污了王宫,惊吓了大王,所以至今仍留在府中。"

王僚有些泄气，说："公子，寡人还当是什么稀奇的东西呢，原来是牧羊。这有什么意思？再说，厅堂这么小，如何容得下一群羊呢？寡人觉得公子这话倒是给我解闷了。"说完哈哈大笑。等他笑完了，公子光又说："大王，微臣说的可不是一般的羊，而且更不是群羊，只有两只羊，大王若是见了定会喜欢。"

王僚不信，仍是觉得好笑。但他不好推辞，便很随便地说："那就请公子给寡人解解闷吧。"

公子光招呼一声，工夫不大，就见外面进来一白衣少年，年纪不过十五六岁，眉清目秀，脸庞红润，非常招人喜爱。他手持一根长鞭，只见他轻轻一甩，鞭声脆雷一般，接着两只羊便跟了进来。王僚一见这两只羊，就觉得有点怪：一只肥大粗壮，羊角短粗；一只瘦长结实，羊角尖长。一只白色，一只黄色。说是羊又不太像，说不是羊又像羊。听少年再一甩鞭，两只羊便立刻拉开进攻的架势；再一鞭，白羊将黄羊顶了个趔趄；又是一鞭，黄羊反扑……

两只羊在少年的鞭声中搏斗，时而紧张，时而松弛。王僚立刻产生了兴趣，就连两边的侍卫军也在心里叫好。公子光一看时机快到了，突然"哎哟"一声，俯下身，说："大王，微臣的足疾又犯了，实在抱歉。"

王僚正在兴头上，随口说："快请大夫吧。"

公子光又哎哟几声，说："不必请大夫，每次犯疾，只需用长布缠紧即可。"

王僚说："那公子就请便吧。"

公子光等的就是这句话了。他说："大王，微臣到内室包扎后立即出来，请大王稍候。"说着便从大厅进入内室。

第十七回　演斗羊孝子助父　献炙鱼专诸刺君

这内室可不是普通的房间。公子光进去后，一推机关，便露出一个洞口。洞内伍子胥、专诸，还有数名家丁，全挤在里面，他顺着梯子便下去了。子胥问："公子，上面情况如何？"

公子光说："我全是依先生之言办的，王僚看斗羊看得正来劲。"

子胥说："时候到了，专诸贤弟，这就看你的了。"

尽管大家知道，专诸这一去肯定凶多吉少，但男儿大丈夫，不能只顾儿女情长。专诸从另一扇门出去了，公子光非常紧张，一向沉着冷静的子胥，手心也出了汗。他们大气不敢出，竖着耳朵听着上面的动静。

战斗即将开始，而且会在瞬间结束，但它却决定着那个时代一个国家的命运和权力的归属。

专诸端着炙鱼从外面走进来，守门军搜检一遍，什么也没查出来。其实，利剑就在炙鱼腹中。伍子胥避实击虚，故意让公子光令人搜查兵器，然后将最短最尖利的鱼肠剑放入鱼腹。没人会想到美味佳肴之内暗藏了杀机。

专诸膝行至席前，王僚看斗羊正来劲。竟连最爱吃的炙鱼也没能引起他的注意。专诸心中非常明白，不论成功与否，自己都会因此而亡。但他对死已有准备，毫不畏惧。只是怕刺杀不成，会误了公子光的大事。

春秋时的刺客很多，他们有勇气，有献身精神，但又很盲目。专诸是为了一个"义"字而行刺，但唯一不同的便是他想到了如果自己失败了，会给公子光带来可怕的后果。专诸瞬间的想法在脑子闪过，决心更加坚定，他心中暗暗说："一定要成功！"

牧羊的白衣少年便是专毅，他一向敬佩父亲的勇气和胆量，他既想助父亲一臂之力，又想亲眼看到父亲是如何杀身成仁的！

专毅见父亲膝行至席前，他猛地用力一甩鞭，两只羊惊恐地发出几声乱叫，向着王僚的席前奔来。王僚异常惊讶，两旁侍卫赶紧过来阻拦这两只羊。就是在这一瞬间，专诸从鱼腹中抽出鱼肠剑，大叫一声，迅疾地扑上去，照准了王僚的胸口，用力刺过去。

王僚虽然穿了铠甲，但它终敌不过鱼肠剑的剑锋。由于专诸用力过猛，整个剑身全插入了王僚的胸膛，只有剑柄还露在外面。王僚疼得睁大眼睛，"哎呀呀"乱叫，但他终无还手之力了。

专诸唯恐这一剑不能置王僚于死地，想抽出来再刺一剑。如果不是因为这个念头，他刺中之后再与侍卫军展开搏斗，自己也许会安然无恙。但他没有这么做，他满脑子都是杀王僚，所以没等他把剑抽出来，众侍卫军一拥而上，专诸立时死在乱剑之下。

专毅在父亲刺中王僚后，见大事已成，便连甩三声响鞭，接着，他大喊："父亲，我来助你！"边喊边将鞭子用力甩过去，几个侍卫军立即捂着眼睛倒在了地上。但他没能救得了父亲。他见父亲被众人乱砍乱刺，虽然心如刀绞，但来不及痛惜，一腔悲痛只能全部化作仇恨。他见王僚还在闭着眼睛呻吟，便照准了他的脑袋，"啪"地一鞭甩过去，王僚终于咽了气。

专毅的两只羊由于受到了惊吓，在屋子里乱跑乱撞，又顶又踩，不亚于两个勇士。这时，地窖中的公子光、伍子胥等听

专诸刺君

到了三声鞭响，知道已经得手，便都出了洞，与王僚的人战在一处。

王僚的人虽然很多，但主子一死，气势大减；公子光的人虽然很少，但事已成功，斗志高涨。黑夜中王僚的人不熟悉府中情况，瞎打瞎战，甚至还互相残杀……

当夜，天空黑沉沉的，不见星月，看似平静，但吴国都城却发生了一场激烈而短暂的搏斗，并以公子光获胜而告终。

第十八回　走季札阖闾继位
　　　　　　　建姑苏吴都换颜

周敬王五年（前515），专诸刺死王僚。公子光乘车入朝，聚集群臣，把王僚背约自立之罪向全国宣布。他说："今日之事并不是我贪位，而是王僚的不义。吴国今日王位本该属于季札，待他回国后，再奉他为王。"

众人听了都觉得公子光贤明仁义。公子光随后收拾王僚的尸首，以礼殡葬。最后将专诸厚葬，并与其妻合墓。

数天以后，季札回国，他得知国中的变化后，还未入朝，便先来到王僚墓前祭奠。公子光得知后，赶紧率群臣迎接，并叩拜说："王叔，这王位本该属于你，你既已回国，该立即继位。"

季札哈哈大笑，说："你煞费苦心得了王位，却要让给我，这是何苦？"

公子光知他是在揶揄自己，而且他也并不甘心将自己辛苦得来的权力拱手相让，只是为了赢得民心，他才不得不这么说。于是他边叩头边说："王叔，你德高望重，又有治国的才能，只有你治理国家，吴国才能繁荣强盛。"

季札淡淡一笑，长叹一声，说："如果我想做国君，还用等到这一天吗?假如当初我做了国君,今天的事也就不会发生了。"

不等公子光说话,季札又说:"谁做国君,我就尊奉谁,我现在只有一个请求。"

公子光赶紧问:"什么请求?"

季札说:"我想辞官回延陵安度余生。"

公子光心中高兴,但嘴上仍然谦让一番。

季札耻于争夺权位互相残杀,拒不受位。公子光正式登基,是为吴王阖闾。他封伍子胥为大夫,行军师之职;又封专毅为上卿;被离因举荐伍子胥有功,也升为大夫之职。然后又令全国各地方官吏开仓放粮,赈济贫民。一时间,全国上下沸沸扬扬,一片欢腾。

阖闾实现了自己的夙愿,心中自然喜不自胜。但他不敢过于兴奋,因为他还有一块心病未除,那就是掩余、烛庸、庆忌三人在外,终是隐患。庆忌勇猛无比,更是阖闾最怕之人。

先说掩余、烛庸引水陆军各一万人,终于围困了潜邑。潜邑守军知道不是他们的对手,一面在城中坚守,一面悄悄派人回朝告急。

此时,楚国新立国君便是孟嬴之子珍,即为昭王。昭王年幼,不懂国政,更谈不上派兵打仗。实际上,楚国的一切事务全掌握在公子申手里。这个人反应机敏,颇有韬略,他闻潜邑被困,便立即上奏:"吴国乘丧伐楚实为不仁之举,此时我们若不出兵与其相抗,他们会认为我们软弱可欺。因此,我们不仅要派兵救援潜邑,而且只许胜不许败。"

众人也都觉得公子申说得在理,但没人能想出一个万全

第十八回　走季札阖闾继位　建姑苏吴都换颜

之策。

公子申又说:"依臣愚见,吴人围我潜邑,我们可出兵围困吴军,让他们不战自败。"

楚昭王赶紧说:"请公子细说。"

公子申说:"速派左司马沈尹戌率陆军一万支援潜邑,再派左尹伯郤宛率水军一万,从淮汭顺流而下,绕过吴军,截其后路。这样一来,吴军前后受敌,既不能前进,又不能后退,我们便可毫不费力地将他们困死在潜邑。"

昭王大喜,便依了公子申之计,即刻派兵去救潜邑。

掩余、烛庸见楚国来了救兵,只好一面迎敌,一面围城,同时派人回吴求援。他们根本不知道吴国城中的变化,见救兵很久未到,只好想法撤退。但陆军已被围困,河道也被从后方截断,只好弃舟登岸,在山中扎寨。

一晃三个月过去了,他们听说吴国出了杀君夺位之事,才恍然大悟,原来这一切安排全是阖闾的圈套。掩余、烛庸后悔莫及,不知眼下这一关该怎么过。有心回吴,料定阖闾不会放过他们,若是降楚,又恐楚国生疑。二人日夜思谋,最后想了个主意。

掩余和烛庸派手下兵卒与楚军约战,正当两军阵前你死我活拼杀时,他们早扮作山民逃了出去。从此掩余投奔徐国,烛庸投奔钟吾。

再说庆忌离开吴城后,心里总也不踏实,因此一路上走走停停,总觉得好像有什么事将要发生。

阖闾杀了王僚之后没几天,就派伍子胥去追赶庆忌。自从鸡父一战之后,子胥深深佩服庆忌的勇猛和胆量,只可惜,他从此身怀父仇,不可能与自己共同为吴国效力。子胥想到这里,又联想起自己的身世,颇有同病相怜之感。

如果不是庆忌一路犹豫不前,伍子胥的人马根本就赶不上他。

这一天,庆忌走到江边,在江边站着,忽见远处烟尘滚滚,一队车马朝江边奔来,仔细辨认,知道是吴军。他很纳闷,站在那里一动不动。等伍子胥走到跟前,他愣愣地问:"伍先生为何来此?"

子胥因对庆忌心存怜惜之情,所以不忍心杀他,也不想擒他回吴。他从车上跳下来,眼前便是滔滔江水,子胥见景生情,不由得想起当年自己渡江的情景。他目视前方,心中一阵悲凉,眼睛便湿润了。

庆忌见子胥一言不发,也不知是怎么回事。任凭怎么问,子胥仍是不说话。半晌之后,伍子胥才从一幕幕往事中醒过神来,看着面前这位英雄,一时不知从何说起。

庆忌感觉到事情有些不对劲。子胥也看出了他眼中的犹疑,只好说:"公子,我今日追你而来,不为别事,只劝你今后不要再回吴国,这样才可保你平安无事。"

庆忌一听,心中便明白了八九分。他把眼睛一瞪,厉声说:"伍子胥,你这话是什么意思?"

子胥说:"公子,你是聪明之人,你离开吴国多日,按理说早该过江了,却为何还在此迟疑不前?"

庆忌一愣,知道子胥早就料到了他心中所想,同时他更觉事情不妙。

庆忌说:"伍子胥,你不必拐弯抹角了,你告诉我,到底为何追我而来?"

第十八回 走季札阖闾继位 建姑苏吴都换颜

子胥说:"公子难道还用我说?"

庆忌立即暴跳起来,举起长矛,直逼子胥的咽喉,说:"伍子胥,快告诉我,父王现在如何?"

子胥并不害怕,他把庆忌的长矛轻轻往旁边一拨,道:"公子,你日夜担心的事发生了。"

庆忌"哎呀"一声暴叫,破口大骂公子光,然后举起长矛直向子胥刺过来。子胥只是躲闪,并不还手,他命军卒一齐围上,但庆忌毫不畏惧,左挡右杀,工夫不大,军卒便死伤一片。

庆忌无心恋战,即使把这些人连同伍子胥都杀了,也不能使他解恨。因此他杀了一阵,便撒腿向前跑去。

子胥见他跑了,知道追不上,便命令军卒一齐向他开弓射箭。庆忌回过头来,并不拨开雕翎,而是用手一支支接住,然后抛于江里。子胥一见,暗暗称赞:"真是英雄!"之后,便带着人马回了吴城。

阖闾得知掩余、烛庸投奔他国,也就放心了。但一听说庆忌逃了,心中就很不安。他对伍子胥说:"伍爱卿,庆忌不除,寡人如骨鲠在喉,心中终不能畅快。请伍爱卿为寡人想一个主意,消除这个隐患。"

伍子胥沉思片刻,说:"大王,依臣愚见,庆忌逃亡在外,虽有报仇之心,也无复仇之力,大王惧他何干?再说,大王刚刚登基,应该重在富国强兵,这样一来,别说是一个庆忌,就是百个庆忌也不会对大王造成威胁。"

阖闾细想想这番话,觉得也有道理,便把庆忌的事暂放在了一边。他说:"依伍爱卿之见,寡人现在应该如何做,才能富国强兵呢?"

伍子胥说："依臣愚见，开仓放粮只能解决百姓的一时之急，必须号召全国百姓多开垦荒田，派人去楚国和中原各国学习耕种技艺，发展农桑才是长久之计。另外，应在全国挑选精壮男子，扩充兵力，同时还要打造兵器，充实军库。这就是微臣所说的富国强兵之道。"

阖闾非常高兴，不由赞叹道："寡人今生得了伍爱卿便得了天下，还愁吴国不强吗？"说罢，哈哈大笑。

伍子胥又说："大王，臣还有一言，不知当讲不当讲？"

阖闾说："子胥，你我非同一般的君臣关系，你对寡人有恩，对吴国有功，何必这么客气呢，有话请直说。"

伍子胥说："微臣生于楚，又游历过中原之国，最后落脚吴国，承蒙大王的知遇之恩，如今才有了安身之所。但是据微臣观察，我所到诸国中，吴国最为落后：不仅不及楚，甚至不及一些小国……"

子胥说到这里，见阖闾现出沉思之状。但因不知他心中想些什么，所以也就不敢再往下说了。

阖闾确实心中不悦，但此话出自子胥之口，他不好说什么，只是一个劲地瞧着他，听着他往下还想说什么。见子胥不说了，便问："伍爱卿为何不讲了？"

子胥说："大王，微臣知你不愿听这些话，但这都是事实。微臣初到都城，根本不敢相信这就是一国之都。就连如今大王所在的宫殿也毫无精美之处。依臣愚见，大王应该重建都城，大修宫殿，以壮国威。"

阖闾听了这番话，立刻由不快转为喜悦，便对子胥说："伍爱卿，你的建议寡人全依。不过，这些事就全得由你费心了。"

第十八回　走季札阖闾继位　建姑苏吴都换颜

子胥一口答应下来，准备立即去中原请能工巧匠来建吴国国都。

一年以后，吴国在姑苏山东北三十里外，兴建了一座新城，名曰"姑苏"。此城方圆五十里，共有八门：南曰盘门、蛇门，北曰齐门、平门，东曰娄门、匠门，西曰阊门、胥门。

盘门者，因城南有水盘曲，故名盘；蛇门者，因方位为巳，生肖属蛇，故名蛇；齐门者，因为齐国在城北，故名齐；平门者，因为北方水陆相称，地势平整，故名平；娄门者，因东方有娄江之水聚集，故名娄；匠门者，因为修此城时，工匠在此劳作，故曰匠；阊门者，取通阊阖之意，故曰阊；胥门者，因城西靠姑胥山，故名胥。又因越国在吴的东南方向，正在巳方，故城门之上，刻有木蛇。其首向内，表示越国永远臣服于吴。吴国在东，为辰方，生肖属龙，故而在城南又修一小城，城门之上雕有两鲵，象征龙角。

新的都城前朝后市，左祖右社，仓廪府库，无所不备。伍子胥迎阖闾自梅里迁都于此，阖闾一见，果然城中气派非凡，十分辉煌。他还不曾见过别国的宫殿都城，今日一见新修城郭，真是大开眼界，不由得心中慨叹："原来梅里不过是一座破烂的小市，这才真正是一国之君统领万民之所！"

阖闾重赏子胥，子胥婉言谢绝。阖闾说："伍爱卿，这些金玉本该为你所得，为何不收？"

子胥说："大王，微臣苦心修殿筑城，是为了振兴吴国，威示邻邦，并不是贪心财物。"

阖闾颇受感动，只好将东西收回。又请教子胥下一步该干什么。

伍子胥亲自挑选民卒，派专人教授战阵射御之法，然后又请来工匠，铸造兵器。

相传，剑仙干将乘剑而去之后，伍子胥没能寻到更合适的铸剑之人，每天在心中苦苦祈祷。终于有一天他做了一个梦，梦中干将对他说："只要你手持镆铘剑，立于铸剑炉旁，锋利的宝剑自然就会铸成。"

子胥从梦中醒来，赶紧告知阖闾，恳请他割爱把镆铘剑借给他一用。

阖闾因为鱼肠剑曾刺王弑君，将其视为不祥，已函封不用。他身上只有两口宝剑，就是镆铘和属镂。阖闾最爱的是镆铘剑，平日不轻易给外人看，今日子胥这么一说，也不得不割爱了。

伍子胥在牛首山筑了一座冶城，专门制作兵器，并以铸剑为主。他按干将托梦之言，一丝不苟地去做，果然铸出来的剑不同一般，每一口剑都寒光闪闪，锋利无比。子胥把铸好的剑拿给阖闾观看，阖闾顺手在一块石头上试剑，石头一下便裂开了。相传，虎丘的试剑石便是由此而来。

数月后，伍子胥把镆铘剑还给阖闾。阖闾左看右看，忽然产生了一个念头，口中不由说道："世上有此神剑，只是没有能佩得上它的神钩。"于是，他立即向全国悬赏：能做金钩者，可得百金。

相传，吴国善做金钩的工匠一听说这个消息后，都纷纷前来献钩，但无一中者。后来有一个钩师为了得到百金重赏，便将自己的两个儿子杀了，用他们的血铸成两个金钩。

这一天，他前来献金钩，见到守门军就说："烦请通报大王，就说我来领赏。"

守门军把话传进去，阖闾心想："还不曾见过此人所做的

第十八回　走季札阖闾继位　建姑苏吴都换颜

金钩，竟敢说前来领赏，这个人如此胸有成竹，一定是有别于他人。"阖闾想到这里，便传他至大殿，问道："你还不曾献上金钩，就胆敢前来领赏，莫非你所做之钩与众不同？"

这个人说："回禀大王，我的金钩是用我两个儿子的血铸成的，这就是与众不同之处。"

阖闾大惊，心想："天下竟有这样的忠实臣民，为了取悦于我，竟然杀了两个亲子。"于是，他说："既然如此，就请把你的金钩献上来，让寡人看一看，如何？"

钩师说："我已交于守门军。"

阖闾命守门军把钩子呈上来。原来每天献钩的人很多，而且样子都差不多，这个人的金钩就混在其中了。这个人从中挑了好大一阵工夫，也认不出哪个是自己做的。他急得额上直冒汗，心中想道："看来不仅得不到重赏，反而白白伤害了两条性命。"他这么想着，又急又伤心，口中不由自主地叫出了两个儿子的名字，这时就见盘中有两个金钩自动跳了出来。钩师大喜，双手捧着送给阖闾。阖闾把刚才的一切看在眼里，心中非常高兴，自语说："真是神剑佩神钩，此乃天经地义。"从此，他用这两只金钩把镆铘剑挂于腰间，再也不离身了。

伍子胥把这一幕幕看在眼里，心中不悦，暗想："如今的阖闾已完全不同于过去的公子光了。为了一个小小的金钩，就如此劳民伤财。长此下去，吴国是不会兴旺的，我的父兄之仇也很难报了。"

伍子胥想起自己的冤仇，便心如刀割。一连几日，他都不能入眠，想想自己千辛万苦逃离楚国，又费尽周折助阖闾即位，这一切不都是为了报仇吗？如今阖闾身居王位，安于享受，自己的大仇何时能报？！

子胥越想心里越苦，越想越伤感。正在这时，忽然有人来报，说有一个楚国人求见。

子胥一愣，暗想："自从从城父逃出来之后，就不曾与楚人联络，谁会来此求见呢？"他想了一阵，想不出是谁，便问家人："来者何人？何事求见于我？"

家人说："我见此人衣衫不整，问他姓名又不肯说。本不想通报大人，可他赖着不走，问他有何事，他只说见过大人才肯讲。"

子胥一听这话，赶紧命家人把求见之人请进堂中。工夫不大，此人来到堂中。只见他蓬头垢面，衣衫褴褛，步履踉跄，见了子胥，扑通一声，跪倒在地，哽咽着说不出话来。

子胥见他这副样子，猜不出是怎么回事，便将他搀了起来。

第十九回　害人害己无极死
　　　　　　同病相怜伯嚭生

　　求见伍子胥之人乃楚国左尹伯郤宛之子伯嚭。要想知道他为何来到吴国，必须从伯郤宛解潜邑之围说起。

　　掩余和烛庸逃跑以后，楚军与吴军交战多时，吴军无将，阵营散乱，大多被俘。左司马沈尹戌想乘胜追击，左尹伯郤宛连忙制止说："吴乘我国丧乱来伐，已是不义，我们不能再学他们，以吴之内乱，再追击他们。如今潜邑之围已解，我们还是早些回郢报捷为好。"

　　沈尹戌觉得这话在理，便带领人马回了郢城。见两位将军凯旋，楚昭王非常高兴，除了赏赐金银玉帛之外，又赏伯郤宛吴国战俘无数，让他亲自挑选精壮甲兵。

　　公子申觉得伯郤宛不仅对楚国忠诚，而且为人仁义，是个难得的贤臣，于是常常在昭王面前夸奖他，希望昭王能够重用他。从此，伯郤宛的名声不仅在朝廷日益显赫，而且在民间也颇有影响，人人都知道楚国有个贤臣叫伯郤宛。

　　费无极把这一切看在眼里，恨在心里。鸡父之战楚军大败，他本想借题发挥，除掉囊瓦，但因平王为此事而得病，一时顾不过来。平王死了以后，新王当政，一直又不好下手。囊瓦是楚国老臣，颇有威望，而且人人心里明白，鸡父之败全是因为费无极的下策，好在楚国主力损失不大，所以也没人找他的毛病。如今囊瓦未除，却又添了一个伯郤宛，费无极岂能心安？！于是，经过苦思冥想，他终于想出一个借刀杀人之计。

这一天，费无极来到囊瓦府中，说："令尹大人，左尹伯郤宛想请你去他府中赴宴，但不知你是否愿意，托我探探大人的意思。"

囊瓦一向不喜欢费无极，再加上鸡父一战，把他害得在朝廷里抬不起头来，所以一见到他就心生厌恶，但他对伯郤宛既无恶感，又无忌恨之心，所以很高兴地说："郤宛有此意，我哪里有不去之理？请你回告他，只要把时日定下，我一定前往。"

费无极从囊瓦府中出来，又来到伯郤宛家中，对伯郤宛说："左尹大人，令尹囊瓦要来府中饮酒，因不知你是否愿意相邀，特托我来问问你的想法。"

伯郤宛听了立即答应下来，说："令尹大人若有此意，是我府中幸事，明日即备好酒宴，烦请你回禀大人，请他过来对饮。"

费无极心里暗暗高兴，便说："左尹大人，你既然请老令尹来府中，也该有所馈赠，方显你的敬重之意。"

伯郤宛说："费大人之言有理，只是令尹所好之物，我一概不知呀。"

费无极一见他中了圈套，心里更乐了，便赶紧说："老令尹所好之物贵府中有很多呢。"

伯郤宛问："何物？"

费无极说："坚甲利兵。"

第十九回 害人害己无极死 同病相怜伯嚭生

伯郤宛笑说:"这事不难,只要老令尹喜欢,请他任意挑选。"

费无极说:"若是这样,恐怕老令尹不好意思收下。不如现在挑出来,准备整齐,给他一个惊喜,如何?"

伯郤宛一拍手,说:"好!请费大人亲自帮我挑选如何?"

费无极一口答应。二人把府中甲兵聚集一处,从头挑选。费无极一个也没有看中,笑着说:"郤宛大人,莫非你不情愿相赠?"

伯郤宛连连摇头,说:"费大人,我绝无此意,请大人直说。"

费无极说:"大王送给大人数名吴俘,个个精壮,为何不让他们来见?"

伯郤宛说:"不是我为人小气,只是觉得送吴俘怕令尹心有不悦。既然大人觉得不必计较这些,那就请你帮我挑选吧!"

费无极说:"吴军降楚,就是楚人,这有何妨。再说令尹大人一向大家风范,绝不会计较这些细枝末节。"

说罢,二人又在吴俘中挑选了一阵,共选了五十名精壮甲兵和五十件锋利兵器。费无圾又嘱咐伯郤宛明日把这五十人藏于帷帐之后,给老令尹一个惊喜。

次日早晨,费无极来到囊瓦府中,说:"伯郤宛已备好宴席,请大人赏光。"

囊瓦沐浴更衣后,费无极却忧心忡忡地说:"大人,我总觉得伯郤宛无端请你,其中恐怕有诈。"

囊瓦一向瞧不起他搬弄是非,便说:"费大人,你为人很是聪明，但不可太过。我平常与郤宛无隙，彼此尊重，怎会有诈？"

费无极哀叹一声，说："伯郤宛虽是左尹，但他获了战功，又蒙大王敬重，名声日益显赫，恐怕他对令尹会有不敬之意。万一想取而代之……小人是怕令尹会突遭不测呀！"

囊瓦说："费大人，你一片好意，我心领了。但郤宛绝不是嫉贤妒能之人，请放心吧！"

费无极故作深沉，说："令尹大人，依小人之见，还是多加小心为好，请你慢行一步，我先去他府中探看探看。"

囊瓦说不必如此多疑。但费无极却坚持要去，囊瓦不得不依了他。

半个时辰以后，费无极匆匆跑来，气喘吁吁，惊慌地说："老令尹，果然不出小人所料，伯郤宛府中暗藏甲兵数十人，个个威武精壮，手持兵刃，面露杀机。大人，此宴不能赴了！"

囊瓦听了，仍然不信。第一因为郤宛为人正直磊落，第二因为费无极一向谗佞。所以，囊瓦反而有些气恼。他不耐烦地说："费大人，他既然暗藏甲兵，为何让你看见了？"

费无极早就把词编好了，说："我以看看酒席为借口，在堂中绕了一圈，但见帷帐之后有动静。我问伯郤宛是怎么回事，他说是为大人准备的助酒兴的舞女。但是，我趁他不注意的时候，掀开帷帐一角，才大吃一惊，原来数名甲兵正严阵以待。大人，伯郤宛暗藏甲兵，却说是舞女，他为何撒谎？请大人三思而行！"

费无极说得像真的一般，囊瓦便有些疑虑，心想："请人饮酒，为何堂中藏着数名甲兵？"

第十九回　害人害己无极死　同病相怜伯嚭生

费无极见囊瓦心有所动，便趁机说："若大人不信我的话，可派家人再去查看。"

囊瓦半信半疑，便叫了两个机灵的家丁前去郤宛府中。这两个人回来，见了老令尹说："小人也确实见帷帐之后有数名甲兵，与费大人所说一样。"

囊瓦一听，心中大惊，问道："你们是如何发现的？"

家丁说："我们将礼物交给伯郤宛大人，一人与他清点，一人悄悄绕到帷帐之内查看，伯郤宛根本没有察觉。"

囊瓦听罢，呆坐半响。费无极见他中计，又火上浇油，对两个家丁说："你们可否看清这些甲兵的面容？"

其中一个家丁说："人数之多，不能一一细说，但纹身短发，赤膊露胸，不像楚国人。"

费无极故意装作吃惊状，问："像哪里人？"

该家丁说："像吴国人。"

费无极又转身对囊瓦说："老令尹可否听清了？如果我今天不是为大人的安危着想，也实在不敢妄言。"

囊瓦又惊又怒，再听费无极这么一说，便问道："费大人有话请直言。"

费无极说："伯郤宛不仅忌恨大人，想独霸朝廷，而且暗通吴国，受吴恩惠，实为吴国的奸细。今日他帷帐之后所藏甲兵皆为吴人，这可不是小人一人所见吧！国人敬你德高望重，他不敢对令尹下毒手，才叫吴俘起事。令尹大人，伯郤宛不仅对你有歹毒之心，而且又与吴人私通，此人不除，楚国何以安定？！"

囊瓦拍案而起，大骂伯郤宛。费无极便趁热打铁，说："老令尹，我们何不合参一本，奏明大王，请大王处治。"

囊瓦冷静下来，说："伯郤宛欲加害于我有人证，可是私通吴国之事，并无证据，恐怕大王不会相信吧！"

费无极暗暗冷笑，因为他早就勾结了鄢将师。此人在解潜邑之围时，冲锋在前立了战功，回郢城后，昭王加封他为右尹，但他嫉贤妒能，与费无极不谋而合，都想加害伯郤宛。

费无极说："令尹大人，右尹鄢将师早有所察觉。在解潜邑之围时，本来可以乘胜追击吴军，但伯郤宛受了吴国贿赂，才假意说'乘吴内乱而伐，此为不义'。"

囊瓦听到这里，更信以为真。于是，费无极又请来鄢将师，三人联名写了奏折，交于楚昭王。昭王一看，立刻大怒，即命囊瓦等三人聚集军卒，围攻伯氏家族。

伯郤宛自从囊瓦打发家丁送来礼物之后，心中疑惑："囊瓦既派人来送礼，也该一齐过来才对呀！为何等到天色将晚，人还未到呢？"他立即命人去请囊瓦。但家人回来说，囊瓦忽然身体不适，不能前来，只好改作他日。伯郤宛认为囊瓦年岁大了，这也是正常的事，所以根本没有多想。

公子申得知消息后，知道此事定是费无极的阴谋，但昭王已经下令去围攻伯氏，想求情也来不及了。他只好派了名亲信，把事情告知伯郤宛，伯郤宛大吃一惊，真是如晴天霹雳。来人说："伯大人，公子申说请你快逃，然后再作打算。再不逃，就来不及了！"

伯郤宛赶紧把儿子伯嚭叫来，让他先躲到郊外，以观动静，而自己却不想离开。伯嚭劝他一同走，他说："我一逃，就更难说清了。"伯郤宛的话音刚落，便听见外面人马之声。他赶紧催促伯嚭从后院逃走，自己则坐在堂中等待军卒来抓。

囊瓦带领众人进入府中，见伯郤宛不慌不忙地坐在正厅，

第十九回　害人害己无极死　同病相怜伯嚭生

囊瓦刚想问他几句，伯郤宛却一眼盯住了费无极，大骂道："无耻的小人，你费尽心思，谋害忠良，绝无好死！"言罢，便抽出宝剑自刎而亡。

囊瓦吃了一惊，费无极唯恐露了马脚，赶紧命人焚烧伯府。伯郤宛的忠贤早已深入民心，所以无一人动手。费无极便说："不听令者与伯郤宛同罪！"兵卒们迫于淫威，只好含着泪放了一把火，然后匆匆离开。可怜伯府除了伯嚭一人幸免一死外，其他的家人亲眷全被活活烧死。伯郤宛死后，城中百姓替他叫冤，家家祭祀拜神。有一天，囊瓦忽然听见街上有人唱道："莫学伯大夫，忠而见诛。身既死，骨无存。楚国无君，惟费与鄢，令尹木偶，为人作茧。天若有知，报应立显！"

囊瓦心生疑窦，欲寻唱歌之人，已经不见。次日，他把此事说与公子申，公子申和沈尹戍都说伯郤宛绝无通吴之事。囊瓦思前想后，心中颇悔。

几天之后，郊外赛神会上，百姓们纷纷祭奠两个人。一个是伯郤宛，一个是伍奢。甚至有人扮作神鬼，诅咒费无极和令尹囊瓦。

囊瓦一见此情此景，心中更是不安，他知道自己上了费无极的当，便找到沈尹戍，向他请教该如何办才好。

沈尹戍说："费无极教唆先王丧失人伦，致使太子建死在异国，后又冤杀伍奢父子，今又害郤宛一家，百姓对他恨之入骨。可是，令尹大人不但不铲除奸臣，反而助纣为虐，已失民心。若他日楚国有事，奸臣当道，国人叛于内，人人都会责怪令尹之过呀！"

囊瓦越听越懊悔，便长叹一声，问道："依司马之见，我该怎么办才能赎过呀？"

沈尹戌早就想除掉费无极。但楚平王有遗言，要太子珍依靠费无极，待他如同宗至亲，以保楚国江山稳定。所以，昭王即位后，费无极仍然受宠，众臣很难参倒他。沈尹戌见令尹已后悔，觉得多了一份力量，便说："与其让费无极这个奸贼整日用谗言残害忠良，不如除掉他，使楚国太平、百姓称好。"

囊瓦赶忙恭手施礼，说："愿司马助我一臂之力，铲除此贼！"

沈尹戌赶紧还礼，说："只除费无极，恐怕不足以安民心，不如连同鄢将师一同诛死！"

囊瓦称是，二人又商议多时，最后商定一计。接着沈尹戌派人在民间散布消息说："害死郤宛之人乃费无极和鄢将师，请大家不要误认为是囊瓦。"这些话在百姓中一传十、十传百，大家自然把仇恨都集中在这二贼身上。这一天适逢庙会，沈尹戌和囊瓦聚众说："有愿诛费、鄢二贼者，与我同往其府！"众人一听，不等沈尹戌和囊瓦下令，便一拥而上，到二贼府中将他们乱棍打死，并焚烧其府。

二贼已死。昭王只知是百姓群起而攻，找不出首领。朝廷中死了两个奸臣，人心大快，纵然人人心中明白，但谁也不说出真情，昭王也只好不再追查。

伯嚭自从逃出府后，到郊外躲了几天，知道家中横遭惨祸，有心为全家报仇，但势单力孤，只好躲藏起来寻找机会。后来，他听说伍子胥已在吴国任职，便心生一念："同病相怜，何不投奔于吴，再作打算。"于是，他便起程奔吴而来。

伯嚭匆匆逃出家门，身无分文，一路上日行夜赶，乞讨度日，因此来到子胥府中时，就成了这般模样。

第十九回　害人害己无极死　同病相怜伯嚭生

伍子胥听完了伯嚭的叙述，心中愤慨万分，再瞧瞧他这副样子，与当年自己在吴市吹箫讨饭的情景不差分毫，不由得感慨万端，同伯嚭相对而泣。

子胥自从与伯嚭相识，便把他视为知己，但他绝没有想到，这正是隐患之始。

几天之后，子胥把伯嚭引见给阖闾。阖闾问伯嚭："你不远千里而来，这是为何？"

伯嚭便把自己的遭遇讲了一遍，然后又说："从我祖父起，我家便效力于楚国，我父对楚王忠心耿耿，全家却惨遭焚戮。我亡命四方，不知投奔哪里。后来听说大王贤明，收伍子胥于穷途，故此才不远千里，只身来投。如今我的生死就掌握在大王手里了。"

阖闾听了怦然心动，便立即封他为大夫，与子胥同议国事。

子胥和伯嚭都非常高兴，只有被离在一旁不动声色，漠然而立。他见伯嚭两眼凸出，内含凶诈，走路如虎前行，便觉得此人不可交。时间久了，他见子胥与他密而无隙，便觉得有一种不祥之兆。于是，他在私下问子胥："先生为何如此依赖伯嚭？"

子胥说："我的冤仇与伯嚭相同，正如谚语所云：'同病相怜，同忧相救。惊弓之鸟，相随而集。'大人为何奇怪？"

被离说："先生之言有理。但我观他鹰视虎步，其性阴险，先生不可与他太亲近。"

子胥不以为然，说："谢大人好意，不过我怎能以相貌取人呢？"

被离长叹一声，说："先生今日不信，他日便会明白。"

子胥见被离言语恳切，倒也有些心动，但他又想起自己曾因多疑，造成了渔丈人和赠饭女子的悲剧，于是，他谢过被离的好意后，便把他的话置之一边了。所以，后来曾经流传出这样的话：既识伍员之贤，又识伯嚭之佞者，乃神相被离也！

第二十回 惧庆忌阖闾伤神
说要离子胥荐士

自从伯嚭来吴国后，更勾起了子胥的家仇国恨，他一想起阖闾迟迟不提为他报仇之事，心中就闷闷不乐。

这一天，他求见阖闾说："大王是否记得当初的诺言？"

阖闾说："爱卿有话请直说吧，寡人哪能事事都记得清呢！"

子胥说："大王几年前所言之事，微臣至今记得清楚……"

子胥还未说完，阖闾猛然明白，便说："伍爱卿，寡人想起来了，你我有言在先，先除王僚，再为你报仇，对吗？"

子胥微微一笑，说："多谢大王还记得为微臣报仇之事。"

接着，阖闾长叹一声。子胥赶紧问："大王为何叹息，莫非为臣报仇之事使你为难了？"

阖闾说："伍爱卿，寡人不是为此事犯难，而是有块心病未除，心里总也不踏实，所以也没顾及为爱卿报仇之事。"

子胥问道："大王有何心病？"其实，子胥一听这话就明白了八九分，阖闾不过是因为庆忌还在世上而时常焦虑。再加上最近又传说庆忌在招贤纳士，结集各国勇士，伺机伐吴为父报仇，这更使阖闾坐卧不安。但是，子胥一直怜惜庆忌之勇，不忍让他再受株连。因此，在这件事上，子胥一直持保留态度。

阖闾并不知道子胥心中所想,但他也非常明白,要对付庆忌,必须凭智凭勇,才能将他制服。而这样的人,吴国朝中只有子胥一人。所以,他觉得跟别人商量也是枉然,只有子胥才能真正为他排除这个隐患。他说:"寡人听说庆忌现在艾城,欲要寻机报复寡人,致使寡人寝食不安,依爱卿之见,这事怎么办才妥呢?"

子胥说:"即使庆忌集结各国勇士,从兵力上讲,也难能与吴国相比,大王为何惧他?"

子胥的话没有说到阖闾心里。阖闾埋怨地说:"伍爱卿,你一向知我心意。不除此人,寡人今生难安啊!"

子胥说:"庆忌空有复仇之志,而无复仇之力,大王不必想得太多!"

阖闾听了这句话十分生气,便说:"伍爱卿,你这是何意?此话若出自别人之口,寡人倒也不觉得奇怪,但出自爱卿之口,寡人可就要怪罪了。如今庆忌在外结党营私,与寡人为敌,你不但不为寡人想个办法除掉此人,反而劝寡人不了了之,这可不像子胥的为人了!"

子胥仍然平静地说:"大王,如今王僚已死在鱼肠剑下。其子本无过,为何还要非杀他不可呢?如果这样,天下岂不说大王不义不仁?!"

阖闾说:"如今他正在外结集党羽,共谋伐吴!"

子胥说:"他若真的兴兵,我们再杀他也不迟呀。"

阖闾见子胥如此固执,真的大怒了。他说:"昔日武王伐纣,又杀武庚,谁说过不仁不义?皇天所废,乃顺天而行。如今庆忌在,等于王僚未死。寡人与你一同谋事,成败共存,难

第二十回　惧庆忌阖闾伤神　说要离子胥荐士

道你希望寡人之位，有朝一日终让庆忌坐享？！"

子胥没有言语，他觉得这话也有道理。阖闾接着又激他说："你常常称伍家世代忠良，如今你做了吴臣，就该为寡人效劳。寡人现在命你寻访勇士，除掉庆忌。事成之后，再提报仇之事；否则，便永远不要再提报仇之事了！"

阖闾说完，一转身回了内室，把子胥晾在了那里。子胥自从与阖闾相识，直到现在他做了吴君，这还是第一次见他发火。子胥在庆忌这件事上，一直没有采取积极态度，他心中常想："只要庆忌不进犯吴国，就该留他一条生路。"可如今阖闾已经等不及了，一天不除庆忌，他一天心中不安。子胥既能理解庆忌之心，又能理解阖闾之意。但他身为吴臣，就该忠于吴王。君叫臣死，臣不得不死，又何况杀一庆忌！

子胥想到这里，便在门外说："子胥一生幸得大王知遇之恩，才有今日。微臣身为吴臣，岂敢不为大王效力？！刚才言有冒犯，还请大王宽恕！"

阖闾一向尊重子胥，可以说没有伍子胥，就没有阖闾的今日。因此，他发火之后，很快就后悔了。听子胥这么一说，他便赶紧从内室走了出来，说："伍爱卿，刚才寡人言语重了，请爱卿理解。庆忌一事，还有劳爱卿费心了。"

子胥说："华夏之大，哪里还藏不了一个庆忌？所以，我们必须智取。"

阖闾问："如何智取？"

子胥说："派一智勇双全之人作间，就能取庆忌之命！"

阖闾赶紧追问："爱卿看派谁合适？"

子胥沉思。阖闾紧盯着他，大气不出，静等着子胥开口。伍子胥在房中轻轻地踱着步，围着屋子转了几圈，思绪集中在自己所识之人身上，这些人竟没有一个合适的。在急躁中，他猛然想起一个人来，于是双手击掌，高兴地自语道："有了！"

阖闾忙问："谁呀？"

子胥上前一步，问道："大王可曾听说过壮士椒邱䜣？"

阖闾说："当然听说过。民间关于他的传说很多，难道爱卿想请他吗？"

子胥微微一笑，说："不。大王可知道他的本事？"

阖闾说："寡人早就听说过他从不惧山中之兽、水中之怪。人们把他的事传得神乎其神。如果子胥能请到他自然很好，却为何说'不'？"

子胥说："椒邱䜣如此勇猛传神，但他曾经败在一个凡人之手。依微臣看，这个凡人才是真正的英雄！"

阖闾高兴地说："既然有这样的能人，爱卿赶快讲与寡人听听。这个人姓什么、叫什么，哪里人氏，现在何处？"

子胥说："此人姓要名离，吴国人……"

在此若要引出要离，还得先从椒邱䜣说起。

椒邱䜣是东海人，自幼拜师学艺，武艺高强，胆大无比。

古代人迷信，尊崇神灵，惧怕鬼怪，自古称山中之怪为夔魍魉、水中之怪为龙罔象。人们上山打猎，大多结伴而行，下河捕鱼也是成群结伙，没有人敢单独行动。这两种怪物在民间被传得非常可怕，但没人能说出它们的具体模样来。

传说在淮津有一条河，这条河既长又宽，河两岸长满杂草，一看便知是无人出没的地方。在河的不远处有一个山村。村中百十口人，却很少到河边来，原因是河中有怪。

第二十回 惧庆忌阖闾伤神 说要离子胥荐士

百姓们为了逃避水怪的侵害，便在河岸上盖了一间小屋，村人轮流在屋中守候，并且每日焚香祈祷，以佑平安。

有一天，壮士椒邱诉骑马路过这条河，当时，天气特别热，马渴得直叫。椒邱诉把马牵到河边，刚想让马饮水，就听背后有人跑过来，气喘吁吁地说："壮士慢来！"

椒邱诉愣了一会儿，问来人："为何不能饮水？"

那人说："壮士有所不知。这河里有水怪，马若饮水，水怪立即就会……"

椒邱诉哈哈大笑，打断说："水怪有什么可怕的，有我在此，谅它也不敢兴风作浪！"

那个人愣在原地，还想阻止，但晚了一步，椒邱诉已经把马牵到河边，撒了缰绳。

待马刚刚走入河中，椒邱诉还未来得及坐下来歇会儿，便响起一阵呼啸之声，紧接着河面之上白雾腾起，河水打着漩涡，波浪一排接一排，浪头掀起一丈高。顷刻间，这一切便消失了，马也没有了。

护河的人看见了这一切，吓得愣住。椒邱诉也很吃惊，口中自语道："原来真有水怪为非作歹，看我如何擒你！"

那个人见椒邱诉讲话口气很大，不知是真是假。他跑回村，赶紧召集村人来到这里，以便帮助椒邱诉擒怪。

椒邱诉说："小小水怪，何苦用这么多人？我要与他单打独斗！"说罢，纵身跃入河中。

传说，当时兵器相撞之声响彻山谷，喊杀之声久久回荡。等这一切都平息了之后，椒邱诉由水中出来，却瞎了一只眼睛。据他说，这是与龙冈象搏斗时被刺伤的，而龙冈象已被他刺死。

从此，椒邱诉下河擒龙冈象的故事传遍了各国，人人都知道了椒邱诉的名字，椒邱诉也因此而高傲自大。

有一次，椒邱诉的一个朋友死了，他前去吊唁。正巧伍子胥去衡山求剑路过这里，他一见这里的丧事办得很隆重，心中好奇，又赶上口干舌燥，为找水喝，便停住了脚步。

丧主念着每位来宾的名字，并把他们的吊唁礼品一一记下。当念到椒邱诉时，人们都抬起了头，想见识一下这位神奇的英雄。

椒邱诉十分高傲，他见丧席的主位坐满了死者的亲人和村中长辈，心中颇感不满，瞧见宾客席中还有一个空位子，便嘟嘟囔囔着坐下，一副盛气凌人的架势。

椒邱诉旁边坐的正是要离。要离见吊唁的人把目光全集中在椒邱诉身上，不由也多看他一眼，不过对他却产生了反感。又听了他对主人的不敬之词，心中不免有几分恼火。

椒邱诉嘀嘀咕咕地说："我椒邱诉前来吊唁，是你们的荣幸，为何不留主宾席给我？"说着，气鼓鼓地在要离身边乱动。

要离轻声说："是哪个不懂规矩的村民野夫在这里逞能？"

椒邱诉无论走到哪里，都有人捧着，说尽恭维之词，现在听要离这么一说，便不由斜视对方一眼，同时发出了几声冷笑。原来要离身材矮小，头上长着稀疏的短发，满脸皱纹，而且五官还紧凑地长在一处。这副尊容，任何人见了都会觉得可笑。

要离见他如此傲慢，心中更恼，干脆高声说："人人都知道椒勇士勇猛过人，上山敢与魍魉交战，下河敢与冈象决斗。人人都敬慕你的英名，却没想到，你在淮津失了马，不能追

第二十回　惧庆忌阖闾伤神　说要离子胥荐士

回,还瞎了一只眼,不但辱没了勇士之称,而且害得自己形容致残。你不但不觉得惭愧,还敢在此耀武扬威,盛气凌人,真是白白辱没了勇士之称!"

要离的一席话正说到了在座人的心里。他们中有的与椒邱诉相识,有的不相识,见他傲慢无礼的样子,心中都不满。所以,当要离话音一落,人们便都起哄,硬把椒邱诉给哄走了。

子胥在一旁看得清清楚楚,心中不由暗暗佩服。要离虽形容丑陋,却是有智有勇之人,子胥不禁对他产生了好感。

吊唁结束后,子胥尾随要离前往他家。到了门口,子胥问:"这位勇士,在下可否讨口水喝?"

要离一回头,才发现身后有个人。他仿佛在席间见过子胥,但因为椒邱诉的事,也没细看细想。这下细瞧,见子胥鹤发童颜,形容非同一般,便知是一位高人,赶紧将子胥请到家中。

要离把妻子引见给子胥,彼此又互相介绍了一番,然后分宾主坐下。片刻,要离之妻端来茶水,请子胥用茶。这时,要离对他妻子说:"今晚你回娘家住一夜,明日再回。"

要离之妻问:"夫君为何让我回娘家?"

要离说:"今日丧席间我辱嘲了椒邱诉,今晚他定来报复,你躲开为妙。"

要离之妻知道丈夫乃智勇之人,便答应了。

子胥在一旁默不作声,想看看要离如何对付椒邱诉。

到了晚上,要离之妻走了。要离请子胥到内室休息,自己打开堂屋的门窗,披发赤膊端坐堂中,等待椒邱诉前来。

深夜,外面传来脚步声,椒邱诉果然手持利刃而来。他见堂户大开,直奔其室。要离听见脚步声,故意斜卧在桌旁装睡。椒邱诉见一人披发赤膊卧在桌旁睡着了，细看看，正是要离，他迅速地将利刃压在要离脖颈上。

要离故作吃惊状，睁开眼睛问："谁这么大胆，敢入室行凶！"

椒邱诉说："今日丧席间，我受尽了你的侮辱，今晚你休想再活了！"

要离故作吃惊，说："原来是椒壮士，难道你还没羞死吗？深夜造访，有何贵干？"

椒邱诉又气又羞，说："今日我来，就是要你的命！"

要离一点也没有惧色，问道："你为何要杀我？"

椒邱诉一转眼珠，说："你有三个原因当死，难道不知道？你在丧礼之上当众辱我，这是第一；你夜不闭户，是你该着，这是第二；你见我来并不躲避，命该你死，这是第三。你分明自己找死，休怪我手狠！"

要离镇静地说："我有三死之过，你有三不肖之愧，你可知否？"

椒邱诉说："不知。"

要离说："我当众辱你，你不敢发一言，这是不肖之一；你入门不喝，登堂无声，分明有掩袭之心，这是不肖之二；你用剑压住我的脖子，才敢大声讲话，这是不肖之三。你有三不肖，却来责我三过，难道不卑鄙吗？！"

要离这一番话讲得椒邱诉手都软了。他把剑放下来，心中暗想：此人不仅不怕死，而且智谋过人，果然在我之上。看来，世上在我之上的人，还有很多呀！

要离的智勇使这位一向盛气凌人的勇士佩服得五体投地。他收起剑来，自思自叹道："我自认天下第一勇士，世上无人

第二十回　惧庆忌阖闾伤神　说要离子胥荐士

能比，没想到要离却在我之上。我若杀他，岂不贻笑于人？若不杀他，我又怎能称勇于世？！"

椒邱诉说着，把剑丢在了地上，以头触柱而死。

伍子胥在内室把一切听得清清楚楚，便更加佩服要离，认为要离确是天下英雄！

要离知子胥不是凡人，又询问子胥的身世，子胥简单告诉了他。要离说："伍先生以后若用得着我，我一定效力！"

伍子胥连声感谢，次日作别。

伍子胥把这些事的经过对阖闾详细地讲了一遍。阖闾对要离有了很深的印象，便说："这人莫非真有万夫之勇？"

子胥说："果真有万夫之勇。"

阖闾又问："比专诸如何？"

子胥说："专诸虽勇，但为人耿直，不会巧用心计。而要离有勇又有谋，反应机敏，比专贤弟更胜一筹。"

阖闾听到这里，就更高兴了，慨叹道："寡人自从得一子胥，复又得一专诸，今又得一要离，真是苍天赐我机缘！"

子胥说："既然大王之意已决，微臣一定尽快将要离请来！"

阖闾说："有劳爱卿费心了！"

第二十一回　施巧计心照不宣
　　　　　　　骂吴王要离断臂

　　这一天，伍子胥来到要离家中，要离见到他，惊喜万分。自从上次一别后，二人再未相见。后来子胥因助阖闾登上王位名声大振，要离更是从心中敬佩这个人。但他根本没想到，子胥仍然记着自己，并亲自登门拜访。

　　要离把子胥请进屋里，妻子端上茶水。要离便说："伍先生自从扶助大王登基后，先生的名字家喻户晓、人人皆知。如今你在朝为官，日理万机，却为何有空到小民家来？"

　　子胥饮了一口茶，说："勇士，我今天虽然微服造访，但却是奉诏而来。"

　　要离一听"奉诏"二字，心中一愣，猜不出其中的原因。

　　子胥见他吃惊的样子，便说："大王久闻勇士胆大艺高，愿与你一见。"

　　要离很聪明，心想："阖闾的王位来之不易，他多年来招募勇士，聚集贤人，什么样的人没见过？我不过一村野小民，为何平白无故召见我？一定是有所差遣，而且举荐之人定是伍子胥！"

　　要离想到这里，便很平静地问："大王为何事要召见

第二十一回 施巧计心照不宣 骂吴王要离断臂

我呢?"

子胥说:"勇士可曾听说过专诸?"

要离说:"刺死王僚之人,有谁不知?真乃天下英雄!"

子胥不由得脱口而出:"好!要离勇士可否愿意也成为天下英雄?"

要离哈哈大笑,说:"伍先生,谁不想成为英雄?谁不想流芳百世?只可惜世上只有一个王僚,小民哪有为大王尽力的机会?!"

子胥见要离成名心切,便看出了他与专诸的不同之处,那就是在他心中绝无儿女情长。

子胥说:"王僚虽死,但他的儿子庆忌尚在,犹如王僚未死,勇士若愿意,可做第二个'专诸'。"

要离非常兴奋,立即从椅子上站了起来,两只小眼睛闪闪发光。他对子胥拱手施礼,说:"请伍先生指教!"

伍子胥把阖闾的意图讲明,要离不假思索,便答应下来。

子胥说:"庆忌不同于一般的人,他身材高大,体壮如牛,且行动敏捷,其行如飞,与椒邱诉相比,还要更胜一筹,难道勇上毫无畏惧之感?"

要离说:"伍先生,我主意已定。只要有以命相拼的决心,不愁杀不了庆忌!"

子胥一拍手,说:"好!既然如此,请勇士随我一同去见大王!"

伍子胥来请要离,要离本来占着主动,却因子胥的机敏变得被动起来。这便是伍子胥善于观察人的心理的表现,只有抓住对方特点,适时切入,才能占据上风,使得对方无论遇到什么情况都要受自己的牵制。

阖闾听子胥说了要离之勇,便一直想象着要离一定是既有虎背熊腰的体魄又有机敏睿智的头脑,他把专诸的勇猛和子胥的韬略融为一体,全加在了要离身上,所以,子胥离开这几天,他一直在焦灼不安地等待这位英雄的到来。

这一天有人来报,说:"伍大夫回来了,在门外候见。"

阖闾赶紧请他进了后宫。子胥施礼后,说:"大王,微臣交旨。"

阖闾说:"伍爱卿辛苦了,要离可有请来?"

子胥说:"在门外等候。"

阖闾非常高兴,微微欠起身子,说:"快请勇士进来!"

要离从未进过都城,更别说是大王的后宫了。他东瞧西望,觉得哪里都新鲜。早听说王宫如何富丽堂皇,宫娥彩女如何美貌,如今亲眼所见,真是兴奋不已。他随着传旨官进入后宫大殿,见室内的摆设明亮闪耀,宫内雕梁画栋,非常气派。抬头看,正中端坐一人,五十多岁年纪,须发已经斑白,双目有神,鼻直口阔,一副帝王之相,两边站着两名美女,她们正娇滴滴地向他献媚。

要离从未见过这样的场面,他的眼睛似乎不够用了。等子胥轻轻咳了一声,他这才明白过来,便赶紧跪倒叩拜。

阖闾一直盯着门外,见要离由外面走进来,心唰地就凉了半截。要离貌丑还在其次,主要是个子太矮了,如果不是因为额头上的皱纹和下巴上的几根胡须,真会让人误认为是个小孩。就连他走路一蹦一窜的姿势,也不像个成年人。

阖闾微微欠起的身子又重重地落下了,任凭要离在那里跪着,也不理他。这时,他的脑子里又出现了庆忌的影子。把二人一比,真是天壤之别。阖闾似乎有一种被愚弄的感觉,他问

第二十一回　施巧计心照不宣　骂吴王要离断臂

伍子胥："爱卿，难道这就是你说的大智大勇的要离？"

子胥一看阖闾的神情，便知道了他此刻的心情，立刻严肃地说："正是。"

阖闾坐在那里怔了片刻，继而哈哈大笑，说："伍爱卿，你在寡人面前把要离夸得盖世无双，寡人还以为此人定是仪表堂堂，却原来如此矮小无力、相貌丑陋，难道爱卿成心骗寡人吗？"

子胥心中不悦，说："大王，微臣对你忠心耿耿，哪敢有诓骗之理？大王可曾听说过这样的话：'良马不在形之高矮，贵在力能负重、足能致远。'要离虽然先天不足，但他确实智勇双全，请大王不要轻视！"

要离跪在下边听了这一席对话，心里也十分不快，心想：自己的相貌无论走到哪里，都会被人轻视，又何况这是王宫，而且是在见多了勇士的一国之君面前。他心中这样想着，同时也就暗暗下定了决心：宁可舍弃一切，也要流芳百世，让后人传颂……

阖闾听了子胥的话，虽然觉得有道理，但还是不敢把面前的要离同椒邱䜣、庆忌、专诸相比。他见要离跪在那里一动不动，倒是生了几分怜悯，只好硬着头皮与他搭话。

阖闾问："你便是子胥所说的勇士要离？"

要离说："正是小民，但不敢以勇士二字相称。"

阖闾又说："你既不敢称自己是勇士，却为何还要来见寡人？"

要离说："小民虽然羸弱无力，但只要大王有所差遣，小民定会尽力！"

阖闾心里苦笑，叹了口气，说："既然你不是勇士，又羸弱无力，却怎能为寡人效力？你还是回家平安度日吧！"

子胥和要离一听都着急了。子胥赶紧说："大王千万不要以貌取人，要离虽然其貌不扬，但智勇非常。大王心中所想，非此人不能相助。大王万万不可错失良才！"

要离接着又说："大王所想必是王僚之子庆忌，小民杀他易如反掌！"

阖闾见二人都这么说，便对要离说："庆忌身高一丈开外，力大无比，而且其行如飞，无人是他的对手。可你高不过五尺，手无缚鸡之力，却如何杀得了庆忌？"

要离微微一笑，说："能杀人者，在智不在力。"

要离的这句话倒使阖闾微微一震，他不得不重新打量面前这个不起眼的小矮人。他招呼左右为要离赐座，想看看他究竟有多大的本事。

阖闾问："你如何智取呀？可否讲与寡人听听。"

要离说："回禀大王，我若能接近庆忌，赢得他的信任，杀他便如同杀只鸡了。"

阖闾哈哈大笑，刚刚燃起的希望之火，又熄灭了。他说："要离，寡人还以为你有何良策呢，原来如此愚蠢！你也太小看庆忌了，他不仅勇猛举世无双，而且智谋并不在寡人之下。否则，一个庆忌何惧之有？他现在招募四方勇士，怎么会相信你这个吴国之客呢？"说完，轻蔑地将双袖一甩，不再说话。

要离是个只重名不重利的人，他一心想传颂后世，如今幸遇子胥的赏识，却没想到见了阖闾，竟如此一阵阵地被奚落、被嘲笑。他心中虽然愤愤不平，但又不愿放弃这个机会。他心想："专诸被阖闾所用，如今名扬四海，人人都知其勇。但若没有子胥相助，恐怕如今坐在这里的仍是王僚。如今我虽心怀

第二十一回　施巧计心照不宣　骂吴王要离断臂

大志，富有聪明才智，却被大王轻视。既然这样，我非做第二个专诸不可！"

要离心里想着，口中说道："大王，恕小民直言。大王身为公子时，也曾一度被王僚冷落，但最后却终于赢得了王僚的信任，至于其中的奥妙，小民不必说了，大王心中更是清楚。所以说，只要诚心去做一件事，没有不成功的。请大王相信小民，给小民一个效力的机会！"

阖闾本该名正言顺地做吴国国君，却被王僚夺了位。他费尽心机剪灭王僚，虽是万民所愿，但终归是争权夺位之举，内心的骚动和不安，也只有他自己明白。所以要离这么一说，等于是在揭他的短，脸上禁不住掠过一丝尴尬。子胥在一旁看得清清楚楚，便赶紧说："大王，要离一不贪功，二不图利。他是敬慕大王贤德仁爱，是个明君，才随微臣面见大王。他最大的心愿便是效仿专诸贤弟，报效大王，死后成名，请大王三思！"

阖闾见要离如此诚恳，子胥又全力推荐，便只好决定试一试。于是，他说："要离，做事只凭决心，绝不能成功。你先说说，想如何接近庆忌，也好让寡人心中有个底。"

要离心里早就想好了，他见阖闾这么说，忙又跪倒在地，叩拜说："谢大王恩准！"

阖闾一愣，说："寡人并未准你什么，你为何叩谢？"

要离咧嘴一笑，露出白牙，与满是皱纹的脸皮相比，显得十分干净。他说："谢大王准小民去办此事！"

阖闾说："寡人并未答应你呀！不过想听听你的想法而已，然后再做决定。"

要离又是一笑，跪在那里仰着脖子，酷似顽童一般，说：

"大王,你若不答应,却为何指点小民不要只凭决心,又暗示小民要以智取胜?这分明是因为大王主意已定,所以小民要叩谢大王!"

要离之言虽然牵强,但阖闾却无法动怒,倒是觉得他有些可笑,便说:"要离,你不要耍小聪明了,快说说你想如何接近庆忌?"

要离一改顽皮神色,面容庄重地说:"回禀大王,小民请你砍掉我的左臂,再杀我的妻子。然后,小民假装被害出奔。庆忌正在招纳亡命之徒,不愁他不相信我!"

阖闾倒吸一口冷气,仔细看看要离,毫无玩笑之意,再看看子胥,面容冷静,毫无惊色。子胥料事如神,看人也看个透彻。虽然要离其貌不扬,但心里并不安分,他是个宁可辉煌一时,也绝不平庸一生的人。子胥早已看出了这一切,但他不想怂恿此事,便避开阖闾的目光,只装没有听见。

阖闾没想到这个貌丑的矮人竟如此忠义,为了他竟肯牺牲这么多。当然,他不敢这么做。如今他刚刚做了国君,为了笼络人心,需处处实行仁政,怎能杀害无辜……阖闾愣了一会儿,转转眼珠,便大声喝道:"要离,你并无罪过,却要寡人残害你一家。这样不义之事,寡人岂能做得出来?!"

阖闾说着,站起身就要走,要离连忙叩拜,说:"大王,小民曾听说过这样一句话:'安其妻子之乐,不尽事君之义,非忠也;怀室家之爱者,不能除君之患,非义也。'小民若得以忠义而成名,纵然全家俱亡,也心甘情愿!"说罢,叩拜不止。

阖闾很聪明,他心中纵然有此意,也不愿轻举妄动。不顺理成章的事,他是绝对不会去做的,何况伍子胥就在一旁。

第二十一回　施巧计心照不宣　骂吴王要离断臂

阖闾看看子胥，子胥仍装作不知。于是他又大喝一声，说："要离，你休要胡言乱语，坏了寡人的名声！如果不是看在伍爱卿的分儿上，寡人早将你逐出宫外了，既然你有心效力于吴国，就在朝中当差，庆忌之事万万不可再提！"说罢，便起身进了内室。

子胥心中暗笑，心想："好一个聪明的公子光，难怪吴国天下最终归于你手！你是既想杀人，又不想让人看到手沾血迹呀！"

伍子胥想到这里，便对着内室说："大王，微臣告退了。"

话音落了半响，无人应声。伍子胥便暗暗冲要离使了个眼色，二人悄悄离开了后宫。

伍子胥把要离送到驿馆，便要离开。要离一把拦住他，说："伍先生，你不能走，大王不信任我，你看这事怎么办才好哇？"

子胥叹息一声，坐了下来，说："勇士虽然智勇无双，无奈大王以貌取人，我也无能为力呀。"

要离一听这话，心里便有些不满了。他说："伍先生，小民是你请来的，你就该把这事负责到底。再说，像先生这样有名望的人，办事岂能虎头蛇尾？"

子胥不气不恼，看着要离一副急躁的样子，长叹一声，说："难得勇士一片苦心，为了除掉庆忌，竟然不惜一切，只可惜大王小看了勇士。"

要离听了直摇头，说："伍先生，别说这种安慰人的话了，你有心计有谋略，快替小民想个办法，完成此愿。"

伍子胥又叹息一声，悲哀地说："勇士，我倒是很想帮你。只可惜我身怀大仇大恨，至今不能报。大王又再三推托，不肯为我出兵，因此我常常心里焦急，甚至寝食不安，哪里还有心想这些事呀！勇士若真有成名之志，不如另就高门，再投他国。"

子胥的这些话有两重含义：一是点点要离，看看他反应如何；二是故意激他，越是让他走，他反而越不死心。

要离一开始没明白过来，子胥便站起身，又补充了一句，说："勇士若真的不想走，大王又准你在朝里听差，明日上朝之时，你谢恩便是了。"说罢，告辞回府。

要离站在那里，望着伍子胥的背影，怔了片刻，忽然眼前一亮，自言自语道："果真非同凡人！"

其实阖闾、伍子胥、要离都想到了一处，但三人彼此心照不宣。当夜，谁都没睡踏实。阖闾一开始对要离虽有偏见，但当他提出伤害自己和杀掉妻子的想法之后，阖闾便觉得这是个难得的人才了。他现在所担心的是怕失去要离这样为他卖命的人，唯恐他理解不了自己的想法。子胥心里想的是不知要离是否理解了自己的意思，他因此想起了专诸，他的妻子虽然是自杀，但也皆因为了成全丈夫大义所致。子胥想到这里，不禁为这些从容就义之士而慨叹。只有要离异常兴奋，为了实现一生的宏愿，就是赴汤蹈火，也在所不惜。

次日早朝，众臣参拜已毕，守门军便跑来报告说："大王，外面有人求见。"

阖闾说："谁呀？"

守门军说："姓要名离。"

阖闾心里高兴，脸上不露，说："请他上殿。"

工夫不大，要离上殿，进门便叩拜，连连称谢。阖闾便问他："你谢我什么呢？"

第二十一回　施巧计心照不宣　骂吴王要离断臂

要离说:"大王,小民有幸被伍先生推荐,又承蒙你的恩典,昨日大王答应让小民在朝中听差,这不等于封我官了嘛!我为此而感谢大王!"

阖闾故作糊涂状,对子胥说:"伍爱卿,我昨日果真说这句话了吗?"

子胥说:"回禀大王,果真说了,微臣也听得清清楚楚。"

阖闾似乎猛然记起,说:"好像是有这么回事,不过寡人封你什么官职呢?"接着,他又对众大臣说:"依各位爱卿所见,我该封他什么官职呢?"

众大臣自从要离一进门,就觉得可笑,但其中有人知道他是伍子胥请来的客人,对他的事略知一二,所以不便多说什么。只是有些不知道细情的人,一见他如此丑陋瘦小,便从心里瞧不起他。所以,阖闾一问,便没有一个人发言。阖闾只好说:"既然大家都不说,那伍爱卿就说说吧,要离是你推荐的,你知其所长,快给寡人提个醒。"

伍子胥施礼,说:"大王,依要离的才干,封他个司马如何?"

众臣哗然,纷纷交头接耳,阖闾只作没看见。他又问子胥说:"为何封他司马?"

子胥说:"大王,你早已答应为微臣报父兄之仇,只是苦于没有良将带兵,如果封要离为司马,他便可以带兵替微臣报仇了。"

阖闾听到这里,正色道:"伍爱卿,你心中只有私仇,丝毫没有国家。如今寡人国事尚未安定,你又提报仇之事,这未免太自私了吧?要离的官可以封,也可以按你所提建议,封他司马,只是这报仇之事,以后再说吧。"

要离听到这儿,赶紧叩头,说:"谢主隆恩!"

阖闾不耐烦地说:"你倒是痛快,寡人还没正式封你呢,你倒先谢了。"

要离说:"刚才大王说依伍先生之意,大王金口玉言,臣自然要谢了。"

阖闾摆摆手,说:"算了,封就封了吧,反正用你免你全在寡人一句话。"

众臣见事已定,心中颇不平。有的忿忿然,借故告辞;有的只在心中不平,嘴上不敢流露一丝一毫。

要离理解了阖闾最后这句话的含义,于是上前说:"大王,微臣虽然上任还不到一个时辰,但有一句话非常想说,不知当讲不当讲?"

阖闾说:"你既为吴臣,有事自然该说,有本当然该奏。"

要离说:"大王,伍先生乃吴国有功之臣,他身怀家仇不止一日了,大王既已得到江山,此生如愿,也该为伍先生想一想,替他报仇才对。"

阖闾说:"寡人不是不想,只是现在国无良将,如何去伐楚呢?"

要离说:"大王,臣愿往!"

阖闾哈哈大笑,说:"要离,寡人封你个官,不过是看伍爱卿的面子,你还真的当一回事了。你要是能领兵打仗,那三岁孩童岂不也能驱车上阵?"说罢,又是一阵大笑。

阖闾这一笑,众臣也都跟着笑起来,要离有些发窘。这时,子胥走上前,说:"大王,既然要离有此志愿,不如给他兵马,为微臣了却一桩心愿吧!"

第二十一回　施巧计心照不宣　骂吴王要离断臂

阖闾忽然沉下脸，说："伍爱卿，要离从未领兵打过仗，寡人怎敢把大军交给他，你这不是坑害寡人吗？"

要离一脸愤怒，说："大王，这便是你的不对了。伍先生之功非同一般，对你又忠心耿耿，你如今做了大王，就忘了诺言，一拖再拖，不肯为伍先生报仇，实在是不仁不义！"

要离说这话时，脸涨得通红，众臣大吃一惊。

阖闾气得直哆嗦，继而又冷笑说："寡人现在就撤了你的官职！"说罢，又是一阵哈哈大笑。

要离冷笑一声说："大王，你不封我官，我不怪你，但你不该如此戏弄我！现在即使你真的请我做官，我也不做了。聪明人何故保一个不仁不义的昏君！"说罢，便想扬长而去。

阖闾怎能让他离去，他大喝一声，说："把这个刁民给我拿下！连同全家抄斩，焚弃于市，看你还敢不敢撒野？！"

阖闾话音刚落，两旁卫士便过来把要离拿下了。刚要推出去问斩，子胥上来求情，说："大王，要离乃山中草民，没有教养，请看在微臣的薄面上饶他不死吧。"

阖闾平静了片刻，说："伍爱卿，寡人就依你这一次。砍掉他的左臂，关押死牢，听候处置，但家中之人不可放过。另外，你以后不要再提报仇之事，也不要再为寡人推荐这样的刁民！"说罢，立即令人将要离左臂砍掉。一刀下去，便是要离的一声惨叫。阖闾不知是心痛，还是不敢看，他用袖一遮脸，说了声"散朝"，便先回后宫了。片刻之后，要离渐渐苏醒过来。

吴朝中这一幕，众臣皆感迷惑，只有三个人心中清楚其中缘由。

第二十二回 怜美女伯嚭献媚
　　　　　　　明大义王氏殉身

要离醒过来的时候，发现自己躺在监牢里，左臂伤口已经包扎好了，但血还在慢慢流着，疼痛难忍。他想挣扎着站起来，无奈头晕目眩，只好又躺下了。

要离强忍着撕心裂肺般的疼痛，环顾四周，只见到从一扇小窗和一道木门外透进的一点亮光。室内潮湿，腥臊味弥漫，令人窒息。此时，要离这才有些心酸，眼泪不知不觉地流了出来。他不由得想起了妻子，她与自己贫穷度日十几载，如今却无辜被戮，这一切皆因自己贪名所致。要离越想心里越难过，不知不觉间又昏了过去。当他再次醒来时，已是次日天明了。狱卒端饭进来，要离勉强起身，拿起饭碗，觉得实在难以下咽，又放下了。

要离坐在地上，前思后想，不知自己这样做对不对。可事已至此，打退堂鼓是不可能了，也只有硬着头皮做下去。他就这么反反复复地想了有一个时辰，最后决定只有义无反顾才不辜负自己的一片苦心，才能完成自己的夙愿。

要离并不是一生下来就想着要杀人成名，更没想到为了成

第二十二回　怜美女伯嚭献媚　明大义王氏殉身

名要付出这么大的代价。他生于贫寒之家，母亲四十岁以后才生下了他。人们都说其母不贞，与邻居通奸才有了他。这样一传十、十传百，等要离长大以后，也渐渐明白了人们讥讽他的话。要离觉得自己的长相与父母相差太远，父亲身材魁伟、相貌堂堂，母亲形容俊俏、风流妩媚。要离开始懂事以后，便觉得自己在村人面前抬不起头来，就连走路都是低着头。他十七岁那年，父母相继因病去世，家中只剩下他一人。他常感自卑，从小就性情孤僻，但城府很深。一般人认为他智力低下，看他形容丑陋，都瞧不起他。于是，在要离心中产生了一个强烈的愿望：一定要改变人们对他的印象，证明自己不是孬种！

要离到了娶妻的年龄后，村里也有好心人为他牵线提亲，但介绍的这些女人不是瞎就是哑，要么就相貌丑陋。要离一气之下，骂走了所有的媒人。这样一来，再也没人管他的事了，都骂他不识抬举。要离也从此下决心，非娶个漂亮妻子不可。

难怪人们常说，好姻缘是天生的缘分。有一年，在一次庙会上，要离为了赚钱糊口，在市中摆了个相面算卦的摊子。有的人见他年纪轻，不相信他；也有的人见他太丑陋，毫无仙风道骨之气，也不愿找他算卦占卜。因此，一天下来，也没赚几个钱。要离眼看赶庙会的人都快散尽了，刚要收拾摊子回家，就听到清脆的声音："先生，请留步！"

要离抬头一看，便惊呆了。只见面前一位姑娘如仙女下凡：一头乌发映衬着一张白净的脸庞，大眼睛，高鼻梁，嘴唇红润，身材丰满，落落大方。这正与要离之丑陋形成强烈的反差。

要离愣了一会，看得姑娘不好意思了，他这才觉得自己有些失态，忙问："姑娘是相面，还是占卜？"

姑娘说:"请先生为我相上一面。"

要离抬起头,又打量了一番面前这位姑娘。他这才发现,姑娘约有二十岁年纪,正值如花似玉的好年华,但她眉宇间却略含一丝愁容。再看看她不像一般农家姑娘的打扮,但身边又无丫鬟陪伴。要离非常机灵,一下便料到这个姑娘乃大户之女,如今遇到了难事,因此,他开口说:"姑娘,你莫非遇上为难事了?"

姑娘一愣,说:"先生想出来了?"

要离故作深沉状,说:"我一看姑娘眉宇紧锁,便知你现在定是不顺心,不如说出来,让我帮你解解。"

姑娘迟疑片刻,看看周围的人都走得差不多了,才开口说:"先生,我家在三十里以外的山村,姓王,父亲早年为官,现已亡故,母亲也早已去世了,现在家中只有兄嫂二人与我生活,但他们十分贪财,与本村人贩子商议好了,要把我卖到中原为妓……"

姑娘说到这里,不由伤心地哭了起来。要离有些慌神,想安慰,又不知如何安慰,憋得小脸通红。姑娘见他如此局促不安,只好忍了忍,止住了哭泣声。

要离又问:"姑娘打算怎么办呢?"

姑娘说:"我逃出来已经两天了,但我长这么大也不曾出过家门,一时也不知往哪里跑,想请先生指点明路。"

要离虽然同情姑娘,但他一时又想不出什么好主意来。姑娘独自一人,让她去哪儿呢?他想来想去,只有到自己家中方能安全,可孤男寡女又如何对外人解释呢?一想到这儿,要离的脸又憋得通红。

姑娘见他沉默不语,脸涨得红红的,便也觉得自己问得有

第二十二回　怜美女伯嚭献媚　明大义王氏殉身

些唐突了。她目视前方，此时已经日落西山，大路之上也没了人，自己能往哪里去呢？

要离看出了姑娘的为难，便咬咬牙，说："姑娘，我刚才就你所站的方位给你占了一卦，你该往西走，才能躲过此难。"

姑娘问："往西走能走到哪里？"

要离站起来，说："你只管西走便是了。"说完，便离开了。

姑娘迷迷茫茫地顺着大路往西走，走得天黑了，见前面有一处村庄，有心找个落脚处，但举目无亲。自己又是个姑娘，倘若遇到歹人，岂不是刚脱虎口，又入狼窝？她在村头徘徊犹豫了好大一阵工夫，忽然见前面出现一个蹦蹦跳跳的小人影，她吓得忙往树后躲。那个人偏偏就站到了大树边，咳嗽一声，说："姑娘莫怕！"

姑娘一听声音耳熟，再仔细一瞧，正是庙会之上相面的小先生。

姑娘忙问："先生为何在此？"

要离说："这便是我的家。"

姑娘顺着要离所指的方向看过去，看到了一所宅院，里面点了火把，姑娘一见此景，不由得想起了家，立刻感到腹中饥饿、身体疲惫。

要离说："姑娘若不嫌弃，可到舍下休息一夜，明日赶路不迟。"

姑娘一听这话，如同见了救星，也顾不了许多，便随要离进了家。

孤男寡女深夜共处一室，又正值青春年华，男女之事便如一张薄纸,一捅即破。姑娘虽然觉得要离丑了点、矮了点,但她无处可去,心想:"嫁一个丑男人,终归是有了依靠,比卖给别人为妓要强上不少呢。"姑娘第二天便再也不提要走的事了。

村中人人皆知要离一夜之间便娶了个漂亮媳妇,都觉得奇怪。过去人们迷信,便谣传说,要离不是凡间之人,王氏也不是寻常女子。从此,都对要离有了三分敬意。但时间一长,人们对王氏的来历开始有所了解,便也不觉神秘,反过来又讥讽要离,说其母貌美不贞,王氏又会怎样呢?要离便又陷入自卑之中。

娶了貌美之妻,也并未改变人们对自己的轻视,要离便产生一种强烈的愿望:一定要做出一番惊天动地的事,以矫正人们的认识!

与伍子胥的相识,让要离开始意识到,英雄并非无用武之地,他一定会等到这一天的。如今这一天终于来了,要离咬咬牙,强忍疼痛,爬起来,端着饭碗,大口大口地吃着。

中午时分,狱卒又送饭来了,而且还端了一碗汤药,要离料到这定是子胥派人送的,心里不免又一阵感慨。就这样数十天过去了,他的伤口也渐渐好转起来,有心问问妻子王氏的下落,但又不忍心听到她死亡的消息,所以干脆不问也好,只当此事没有发生。虽然明知这是自欺欺人,但也只能这样来安慰自己了。

要离的伤全好了,他开始想脱身之计。这天中午,狱卒把饭端进来,便走了。要离拿起筷子,觉得不对劲。原来这不过是两节竹片,非常粗糙。再仔细一看,只见一根"筷子"上刻

第二十二回　怜美女伯嚭献媚　明大义王氏殉身

了一个字"逃"，再看另一根"筷子"上刻了一个字"卫"。要离一下就明白了，这定是子胥所为。他迅速扒拉几口饭，用手推开狱门。原来锁是假的，一推即开。他走到外面，见两个狱卒刚刚饮完酒，醉倒在一边，似睡非睡，似醒非醒。要离个子小，再低一低头，稍微猫一下腰，就像一个小孩那么大，所以很容易就出了牢狱。因为正值中午，门军都倚在门边打盹。要离走到大门口，将门拉开一条缝，一挤就挤了出去。待门军看到了再去追赶，早已不见了要离的身影。

这一切都是子胥有意安排的，门军们一边吆喝一边追，但都是虚张声势。要离知道子胥写"卫"字，是要他去卫，想必庆忌住在卫国。于是他一直向北边而逃，门军却奔南边追去。

要离一口气跑到北门，忽然见前方站着一堆人，都仰头望着城门。要离也抬头望去，只见城头旗杆之上挑着一具烧焦的尸体，分辨不出男女。要离悄悄问旁边的人，这是谁被挂在那里，犯了什么罪？一个老妇人答道："听说她丈夫得罪了大王，她被杀死后，又被火烧了。现在在四门之上轮换悬挂示众。"

要离一把抓住老妇人，问："她丈夫何人？"

老妇人说："听说只在朝做了一个时辰的官，就得罪了大王，姓什么叫什么我就不清楚了。"

要离"啊呀"一声，差点昏了过去。他仰望着妻子王氏焦黑的尸体，欲哭无泪。似乎这泪水都变成了血，在眼里打转，他腿一软，坐在了路边。这一切虽在他的设想之中，但没想到事到临头却如此令人难以接受。要离在那里愣了一会儿，又伸手摸摸左臂，袖内已空空荡荡。他仰天长叹一声，然后哈哈大笑。

城中百姓都不认识要离,他远看像个小孩,近看才像个大人,人们皆以为怪。他笑着、走着,跟在身后的只是一群看热闹的小孩。

要离发疯似的冲出城郭,向北方一口气跑了三十里,才停住了脚步。他现在只能义无反顾地去做他的事了。

城头旗杆上的尸体,确是要离之妻王氏。王氏自从与要离成亲后,不嫌他矮小丑陋,这倒也是要离的福气。时间一长,王氏发现要离很聪明,虽谈不上满腹经纶,但也可以称得上内藏睿智、勇敢过人。同时,王氏也渐渐发现要离常常心怀不忿,觉得英雄无用武之地,她便劝他去朝中自荐,做个官也许能改变一下心情。要离知道王僚昏庸无能,不愿保这样的君王,当然也苦于无人推荐。

自从侮辱椒邱䜣以后,人们对要离渐渐有了新的认识,开始改变了以往对他的看法。但王氏却预感到,丈夫一定会因此引火烧身。她深深了解丈夫,见他与子胥攀谈以后,突然变了个样:做事有了精神,与人谈话也能抬起头了。阖闾的即位,对要离是最大的触动,黎民百姓把子胥和专诸传得神乎其神,要离便常常因此而激动得寝食不安,他相信自己总有一天也会成为这样的人物。

要离盼来了这一天,王氏预感到这是最后一别,她看着丈夫上路了,心里很不是滋味。她是大户人家出身,对纲常礼仪非常重视,虽然有心劝劝丈夫不可太贪名,但又不敢启齿,只好眼看着他远离家门。王氏想到了要离心中所想,但没想到自己也会因此而受株连。丈夫为实现自己的志向,不惜杀身成仁,作为妻子,付出生命也未尝不可。王氏最终也被吴国武士

第二十二回　怜美女伯嚭献媚　明大义王氏殉身

押到了大殿之上。

王氏低首跪倒，叩见阖闾。阖闾说："王氏，你可知你丈夫犯了何罪？"

王氏说："回禀大王，民女之夫顶撞大王，罪该万死。民女愿以自己的命换回丈夫的命，求大王放了他吧！"

阖闾哈哈大笑，说："没想到你一个小小妇人，心肠慈善，又有情义。寡人看在你通情达理的分儿上，准你抬起头来与寡人讲话。"

王氏微微抬起头。她这一抬头惊住了在朝的众臣和阖闾，人们情不自禁地唏嘘叹气。有的人说："天下竟有如此貌美的人！"也有的人说："这样貌美的佳人怎么会嫁给要离呢？"更有的人说："可惜了这样的美人，片刻便会死于刀下！"

阖闾也看呆了。他见王氏虽不是青春妙龄，但形容体态却丰满动人，两只大眼睛黑亮亮地如含秋波，却毫无轻佻之意，比起嗲声嗲气的宫女王妃们，显得格外庄重、大方。

阖闾惊呆了片刻，忘记了问话。这时在他身旁有一个大臣把这一切看在眼里，心里便有了个主意。

这个人就是伯嚭。他喜欢阿谀逢迎，但因自己刚入吴国，立足未稳，什么事都要靠子胥，所以他从心中惧子胥三分，同时也就将自己的本性掩盖了三分。今天他见阖闾痴迷地看着王氏，为了讨好大王，他便凑近阖闾，俯身低语说："大王，此女子长相非凡，待大王审问以后，再做处置也不迟呀！"

阖闾回过神来，一见是伯嚭与自己低语，便似遇知音一般，心中有些触动，心想："朝中这么多大臣，却都不如一个新来的大夫知我心意。"但是，阖闾脸上根本没有表现出来。他故作没听见，心里却想："杀了这样的美人，实在可惜！寡人宫中虽然美女如云，但却没有像王氏这样雍容大方之人。只怪我没有这个福分呢。"阖闾此时总算还有点良心，王氏之夫为了自己已经身残赴命，其妻若再被自己纳入宫中霸占，这与被人耻笑的楚平王还有什么区别呀？！

阖闾想到这儿，便朝下问道："王氏，寡人要处死你，你觉得冤不冤？"

王氏说："不冤！"

阖闾又问："为何不冤？"

王氏说："民女不冤有三：第一，大王身为一国之君，黎民百姓的生死皆由大王掌握，大王杀了谁，都不冤；第二，我丈夫触怒了大王，按吴国刑规，理该株连于我；第三，若我的命能换回丈夫的命，民女更不冤。"

王氏伶牙俐齿地这么一讲，大殿内的人无不惊讶，阖闾更是吃惊非小。一个平常的妇人竟能说出这样的话来，心中不由暗暗佩服，他有心不杀她，但又找不到借口，真杀了她吧，又觉得太可惜。他看着王氏跪在那里一副临危不惧之态，心里生出许多怜悯。再看伯嚭"鼓励"他的眼神，他嘴里不由自主地说了一句："王氏，你是想死，还是想活？"

众臣都觉得这话问得稀奇古怪，王氏却看出了阖闾眼中游移的一丝邪意。她心中恨恨地想："我宁可死，也不苟且偷生。阖闾，你看错我王氏了，虽然我从未享受过王宫的荣华富贵，但也决不会因此而失节！"王氏想到这儿，很干脆地说："民女愿死！"

众臣听了个清清楚楚，阖闾哑口无言。

王氏被斩以后，阖闾心里尚存遗憾。伯嚭又说："大王真乃明君啊！看来投奔吴国，真是小臣的福分呢！"

第二十二回　怜美女伯嚭献媚　明大义王氏殉身

阖闾说:"爱卿之言何意?"

伯嚭说:"大王,世上没有不贪恋美色的人。身为九五之尊、万人之上的大王,为所欲为更在情理之中。但大王却有仁爱之心,不占臣妻,不霸民女,这难道不是明君吗?"

伯嚭一副巧嘴,把阖闾说得非常高兴。阖闾不由连声说:"还是伯爱卿知我呀!"从此,便对伯嚭另眼相看。

王氏的一条性命换来了一代国君的名声,既荒唐又可悲。

要离强忍悲哀,一路向西北方向走去。他只能将悲伤化作力量,在心中默念着:不要辜负了自己,不要让妻子白白死掉!

一路之上,要离讨要为生。他见人便讲,逢人便说,使得人人皆知他的冤屈。

第二十三回 莽勇士收容刺客
杀庆忌要离反思

要离行了数日，这一天终于来到了卫国。他打听到庆忌的住处，便来到门外求见。守门的家丁一见要离个子矮小，而且衣衫褴褛，都没正眼瞧他，只是拿着棍棒往外轰。要离没有反抗，撒腿就跑开了。第二天，他照样去，苦苦哀求，说："我不远千里从吴国来，就是为了求见公子一面，请各位行个方便吧。"

家丁说："公子很忙，无暇接见客人。"

要离说："请各位通报一声，就说我不是一般的客人，公子定会相见。"

家丁一听就生气了，说："你当然不是一般的客人。第一，你不懂规矩，穿得如此破烂就来求见公子，实在是对公子的不尊；第二，你由吴国而来，万一是间谍，我们放你进去，岂不是害了公子？！你还是赶快回去吧！"

要离不气不恼，干脆坐在台阶上不起来。家丁轰他，他不走；棍打，也不走。家丁没有办法，只好由他在那里坐着。

要离心想："你既然不通报，难道庆忌就永不出门了？我一定要等到他！"

第二十三回 莽勇士收容刺客 杀庆忌要离反思

到了中午，太阳很毒，晒得要离迷迷糊糊的。家丁到了吃午饭的时候，便有人来替换。这两个轮值的家丁以为要离是讨饭的叫花子，便问："你吃饭了吗？"

要离颇受感动，想起自己已经两天不曾吃饭了，心里不由一热，眼泪都快流出来了。他说："好心的兄弟，我已经两天没吃饭了。但我并不是到这里来讨饭的，是来求见你家公子的。"

这两个家丁也很吃惊，心想："虽然求见公子之人颇多，但多数人都有身份。即使慕名而来，也都是仪表堂堂、威武不凡之人，这个小矮人既不像前者又不像后者，真是奇怪！"

其中一个家丁问："你从何而来？"

要离说："吴国。"

两个家丁一递眼神，对"吴"这个字都非常敏感，另一个家丁便问："你有何事求见公子？"

要离叹息一声，说："一言难尽啊！还请两位通报公子，我与他细细讲清。"

两个家丁看他的样子，估计在这里坐了不止一会儿，而是至少有半天了。要离的脸被晒得红黑红黑的，额头上直冒汗，眼睛都红肿了，两个人便产生了同情之心，其中一个人便进去通报了。

庆忌自从在伍子胥的箭下逃跑之后，便入了艾城（今江西永修）。他在那里集结勇士，招收兵卒，准备将来讨伐阖闾。但时间一长，他觉得单凭自己的力量，实在无法与阖闾抗衡，必须联络诸侯各国，才能有实力与阖闾较量，因此他又来到卫国。卫国国君见庆忌相貌剽悍，又同情他的遭遇，便允许他在卫住下，并以卫为基地，联络各国。

庆忌在卫国安顿下来后，开始招贤纳士，并派出说客分别去周围各国劝说国君，请求在他发兵讨吴时鼎力相助。

这天，庆忌刚刚用完午饭，正准备与几个心腹商议事情，家丁便进来说："公子，外面有一人求见！"

庆忌天天盼着勇士来，恨不得把天下的能人全都拉过来。他高兴地问："姓什么叫什么，哪里人士？"

家丁勉强笑笑，说："公子，这个人与平常求见之人有所不同。"

庆忌奇怪，问："哪里不同？"

家丁说："奴才也不想通报公子，但见他在门外坐了不止一个时辰了，心中怜悯，便进来通报了。"

庆忌是急性子，他听家丁答非所问，一声大喝，说："我问你话，你还没有回答呢，却说了这么多废话！"

家丁说："这人叫要离，由吴国而来，他相貌丑陋，身材矮小，衣衫褴褛……"

庆忌不等家丁说完，一听"吴国"二字，心里的火就不打一处来。他猛地站起来，一拍桌子，说："吴国之人为何来求见我？"

家丁说："奴才不知，他只说见了公子会细细讲清。"

庆忌在屋里转悠了一会儿，想了想，便说："让他进来！"

家丁跑出去，招呼要离，要离便随家丁进来。他进了屋，看见堂中之人，便惊呆了。只见这人红红脸膛，身高一丈有余，站在那里就像一棵古松，即使风吹雨打，也不能使之动摇。要离心里说："此人果然非同一般，难怪子胥言谈话语之中常露钦佩之意！"

第二十三回　莽勇士收容刺客　杀庆忌要离反思

要离双膝跪倒，说："小民要离叩见公子！"

庆忌一见要离也是一愣。此人不仅相貌丑陋，而且身材矮小，心想，像这样的人为何要来见我？

庆忌说："要离，你从何而来？有何事求见于我？"

要离又是叩头，说："公子，小民有冤啊！"说完，便倒在地上，假装昏了过去。庆忌立即命人取过凉水浇在要离身上。要离一激灵，抬起了眼皮。庆忌说："看你的样子又渴又饿，先用过茶饭再说！"

家丁下去片刻，便把饭菜和茶水端来。要离不顾其他，只是大口大口地吃起来。他人长得小，饭量却不小，一连吃了几碗饭，又喝了一碗汤。吃罢，他对庆忌说："谢公子赏饭！"

庆忌说："要离，刚才你说有冤，是何冤仇？难道与我有关？"

要离听到这儿大哭起来。庆忌赶紧命他止住哭声。要离便抽抽咽咽，万分委屈地说："公子，阖闾无缘无故砍掉了我的左臂，并且将我妻杀死，焚挂于城头……公子，小民实在是冤啊……"要离说到这里又大哭起来。

庆忌说："阖闾杀了你妻，并使你致残，这与我无关，你却千里迢迢跑到这儿来找我，这是为什么呢？"

要离说："公子，小民心里不服，气不过，想报仇但又无力，便想起了公子。我听说公子之父是被阖闾所杀，公子有志，要讨伐吴国，小民想助公子一臂之力，杀了阖闾，也能报了自己的冤仇。"

庆忌哈哈大笑，说："要离，你太小看我了。你以为我会相信你吗？你不过是阖闾派来的奸细，想诈取内情而已！"接着，庆忌对两旁家丁说："给我乱棍打死！"

要离不急不慌，说："慢来！"他将衣服脱掉，对庆忌说："公子请看，小民绝不会骗你！"

庆忌一看要离果然没了一只胳膊，心想："阖闾实在太毒了，竟然用苦肉计来我这里探听内情？！我偏不杀他。料定这么一个小矮人也成不了大事！"

庆忌说："要离，既然你说的是实情，那你打算以后怎么办呢？"

要离说："公子有朝一日讨伐阖闾，我可以为你做向导。"

庆忌说："好！既然这样，以后我们就是朋友，可以共谋讨伐吴国之事了！"

庆忌嘴上这么说，但心里仍不相信要离。两天后，他便派人悄悄去吴国探听消息，看看要离来卫到底是怎么回事。

数天以后，探子回来，悄悄报告庆忌，说此事吴国人人皆知，庆忌心中这才坦然了。这些天来，庆忌在与要离的交往中，也发现此人非同常人，貌虽丑却有才，并且对阖闾恨之入骨。庆忌正缺少这样的人。

这一天，庆忌对要离说："先生，你不远千里，投奔于我，实在令人感动。这些天来与先生接触，发现你对我确无二心，一心想助我成大事。我也敬佩先生的才智，所以，想请先生为谋士，不知先生意下如何？"

要离心中大喜，嘴上却说："公子，小民才疏学浅，怕是难以胜任。"

庆忌说："恐怕先生是看我兵微将寡，不肯屈尊吧？若是这样，先生可以另谋高就！"

要离急忙说："公子，小民不敢。我本是慕名投奔，今日

第二十三回 莽勇士收容刺客 杀庆忌要离反思

公子能够重用小民已不胜感激，何谈屈尊！只是……"要离说到这里忽然停了下来。

庆忌忙问："只是什么？请先生快讲！"

要离说："公子，我生来个小貌丑，出身贫贱，地位卑下，今又身残，所以常感自卑。若为公子重用，怕是你的朋友会因此而疏远公子！"

庆忌说："先生太多心了，我身边的勇士、大将皆是平民出身，个个勇猛善战且重义气。又何况，服我者近我，不服者远我。再说，我虽然招收了几千人，但吴人很少，他国之人，不敢认为心腹。所以，现在只有先生一人可以深信。"

要离跪倒，连连叩谢，说："谢公子抬举。今有公子如此贤德之人做依靠，杀阖闾一定成功！"

庆忌将要离搀起，沉思片刻，说："先生，关于复仇一事，我日夜思索，只是心有余而力不足啊！"

要离说："公子不是派出说客去各诸侯国请求派遣援军了吗？"

庆忌说："我在吴时，与楚在鸡父交锋，楚国便是吃了诸侯合兵的亏，人心涣散，不打自败，再加上吴有伍子胥出谋划策，所以鸡父一战，吴军大获全胜。现在我与阖闾的力量相比，很像当年楚国与吴国的情况，更何况吴国今又多了一个伯嚭，我就更难以取胜了。"

要离说："公子此言差矣。你现在联络诸侯靠的是你的智勇双全和各国的同情，并无强加之意，不像楚国以强欺弱，各国对他表面顺从而心中不服。另外，吴国现在虽然任用伯嚭和子胥，但阖闾实际上也是外强中干。"

庆忌不解，忙问："何谓外强中干？"

要离说:"公子有所不知,伯嚭乃楚国人,本无什么才能,哪能与公子相比呢?伍子胥确是吴国唯一的人才,只有他才能助阖闾治天下,但现在阖闾却疏远了伍子胥,因此吴国现在外强中干。"

庆忌心中暗喜,但仍不解地问:"子胥乃阖闾的恩人,却为何要疏远他呢?"

要离叹息一声,说:"子胥之所以对阖闾尽心尽力,是想借兵伐楚,以报家仇。可如今阖闾得了王位,安于富贵,根本不思为子胥报仇之事,子胥自然有怨气。我为他进言,只因言多语失,触怒了阖闾,便惨遭横祸。"

要离说到这里又号啕不止,庆忌连忙安慰。要离勉强止住哭泣,说:"公子,我有幸保住性命也是靠子胥周旋呢!否则,早就死在囚牢了!"

庆忌对要离深信不疑,便略带埋怨地说:"既然先生知道这么多吴国情况,却为何不早说呢?"

要离说:"公子,我初来乍到,怕公子不会相信。今见公子诚心相待,才敢说出实情。"

庆忌说:"既然如此,先生不必避讳,有什么话就直说吧!"

要离说:"公子,子胥早就慕你大勇,并对参与同室操戈之事深感懊悔,这次救我出来,一再嘱我,要看公子志向如何?若肯为他报仇,他一定在吴为公子做内应,以赎共谋杀死先王之罪。"

庆忌一听这话,便坐不稳了,心想:"此事若是真,自然是好。凭伍子胥的智谋,灭了阖闾,不费吹灰之力。可如果是假呢……"

第二十三回　莽勇士收容刺客　杀庆忌要离反思

庆忌这么一想，不由暗暗自语："当真如此？"

要离见庆忌有些疑虑，赶忙跪倒，说："公子，我不远千里而来，不过以为公子与我志同，想报仇而已，我为何要欺骗于你？公子若真的不信，看来我报仇也无望了，只有一死了之！"说完，他站起身，就要往柱子上撞。

庆忌赶忙拽住他的衣袖，说："我相信先生之言就是了，何苦求死？只是我忽然想起一事，心中疑惑。"

要离忙问："何事不解？"

庆忌说："伍子胥带人追我，追至江边，曾说过一句话。"

要离听到这里，心里略有些慌，因为子胥并未把这些事告诉过他，唯恐不能对答，露了破绽，忙问："什么话？"

庆忌说："伍子胥曾说要我不再回吴，以保我平安无事。难道这言外之意不是我若回吴，便是与他势不两立吗？！"

要离的脑子飞转。庆忌说完，他突然大笑着说："公子想错了！"

庆忌问："错在哪里？"

要离说："公子，恕我直言。伍子胥智勇不在你之下，但他爱慕你的才能，不忍杀你，更不忍看你日后落入阖闾之手。公子，子胥完全是出于保护你的目的呀！"

庆忌想了想，觉得要离说的话在理，便不再多想。庆忌兴奋地说："既然这样，子胥在吴为内应，先生又能为向导，看来阖闾必灭无疑！"

要离说："公子放心，这是自然的事。只是我觉得现在公子有一个疏漏。"

庆忌问："什么疏漏？先生请讲！"

要离说:"公子现在中原,而且联络诸侯各国也都是陆军。但若直奔吴国,就必须走水路,将来几万大军渡江,没有船只是不行的。因此依我之见,打造船只乃当务之急。"

庆忌拍手称是,又与要离商议具体事宜。要离说:"中原远离吴国,我们必须回到艾城,艾城在江边,便于我们行动。"

庆忌说:"先生,这些具体事情,你安排即可。"

要离说:"遵命。"然后便召集众将聚集一堂,共谋去艾城之事。最后决定,三天以后,大家动身,并且再派人去各诸侯国,告知驻扎艾城的消息,若搬来援军,可直接去艾城会合。

三天以后,庆忌率领三千人的队伍南下,数日之后便到了艾城。要离带人修治舟楫,庆忌训练士卒,三月之后,船已造好,只待各路援军到齐,便可顺流而下,直驶吴国。

又过了数日,庆忌所求援军陆续前来,人数多达一万。还有一些尚在路中,但庆忌却已经等得不耐烦了。

庆忌自从任用要离为谋士之后,感觉自己力量大增,而且又有伍子胥做内应,所以信心十足。这一天,他问要离:"先生,依你看,我们何时行动为妙?"

要离说:"依我们现在的兵力,虽不能与吴国相抗,但有子胥为内应,我们自然不必惧怕。只是还有几路援军未到,公子能否再等上几日?"

庆忌说:"再等下去,恐怕又要耽误不少时日。"

要离转了两圈,然后说:"公子既然心切,我们可留下小部分将士在此等候援军,其余大部先行一步,如何?"

庆忌一听,不由笑逐颜开,说:"先生之言甚合我意,就

第二十三回 莽勇士收容刺客 杀庆忌要离反思

这么办了!"随后,二人又选定了良辰吉日,决定五天以后从水路直驶吴国。

临行前一天晚上,要离偷偷焚香祈祷,求上天保佑他成功。次日,一万大军上船出发,要离与庆忌同乘一条船,在最前边行驶。一路上,庆忌显得很兴奋。一是眼看大仇将报,二是大王之位即在眼前。他只看到了胜利的希望,却忽略了身边的危机。

要离想想妻子尸体挂在城头之上的一幕,心里好不是滋味,再看看自己空荡荡的衣袖,又是一阵悲哀。他看看庆忌,心想:人的生死早有定数,休怪我无情!

要离心中这么一想,便命令水手加快船速。待这只船与后边的船拉开了一定距离时,忽然江中起了一阵怪风,船随着波浪颠簸了几下,险些翻倒。要离说:"真是天助我也!"

庆忌说:"先生何出此言?"

要离用手中长矛一指前方,说:"公子请看!"

庆忌回过头,目视前方,并未发现什么,刚想问个明白,要离已借风力将长矛直刺进庆忌后背。

庆忌并未喊叫,他一愣神儿,转过脸来,要离反而惊呆在原地。庆忌直视着要离,目光中含着疑惑。好大一阵工夫,他突然仰天大笑。这笑声震彻长空,与滔滔江水融为一体。

要离自知用力非小,庆忌肯定是活不成了。既然人很快就要死了,不如让他死个明白。要离说:"公子,我杀妻断臂,为的就是今日。你虽然勇猛过人,但你错就错在与你父亲有同样的毛病:轻信了身边的人!"

庆忌听了没有出声,也没有任何痛苦与悔恨的表情。他突然又是一阵大笑,说:"我堂堂一国公子,如今却死在一个残疾小儿之手，真让我死后无颜见祖宗啊！"他两眼圆睁，对要离怒目而视，眼睛里缕缕血丝仿佛就要崩断。庆忌猛地一伸手，把要离提了起来。要离双目紧闭，只等一死。

庆忌将要离换了个姿势，倒提在手，往江水中一摁，然后再提起来，如此反复三次。他突然想起了什么，便又把要离放下了。这时，后边的大军赶上来，将这只船围住。有几个大将跳上船来，就要杀要离。庆忌连忙拦住，说："不要杀他，敢杀我的人世上少有，一天内死两个勇士，实在可惜，不如放他回吴吧！"说完，他右手向后一伸，猛然将长矛拔出，便咽了气。

要离见此情景，心中甚是佩服，心想："自己虽然完成了夙愿，却杀死了一个勇士，再也无颜活在世上了！"

将士们见他愣在那里，有心杀他，替庆忌报仇，但公子有令，不好违抗，便对他说："公子既然放你生还，你就登陆而去吧。"

要离不答话，只顾落泪，然后说："我无脸活在世上！"

将士们不解，问他原因。要离说："我有三恶不能容于世，虽然公子让我走，我也不能走！"

将士问："哪三恶？"

要离说："杀我妻子而求事吴君，非仁也；为新君而杀故君之子，非义也；欲成人之事，而不免于残身灭家，非智也。我有这三恶，还有何面目立于世？！"

要离说罢，一声号啕，便投于江中。

众将士见此情此景，颇有悲壮之感，不忍再叫要离死去，便将他从水中救出。要离睁开眼睛看着大家，苦笑一声，说："你们为何救我？"

第二十三回　莽勇士收容刺客　杀庆忌要离反思

将士们说:"先生如此忠心事吴,回国后定有爵禄,何苦一死呢?"

要离突然仰天大笑,说:"我不爱家室性命,又何况爵禄?你们将我的尸体和公子的尸体带回吴国,阖闾定有重赏。"说罢,从将士腰间抽出剑,自断其足。

要离此时已完全失去了自制,就在庆忌还他生路的一刹那,他忽然觉得自己并非大智大勇,而是做了一件蠢事,使后人永世不齿。

要离恨自己不能快死,便又举剑刎喉,顷刻间血流如注,气绝身亡。

要离杀庆忌

第二十四回 假辞官要挟吴王
真相知义请孙武

众将士见主将已死,一时大乱,有的弃舟登岸回乡,有的回国,还有多半人愿意投吴,便载庆忌和要离之尸顺流而下,直抵吴国。

吴王阖闾闻报,率众臣在城门外迎接降卒。他是既喜且悲,喜的是庆忌已死,消除了心头之患;悲的是要离这样的勇士,世上少见,却自裁而死。

阖闾重赏降卒,并将他们安置于军营。然后以上卿之礼,厚葬要离于阊门之下。众人不解,问其缘由。阖闾说:"难得如此又勇又忠之臣,让他为吴守门吧!"之后追赠其妻,并将要离与专诸一同立庙,岁时祭祀。又以公子之礼,葬庆忌于王僚之墓侧。当时有人说:"阖闾杀了王僚,又杀庆忌,却又厚礼葬此二人,这等道德贤明皆为虚意!"

吴王阖闾自此以为江山牢固,国中无忧,可安于富贵淫乐。这对历朝历代的帝王而言本不足为奇,但却急坏了伍子胥。

伍子胥与伯嚭同病相怜,二人常常为不能复仇而焦虑不安。这一日,二人来见阖闾。阖闾后宫的王姬和李姬貌美无比，风流迷人，阖闾视若珍宝。

伍子胥与伯嚭进了后宫，见这二姬正以妖媚之态与阖闾调戏，子胥心中暗自慨叹，但今日的大王已不是往日的公子光，有些话不能直言，对此情此景也只能视而不见。他施礼说："大王，臣有本要奏。"

阖闾一副很无奈的样子，让二姬退入内室，问子胥："爱卿何事要奏？"

子胥说："臣想辞官回乡，再次耕作于从前同小主芈胜所住的田园，望大王恩准。"

阖闾没有想到伍子胥会有这种想法，他愣了一会儿，便有所悟，说："伍爱卿，寡人幸蒙你指教，方有今日。如今强国图霸还有赖于爱卿，爱卿却为何中途忽生退志？"

子胥说："臣受命于大王，灭王僚，除庆忌，如今大王可以安享君位，臣愿已了，安度余生也就知足了。"子胥说着便落泪了。

阖闾心里嘀咕：好一个狡猾的伍子胥，有话不直说，偏偏拐弯抹角，别以为我不懂你的心思。阖闾站起身，并不说话，只是在房中来回踱步，故作思考之状。子胥知其心态，便又催促说："大王，臣恳请恩准！"

阖闾仍不语，子胥又说："大王，臣恳请恩准！"一连几声，阖闾终于忍不住了，说："伍爱卿，寡人知你心思，何苦以辞官相挟？"

子胥赶忙跪倒，说："大王，微臣怎敢要挟大王？！想必是大王误解微臣了！"

阖闾面带不悦，说："伍爱卿，寡人没有误解你，你难道不是怨寡人没有给你报仇吗？"

第二十四回 假辞官要挟吴王 真相知义请孙武

子胥连连叩首,说:"大王,微臣不敢有怨。大王日理万机,国事繁重,却日夜想着为臣报仇之事,微臣已经感激不尽了。"说罢,号啕不止。

伯嚭一见此情,连忙跪倒叩首,哭泣着说:"大王,如今国中安定,祸患皆除,而微臣的冤仇何时能报哇?"接着,也连声痛哭。

阖闾连忙劝解。子胥方停,伯嚭又哭;伯嚭方止,子胥哭声又起。一下子闹得后宫凄凄惨惨,令人好不伤心。

阖闾忽然正色道:"寡人欲为二卿出兵,命谁为将?"

二人止哭,齐声说:"臣愿往!"

阖闾这句话是伍子胥与伯嚭逼出来的,但一国之君既然已出此言,便不好收回了。强国图霸,阖闾并不是不想,但因楚国兵多将广,唯恐不是对手;又因子胥和伯嚭皆为楚人,只顾报仇,未必对吴尽心,所以他迟迟未动。

子胥是聪明之人,早已得知阖闾之意,便说:"大王,微臣虽然伐楚报仇之愿已有多年,但这毕竟只是原因之一。微臣一生幸蒙大王重用,早有助大王强国图霸之心,大王不必多虑!"

伯嚭也连忙说:"大王,只要能助吴国称霸于天下,微臣万死不辞!"

阖闾转忧为喜,说:"吴国图霸大业全仗两位爱卿了!只是,我国兵力不及楚国……"

子胥又进言说:"大王不必忧虑,微臣推举一人,保证霸业能成!"

阖闾忙问:"何人?"

子胥说:"此人姓孙名武,吴国人。"子胥说到后半句时，故意加重了语气。

阖闾一听是吴人，甚为欣喜，便问："此人才能如何？"

子胥说："此人精通韬略，有鬼神不测之机，自著兵法十三篇。现在此人隐居罗浮山，世人不知其能。大王若得他为军师，定能得天下！"

阖闾十分惊喜，说："爱卿既然这么说，赶快将孙武召来，让寡人一见！"

子胥说："此人不重仕途，不重金银，恐怕很难请到，但微臣愿意一试。"

阖闾立即吩咐宫人备足盘缠、挑选骏马，供子胥次日去罗浮山使用。

孙武自幼喜欢研究兵书战策，成人以后，为避免琐事干扰，独自一人上山隐居，潜心专攻兵法，一住就是二十年。他著有兵法十三篇：一为始计篇，二为作战篇，三为谋攻篇，四为军形篇，五为兵势篇，六为虚实篇，七为军争篇，八为九变篇，九为行军篇，十为地形篇，十一为九地篇，十二为火攻篇，十三为用间篇。

自从这十三篇兵法著成以后，孙武希望能晓于世人、流传后代。但他苦于没有找到能人，所以，这十三篇兵法一直未为世人所见。

一日，伍子胥为阖闾到各地访贤纳士，便来到了罗浮山。罗浮山青藤蔓延，绿树密布，山中弥漫着一股灵气。

子胥攀藤而上，快到山顶时，发现一个山洞，看样子似乎有人住过。子胥好奇，近而视之，里面果然堆满了竹简，他眼前一亮，自语说："难道这里住着仙人隐士吗？"说着，便进

第二十四回 假辞官要挟吴王 真相知义请孙武

了洞内。

洞口朝南,有两丈之高。洞内大如堂屋,有一套铺盖,十分整洁。一块大石平整光滑,做了书案,堆着竹简,旁边还放着一个刻字尖刀。一壶茶似乎刚刚沏好,还冒着热气。子胥料定主人不会走得太远,便坐下来等候。

人生相识都是缘分。子胥来到洞中,并不觉得陌生,如到家一般,顺手拿起茶壶,便饮了口茶。他随手翻看着案上的竹简,越看越惊讶,心想:真是深山藏能人哪!随后,子胥一口气将竹简全部看完。

子胥一直不见主人到来,便信步走到洞外,却隐约听见有号令之声。他心中疑惑,顺着声音走过去,来到一块空地。

只见空地上有一男子,中等身材,四十岁左右。他或起或蹲,正摆弄着一排又一排的石子,口中喊着号令,神情严肃,俨然一位指挥打仗的主将。

子胥看他认真的神态,不忍心打断,便在一旁观看。

这个人便是孙武。他发现子胥站在面前时,不由惊讶地问道:"请问哪路仙人到此?"

子胥拱手施礼,说:"我哪是什么仙人?我姓伍名员,字子胥。请问先生尊名?"

孙武虽然隐居山中,却并非与世隔绝。他早就听说过子胥之名,今日一见这等风采,心想:果真名不虚传!

孙武说:"我姓孙名武,居于此山,能与先生一见,不胜荣幸!"

二人一见如故,都有似曾相识之感。当夜,二人谈至月上中天。子胥深深钦佩孙武的才华,要举荐他到吴为官。孙武说:"先生,我虽潜心研究兵法,却并不想以此取悦君王,更不想求荣华富贵,只求这十三篇兵法能流传于世,为人所用。"

子胥说:"难得先生如此超脱。先生此愿,我可代你完成,把这十三篇兵法献给吴王,公布于世,如何?"

孙武说:"多谢先生。但我这十三篇兵法并不完善,我还要修改一段时间,先生日后来取便是了。"

从此,孙武又对十三篇兵法深入研究、反复推敲,只待子胥来取。

这一天,子胥来到罗浮山,见了孙武,二人叙过久别之情,孙武问:"伍先生,此来何事?"

子胥说:"我奉大王的旨意,请先生出山。"

孙武说:"多谢先生推举,我的十三篇兵法现已整理完毕,请先生指教,并呈吴王御览。"

子胥说:"先生,我此来是请你下山与我共事吴王,以图吴国霸业。"

孙武说:"伍先生,我无志仕途,不图名利。二十几年来,只是盼着能有能人将此兵法广布于世,也就了了心愿,并无他求。"

子胥说:"先生此言差矣。若无先生亲临阵前指挥,先生所著兵法该如何运用?"

孙武说:"这正是我苦等之意。以先生之才,熟读之后,定能运用自如。"

子胥说:"先生,你苦熬苦等了二十多年,盼的就是兵法问世,功德后人,却为何临阵不前?这岂不是先生一生的遗憾?!再说,我才疏学浅,兵法中的奥妙并不能一一掌握,如

第二十四回　假辞官要挟吴王　真相知义请孙武

何运用？"

孙武说："伍先生过谦了。我实在不愿卷入尘世是非之中。我决心已定，先生快快带着兵法下山吧！"说完，便不再理睬子胥。

子胥见孙武如此固执，知道一时劝不了他，便在罗浮山住了下来。

子胥一住就是十天，十天中他闭口不谈兵书之事，也不提请孙武下山之事，只是独自一人长吁短叹，偶尔赏赏野花芳草，或是看看飞禽，或是打猎行乐。

子胥的这一招可把孙武憋坏了，他不知子胥心里是怎么想的，只在他身后跟着转悠。这样转眼一个月就过去了，孙武到底先开了口，说："先生，你为何不下山呢？"

子胥稍做沉思，反问说："我为何下山？"

孙武说："下山向吴王交差呀。"

子胥又问："拿什么交差？"

孙武说："十三篇兵法。"

子胥哈哈大笑，说："孙先生，大王要的是孙武这个人，而不是十三篇兵法。"说到这里，便一声长叹。

孙武说："伍先生连日来常常叹息，难道是为此事发愁？"

子胥说："兼而有之。"

孙武问："这话怎讲？"

子胥说："我身为伍家人，父兄之仇不能报；身为吴臣，大王重任不能担，此实为不忠不孝！如今孙先生不肯与我下山，我却有何面目再见世人？莫如与先生在这深山之中苦守十三篇至死吧！"说罢，以袖拭泪。

孙武听子胥这么一说，心里很不是滋味，反倒劝他说："伍先生有盖世才能，早已名传天下，如今要枯守深山，岂不是埋没了才华？另外，你既有深仇，又有大志，更不该如此沉沦，否则，他人更要说你不忠不孝！"

子胥冷笑一声，说："孙武，别人说我不忠不孝尚可，唯独你没有资格！"

孙武愣在那里，问："伍先生为何发怒？"

子胥说："孙武，我是不忠不孝之人，你乃不忠不义之辈，你我并无大异，何苦责备我？"

孙武纳闷，说："我如何不忠不义？"

子胥说："你身为吴国臣民，不为吴国图霸大业而尽匹夫之责，此乃不忠；你我一见如故，既为知己，却不能急朋友之所急，宁肯见我深仇不能报，也不肯助一臂之力，此乃不义！"

孙武被子胥的话堵得哑口无言，便在那里愣了半晌，不知如何是好。

当夜，二人无话，各自想着心事，辗转难眠。清晨，孙武似睡非睡、迷迷糊糊地休息片刻，一睁眼，太阳早已升起。他一瞧子胥不见了，走到洞外，仍不见踪影。孙武坐下来，又想起了昨天的对话，心想：伍子胥绝非凡人，不仅能忍辱负重，而且机智善辩，能与此人为伍同道，定能够有所长进！

孙武经过一夜思索，终于转过弯来，改变了原来的主意。他等待子胥回来，准备将心意一吐为快，却不见了子胥的踪影。他忽然心思一动，说声"不好"，便回至洞内，发现十三篇兵法也已不见。孙武自语道："好聪慧的子胥！"说罢，匆匆收拾行装，下山而去。

第二十四回　假辞官要挟吴王　真相知义请孙武

子胥见孙武一夜不睡，便知其心有所动，若是醒后不见了十三篇兵法，自然会下山寻找，这样即使不想下山，也只能下山了。因此，天刚亮，子胥便悄悄起身下山而来，他行至半山腰，坐下静候孙武。

孙武一路急追，见了子胥，二人相视片刻，而后哈哈大笑。

子胥笑着说："先生是来索兵法的吧？"

孙武说："子胥，我知道你的厉害了！"

二人又是一阵大笑，声震山谷。

伍子胥与孙武下山后日行夜赶，来到吴城。阖闾一见孙武，果然气度不凡，再观十三篇兵法，确有通天彻地之才，心中甚是喜悦，便说："我吴国又得一盖世能人。只是这兵法十三篇……"

子胥见阖闾面有难色，便问："大王，今日喜得良才，还有什么忧愁？"

阖闾说："寡人并不是有什么忧愁，而是想见见孙先生操演兵法。只是军队多在边关……"

孙武说："大王不必担心。臣的兵法不仅适用于男兵，也可适用于女兵。只要她们服从军令，便同样可以上阵打仗。"

阖闾听了，鼓掌而笑，说："先生之言恐怕太过了，天下岂有妇人操戈习战？！"说罢，笑个不止。

孙武等阖闾不笑了，才说："大王若以为臣言有过，请将后宫侍女交于臣一试，如果不行，臣愿领欺君之罪！"

阖闾见孙武如此认真，便说："既然真有可能，不妨明日在演武场一试。今日先生旅途劳顿，先休息去吧。"

宫人领着孙武到驿馆下榻,子胥也跟了进去,说:"孙先生,妇人果然可操戈打仗?"

孙武说:"当然,只要她们服从军令,绝不会逊于男子。"

子胥听罢,想了想,说:"这就好办了。"

孙武不明其意,问:"先生此话何意?"

子胥说:"先生挑选宫女,是否同挑选士卒一样,要选出队长?"

孙武说:"正是。"

子胥说:"自古帝王都因贪重美色而荒废朝政,乃至失国。而宫中之事乃大王家事,大臣不好插手。因此,我想借先生演武之机,教训一下大王的宠姬,先生意下如何?"

孙武说:"难得先生对大王一片忠心,请详细讲与我听听。"

原来,王姬和李姬最受阖闾宠爱,二人不仅妖媚惑主,而且荒淫无度,整日陪伴着阖闾饮酒作乐,致使阖闾常常不能早朝。子胥早就对此二姬有怨言,但为臣下,不便直言,今日一听孙武要选宫女训练,便想借机教训一下她们,让阖闾有苦难言。

子胥在孙武耳边低语,孙武连连点头,然后说:"请伍先生放心。"子胥这才离去。

第二十五回 除内患孙武献策　围舒城掩烛捐命

阖闾召了三百宫女到演武场，让孙武检阅。孙武说："大王，臣还有一求，不知大王能否同意？"

阖闾说："请先生明讲。"

孙武说："请大王选出两名宠姬作为队长，三百宫女才能听从号令。"

阖闾一笑，说："这有何难。寡人最宠的就是王姬和李姬，让她们做队长如何？"

孙武说："只要大王舍得，这当然好了。"

阖闾说："这有何舍不得！这两位爱姬甚是聪慧，定能很快训练出来。只是请先生对二姬多加关照，她们如寡人的性命一般。"

孙武说："可以。臣还有一求。"

阖闾说："先生尽管说。"

孙武说："现在虽是演武，但为了严明军纪，请大王赐我生杀大权。"

阖闾说："寡人准你。"

孙武谢过阖闾之后，又从宫女中选出一人为执法、二人为军吏，主传谕之事；又选数名力士，充为牙将，执斧锁刀戟，列于坛上，以壮军容。

孙武挑选完毕，吩咐三百宫女排列整齐，分为两队，等候队长王姬和李姬前来。众臣和三百宫女等了有一个时辰，才见二姬乘车姗姗而来。

二姬下了车，看都没看一眼孙武，便朝阖闾走来，娇滴滴地说："大王，召臣妾何事呀？"

阖闾一见二姬，眼睛立即眯成一条缝，一手挽一个，说："爱妃，先见过孙先生再说。"

孙武见此状，实在心中生厌，但他不得不跪下叩拜，说："孙武叩见王妃！"

二姬抬起头，看了看孙武。因为孙武穿得朴素，一身书生气，二姬不屑一顾地说了句："平身。"

阖闾又说："两位爱妃，孙先生要操练女军，寡人想请两位爱妃做队长，你们意下如何？"

二妃一听，哈哈大笑，一边笑还一边用手捶打阖闾，撒着娇说："大王，天下哪有女人为军的，再说就凭孙先生弱不禁风的样子，能训练军队？！"说罢，又是大笑。

众臣把这一切看在眼里、恨在心里，但慑于阖闾的君王之权，只敢怒不敢言。此时，孙武心想：难怪子胥有惩处她们之意呀。

孙武对阖闾说："大王，两队宫女等候多时了，快请两位王妃归队吧。"

阖闾依依不舍地说："两位爱妃，从现在起，你们必须服从孙武先生的命令，不可任性。军中可不像寡人的后宫啊！"

二姬笑笑说："大王，军中怎么了，军中也该听从大王的呀！"说着，媚眼乱飞。

阖闾虽为一国之君，但碍于众臣的面子。也只得催促二人归于队中。

孙武说："王姬为左队队长，李姬为右队队长，现在我将军法向两位讲述一遍，仔细听清。一、不许混乱行伍；二、不许言语喧哗；三、不许故违约束。明日五更，披挂整齐，结集三百宫人到演武场操演。两位听清了没有？"

二姬倒也十分好奇，轻佻地说："是！小妃遵命！"

孙武看着她们的样子，恨不得立即将她们斩首。

次日五更，三百宫女齐到演武场，执法等人列于坛上，阖闾与众臣登上望云台观看操演。

三百宫女全部身披甲胄，头戴兜鍪，右手持剑，左手持盾。王姬和李姬顶盔束甲，充作将官，分立两边，静候孙武升帐。

孙武亲自用墨绳在地上画出墨线，布成阵式。宫女们从未见过，心中十分好奇，就连众臣和阖闾也不知孙武要干什么。

孙武画完线，令两队宫女站在线中，又命传谕官将两面黄旗交于二姬，让她们手持旗子分别站于队前，宫女随其后，五人为横，十人为纵。之后，又教授操演规则，说："各队要步迹相继，随鼓进退，左右回旋，寸步不乱。现在两队伏地听令！"

两队宫女一听伏地听令，更是奇怪，一声令下，都迟迟疑疑不肯趴下。孙武又是一声令，她们不得不趴伏地上。

孙武见三百人全部趴下了，便又传令："闻鼓声一通，两队齐起；闻鼓声二通，左队右旋，右队左旋；闻鼓声三通，各拔剑为争战之势。依次重复，听见鸣金之声，然后敛队而退。"

宫女心里一阵阵好奇,又听孙武说了一堆令她们莫名其妙的话,便都掩口嬉笑。

这时,鼓吏高声喊:"鸣鼓一通!"

令下鼓声响起,宫女们实在控制不住了,嬉笑个不停。有的干脆趴在地上笑得站不起身来,有的坐在地上看热闹,只有少数人站了起来。整个队伍十分混乱。

孙武一看,十分气恼,但他强压怒火,说:"再击鼓!"

鼓吏又喊:"鸣鼓一通!"

鼓声更大,众宫女更是乐得前仰后合,有的还离开了队,勾肩搭背地笑。

孙武气得走出大帐,亲自击鼓,并且重申军法。宫女仍是嬉笑不止。王姬和李姬一边摇着旗子,一边大笑。孙武双目圆睁,对宫女们怒目而视,高喊:"执法何在?"

执法官答道:"在!"

孙武说:"约束不明,将之罪也。既已约束再三,而士不从命,士之罪也!于军法当如何?"

执法官答道:"当斩!"

孙武说:"士众难以尽诛,罪在队长!"接着又大喝一声:"力士何在?"

力士上前跪倒,说:"在!"

孙武说:"将两个队长斩首示众!"

别说是大王的宠妃,即使是一般宫女,力士和牙将们平日也不敢得罪,但今日见孙武怒目而视之状,甚是吓人,军中之令,违者斩首,谁敢不听?!

二姬被绑上了,但她们毫无惧色地对孙武说:"原来孙

第二十五回　除内患孙武献策　围舒城掩烛捐命

先生发怒，倒也有大丈夫之气呀！你要把我们二人绑到哪里去呀？是交于大王处治吗？"

孙武说："休得胡说，你们违抗军令，大王也救不了你们。"

二姬见孙武来真的，杏眼圆睁，大骂道："孙武，你竟敢绑缚王妃，要反了吗？待我们禀告大王，定叫大王砍了你的狗头！"

孙武不与她们讲话，只大声发令："斩！"

此时，二姬真的害怕了，众宫女吓得大气不敢出。阖闾在望云台上见此情景也慌了神，他四顾左右找伍子胥，伍子胥早已躲了起来。伯嚭见阖闾慌张的神色，便赶紧过来，阖闾在他耳边低语了几句。伯嚭下台，一路喊着"刀下留人"，大步向孙武跑来。

伯嚭将阖闾的原话讲给孙武。阖闾之言是："寡人已知先生用兵之能，但此二姬为寡人巾帼，甚适寡人之意，寡人若失此二姬，将食不甘味，请先生赦之。"

孙武听罢，说："军中无戏言。臣已受命为将，并有生杀大权。虽然是君命，也决不相从。如果徇君命，而放过有罪之士，何以服众？！"

伯嚭连连劝解，孙武执意要斩。二姬此时傻了眼，使劲呼唤"大王"。孙武一声令下："速斩二姬！"

王姬和李姬就这样死于军前，三百宫女吓得大气不敢出，个个战栗失色。

孙武又从队中选出身高体壮者二人，为左右队长，重新排好队，再次申令击鼓。一通鼓响，两队起立，齐刷刷的，如刀裁一般；二通鼓响，左队右旋，右队左旋，动作整齐，无一懈怠者；三通鼓响，两队各自持剑，作争战之势。就这么着回旋往来，皆中墨迹，不差分毫。操演过程中，自始至终，寂静无声。

时近中午，孙武报告阖闾说："兵已整齐，愿大王下台观看。"

阖闾坐在那里脸色煞白，一言不发，只说了句："回宫！"

自从王姬和李姬死后，阖闾真的食不甘味，整日闷闷不乐，对孙武更是冷若冰霜，话里话外便有了厌烦之意。

子胥不忍失去孙武这一良将，便对阖闾说："大王，微臣知道你思念王妃，整日郁郁寡欢，但千万不可因此而伤害身体，以免耽误了大事呀！"

阖闾不言语。子胥又说："大王，臣有一事想请教，不知当讲不当讲？"

阖闾有气无力地应了声。子胥说："臣有一比，比如大王两只手，一手是王妃，一手是图霸大业，请问大王哪只手分量重？"

阖闾说："爱卿此意寡人明白，但寡人既图霸业又要美人，有何不可？"

子胥说："大王，天下美色如云，而良将甚少。若失良将，则失王之霸业呀！"

阖闾不置可否。子胥又说："臣听说'兵者，凶器也'，绝不是虚谈。一军之中，如果主将不力、军令不行，军纪必乱。大王欲征楚而称霸天下，正需孙武这样的良将。此人有乐毅之能，正是军中必不可少之人。大王若因二妃而失孙武，无异于爱莠草而弃嘉禾呀！"

这一番话劝得阖闾终有所悟，阖闾便立即召孙武上殿受封。

第二十五回　除内患孙武献策　围舒城掩烛捐命

孙武来到大殿，跪倒叩拜，说："大王召臣何事？"

阖闾说："寡人欲图霸业，正缺你这样的人才，寡人封你为上将军，号为军师，你看如何？"

孙武并不谢恩，只是说："我为吴国臣民，又蒙大王厚爱，自然要为吴国效力。只是我虽著有兵法十三篇，但从未实践，无异于纸上谈兵。这军师之称，臣不敢当。"

阖闾见他客气，便反问道："依爱卿之见，军师由谁担任合适呢？"

孙武说："伍先生曾经与大王征战疆场，屡战屡胜。真正无愧于军师之称的正是伍先生啊！"

子胥一听，赶紧说："孙先生过奖了，我怎能与你相比呢？先生的十三篇兵法，堪称前无古人后无来者，这军师之职正该由先生担任才是啊！"

二人在大殿之上相互谦让，阖闾一见争持不下，便说："两位爱卿不要谦让了，寡人命你二人共同扶助我图霸大业，同为军师，如何？"

伍子胥和孙武无话可讲，便齐声说："谢大王！"

阖闾请两位军师平身，并赐座，共商伐楚之事。

孙武献策说："大凡行兵之法，必先除内患，然后方可外征。"

阖闾忙问："难道吴国还有内患吗？"

孙武说："大王虽杀庆忌，但臣闻掩余在徐，烛庸在钟吾，对大王皆有怨心，今日进兵，必先除掉此二人，才可西伐。"

阖闾觉得言之有理，便问子胥说："伍爱卿觉得此计如何？"

子胥说:"回禀大王,孙先生之言极是。"

阖闾便依孙武之计,先除掩余、烛庸。阖闾以为徐与钟吾皆小国,只派了两个使臣前去索捕,想这两国之君必不敢违抗。然而事出所料,两国之君不忍掩余、烛庸被杀,偷偷将二人放走。二人径直投奔楚国,楚昭王大喜,说:"两位公子对吴怨念必深,正值穷途,我定会厚待你们,以后希望为楚效力。"于是,楚昭王请二人居于舒城,并命二人练兵御吴。

阖闾见使臣回来十分沮丧,便询问事情真相。阖闾听后大怒,说:"徐和钟吾这等小国也敢违命不从,私放掩余、烛庸,如果不灭二国,定会让天下人耻笑,还何谈称霸天下!"

阖闾又请教两位军师:倘伐二国,又如何用兵?

伍子胥和孙武最后商定:一人领兵灭徐,一人领兵灭钟吾,尔后在舒城会合,杀掩余和烛庸。

阖闾依计,给二人点齐精兵各一万,即日出发。

伍子胥领兵伐徐,徐君一见大敌当前,知道不是子胥对手,便丢下宫城,从北门溜走,奔往楚国。城中将士和百姓见一国之主逃之夭夭,便大开城门,欢迎子胥进城。

孙武领兵伐钟吾,钟吾之君亲自领兵出战,被孙武一戟击于车下,做了吴国俘虏。众将士见大王被掳,只好投降。

半月之后,伍子胥与孙武在舒城会合,大军将舒城围得水泄不通。

舒城的将士也不过一万人,如何抵抗两万之众?再有,掩余和烛庸一听是子胥亲自领兵,心里先害怕了。再加上一个孙武,他们虽不曾见过,料想此人也非同一般。他们不敢应战,只是坚守不出。

孙武见二人不出城应战,便与子胥商量了个办法。

第二十五回 除内患孙武献策 围舒城掩烛捐命

次日，子胥和孙武驭车来到城头下，孙武高喊："城上的守军，请回禀掩余、烛庸两位将军，就说孙武与伍子胥请他们出来答话。"

守门军听见了，回府禀报掩余和烛庸。

掩余和烛庸每天听着外面讨战之声，又怕又烦，所以整天不出府门，将门窗关闭，弄得手下将士难得与他们见上一面。

守门军跑进府来，在门外禀报："伍子胥和孙武在城下求见。"

二人听说不是要他们出门应战，而是求见，认为其中有诈，便说："不见！"

守门军走了。工夫不大，又回来说："伍子胥和孙武再次求见。"

二人仍说："不见！"

这样往返了几次，掩余和烛庸很不耐烦了，对守门军断喝一声，说："不见就是不见，不必再回来禀报！"

守门军只好回去。整整一天，烛庸和掩余闭门不出。到了次日，想出门透透风，不料守门军又跑来说："大人，伍子胥和孙武仍在城下求见，他们说要与大人议和。"

二人一听，心想：议和之事倒让人觉得稀奇。伍子胥忠于阖闾人人皆知，岂能与我议和？一定另有名堂！

掩余问守门军："这二人身边有多少随从？"

守门军说："只有他们二人，其余大军仍在五里外大营驻扎。"

掩余和烛庸自以为聪明，便说："咱们在城头之上与他们见上一面吧。"

二人登上城头，见城下果然只有伍子胥、孙武二人。掩余说:"伍先生刚才可是让守门军传话,说要议和?"

子胥说:"正是如此。"

烛庸说:"伍子胥,你与楚有不共戴天之仇,却为何与楚兵讲和?这样不仅不忠于阖闾,而且又将落个不孝之名!你别以为自己很聪明,我们不会上你的当!"

子胥说:"公子此言差矣。我的仇人乃楚平王和费无极,如今二人自食恶果,不等我亲自动手,早已命赴黄泉。纵然有仇,我此生将不能报了!现在我们奉阖闾之命前来拿你,其实是想暗中投奔公子,以赎谋先王之过呀!"

掩余和烛庸虽不信此话,却想顺水推舟,掩余说:"你既有此心,以何为证?"

子胥说:"以苍天为证。"

二人大笑,说:"苍天在何方?我们眼不能见、手不能触,我们要的是人证!"

这时,孙武开口说:"我可做证!"

掩馀和烛庸看了一眼孙武,说:"你就是孙武?"

孙武说:"正是。"

掩馀说:"我们与你素不相识,你怎么做证?"

子胥说:"两位公子,此人研究兵法十三篇,有神鬼莫测之功。他想以此献于楚昭王,请两位公子引荐,昭王定能封赏两位。难道这样的人证、物证还不足以表示我们议和之诚吗?"

掩余和烛庸倒是心有所动,心想:即使其中有诈,仅此二人进城,料也无妨。想到这里,二人齐声说:"两位既有此诚心,可否独自进城,将兵法献给我们先读为快?"

子胥和孙武立即应允。掩余和烛庸以为即使兵法之事有

第二十五回　除内患孙武献策　围舒城掩烛捐命

诈，议和之事也为虚谈，但只要二人进了城，主动权就掌握在他们手里了。把这二人献给楚昭王，岂不是大功一件？！吴兵没了首领，纵然人多势众，也不战自败。伍子胥和孙武恰恰是利用了他们的这种心理，才使得城门大开。就在打开城门的一瞬间，只听一阵战鼓之声，不知从哪里冒出来的吴军，以迅雷不及掩耳之势冲进城门。

掩余和烛庸惊呆了。然而在这性命攸关的时刻，他们不仅不合力对敌，反而彼此埋怨，你一言我一语地咒骂起来。

原来，孙武察看了城外地势，这里丘陵参差不齐，正是藏兵之所。他与子胥暗暗命令几百将士乘夜间潜伏在城根下。这样，城头守军只顾看远处，绝不会想到吴军就在脚下。又有一部分士兵分别藏于附近的土坑、树林中，只留部分将士守住大营，并且让他们走来走去，以引起城头守军的注意。

吴军冲进城门，城中将士毫无准备，掩余和烛庸无心征战，只想借机溜走。伍子胥和孙武早就盯住了他俩，一直跟着他们跑出城外。子胥在后面断喝："掩余、烛庸！别跑了，你们还能逃走吗？！"

二人一回头，只见孙武莫名其妙地从袖中抽出一面黄旗，在手中晃了晃，二人不解，扭头还想跑，却已经被围得水泄不通了。二人心想：莫非遇上天兵天将了？

其实，这些人只是营中守军，他们是专等着捉拿掩余和烛庸的，见孙武黄旗摇动，一齐持戈向前，这两位公子只好束手就擒。

掩余和烛庸被擒，楚军士气大减，一阵混战，楚兵死伤无数，幸存者也都降了吴军。按照阖闾的命令，伍子胥和孙武将掩余和烛庸立即斩首，然后率大军和降将凯旋。

第二十六回 弃红尘孙武引退
             伐楚君晋国联兵

伍子胥与孙武率众将班师回朝，阖闾重赏二人，并犒赏三军。正在群臣恭贺胜利的时候，有人来报："郊外有几千人，说是投奔吴国而来。"

阖闾和众臣都莫名其妙，便问门军："这些人是百姓打扮，还是将士装束？"

门军说："将士装束。他们口音不同，好像中原人居多。"

阖闾说："先让首领上殿。"

工夫不大，守门军将首领带了进来。阖闾问他："请问将军哪里人，为何来吴投靠？"

那个人说："大王，我们这五千人本是中原曹、薛二国之兵，贵国公子庆忌欲讨伐大王，他带兵先行，我们落在后面。行至途中，闻公子已死，众将士有的回国，有的回乡，有的无路可走，听说大王宽厚待人，所以便集结投奔。"

阖闾哈哈大笑，心想："看来吴国已深得民心，西征楚国必胜无疑了！"

阖闾请五千将士进城，给予重赏，并将他们编入行伍。之

第二十六回　弃红尘孙武引退　伐楚君晋国联兵

后,阖闾对子胥、孙武说:"两位爱卿刚刚大获全胜,共俘楚军五千。再加钟吾、徐国之兵,已近两万人。又有中原兵将来投。现在国中士气正高,依寡人看,不如乘胜直取郢城,两位爱卿意下如何?"

孙武说:"大王,此事应该细细商议!"

阖闾问:"难道还有什么不妥吗?"

孙武说:"我军虽然斗志很高,但离楚路途遥远,楚军以逸待劳,于我军不利。"

阖闾点头称是。伍子胥说:"现在楚国虽然兵多将强,但大多数为贪庸之辈。大王若出三师以扰楚,定能削弱楚国锐气。"

阖闾急问:"何谓'三师扰楚'?"

子胥说:"我出一师,楚必大军皆出,他出我则退;我再出另一师,楚必又出,他出我则又退;我再出第三师,楚军已疲,我军定胜无疑,这就是以寡胜众、以弱制强的道理。"

阖闾与孙武及众臣皆点头称赞子胥。阖闾依计点齐三万兵卒,准备择日出发。

三万大军浩浩荡荡出了吴国,子胥与孙武共同指挥作战。大军抵达楚境,楚人见队伍庞大,将士众多,急忙回报郢城,郢城闻说吴国三万大军压境,也派精兵三万驰援边境。谁知等他们到达,吴军早已退去。如此往返三次,楚军都疲乏了,怨声四起。这时,吴军突然出兵攻楚,一连攻破六座城池,获战俘近两万人。

子胥与孙武见将士劳疲,便率大军班师回朝。

这一战,虽然是在边境,但楚昭王还是被吓得不知所措,朝中大臣也无不惊慌。阖闾却因此神采飞扬,称霸之心日益强烈。只是子胥与孙武虽大获全胜，却不敢骄傲自大。

阖闾为了扩大势力和增加兵力，便遣使与相邻的越国商谈从越国征兵之事。

越国与吴国一直友好往来，这次越国国君允常却没有答应阖闾的要求。阖闾大怒，欲谋伐越。

孙武说："大王，臣观天象，今年岁星在越，伐之不利。"

阖闾不信，说："吴国连获全胜，证明气运正旺，定能克越。"

子胥说："吴国现在应以西征楚国为重，楚乃蛮夷三国最强盛者，大败西楚，不愁越国不服。"

阖闾仍然不服气，决定亲自率兵伐越。越国很小，兵微将寡。允常自知不是吴王对手，只有弃城而逃。阖闾将城中抢掠一空，满载而归。

孙武见了，心中感触颇深，他悄悄对子胥说："四十年之后，越强而吴尽矣！"

子胥问："何以见得？"

孙武笑笑，说："春去秋至，暑往寒来，此乃天意所定。谨记此言，必有应验之时。"

阖闾六年，楚国令尹囊瓦为报鸡父之辱，率兵进攻吴国。阖闾仍遣子胥、孙武应战。结果大败楚军，俘了许多战俘和战利品。

吴军连连获胜，对楚国打击很大，但阖闾说："一日不入郢城，就不能算是成功！"

伍子胥说："臣一日不敢忘郢。楚国虽然逐渐势弱，但拥有属国众多，不可轻敌。臣每天派人探听楚事，只等诸侯有

第二十六回　弃红尘孙武引退　伐楚君晋国联兵

变,便有可乘之机。"

孙武也说:"伍军师怀长远大计,日后胜楚无疑。臣愿助伍军师一臂之力,退于江口,演习水军,以备后用。"

阖闾立即应允。子胥却从孙武的话中听出弦外之音,便悄悄问他:"孙先生刚才之言是否别有用意?"

孙武笑而不答。子胥便猜出几分。

三个月后,孙武训练水军已毕,对子胥说:"伍大人,我来吴已一年多了,对宫中之事有所见识,不想再追逐功利,回罗浮山去才是我愿!"

子胥已猜到了这一点,但他不愿孙武就此而去,便说:"承蒙先生指教,如今与楚交锋,连连获胜,眼看图霸大业即将实现,为何前功尽弃,让子胥一人独奔疆场?"

伍子胥说到这里,不由一阵伤心,眼含热泪。孙武也有点依依不舍,但他实在不愿卷入生生死死的争杀之中,所以仍对子胥说:"人各有志,伍大人深藏谋略,日后定能成大事。而我身在红尘心在深山,实在不适于疆场争战、官场角逐,只能返回深山了。"

子胥见他决心已定,不再挽留。次日上朝,孙武面奏阖闾。阖闾大惊,说:"爱卿为何不愿在朝为官?莫非寡人薄待了你?还是官职太小?"

孙武说:"臣承蒙大王厚爱,何谈薄待?今日辞官,只因久居深山,不适于战场争杀而已。"

阖闾说:"如此说,爱卿余生只能与青山为伴了?"

孙武说:"正是。"

阖闾深深叹息一声,说:"爱卿在吴,助寡人连破楚军,使之魂飞胆丧,如今破楚在即,你却要归隐,寡人实感内疚。"

孙武说:"大王,臣之所以下山有三:一是尽臣民之责,助大王图霸大业;二是慕子胥大名,与之并肩而战,乃臣一生幸事;三是将十三篇兵法献于大王,广布天下。如今这三条都已实现,臣自然该回山了,大王自不必内疚。"

阖闾忙说:"爱卿纵然因此三条而下山,可第一条就未完成,怎说三条都实现了呢?"

孙武说:"有十三篇兵法在,犹如臣在,它定能助大王成就霸业。"

阖闾无言,见实在留不住孙武,也只好准他回山。孙武次日悄悄出城,未惊动任何人,待阖闾、子胥以及众臣欲要送行时,孙武早已走出几十里了。

这一天,阖闾正与众臣议事,忽然闻报:"唐、蔡二国遣使臣通好,已在郊外候旨。"

阖闾不解,心想:"唐、蔡皆楚属国,为何又要与吴通好?"

伍子胥却高兴地说:"唐、蔡决不能无故遣使远来,一定与楚有怨,看来破楚入郢之时到了!"

阖闾一听大喜,急请二使上殿。二使来到大殿将细情讲了。阖闾说:"伍爱卿果真料事如神啊!"

原来,唐成公和蔡昭侯每年都要朝拜楚国,进献珍品。这一年,二人又入楚朝拜。蔡侯有羊脂白玉佩一双、银貂鼠裘二副,他以一裘一佩献于昭王。唐成公有名马二匹,其中一匹名曰"肃霜"。"肃霜"本是雁名,此马如雁羽洁白,高首长颈,形色与雁相似,所以叫"肃霜"。后人在此二字旁加上"马"字,便成了"骦骦"。此马乃天下稀有之宝,其行快而

第二十六回　弃红尘孙武引退　伐楚君晋国联兵

稳。唐成公献马于昭王。

令尹囊瓦十分贪财,他想求宝马,唐成公不给,想求玉佩貂裘,蔡昭侯也不给。囊瓦觉得被两个小国之君折了面子,不由恼羞成怒,便一转眼珠,使了个坏主意。

唐成公和蔡昭侯朝礼已毕,便想回国。囊瓦上前奏说:"唐、蔡二君私通吴国,如果放他们回去,一定助吴伐楚,不如将他们留在楚国,以免后患。"

楚昭王年幼无知,国政全操控在几个大臣之手。囊瓦官居显位,说出这样的话不亚于昭王降旨,众臣不敢反对,昭王立即准奏。

从此,唐、蔡二君居于馆驿。门外有兵卒守卫,实为监视。二君一住就是三年,思归心切,但不得脱身。

唐公子不见成公归国,派大夫公孙哲前往楚国探问,才知被拘之故。

公孙哲与成公相见,成公如见亲人,二人不分君臣,抱头痛哭。

公孙哲说:"囊瓦既然只为一匹马而使君受辱,不如将另一匹献给他,你我君臣回国。"

唐成公说:"寡人这两匹马乃稀世珍宝,不肯全献于昭王,怎能献于囊瓦?况且,囊瓦贪得无厌,威胁寡人,我岂肯屈从于他?"

公孙哲说:"大王此言差矣!你三年不得回国,朝政荒废,国不可一日无君呀!"

唐成公说:"即使这样,我也不肯降于囊瓦这种人!"

公孙哲又说:"大王,难道一匹宝马比一个国家还重要吗?"

唐成公无言以对，但认定一个理：就是不献出宝马。

公孙哲见成公如此固执，只好另想办法。他与随从们商议，说："主公不忍失宝马，而久困于楚，这岂不是重畜而轻国？"

随从们赶紧劝公孙哲压低声音，说："大人怎敢斥责大王？"

公孙哲说："若能让大王回国，纵然落个不忠之名也心甘。"

随从们问："大人有何良策？"

公孙哲说："我等不如私盗其马，献于囊瓦，倘得主公归唐，我虽落个盗马之名又有何妨！"

众侍从皆同意此法。当夜，他们买来酒肉，贿赂守门军卒，待他们酒醉梦酣，便悄悄离开驿馆，回唐宫中盗马。

盗来宝马献给囊瓦后，囊瓦心中明白，立即奏过昭王，说："唐境地处偏僻，兵微将寡，谅他不足以成大事，不如放他回国。"

昭王应允，唐成公被放了出来，回国后不见了宝马，一阵心疼，但想到用宝马换来了自由，心也就稍稍平静了。

公孙哲说："大王，微臣盗马献于囊瓦，实在违背大王之意，臣愿受罚！"

唐成公说："爱卿，寡人三年不能回国，皆因不舍宝马，这本是寡人之过。爱卿已将宝马献于贪夫，救寡人回国，此乃忠心，只能赏，不能罚。"

蔡昭侯听说唐成公献了宝马而归，便也把貂裘献于囊瓦。囊瓦又奏于昭王，说："蔡侯已拘楚多年，成公已去，蔡侯亦心如死灰，不如也放他回国吧。"

第二十六回　弃红尘孙武引退　伐楚君晋国联兵

楚昭王也照例应允了。蔡侯出了郢城，怒气填胸，将白璧沉于汉水，发誓说："寡人若不伐楚，誓不为人！"

蔡昭侯回国后，立即召集群臣商议伐楚之事，群臣皆以为与晋借兵为上策。因为晋乃中原霸主，与楚势不两立，一定能助蔡一臂之力。

蔡昭侯亲自出使晋国，见了晋定公将事情讲述一遍。晋定公义愤填膺，立即告诉了周王。周敬王一直对楚有成见，于是亲点十六路诸侯，加上蔡国，共十七国大军，合力攻楚。这十六路诸侯是：宋、齐、鲁、卫、陈、郑、许、曹、莒、邾、顿、胡、滕、薛、杞、小邾子。各路诸侯都听命于士鞅和荀寅，这二人均为晋国重臣，被周敬王拜为此次南伐大将。

十七路诸侯共七万余人，号称十万大军。大军汇集召陵，因时值四月，春雨不断，便只好暂时驻扎下来。

荀寅与囊瓦无异，也非常贪婪。他认为此次兴师皆因为蔡国，故对蔡有功，所以想向其求赏。

一天，他对蔡侯说："听说君有裘佩，曾送与楚国君臣。今日我等千里兴师，专为君侯，不知以何犒赏各路诸侯？"

蔡昭侯气得脸色煞白，心想："为了囊瓦之贪而兴师伐楚，却又遇上个贪婪之辈，而且更甚于囊瓦。"

蔡昭侯强压怒火，说："我因楚国令尹贪婪不仁，而弃楚投晋。今承蒙大人念盟主之义，灭强楚以扶弱小，当以荆、襄相送，以犒众师。"

荀寅一听，自觉惭愧。毕竟仗还没打呢，却先索贿。楚国之地一城未克，何来荆、襄（楚国二城）？这蔡昭侯不是明摆着在拐着弯地讥讽他吗？

正所谓天有不测风云,这场春雨竟接连下了十几天。士鞅患疾,卧床不起。众将士在此滞留多日,士气懈怠,荀寅乘机对士鞅说:"我们自离开晋国已经三个多月了,如今驻师召陵,又遇连雨,道路阻塞,不能前行,而且军中患疟疾者颇多,不如班师回朝吧!"

士鞅不肯,说:"既受命于天子,中途返回,岂不是抗旨不遵!"

荀寅又说:"虽然受命于天子,但现在大军不能前进,恐怕是伤不了楚国毫发,而晋国就已遭危难了!"

士鞅不解,问:"大人此话何意?"

荀寅说:"我们十七路诸侯欲犯楚国,楚国未必不知,楚国倘若趁机派兵进犯国都,大王的宝座岂不是危在旦夕?!"

士鞅因病在身,心中着急,便想:"此战胜了,是大家的功劳;败了,罪在自己。如今找个借口回去,倒也未尝不可。"于是,士鞅依了荀寅,下令回国。各路诸侯见主将不为他们做主,只好各自散去。

蔡昭侯见诸军解散,大失所望,但也无能为力,只好领兵回蔡。途中,经过沈国时,一腔怒火无处发泄的蔡昭侯,想起沈国不肯发兵之事,便一怒之下灭了沈国,虏其君,又杀众臣。

沈国本是楚的属国,令尹囊瓦得知此事后大怒,兴师两万,将蔡城围个水泄不通。

蔡昭侯本想讨伐楚国,反而被楚围困,真是又急又气。

这时大臣公孙姓说:"大王若想解敌之围,只有一个办法能行。"

蔡昭侯忙问:"有何良策?"

第二十六回 弃红尘孙武引退 伐楚君晋国联兵

公孙姓说:"现在吴国日益强盛,阖闾伐楚之计早定,朝中又有伍子胥、伯嚭为臣,他俩皆与楚有深仇大恨。大王若东行求救于吴,吴王定会尽力。"

蔡昭侯豁然开朗,思忖片刻后说:"如约唐成公一同投吴,他必同意。"

公孙姓说:"大王高见。正是同病相怜、同忧相救,成公定会与大王合力。"

公孙姓立即扮作百姓,混出城外,去见唐成公。成公欣然应允,即刻遣使一同东行来到吴国。

阖闾听完两位使臣的讲述,自然欢迎唐、蔡归吴。他又问子胥:"爱卿以为此事如何?"

子胥说:"臣之所以不敢发兵入郢,皆因楚国属国太多。如今晋侯一呼,而十六国群集,其中陈、许、顿、胡皆为楚之属国,也弃楚从晋。唐、蔡自不必说。此时楚国势单力孤,不趁此时伐楚,还待何时?"

阖闾闻听大悦,说:"就依爱卿之见,立即伐楚!"

第二十七回 战汉水囊瓦惨败
争战功夫概出兵

阖闾拜伍子胥为军师,兄弟夫概为先锋,伯嚭为大将,专毅为副将,公子山督办粮草,自己则亲率六万大军由淮水直抵蔡国,国中只留下被离与太子波主持朝政。

大军浩浩荡荡来到离蔡城二十里处,探马来报:"前方十里便是楚军大营。"

子胥命大军驻扎,埋锅造饭,准备与楚交锋。囊瓦在营中得知吴军已到,且气势非凡,只好弃营绕路逃走。一路上唯恐吴军追赶,个个跑得丢盔弃甲。

阖闾想去追赶囊瓦,子胥却说:"我军连日渡水,将士甚为疲乏,正该休息一下。兵书云'穷寇莫追',我们还应从长计议为好。"

阖闾依子胥之言,当即随蔡昭侯进入城中。过不多时,忽然来人报告说:"唐成公城外候见。"

蔡昭侯立即将他请上大殿,三位君主便共商破楚大计。唐、蔡二国决定出兵两万,与吴军合起来,共计十万大军。联军择日起程,直奔汉水。

蔡国在汉水以北,而汉水以南则为楚境,所以,只要渡过

第二十七回　战汉水囊瓦惨败　争战功夫概出兵

了汉水,就等于攻入了楚国边境。

此时,囊瓦已在汉水以南扎下营盘,并立即派人急驰郢城,请求救援。

楚昭王闻听吴军打来,急召群臣商议。公子申说:"囊瓦非大将之才,只有沈尹戌一人可以抵挡吴军,使其不能渡江。"

昭王立即传旨,命沈尹戌率大军三万直奔汉水,与囊瓦共同拒守。

阖闾领十万之众,直奔汉水。子胥说:"此去水路遥远,而且逆水行舟,速度很慢。我们必须将船屯于淮水,弃舟登岸,走章山,直趋汉阳。"

阖闾依从子胥之策,大军果然提前了十几天便到达汉水以北安营扎寨,与楚军对峙。

左司马沈尹戌来到汉阳,见吴军已到,甚为不解,问囊瓦:"吴军前来何以如此迅速?"

囊瓦说:"他们弃舟走章山至此。"

沈尹戌闻言哈哈大笑,囊瓦不解,问:"司马因何大笑?"

沈尹戌说:"人人都说伍子胥用兵如神,由此看来,全是儿戏!"

囊瓦仍不解其意。沈尹戌说:"吴人习惯于舟楫,利于水战。今却舍舟登陆,不过图一时便捷,万一失利,便无归路。我因此而笑之。"

囊瓦说:"依司马之意,吴军可破?"

沈尹戌说:"自然可破。"

囊瓦又问:"何计可破?"

沈尹戌说："我分兵两万于你，沿汉水列营，将船只都拘于南岸。再令轻舟每天往来于江上，使吴军不得掠舟而渡。我率一万人抄近路至淮水，尽焚其舟，再将汉东隘道用木石垒断，然后令尹领兵渡汉水，攻其大寨，我从后击之。那时，吴军水陆已绝，首尾受敌，阖闾之命便丧于吾手矣！"

囊瓦大喜，说："司马高见，我不及也！"于是，沈尹戌留大将武城黑统军两万，自引一万人向淮水进发。

吴楚相持于汉水数日，子胥也不下令进攻，阖闾以及蔡、唐二君都十分焦急。问子胥原因，子胥说："我深知楚军中囊瓦乃贪庸之辈，现在我们虽然按兵不动，不日将会有一胜仗。"

果然，自从沈尹戌去后，楚军见两军相持数日，也没个结果，武城黑便想讨好囊瓦，进言说："吴军舍舟登陆，违其所长，而且初到此地又不识地理，司马早已断定吴军必败。今相持数日，他们又不能渡江，其心已怠，我们不如趁机速攻。"

囊瓦边听边寻思，正有所动心时，他的爱将史皇说："楚国人中尊敬令尹者少，尊敬司马者多，若司马引兵焚烧吴舟，阻塞要道，则破城之功又为他第一。令尹官高名重，屡次失利，今又以第一功让于司马，何以立于百僚之上？只怕到时候，司马会耻笑令尹啊！今日不如依武城黑之计，渡江决一胜负为上。"

囊瓦哪里经得起这样挑拨，便依二人之言，立即传令三军，渡过汉水，至小别山列成阵势。

这一天，子胥正在营中与阖闾等商议军情，忽然有人报："楚军已渡江了，在小别山安营。"

子胥闻言，高兴地说："来了就好，怕的是不来。"

第二十七回 战汉水囊瓦惨败 争战功夫概出兵

众将士已在营中守候多日,早就等不及了,恨不得立即出营会战。

这时,又有人来报:"楚军大将史皇在营外挑战。"

子胥说:"可知他带了多少人?"

来人回答说:"约有千余人。"

子胥立即令夫概从军中选出勇士三百人,各持短棍,迎战楚军。

夫概得令而去。他率三百勇士手持棍棒,见了楚军,便饿虎扑食般一拥而上。他们全无队形,看样子不像打仗,倒像是打群架。

史皇不知所措,也不知该如何应战,倒由主动变为被动了。一千人被这三百人打得七零八落,史皇只好败走。

史皇气喘吁吁地跑回大帐,见了囊瓦,觉得无地自容。囊瓦说:"你劝我渡江而战,你交锋即败,有何面目来见我?"

史皇这时又想出了个计策,便说:"老令尹,我们不如今夜偷袭吴军大营,出其不备,定能成功。"

囊瓦果真是个庸才,他毫不懂用兵之策,马上就采纳了史皇之计。

吴军初战告捷,众将相贺。子胥说:"今日我军虽胜,大家万万不可掉以轻心。"

众将齐问:"军师此话何意?"

子胥说:"囊瓦胸无韬略,贪功心切,今史皇小挫,并未伤楚军筋骨,今夜他们定来偷袭大寨。"

众人深知子胥神机妙算,不敢掉以轻心,都静候子胥下令。

于是,子胥在中军大帐高喊:"夫概、专毅听令!"

二人齐声答:"在!"

子胥说:"你二人各引本部士兵,潜伏在小别山左右,听号角一响,便立即杀出。"

二人应声而下。

"唐、蔡二位主公,各率本部兵卒分两路接应。"

二人答应一声。

"伯嚭听令!"

伯嚭答应一声。

"你率本部人马去反劫囊瓦之寨。"

伯嚭应声而去。然后,子胥又令公子山保护阖闾,移屯于汉阴山,以防意外。

大寨之内虚设旌旗,只留老弱病残百余名士卒守卫。子胥专候楚军一到,吹号为令。

三更时分,囊瓦果然引兵直奔吴军大营。

囊瓦见吴营中寂静无声,以为兵卒都已睡去,他一声令下,首先冲入中军大帐,想擒住阖闾立个首功。没想到,中军帐内空空如也,只有几个小卒站在那里。囊瓦说了声"不好,有埋伏",刚想往回撤,就听不远处一声号响,紧接着喊杀声震天,夫概和专毅从两旁杀出,囊瓦仓皇应战。不一会儿又是一声号响,蔡昭侯和唐成公又各引本部杀了出来,囊瓦进退两难,只好拼命厮杀。

这时,只听唐成公大喊:"还我宝马,免你一死!"

囊瓦正在穷途,听见成公揭自己老底儿,真是羞愧难当,只觉两颊发烧。又听蔡昭侯高喊:"还我裘佩,饶你一命!"

囊瓦真是无地自容,恨不得赶紧逃出重围,怎奈心有余而力不足,只能勉强应战。

第二十七回 战汉水囊瓦惨败 争战功夫概出兵

再说史皇和武城黑听见吴军中喊杀声一阵比一阵高,便知囊瓦劫寨不成,反遭围攻,史皇只好率本部人马杀出大营,接应囊瓦。

史皇一边厮杀,一边高喊:"老令尹,我来救你!"

囊瓦听见史皇的声音,眼前闪过一丝亮光,心想:"天无绝人之路!"他抖擞精神,左挡右杀,终于与史皇会合一处,杀出一条血路,逃出小别山,一气跑了几十里,在柏举(今属湖北麻城)落下脚来。

楚营中只剩下武城黑留守,他哪里想到伯嚭会突然劫其营寨。

武城黑被打个措手不及,慌忙应战,心想:令尹和史皇都去劫寨了,而我独守大营,横遭袭击,即使拼命,怎奈寡不敌众,也只有死路一条。既然不能冲锋在前,荣立战功,何苦在这里求死?倒不如保住一条性命,再做打算。

两军阵前,武城黑想的不是打仗,而是逃命。他边打边退,弃营而逃。

伯嚭见武城黑领着些残兵逃走了,便大笑一声,说:"楚军如此懒散,不战自败,追他何用?!"伯嚭命手下将楚营中一切物品全部收拢在一起,留人看守,自己则率众兵回吴营请功。

夫概和专毅大获全胜,将楚军追出几十里,回营交令。

蔡昭侯和唐成公见囊瓦惨败,又想起他当年威风凛凛的样子,不由得痛骂道:"老贼威风一世,原来也有如此下场!"

众将聚集在中军大帐,各自陈述战况,共灭楚军近一万人,获粮草数十车、营帐兵器各无数。

伍子胥说:"众将辛苦了,酒肉犒赏三军,从明日起大军休整三日,但各部主将不得懈怠。"

　　武城黑率残兵逃了数里,与囊瓦和史皇的败兵会合。囊瓦问他何以至此,武城黑说:"老令尹走后,史皇将军前去助战,只剩我一人留守营寨,没想到吴军早有埋伏。我率众兵虽然以死相拼,但寡不敌众,又惦记令尹的安危,只好保存实力,弃营而逃,一路寻令尹而来。"

　　囊瓦听后两眼发直,半晌无语。史皇和武城黑也不敢多言。囊瓦突然叹息一声,说:"伍子胥果然非同常人,用兵如有神助。如今我落得惨败的下场,进不能,退不能,该如何是好?"

　　囊瓦有心令人回郢请救兵,但自觉无颜。若不请救兵,又不知如何应付吴军。假如吴军再次追杀过来,自己死是小事,倘若大军渡江,直趋郢城,自己岂不成了千古罪人?他正在犯愁,史皇说:"老令尹,我们奉命在此拒吴,若吴军抢渡大江,郢城危在旦夕,令尹岂不落个千古骂名?依我之见,不如领兵与吴军决一死战,纵然战死,也留个美名于后世!"

　　武城黑在一旁不敢多言,因为他首先鼓动囊瓦过江,如今惨败,自己罪责难逃。

　　囊瓦踌躇片刻,主意未定,忽听军卒来报:"令尹大人,薳射将军在营外候见。"

　　囊瓦一愣,心想:"莫非薳射前来救援?可是兵败还不到一日,郢城如何知道的消息?"

　　薳射是薳越的弟弟,薳越死于郧城之后,薳射便顶替了其兄的职务。郢城自派沈尹戌赴汉水助阵后,又感觉兵力不足以拒吴,所以又派薳射前往助战。

　　薳射为了替兄报仇,特携其子薳延同来。他们一到汉阳,

第二十七回 战汉水囊瓦惨败 争战功夫概出兵

不见大军,知已渡江,蓮射不由轻蔑地说:"囊瓦贪功心切,想必已渡江与吴军一战,真是自不量力!"

囊瓦亲自将蓮射迎进营中,说:"蓮将军为何至此?"

蓮射说:"大王知吴军势众,怕令尹难以抵挡,故遣我前来助战,没想到令尹不在江边驻守,却已渡汉水了。"

蓮射说到这里,故意多瞧了囊瓦几眼,言外之意是:"你渡江了,可否打了胜仗?"

囊瓦涨红了脸,表情很不自然。

蓮射又问:"沈司马现在何处?"

囊瓦便把事情的经过讲了一遍,蓮射脸色一沉,说:"若听司马之言,何至如此!"

史皇在一旁看他很不顺眼,说:"蓮将军,你初到阵前,尚未立下战功,却如此傲慢无理,竟敢对令尹大人出言不逊!"

蓮射冷笑一声,说:"难道令尹大人已屡建战功?难道大人不是以令尹之位自居,致使楚军一次又一次惨败吗?"

囊瓦又气又羞,有心大骂一通吧,唯恐阵前丧失军心;不骂吧,又唯恐众将轻视其令尹的权威。囊瓦一时急得说不出话来。

史皇走到囊瓦近前,小声说:"令尹,蓮射既然如此傲慢,不如让他率领一万援兵袭击吴军,胜了功在令尹用兵有方,败了罪在蓮射无能。"

囊瓦听了史皇的话,如遇救星。便对蓮射说:"蓮将军,老臣兵败,实为罪过。我因轻兵劫寨,反被其劫,若是两军相当,吴军根本不是对手。今将军初到,锐气正盛,吴军中将士已疲,肯定戒备乏力,不如趁此机会与其决战,待我部稍做休整,再去接应。这样做,定胜无疑!"

蔫射说:"令尹此言差矣!你的残兵和我的援兵加起来不过两万,如何与吴军相敌?依我之见,现在只有深沟高垒,坚守不战,等待司马一到,然后合击。"

史皇乃囊瓦的爱将,他见蔫射不听军令,便说:"蔫将军,你虽奉大王之命而来,但两军阵前,你该听命于令尹才是,怎敢拒不从命?!"

蔫射冷笑几声,说:"老令尹虽然爵高位尊,但他却屡次战败,难道你希望这一万将士死而无功吗?"

史皇不服,还想争执,囊瓦大喝一声,说:"各位将军不要再争了,同在阵前为楚国效力,何必要争个谁是谁非呢?既然蔫射将军不愿出战,可再立大营,先让众将士休息几日,再待机而战不迟。"

蔫射心想:"要我另立大营,正合我意,谁愿意与无能之辈同帐议事?!"

于是蔫射便率本部向东行十余里,另立大寨,与囊瓦之营名为掎角之势,实际上相去甚远。

吴军大获全胜之后,子胥将阖闾迎了回来,阖闾将大家的功劳一一记录在案。

众将士休整三日,子胥命人前去楚营中探听消息,以备再战。

这天,阖闾正在中军帐聚众将议事,探马来报:"楚军蔫射前来助阵,但他不遵军中约束,目中无人,另立大寨,与囊瓦之营相距十余里,而且囊瓦因屡次惨败,已失人心,军中全无斗志。"

众将听了,都等着子胥下令与楚军决战,以便渡江后攻取

第二十七回　战汉水囊瓦惨败　争战功夫概出兵

郢都。其中迫切想立首功者当数夫概。他知子胥行事一贯仔细认真、沉着冷静，心中有些反感，常怨他思前想后，做事不果断，刚才听了楚军的情况，心里便有了一个主意。

他向阖闾奏道："大王，臣愿率本部五千人，与楚军决战。"

阖闾见是亲弟弟，便说："贤弟，寡人虽是一国之主，但军中事务均由伍军师做主，你且待令行事吧。"

夫概故意向阖闾请战，以为王兄会为自己做主，没想到他却偏袒子胥，心中很不服气。退帐之后，他自语道："既然无人为我做主，不如独往楚营，若破了楚军，即可直驱郢都。"

伍子胥早就知道夫概虽然勇敌万军，但却十分傲慢，而且此人毛发倒生，有一副叛逆之相，因此他在帐中听了夫概的请战，故意一言不发，想给他一个教训。

次日清晨，夫概果然私自率领五千人直奔柏举。夫概冲锋在前，直入囊瓦大营。

囊瓦与夫概打过交道，但那是在夜里，彼此看不清容颜，今日一见，这位大将四十岁左右年纪，长得虎背熊腰，脸上髭须倒生，鼻孔外露，十分吓人。

囊瓦自知大难来临，赶紧命左右拖住夫概，自己却弃车而逃。

史皇与武城黑正在各自营中，忽听中军大乱，得知吴军冲入大营，便各率领本部将士冲了过来。

囊瓦大营之中约有万人，夫概只有五千人，但楚军不备，士兵慌乱，所以吴军仍然占了上风。

史皇边战边寻囊瓦，却找不见踪迹，幸遇囊瓦身边一个小卒，才知令尹早已逃之夭夭。史皇赶紧顺路追赶，看见囊瓦正一瘸一拐地跑，腿上已中了箭。史皇将自己的战车交与他，说："令尹大人，快乘车走吧，小将当死于此！"说罢，飞跑而去，又继续与吴军作战。

囊瓦看着史皇走远了，不知自己将走向何方，不由一阵伤感，落下几滴泪水。想想鸡父一战失七国之师，如今汉水一战又遭败绩，郢都眼看就危在旦夕了，自己罪责难逃，怎么去见昭王及众臣？想到这里，不由得又想起自己错杀伯郤宛之事……他叹息一声，说："莫如等伯嚭前来杀了我，以泄其愤！"

囊瓦这么想着等了片刻，却不见伯嚭领兵前来，心想："莫非天不绝我？"于是，驱车北逃郑国。

一国令尹不思沙场争战，不与将士同生同死，却哀哀怨怨逃命而去，真是千古之耻！

第二十八回 巧用兵子胥设计
　　　　　　驯羊战专毅扬威

　　伍子胥知夫概私自率兵冲入楚营，过了约有一个时辰，便与伯嚭率五千人马前来接应。夫概之兵虽然斗志很高，且占了上风，但时间一长，便感到寡不敌众，有些难于支撑。正在这时，子胥与伯嚭到了，伯嚭一心想亲手杀了囊瓦，以报父仇。他左冲右杀，寻不见囊瓦，不知不觉地就与史皇战在了一处。

　　伯嚭与史皇素来相识，也有过一些交往，本来彼此无隙，没想到今日两军阵前交锋，打在了一处。

　　伯嚭大喝一声："史皇，你可认识我？"

　　史皇说："伯嚭，你我本无仇无恨，如今却要阵前交锋，你乃楚国人，不如回楚归于昭王驾前，定会前途无量。"

　　伯嚭冷笑一声，说："昭王下令，囊瓦亲自动手杀了我全家，如今生父尸骨无踪，我岂能再回楚国？"

　　史皇说："君叫臣死，臣不得不死。你叛逃吴国，保存性命也就罢了，如今却又反戈相击，岂不是弥天大罪！你若现在受降，我可保你不死，你看如何？"

　　伯嚭仰天大笑，说："史皇，你真是愚忠到底了。你尽管做你的奴才，我却要报我的深仇，待我在阵前擒了囊瓦，再擒昭王。"

史皇一声断喝，说："伯嚭，你休要口出狂言！既然不听劝，那就听天由命了。"说着一戟刺过来，伯嚭躲闪一边，说："史皇，与你交战白浪费时间，把囊瓦交出来，我要与他决一雌雄！"

史皇也不应声，只管以戟相击，伯嚭有心丢开他，去寻囊瓦，但史皇一戟又一戟地刺过来，挡着伯嚭，使其不能前行。

伯嚭见甩不开他，只好应战。因为史皇已在阵前交战多时，身体疲乏，而伯嚭刚刚养足精神，精力充沛。史皇渐渐力不从心，伯嚭便虚晃一招，假意败逃。史皇本来知其有诈，但他唯恐伯嚭追赶囊瓦，不由自主地追了过去，伯嚭突然一回身，跳下战车，一戟刺中史皇小腹。

可怜史皇因为一个囊瓦而丢了性命。

夫概见子胥等前来救援，士气重新大振。楚军死伤无数，残余兵将败奔蘧射大营，武城黑死于乱战之中，尸体被马踩如泥。

子胥鸣金收兵，夫概与伯嚭不再追击。众将会合，一齐回到大营。这时，伯嚭才知囊瓦已经逃走，心中无限遗恨。

子胥升坐大帐，他令夫概重新查点本部兵将，计死近千人、伤三百人。子胥高喊："夫概何在？"

夫概虽然知子胥军法甚严，但自恃功高，作战勇猛，又是大王的亲弟弟，因此毫无惧色。他应声道："末将在！"

子胥说："你可知罪？"

夫概不言声，子胥又问了一句："夫概，你可知罪？"

夫概仍不作声，阖闾轻咳了一声，提醒夫概。夫概这才应道："末将不知罪。"

第二十八回 巧用兵子胥设计 驯羊战专毅扬威

　　子胥不动怒，平静地说："你身为三军先锋，带头违反军规，难道你还不知罪？"

　　夫概说："我只知两军阵前勇敢作战，大王驾前忠心报国，其他一概不知。"

　　子胥见他如此傲慢，仍强压怒火，平静地说："夫概，你果真不知罪？"

　　夫概一笑，说："末将不知何罪！"

　　子胥看看阖闾，阖闾正在那里坐卧不安。自从孙武斩美姬之后，他对军法一词谈虎色变，实在不忍失去夫概这一勇将，有心劝他服软，多说几句知错的话，但身为一国之君不好开口，唯恐落个偏袒亲弟弟之嫌。

　　子胥突然问阖闾，说："大王，臣有一事请教。"

　　阖闾说："爱卿请讲。"

　　子胥说："不听军令，私自率兵出战者，该当何罪？"

　　阖闾有些口吃地说："当……斩！"

　　子胥说："好！夫概，你私自领兵出战，军法该斩，刚才大王又言此罪当斩，既然军法、君命都该斩，说明斩你实属不冤！"

　　阖闾心想："好一个聪明的子胥，怕我求情，把责任强加到我的身上，这可如何是好？"

　　阖闾不忍失去夫概的心思，除了子胥清楚以外，伯嚭也非常明白。这时，子胥已命人拿下夫概，夫概确实有些慌了，跪倒在地，说："王兄，你快救我呀！"

　　阖闾有心求情，但看看子胥的脸色，又不敢多言。这时，伯嚭便瞧准了时机，说："大王，看在夫概屡获战功的分儿上，饶他一回吧！"

阖闾如得救星，故意绷着脸说："夫概，你不仅私自领兵出战，还死伤了千余名将士，若不是军师赶到，怕是损失更重。如今你违反了军纪，纵然有功于寡人，但军法不容！"

伯嚭又说："大王，现在两军交锋，正需要夫概这样的勇将，杀一夫概就等于杀万名士兵！"

阖闾故作沉思状，片刻之后，说："爱卿之言也有道理，那寡人就饶了他吧！"

夫概急忙说："谢大王！"

阖闾说："我饶你一死，但不等于你死罪已免。我收回君命，你就由军师处治了。"

子胥心想："不愧为一国之君，如此善于机变。不过，夫概一定要处治，以煞煞他的傲气，否则以后更不知会有什么结果。"

子胥想到这里，对阖闾说："大王，是否还记得孙武先生斩王姬和李姬的事？"

阖闾说："这……寡人当然记得，不过，夫概战场上杀敌勇猛，立过战功呀！"

子胥说："王子犯法与庶民同罪，难道吴国军法因人而异？"

阖闾心想："好厉害的军师！"他只好一言不发，闭目静待子胥的处置。

这时，伯嚭上前说："军师，现在两军交锋，正急需用人，不如让夫概戴罪立功，将功补过。"

伯嚭说完瞧着专毅，专毅会意，扑通跪倒，说："望军师开恩，饶夫概一死吧！"

伯嚭深知子胥把专毅当作亲儿子一样对待，感情甚笃。

第二十八回　巧用兵子胥设计　驯羊战专毅扬威

专毅年轻，对夫概又极其崇拜，所以，他悄悄对专毅耳语了几句，专毅自然愿意为夫概求情。

子胥沉着脸，仍不出声。专毅突然放声大哭，众位大将一见此景，也都跪下来为夫概求情。

子胥本来也不想杀夫概，只是想给他点颜色看看，现在见时机到了，便对夫概说："既然众位将军为你求情，就暂时饶你不死。但只要你稍有违犯军纪的行为，便即刻斩首示众！"

子胥的意思是说，现在虽然饶了你，但你也是"死囚"，随时都可以斩你。

夫概叩头谢恩，但心里却十分恼恨子胥。

蘧射自从听说吴军劫了囊瓦大营，便按兵不动，其子蘧延想提兵搭救，蘧射说："乱动者斩！"吓得别人更不敢前去救援。

囊瓦逃走后，余下五千人均归了蘧射。蘧射见囊瓦大军惨败至此，唯恐吴军乘胜袭击他的大寨，便对众将说："吴军若乘胜袭击，我军兵微将寡，很难取胜，不如趁吴兵未至，赶紧渡江回郢，再作打算。"

众将心里虽有不同想法，却没人敢讲。

这时，蘧射之子蘧延说："父亲，我们若回郢都，不等于给吴军渡江行了方便吗？以孩儿之见，不如死守江口，纵然战死，也问心无愧！"

蘧射见众将都不言声，只有儿子反对他，非常生气，说："违令者斩！"

蘧延不服气，但不敢再说。

吴军将士斗志高昂，建议子胥一举歼灭蘧射大军，子胥却不慌不急。三天过去了，将士们都憋着劲，又来请战。子胥这才说："战机已到。"

众将士争先恐后，都愿出战。子胥下令夫概与伯嚭同行。留下专毅、公子山以及蔡、唐二君保护阖闾。

专毅十分不满，上前跪倒说："军师，末将也要前往！"

子胥说："专毅，护驾同样有功，你安心留守大营吧！"

专毅说："军师，我一定要去！"

子胥说："你为何一定要去？"

专毅时年不过二十岁，稚气未脱，非常固执，他说不出原因来，只是说："一定要去！"众将都掩口而笑。

子胥也觉得可笑，无奈地说："你若去阵前，那谁留下来保护大王？"

众将都不言语。半晌，伯嚭说："军师，既然专毅小将军愿意战前立功，末将愿留守大营。"

子胥想了想，便同意了。其实，这也正是伯嚭的奸滑之处，他正好寻机在阖闾面前谄媚。

于是，伍子胥居中，夫概居右，专毅居左，向前进发。专毅车后还跟着那两只羊。一万大军，浩浩荡荡直奔楚营。

吴军行到一半，子胥突然下令：拐弯，向清发一带行进。

众将不解，问军师何意。

子胥说："蘧射现在肯定已奔江边。我们抄此近路，不让楚军过江。"

众将问："军师如何知道的？"

子胥说："天机不可泄漏。"

众人知子胥神机妙算，便不再多问。其实，子胥不过是

第二十八回　巧用兵子胥设计　驯羊战专毅扬威

准确推断而已。囊瓦与吴军一战，薳射按兵不动，这说明两人成见颇深。如今囊瓦大败，楚军幸存不过一万五千多人，势必不敢与吴军交锋，因此子胥断定，薳射一定渡江而逃，再作打算。子胥甚至把薳射的行动安排、日期都算计好了。

吴军来到清发，果然见楚军正准备渡江。

薳射忽见吴军到了，心中甚疑："吴军不去柏举劫营，怎知我来江边？"于是他问众将："我军行动，吴军如何知晓？莫非营中有了奸细？"

众将不敢应，他又厉声说："现在不说，等以后知道了，更不会有好下场！"

众将见薳射在阵前不思征战，却在此盘问奸细，心里都非常着急。

薳延说："父亲，如今大敌当前，我们不如先应战，杀了伍子胥，灭了吴军，也好在大王面前请功。奸细之事战后再审不迟。"

薳射说："休得胡言！"

众将等得实在心急，其中有一人说："将军，伍子胥神机妙算，一定是他算出来的，我军哪里有奸细呀？"

薳射怒吼一声，说："不打自招！立即斩首！"

这位大将平白无故地就被杀了。薳射是想杀一儆百，但他愚蠢的做法，却适得其反。大家心里不服，还有谁愿为他卖命征战？

薳射列开阵势，正要与子胥一战，子胥却下令撤军。

夫概纳闷，但因自己有罪在身，不敢妄为，只好跟着子胥撤了回来。大军一直退下二十里，才安营扎寨。

专毅也不明白子胥的用意，便问："军师为何不战而退？"

子胥说："困兽犹斗，何况是人？若逼之太急，他们定拼死力。我们不如暂且退兵，等他们渡过一半，再从后袭击。已渡者得免，未渡者争先，谁肯死战？我军不费吹灰之力，便可获胜！"

专毅、夫概这才了然。

薳射忽见吴军撤退，自语说："早闻吴人胆怯，不过凭人多势众打了个胜仗而已！如今，他们只带了一万人马，少我军五千，便不敢迎战，想必在等待后援大军。我们赶紧趁此机会渡江，等吴国大军到来，我们早已过了汉水。"

众将不以为然，但无人敢反驳，谁也不愿做刀下之鬼！

众将士争先抢渡，薳射父子断后。大军刚渡了一半，只听后边大乱，喊杀声、追逐声响成一片。河岸的楚兵见是吴军追杀，赶紧抢着上船，已上了船的又急于逃命，不肯多载。楚军一片大乱，船翻人亡，不计其数。

薳射突遭袭击，不知如何应战，顺岸一路乘车而逃。将士们见主将逃跑，也纷纷逃窜。只有薳延还抵挡了一阵，但寡不敌众，正要瞄着父亲的方向而逃，却被专毅拦住了去路。

薳延一愣，心想："两军作战，怎么还带着两只羊？而且这两只羊又生得那么怪异！"这时，战车上的小将一甩鞭，"啪"的一声，两只羊立刻跑向岸边。楚军一见，来不及寻思羊从何而来，就已被顶得乱窜，有的掉到水里淹死了，有的吓得瘫坐在地上。吴车乘势猛追，楚军死伤无数。

这两只羊并不认识楚军的模样，但却被专毅训练得能够辨别颜色。只要见到与吴军不同颜色衣服的人，便上前就顶。楚军不知其故，连声大喊："神羊来了，快逃哇！"

第二十八回　巧用兵子胥设计　驯羊战专毅扬威

蘬延看着此景不由得细细打量专毅，只见这位小将浓眉大眼，黑红脸膛，手中只有一根放羊的长鞭，再无其他兵器。

蘬延问道："面前小将何人？"

专毅答道："吴军副将专毅。请问你是何人？"

蘬延也通报了姓名，二人便战在一处。蘬延用的是戟，他欺专毅手中无利刃，一戟接一戟猛扎。专毅不急不慌，机敏地闪过，突然，一甩长鞭，鞭梢儿从蘬延额头滑过。蘬延一愣，随即又向专毅扎了过来。

专毅一拉缰绳，马向后退了几步，战车向后滑出一大截，蘬延便扎空了。他向前急驰，专毅突然猛地甩鞭，直奔他的脖颈。蘬延左手向前一举，连手带肩都被鞭子甩着了，蘬延痛得直叫，心想："好厉害的小将，看来吴军之中确有能人！"

蘬延自知不是对手，只好败走，专毅随后追赶。

夫概在混战中杀死楚军无数，但他一直瞄着蘬射。

蘬射顺岸而逃，夫概随后追赶。楚军只顾逃命，无人管主将死活。蘬射猛地回头，见吴将在身后不远处，急忙打马，正巧马被一块石头绊倒，车一倾斜，蘬射重重地摔了下来。

蘬射从地上爬起来还想跑，夫概此时已到近前。他也跳下战车，急奔两步，向蘬射的后背猛刺了一戟。蘬射回过头来，看了看夫概，便咽了气。夫概取下佩剑，割下他的头，揣入怀中，继续与楚军作战。

楚军被追出二十多里，子胥便鸣金收兵。

楚军逃了一阵，见无吴军踪影，也实在疲乏了，便停下来休息。

蘬延逃脱了专毅的追杀，幸免一死，但却得知父亲死于夫概之手，且尸骨无存，心中不免有些感伤。

蘧延再看看面前这些残兵败将，连累带惊，一个个面如土色。他只好强打精神，下令埋锅造饭。饭刚熟，忽听远方又是一阵喊杀声，原来吴军又到了。子胥亲自领兵冲锋在前，楚军弃锅而逃，士兵互相践踏，又死伤近半。

　　正好有现成的熟饭，子胥叫大家饱餐一顿，然后再追楚军。

　　楚军实在无力再战，死伤越来越多，有的干脆降了吴军。

　　夫概将蘧延围住，蘧延拼力厮杀，但终不能冲出重围。眼看蘧延命在旦夕，只见吴军大乱，外面又杀来一支人马。蘧延一愣，心想："此时此地，哪来的救兵？"

第二十九回 折重兵司马死义
破麦城军师造假

左司马沈尹戌行至新息（今河南息县西南），便听说了囊瓦渡江战败的消息，他只好沿旧路返回，走到此处，恰巧碰上薳延被围。沈尹戌将大军分成三支，把吴军围住。夫概恃勇逞强，毫不在乎。他杀出重围，有楚军围上来。他再杀出重围，又有另一支楚军包抄过来。子胥一见，心中一惊，暗想："楚军中有高人了！"他赶紧鸣金收兵，后退二十余里，安营扎寨。

子胥重新查点兵将，战死的士兵全是在楚军援兵到后而死的，约有两千人。

子胥知道来者不善，赶紧命人打探消息，才知道沈尹戌来此救援。子胥心想："此人绝不同于囊瓦、薳射之辈。他用兵有方，作战得法，看来万万不可轻敌！"

子胥传令夫概赶紧回小别山，同时还请求吴王率大军至此，共谋对敌之策。

次日，阖闾率大军以及蔡、唐二国之兵来到。子胥陈述了战况，阖闾听说夫概取了薳射的人头，故意说了句："贤弟如此勇猛，何患郢都不入？"

子胥却小声说:"臣闻毫毛倒生者,乃叛逆之相,夫概虽勇,大王不可重用于他!"

阖闾不以为然,便岔开话题,说:"楚军中有何能人,以至于要调动几万大军?"

子胥说:"臣以前听说过沈尹戍乃楚国的忠臣,他平日治军有方,将士无不尽力。我军若不增调兵力,恐怕不是他的对手。"

阖闾说:"依军师之见,将如何对付沈尹戍呢?"

子胥说:"我军只能以多胜少。"

沈尹戍只知囊瓦兵败,尚不知蒍射来此救援且已丧命。他见楚军伤亡惨重,剩下的五千人,加上自己的一万人,也不过是吴军的三分之一。

沈尹戍心中非常明白,此战必败无疑,但身为司马,受命于此,即使战死,也不能退逃。他把家将吴句卑叫到跟前,说:"令尹贪功,使我的计策无法实施,这也是天意。明日我将与吴军决一死战,有幸获胜,吴兵不能入郢都,乃楚国之福;万一战败,我以首相托,千万不要被吴人所得!"

吴句卑知道沈尹戍的禀性,不敢不应。沈尹戍又把蒍延叫到身边,说:"你父已死,你千万不要丧命,你先回郢都告知大王,以想保郢之计。"

蒍延被沈尹戍临危不惧、忠心为主的举动所感动,不由得垂泪下拜,说:"愿司马驱除吴寇,早建大功!"说罢,匆匆告别,乘舟过江回郢。

次日,两军约战,子胥先驱车上前,说:"对面可是沈司马?"

沈尹戌抬头一见子胥,心想:"难怪吴军屡屡获胜,原来有此人指挥!"

沈尹戌说:"正是老将。你便是伍子胥?"

子胥点点头。沈尹戌虽早有耳闻,但从未与子胥相见。今日一见子胥的风度,果觉名不虚传。

子胥说:"沈司马今日上阵,想必要决一死战?"

沈尹戌说:"正是。请你出战吧!"

子胥说:"沈司马,纵然你有报国之心但兵力不足,必败无疑,不如归降东吴,共同辅助吴王创建大业,岂不更好?"

沈尹戌冷笑几声,说:"我身为楚臣,两军交锋,你我便是敌人,请你还是闲言少叙吧!"

伍子胥敬佩沈尹戌的忠心,也惋惜他此时的处境,但见他已决心死于疆场,便不再劝说。他下令夫概与伯嚭合战沈尹戌,沈尹戌死命拼杀,致使伯嚭肋下受伤,夫概也感觉吃力。

子胥心中暗暗佩服沈尹戌,眼看夫概也支撑不住了,子胥才令全军进攻。

蔡侯领兵在左,唐公领兵在右,强弓劲弩在前,步兵在后,向着沈尹戌的大军冲杀过去。楚军死力拼杀,无一不战而逃者,一直从早晨战到日暮,终因吴军势众,楚军尽数殉国。

沈尹戌杀出重围,已身中数箭,吴句卑紧跟在后。沈尹戌说:"我已无用了,快将我的头割下来,去见昭王!"

吴句卑只是痛哭,沈尹戌大喝一声,说:"你一个小小的家将,竟敢违命不从?!"

吴句卑跪倒在地;说:"司马大人,我跟了你大半生,敬你忠心为国、为人仁厚,怎忍心割下你的头?"说罢,泣不成声。

沈尹戌说:"既然你我相处半生,你更该了解我,还不快将我的头取下?否则将落吴人之手!"

吴句卑还是难以下手。

沈尹戌急了,两眼圆瞪,大吼一声,说:"吴句卑,你若不下手,我死难瞑目呀!"

吴句卑见沈尹戌两眼冒血,迫不得已,只好将其首级割下,解下衣裳包裹严密,揣在怀中,然后掘土将尸身掩埋。

吴句卑悲悲切切,直奔郢都。

蘧延回到郢都,见了昭王,将汉水战事讲述一遍,昭王大惊,群臣也惊慌失色,急忙商议出兵之事。几天之中,楚军大败的消息传遍全城,弄得人心惶惶。昭王与群臣还没议出良策,门官又气喘吁吁地来报:"大王,沈尹戌家将求见!"

昭王不知是祸是福,心中揣测不定,张着口不知说什么。公子申只好在一旁提醒说:"大王,沈司马家将求见,必有要事,还不召他进殿?"

昭王如梦初醒,说了声:"请他上殿!"

话音刚落,吴句卑蓬头垢面走了进来,尚未开口,先落下一行泪水。群臣见他只哭不语,便在一旁小声提醒他说:"老家将,有本快奏,别让大王着急!"

吴句卑这才意识到自己已到了王宫大殿,便忙叩头,说:"大王,我奉沈司马之命来见大王!"

昭王急问:"沈司马现在如何?寡人正要派兵援助。"

老家将更是泣不成声。他将怀中包裹取出来,断断续续地说:"沈司马已为国捐躯,临终前命我将其首级割下,带回郢都。"

众人闻听无不慨叹，昭王更是痛心。一时间，大殿上议论纷纷，不知该如何抵挡吴军。

吴句卑说："皆因老令尹不听司马之计，才致如此。司马临终前还嘱托我，一定请大王谋保郢之计。"

公子申在一旁无限感慨地说："难得司马临终还想着国家社稷，真是忠良可鉴！"

昭王因为一时慌乱，不知所措，再加上被沈尹戌之举所感动，竟边哭边说："寡人不能早用司马，寡人之罪也！"之后，他大骂囊瓦："误国奸臣，偷生于世，犬豕不食其肉！"

群臣皆随声附和，也大骂囊瓦误国。

公子申说："大王，眼下吴军日近，必须早定保郢之计。"

昭王不哭了，只是说："事到如今，寡人只能弃城而逃了！"

公子申说："大王乃一国之主，社稷陵寝尽在郢都，怎能一走了之？"

昭王说："楚国素以汉水为险，今已失守，吴军入郢不过旦夕之事，寡人岂能束手就擒？"

公子申说："国家危难之际，大王若弃城而去，城中百姓、将士将无抵抗吴军之心，楚国一破，将难再兴。大王万万不可轻易弃城！"

昭王无奈，但又想不出办法，便说："依公子之见，眼下该如何？"

公子申说："城中壮丁，尚有数万，大王可以将宫中粟帛分给将士和百姓，激励大家共守郢都。吴人深入我境，粮饷不足，岂能久留？"

昭王说:"吴人何患乏粮?晋人一呼,十六国响应。这次吴兵东下,唐、蔡为向导,往日楚之属国尽归于吴,吴势渐大,何愁粮饷?我们今日势单力孤,怎能与吴相持?"

公子申想了片刻,觉得这些也都是事实,便说:"臣等愿率师拒敌。战而不胜,再走未晚,也免被后世耻笑!"

众臣当即响应,纷纷表示作战之决心。昭王备受感动,说:"国家存亡,皆在各位爱卿。当行则行,当止则止,寡人不能谋也!"

这位一国之君拭泪而退,只留下公子申与众臣计议。

众臣一向尊敬公子申,因此,公子申之言不亚于昭王之命。

公子申说:"西路川江、南路湘江俱是楚地,但地方险要偏远,吴人一定不从此二路进入,所以不必重兵把守。只有北路、东路和东北路乃入境必经之途,这三路关口一定要有重兵把守,保郢才有希望。"

众臣都点头称是,接着又商议派何人把守为好。公子申看看朝中这些武官,最后决定:大将斗巢引兵五千驻守麦城(今属湖北当阳),以防北路;大将宋木引兵五千驻守纪南城(今属湖北荆州),以防东北路;自己引兵一万,屯于鲁洑江(今湖北监利东南),以扼东路;其余众臣留守郢都,共保昭王。大事议毕,众人各自行动。

再说吴王阖闾聚集众将,问子胥入郢之期。伍子胥说:"楚虽屡败,但郢都不易攻打!"

阖闾问:"为何不易?"

子胥说:"囊瓦一生平庸贪财,但却为楚办了一件大

第二十九回　折重兵司马死义　破麦城军师造假

事，就是主持修建了郢都。郢都三城互为屏障，我军万万不可轻敌。"

阖闾问："依军师之计，郢都之战如何才为上策？"

子胥说："西去鲁洑江乃入楚之路径，现在定有重兵把守。若依我军人多势众的优势硬攻，虽能取胜，但会消耗兵力，耽搁时日。不如绕道陆路，直接攻城。"

阖闾入郢心切，说："那么我军分为三路，一路进攻麦城，一路进攻纪南城，一路直攻郢都，胜利必指日可待！"

子胥说："若按常规，此乃良策。但楚人一定早有防范。我们要让他们神不知鬼不觉地便失了城池，岂不更好？！"

阖闾兴奋地说："军师有何良策？"

子胥说："大王亲率兵马，由唐、蔡二君保护，直奔郢都，在城外二十里处安营，不必攻城，只等城门大开，我迎大王进城即可。余下兵将由微臣率领，先奔麦城，而后攻纪南城，两城一破，郢都不攻自破！"

阖闾见子胥平静地侃侃而谈，知其破城之策早已运筹好了，便依他之计。次日，大军出发，至三城外百里处，阖闾与伍子胥便分手，按计划行事。

这一天，子胥正领兵前行，探马来报："麦城只有十里之遥。"

子胥命大军驻扎，他站在车中极目四望，真是感慨万端。想起自己由城父逃出楚境已有十九年了。如今归来，变化确实很大。这一带本是荒山野岭，十几里才有一户人家，如今建了麦城，周围的百姓渐渐多了，变成了一片村庄。子胥心想："若不是与楚平王有深仇大恨，自己何苦在外漂泊二十载！"他一想到这些，便恨不能立即挖开楚平王之墓！

子胥亲督大军安下营寨后，便步出营外，察看地形。他信步走着，不由来到一村，见村人牵驴磨麦，驴走磨转，麦屑纷纷而下。子胥忽然似有所悟，心想："破麦城此乃天意！磨在上，麦在中间，盘在下，麦子瞬间便成为齑粉。"

子胥赶紧回营，暗传号令，命每个军士各备布袋一个，内皆盛土，另外准备碎石若干，不听命者斩。

将士都不知子胥之意，问他何故，子胥只是微笑，说："天机不可泄漏。"

当夜，子胥命伯嚭率一支人马，去麦城之东，命夫概、专毅率一支人马去麦城之西，各自带上土石若干，筑起小城，以为营垒。

子胥亲自指挥监督，军士们不敢懈怠，两座小城在一夜之间便筑成了，各距麦城五里左右。东城狭长，取驴之意，西城正圆，犹如磨形。

众将又问子胥城形为何不同，子胥说："东驴西磨，何患'麦'之不下？"

众将似懂非懂、似悟非悟，因都知子胥神机妙算，便不再多问。

次日天明，吴军隐于营垒之中，但"城头"旌旗招展，威风凛凛。

麦城守将斗巢虽探得吴军兵马已到，知其在十里以外扎营，却不知为何一夜之间突然有二城屹立东西。斗巢心里慌乱，不知是怎么回事。过去人们十分迷信，斗巢也不例外，他心想："这二城在一夜之间落成，绝非人筑，定是神人所为，要么也是有神人相助，旌旗之上写着吴字，但城门却无人把守，也看不见城头巡兵，而且二城之形也甚怪，一长一圆，莫

第二十九回　折重兵司马死义　破麦城军师造假

非别有含意？"

斗巢越想心中越害怕，但又不敢表现出来。他命军卒前去探听消息，看看此二城究竟是人为还是神造。

军卒更胆小，心想："神造的更不用说了，若是吴军垒的，恐怕也是神人相助，否则一夜工夫怎么筑起二城？"

军卒走到城下，见城门开着，且无人守卫，便大叫："城中可有守将？"

等了一会儿，无人应声。军卒又喊数声，仍无人搭腔。正在这时，恰巧起了一阵风，吹得军卒有些发毛。他只感到头皮如针刺，脊背直冒凉风，吓得拔腿就往回跑。

斗巢见军卒跑回来，问他城中可有吴兵。军卒连跑带吓，脸都变成了青白色，只是喘着气说："城中无人。"

斗巢一听更加感到奇怪了，赶紧命人再去吴营附近打探，看看那里吴军是否还在。

军卒来到吴营附近，站在高坡之上瞭望，只见大营尚在，营外仍有军卒把守。

军卒回来禀报斗巢，斗巢心里更感到恐慌，不知伍子胥是何打算。他想："既然是两座空城，无人把守，无论是人之所为还是神之所为，先不必惧他，不如与伍子胥开战，看看吴军的实力如何，再作打算。"

斗巢立即点齐三千人，直奔吴营前讨敌叫阵。工夫不大，一个白衣青年驭车应战。

斗巢见此人年轻英俊，而且透着一股灵气，心想："吴军中果然有非凡之人！不过，还是先与子胥交战为好，若幸擒首将，吴军便等于自破了。若是与这员小将交战，即使胜了，恐怕还会有第二个、第三个……纵然我有天大的本事，也不能相敌呀！"

斗巢说："请问来将何人？"

那个白衣青年自报名号说："我乃吴军大将专毅，对方可是斗巢？"

斗巢说："正是。原来你就是刺杀王僚的专诸的儿子？！果然是将门虎子，名不虚传。不过，今天我不想与你交战，请你回去禀告伍子胥，让他这个逆贼出来应战。"

专毅一听他说伍子胥是逆贼，当即大怒，并大声说："斗巢，你出口伤人，我饶不了你！"

专毅驭车上前，一鞭甩过来，斗巢毫无准备，一闪身，险些摔倒，他只好应战。二人打了几个回合，不分胜负。正在这时，斗巢军中大乱，有军卒慌慌张张跑来说："不好了，吴军围城了！"

斗巢边战边问："吴军由何而来？"

军卒结结巴巴地说："好像是……是那两座空城。"

斗巢一惊，说："不好，中计了。"说着，便虚晃一戟，命大军后撤。

楚军听说空城之中有吴军，不知怎么回事。胆小的人说："莫非天兵天将至此？"弄得人心大乱。又听吴军中高喊："快追呀，有神兵相助，楚军跑不了了！"

吴军边喊边追，楚军马踩车轧，伤了不少性命。专毅这才收兵回营。

斗巢一边往回逃，一边想："哪里有什么神兵神将，原来是吴军之计。"他望着正在围城的吴军，把那个探事的军卒叫了过来，说："你睁开狗眼看看这些人，怎么说城中无人呢？"

第二十九回　折重兵司马死义　破麦城军师造假

探事的军卒吓得面如土色，说："奴才害怕，没敢进城，只在外面转了一圈。将军饶命，将军饶命……"

斗巢气得脸色铁青，说："你这个无用的奴才，麦城毁在你手中了！"说着，一戟便将他刺死。

斗巢驭车至麦城附近，见面前一白须之人拦住去路，左有伯嚭，右有一粗壮大汉，心想："这白须之人定是伍子胥了。"

斗巢横戟拱手说："对面可是子胥？"

伍子胥说："斗将军难道不认识我了？"

斗巢说："足下今日仙风道骨，与往日不同。二十载不曾相见，别来无恙？"

子胥说："我身怀大仇，一夜愁白了头，何谓仙风道骨？至今大仇未报，日夜寝食不安！"

斗巢说："此言差矣！足下先世之冤，皆因费无极，他今已被诛，足下无仇可报。你若愿回楚，我定保你在昭王驾下为官。"

子胥仰天大笑，说："伍家先人有大功于楚国，楚平王不念，冤杀父兄，还要绝我之命。幸蒙上天保佑，得脱于难，我怀恨十九年，才有今日，岂能认贼作父，为楚效力？！"

斗巢说："背主之贼，看来与你好言相劝不行，只好以戟相见了。"说着，一戟刺过来，子胥用戟相架，二人战在一处。

子胥右边的彪形大汉正是夫概，见子胥与斗巢战了十个回合不分胜负，便与伯嚭递了个眼色，二人各率军卒，与楚军激战。

斗巢一见，招数便有些慌乱，他自知不是吴军对手，只好虚晃一戟，驭车奔至城门下，令守城军打开城门，鸣金收兵。

楚军呼啦啦退入城中，子胥等假意追赶。见楚军全进城了，也不围城，各自回到二城之中。

斗巢退至城中，重整军伍，决心坚守。当夜，斗巢不敢就寝，唯恐子胥攻城。次日天明，吴军也不挑战，斗巢心想："想必连日行军，军士已疲，楚军又刚打了胜仗，现在只顾休整，所以不来攻城。"

斗巢稍稍松了一口气，夜里便踏踏实实地睡下了。军士们一天一夜不曾好好休息，刚一躺下，便都沉沉睡去。

半夜子时，麦城守军将士睡意正浓，恍恍惚惚听见征战之声，紧接着一个军卒跑到斗巢寝室，大叫："将军，不好了，吴军进城了！"

斗巢由梦中醒来，不知怎么回事，只听见城中人喊马叫，忙问军卒："吴军怎么进的城？"

军卒一时也说不清楚。斗巢慌忙穿衣聚集将士，出门应战。

当夜有月，只见吴军由城外拥进，斗巢领众将士大战一阵，知道不是对手，只好乘机夺路而逃。

斗巢跑出去几里路，回头遥望麦城，只见城头已点燃了火把，城中十分光亮，心想："顷刻之间麦城便被吴军占了。若不是黑夜，恐怕自己逃都逃不出来！"斗巢无颜回郢，只能信马由缰，随意而行。

麦城何以在一夜之间便攻下了？原来，子胥令吴国军卒穿上楚国军服，混入了进城的队伍中。前半夜故意不战，使楚军由警惕变为松懈。然后这些军卒由城头放下绳索，将吴军吊上城去。当楚军发现时，已有几十人登上城头，并且杀死了大半

第二十九回　折重兵司马死义　破麦城军师造假

守城军。等到斗巢收到消息时，城门已被吴军打开，吴军如潮水般涌进了城，势不可当，楚军迷迷糊糊，大多数不战而降。

伍子胥将降卒编入吴军，令人将捷报传给阖闾。大军休整三日，只留专毅率本部人马守住麦城，其余大军则直奔纪南城。

第三十回　淹楚都河水施威　鞭平王子胥报仇

伍子胥引兵过了虎牙山，转入当阳坂，便望见漳江之水，水势滔滔。纪南城之西便是赤湖，可直通城中。

纪南城是原郢都所在地，因地势低下，后囊瓦建议更名纪南城，迁都新城。

子胥看着旧城，心潮起伏，幼年往事历历在目，想起来甚是心酸。他仰天长叹，心中暗说："父兄在天之灵可否看见，二十年之后，我来为一家报仇了？"

时值秋末冬初，子胥忽然想起，正是这个时节全家遭难。他自语道："真是苍天有眼，让我又在此时返楚！"

伍子胥望着江水沉思良久，不由得心生一计，他令军卒后退十里，在高坡之上安营扎寨。又令人去郢都城外，请吴王阖闾也退后十里，在纪山之上扎营。

子胥将诸事安置妥当，便指挥军卒在漳江与赤湖之间挖一深壕。几万大军，轮换开挖，不到一天，深沟挖就。漳江水高，赤湖水低，顷刻间，漳江之水便泄入赤湖。

子胥又令军士用土堵塞沟壕一端，将漳江与赤湖之水分开。这样一来，赤湖之水高起两丈有余，纪南城中当即灌满

第三十回 淹楚都河水施威 鞭平王子胥报仇

湖水。

子胥见水势浩大，纪南城已成大湖，便令将士们砍竹做筏。

纪南城守将宋木看到涨水，正不知所措，忽见一排排竹筏入城，才知是吴军决漳江所致。城中无备，军卒没于水中，又见吴军已到，人心惶惶，只顾各自逃生。

宋木见大势已去，纪南城不战而失守，心中十分沮丧，恨自己没有严加防范。他见将士各自逃命，猛然想起了郢都，便赶紧奔去，此时郢都也已灌满了水。他见过昭王，跪倒请罪，说："臣不知吴人挖漳江之水灌入城中，愿听任大王处置！"

昭王哪还有心处罚宋木，本来昨日探知阖闾大军已撤至纪山，以为能躲过此难，谁想今日却水灌二城。

昭王不知所措，想逃又不知如何出去。宋木说："可速命人做一竹筏，大王速逃出城去，再令人前去公子申处报告详情！"

在众臣的护卫下，昭王逃出了郢都，全然不顾家眷及城中百姓的安危。

子胥只在一天之间，水满二城，使二城不攻自破。子胥仰天大笑："天助我也！破楚真乃天意呀！"

子胥令人掘开水坝，放水入江，二城渐渐恢复原貌。

子胥进入郢都，命人将楚国大殿打扫一新，然后大开城门，迎接吴王进城。

阖闾刚刚得知麦城已破，不过半月，纪南城和郢都只在一天之间也归了吴国。他心中大喜，自语道："得一子胥，乃得天下也！"

吴王率军进入郢都，心中说道："郢都之豪华富丽不在吴城之下呀！"接着，子胥又将他迎入大殿。阖闾坐在昭王之位上，仰天大笑，对众将说："楚国已破，蛮夷之霸便是寡人了！"

众将连声恭贺，唐、蔡二君也入朝致辞恭贺。阖闾十分兴奋，激动不已，想起自己十年前还在王僚驾前称臣，十年后吴、楚尽归于自己，心中不禁感慨万端。

阖闾对众臣说："寡人今日能坐在楚国大殿上，全靠各位爱卿扶助，寡人在此大庆三日，各位爱卿有何心愿，尽可以上奏！"

唐、蔡二君上前说："如今昭王已逃，囊瓦也早不知去向。我们只想去囊瓦府中搜出宝物，以便物归原主，望大王恩准。"

阖闾说："二君与我征战沙场，又护卫左右，功劳不小，寡人准奏。"

二君下去行事。伯嚭上前奏说："囊瓦受费无极挑唆，残害我全家致死，今无极虽诛，囊瓦又不在，臣不得泄胸中之愤，只想以当年焚我府之法，将囊瓦之府焚为灰烬，请大王恩准。"

阖闾说："爱卿投奔于寡人，忠心事吴，这等小事不必上奏，自己行事便罢。"

伯嚭谢恩。众将都有本奏，有要求抄楚臣之家的，有要求暂住楚臣之府的……

吴国乃后起之国，一切都比楚落后，因此这些将士一入楚都城，便眼花缭乱，觉得什么都新奇。

众臣各自散去，大殿之内只剩下阖闾与子胥。阖闾见子胥低头不语，若有所思，便问他："伍爱卿，今日破楚都城，乃

第三十回　淹楚都河水施威　鞭平王子胥报仇

你之心愿，也是寡人之大喜，却为何闷闷不乐呀？"

子胥叹息一声，说："今楚虽破，而臣之大仇未报，怎能开怀大笑？"

阖闾说："平王与费无极已死，神人也无还生之力。爱卿不能亲杀二人，才如此寡欢，对吗？"

子胥说："正是。难得大王理解我意。"

阖闾又问："既然如此，爱卿有何打算？"

子胥说："臣想掘平王之墓，开棺斩首，以泄臣之恨！"

阖闾说："寡人得一子胥，便得天下。爱卿功高盖世，寡人怎么会吝啬一具枯尸？爱卿只管行事。"

子胥谢恩，走出大殿，去寻平王之墓。

当晚，阖闾宿于楚王之宫，昭王只顾自己逃生，家眷全部留于宫中。昭王有二姬，乃中原人，平日最受宠，阖闾一见，似曾相识，左看右看，才发现这二人正像自己的李姬和王姬。其实，世上不一定就有如此凑巧之事，只因都是中原人，装束举止颇像而已。再加上吴王连日行军征战，远离妇人，今日平平安安宿于楚宫，怎能不思男女之欢？阖闾命此二姬服侍自己，二姬不敢不从，只好忍泪让吴王尽兴。

次日，阖闾的侍卫对他耳语说："楚王之母孟嬴，如今年纪尚少，美色不减当年，难怪楚平王要夺其亲子之媳呢！"

阖闾说："若果真如此，寡人倒想见识一番。"他立即命人去请孟嬴。

侍卫来到孟嬴所居后宫，孟嬴闭户谁也不见。侍卫连唤几声，不见孟嬴应声，只好独自回转。

阖闾见孟嬴不来，大怒，说："将她绑来见我！"侍卫刚要走，阖闾又说："慢来，让我亲自去看一看，见识一下这位刚烈的美人。"

阖闾来到孟嬴居处，孟嬴在室内以剑击户，说："大王，妾闻一国之君，乃一国之教也。礼，男女居不同席，食不共器，所以有别。如今大王弃其礼教，以淫乱闻于国人，妾宁伏剑而死，也不愿从命！"这一席话，说得阖闾面红耳赤，不知该说什么才好，心想："自己莫非成了丧尽人伦的楚平王？"他只好悄悄走开。阖闾回到后宫，越想越愧，便把楚王的两个爱姬放了。

阖闾又传令将士，不得奸淫妇女，违者立即斩首。一时间，城中百姓大赞吴王之德。

唐、蔡二君入囊瓦之府，一裘一马尚在，二人取了献给吴王，并请求回国。吴王应允，并赏给每人各五千战俘及珠宝无数。二人感激不尽，谢过吴王，各自回国。

伯嚭如愿，囊瓦之家私，大半归于自己，并焚其府宅。府中家眷早已逃走，幸免一死。

夫概与公子山在城中大搜贪臣之府，掠取无数财帛，并将一半献给吴王。吴王全部施给百姓，百姓无不感恩戴德。

再说伍子胥访得平王之坟茔有七处，子胥无法断定哪一处是埋葬了尸首的。

子胥心想："一定是老贼生前知道自己枉杀无辜，怕死后被扬骨焚尸，才想了这么个以假乱真的办法。"

子胥平日最宠专毅，攻下郢都之后，他另派别人镇守麦城，而把专毅叫到自己的身边，专毅便整日跟在子胥身边。

子胥一连三日在坟茔附近转悠，专毅不解，问道："伯父，如今寻得坟茔却为何不挖开，而是整日转来转去？莫非伯

第三十回　淹楚都河水施威　鞭平王子胥报仇

父对老贼有了怜悯之心？"

子胥说："我对平王恨之入骨，岂有怜悯之意？只是这老贼十分狡猾，死后也不放心，把尸首藏于他处，而这七处坟茔全是假的。"

专毅一愣，问："伯父不曾挖开，却断定此中有假，莫非伯父真是神人下凡？"

子胥见专毅如此认真地问，毫无调侃之意，便微微一笑，说："侄儿，我哪是什么神人？若是神人，报仇何苦等到今日？侄儿若不信，可命人挖开一处看看便知。"

子胥命人将其中一处坟茔挖开，打开石棺，里面除了衣服之外，再无其他。

专毅说："伯父，这一处无尸，那么余下六处坟茔之中定有平王之尸。不如全部挖开验看。"

子胥说："侄儿，不要白费工夫了，若有一处葬尸，他何苦设下七个坟茔？只要有力气，有时间，谁都能挖得到。平王用心良苦，绝对不会蠢到如此地步。"

专毅这才似有所悟，说："莫非平王的真正坟茔另在他处？"

子胥点头。专毅说："那么平王坟茔现在哪里呢？"

子胥说："平王之茔定是座暗茔，而郢都方圆几十里，若藏下一座暗茔，实在难以找到。"

专毅一听就着急了，说："那怎么才能找到？"

子胥说："只有找到当年修建坟茔之人，才能找到坟茔。"

专毅听了更犯愁了，不知上哪里去找。子胥一连几日，想的也正是此事。最后，他断定郢都城中有一人一定知道平王之坟茔究竟在何处，此人便是孟嬴。子胥所愁的是，不知孟嬴能否告知自己。

这一天，子胥来到孟嬴居处求见。孟嬴虽然久居宫中，但关于伍子胥的传闻还是听说过不少。自从吴军入城，孟嬴不曾出房门半步，今日一听伍子胥求见，心中一惊，暗想："不知此人何等相貌？"他们虽然彼此不曾见过面，但多多少少还是有些瓜葛。他曾与太子建走国游邦，而自己的贴身丫头子齐又做了太子建的妻子，这一切阴差阳错的牵连，倒使孟嬴感到又苦又涩。她想起自己一生陪伴着昏庸残暴的君王，平白无故地遭人唾弃，不由得落下两行清泪。

侍女见孟嬴落泪，不知何故，赶忙劝解。孟嬴这才以袖拭泪，问："门外求见之人，可是伍奢之子？"

侍女说："正是。"

孟嬴说："那就请他进来讲话。"

子胥来到室内，只见正中端坐一位妇人，乌发高挽，面如白玉，虽然少了青春之气，但却分外端庄娴静。

孟嬴见子胥果然容貌非凡，有仙风道骨之气。二人互相问安，孟嬴请子胥坐下，便直截了当地问道："伍先生见我有何事？"

子胥说："臣有一事要请教夫人。"

孟嬴说："你我虽不曾相识，但念及你与太子建相依于危难之中，我便想见你一面，有事就请说吧。"

子胥说："夫人可知平王的坟茔在何处？"

孟嬴心里一惊，立即料定子胥将要干什么。她开始后悔不该请子胥进来，可事已至此，又不好撵他出去。

孟嬴说："先生何意？"

第三十回　淹楚都河水施威　鞭平王子胥报仇

子胥毫不隐瞒地说："臣积冤仇于胸已十九年了，本想亲手杀了平王和费无极，可二人都已亡故。费无极尸身全无，罪有应得。平王之尸又葬于暗茔，臣只想寻到平王之尸后将其斩首，以解心中之恨！"

妇道人家，毕竟见识有限，她根本没想到子胥来是为了这个目的，心想："平王虽然丧尽人伦，但毕竟与我夫妻数载，珍儿已做了昭王，我怎能做不义之事！"

孟嬴说："伍先生，按理说你本是楚国罪人，今日我饶你不死已是万幸了，你却口出狂言，要挖茔掘墓，真是不仁不义！"

子胥并不生气，他早已做好了挨骂的准备，所以仍不慌不忙地说："夫人，臣想问你一句话。"

孟嬴不言语，子胥便说："请问夫人可知自己由秦至此，所嫁该是何人？"

孟嬴说："太子芈建。"

子胥说："可是，你却做了大王夫人，难道是因为夫人贪图富贵荣华？"

孟嬴哪里绕得过子胥，她急躁地说："哪里是我贪图富贵，分明是平王无耻，丧尽人伦，强娶我为夫人！"

子胥听了微微一笑，说："夫人既然恨平王如此之深，又何苦隐瞒他坟茔的位置呢？臣斩其尸首，也是为夫人雪耻，夫人也免得落个水性杨花之名！"

孟嬴听了最后一句话，不由得火冒三丈。但她仍然端坐，毫不失态。良久，她才悲叹一声，说："我自从得知真相以后，想回秦国，可路途遥远，一个妇道人家如何逃脱？后来，也曾想一死雪耻，可又怕我无故死后，王兄会兴师南下，致使两国交兵，黎民涂炭。因此，只有委屈我一人，以求太平，却怎能说我水性杨花？！"

子胥听了这几句话，不由得重新打量面前这位妇人，觉得她一片苦心实在难得，于是，便趁机说："夫人既然如此深明大义，就该将坟茔所在告诉我，我想那死去的冤魂也会感激你的。"

孟嬴心中很矛盾。她既恨平王，又觉得身为楚国夫人，不能指使叛逆之人挖坟掘墓。她这么想着，便不由自主地站了起来，目视窗外。北窗外正是寥台湖，湖水清澈。孟嬴自语道："一切皆由天定吧！"

子胥闻言，也目视窗外，心中恍然大悟，急忙叩拜说："谢夫人指点！"

孟嬴如梦初醒，后悔自己因失态而暗中告知了子胥。孟嬴有些紧张，脸涨得通红，子胥心想："我所断定的丝毫不差！"

原来，孟嬴目视窗外寥台湖，正给了子胥一个启示。他寻坟之时就是没想到湖中。刚才孟嬴失言说了句"一切皆由天定"，子胥便料定了八分。他又故意叩谢，若是判断有误，孟嬴自然会奇怪不解；若是判断正确，她定会为自己的失言而懊悔。所以，孟嬴脸一涨红，子胥便知自己的判断完全正确。

子胥辞别孟嬴，带人来到寥台湖，命善水性之人潜入湖底寻找棺木。十几个军卒在水中寻了两天，最后在湖中心发现了一块巨石。这块巨石十分平整，呈长方形，显然是石匠凿刻整齐以后放入湖底的。子胥立即召来军士，各备砂囊，在巨石周围一丈开外，用砂囊围住。不到一天，巨石被围在中间，湖水舀净后，再将石板掀翻，板下果然有一棺材。

第三十回　淹楚都河水施威　鞭平王子胥报仇

棺材抬上岸后，子胥赶紧令人打开，见平王之尸正在里面。因为尸体灌了水银，故尚未腐烂，子胥一下便认出了老贼的容貌。

伍子胥看了片刻，没有吱声。他眼前忽然出现了父兄惨死及妻子韦氏自尽身亡的情景，又想起了自己昭关一夜愁白了头，在吴市乞讨吹箫……子胥真是百感交集，肝胆俱裂，突然他猛地大叫一声，震得山摇地动，震得湖面波涛翻滚……

伍子胥把平王的尸体从棺材中拎出来，又重重地摔到地上，只见平王口中喷出了白花花的水银。子胥从专毅手中夺过鞭子，照着平王的尸身狠狠地打了下去。这一鞭打到了平王的骨头里。鞭子一抬，把尸体带了起来，然后又重重地摔下。接着，第二鞭下去，又将尸体带了起来，头足均垂于地下，好像在给子胥请罪。子胥一脚踢开，又打一鞭，平王尸身上的肉便掉落了一大片。

子胥就这么连打带喊，惊动了郢都城中百姓。平王生前，百姓们恨透了他，今见昔日忠臣伍奢之子在此报仇，无不拍手称快。

子胥连打三百鞭，平王尸身烂肉横飞，骨断筋折，如一堆烂透的狗屎，只剩下小小的一团。子胥见平王头颅尚存，便放下鞭子，用手一拧，脑袋便下来了。子胥用手挖掉他的两只眼，说："你活着时，枉有两只眼珠，不辨忠佞，听信谗言，杀我父兄，要它何用？"子胥一扬手，平王的两只眼珠便被扔到湖中。这两只眼珠在水中漂了一会儿，便慢慢地沉没了。之后，伍子胥又将平王尸身的一半扔到湖中，另一半弃于荒野。接着便仰头对天说："父兄亡妻在天之灵，伍家大仇已报，你们可曾看见？！"

子胥说到这里,泪水落满双颊。此时,正是初冬,天空并无云彩,却忽然降下雨来,倾盆如注,人人皆以为怪。有人说:"无云而雨,谓之天泣!"也有人说:"这是天上的亡魂在与子胥一同哭泣!"

伍子胥鞭尸楚平王

第三十一回 楚昭王奔逃随国 渔翁子一剑救郑

孟嬴知道伍子胥鞭尸后，觉得有愧于珍儿，也不能料定楚国后事如何，更不愿余生再做吴俘，便自刎而死。

阖闾敬重她的妇德，命子胥将其厚葬。子胥不愿让节烈之女与楚国王室同葬一处，便在纪山另辟幽静之地，装棺埋葬。一时间，郢都城中沸沸扬扬，无不慨叹孟嬴的节烈，赞美子胥的德义。

楚郢已破，昭王出逃在外，楚名存实亡。吴国之师久居异乡，终归不是上策。这一天，子胥对吴王说："兵以义动，方为有名。平王废太子建而立秦女之子，任用奸佞，内戮忠良，外行残暴，所以今日被吴所破。大王如今最宜召太子建之子芈胜，立之为君，以即昭王之位。"

阖闾闻言不悦，说："爱卿私仇已报，便忘了寡人的称霸大业吗？"

子胥说："微臣能报家仇，全仗大王知遇之恩。今为吴臣，岂敢忘大王称霸大业！"

阖闾说："既然没忘，却为何又要芈胜复楚？"

子胥说："楚人皆怜太子建无辜，若芈胜为君，百姓必

第三十一回　楚昭王奔逃随国　渔翁子一剑救郑

然相安，而芈胜也念吴德，必世世贡献不绝。王虽赦楚，犹得楚也。"

阖闾沉思良久，觉得此话在理，但昭王还在，终是后患。于是，他对子胥说："昭王还在，而且重臣也随他而逃，若有朝一日借兵反戈，恐怕芈胜难以抵挡。不如先将昭王擒住，令其心服口服，然后再作打算。"

子胥知阖闾灭楚之心迫切，一时难以相劝，只能依从。

阖闾命伯嚭镇守纪南城，公子山镇守麦城，夫概与专毅镇守沂水，自己以重兵把守郢都，另给子胥一万大军寻觅昭王。

昭王在众臣的护卫下乘筏而逃，到了汉水换乘舟楫，一路上匆匆而行，却不知该往何处。往日楚之属国大多归吴，不好投奔，再往东行，就是吴之国界了。这一天夜里，众臣停舟，正要商议去处，忽然见前后左右十几条船将他们围住。

昭王以为是吴兵，吓得浑身发抖，呆坐在船上站不起来。

大将宋木以戟护住昭王，问船中之人："请问你们是何人？为何将我主之船围住？"

其中一高个大汉说："实言相告，我们乃这一带草寇。我们不会伤害你们性命，不过，衣物财帛一定要留下，否则，休怪我们动手！"

宋木一听，原来是强盗，便大喝一声说："大胆狂徒，你们竟敢路劫楚王？！"

那个大汉哈哈大笑，说："楚王乃一国之君，焉能夜至此地？！你分明是假冒楚臣，看我把你拿下，也好在楚王面前请功！"

那大汉一声令下，有几个强人用戟直刺宋木，宋木奋力抵挡。昭王说："将军可将船中之物给他，我们保住性命要紧！"

宋木腿部受伤，不能再战。强人大笑说："哪里是什么楚王？一国之君岂能如此胆怯？"

被吓得浑身发抖的昭王，又被这句话羞得一阵阵燥热起来。

强人掠走财物，将昭王等船中人撵上了岸。他们只好步行，再回头看时，船已被烧。昭王前行一段，仍心有余悸，只好停下歇息，刚要迷迷糊糊地入睡时，忽然听见远处隐约有车马之声，昭王一惊，急忙起身，说："吴兵到了，快逃！"

宋木因为腿受了伤，不能疾走，只好让众臣护着昭王而逃，他独自留在原地，听天由命。

工夫不大，车马之声渐近，宋木抬头一看，见这支人马约有五千，旌旗上面写着一个"楚"字。

宋木不敢相信，用手揉揉眼睛再看，才确认判断无误。

原来这支人马是公子申率军由鲁洑江而来。昭王出郢都之前，曾派人送信给公子申，因未说明逃往何方，所以公子申只得凭着判断，沿着河岸东寻而来。

宋木与公子申相见，二人相视垂泪。公子申问："现在大王在何处？"

宋木用手一指前方，说："刚走不到半个时辰，你我快追！"

公子申一路喊，一路追，昭王才知是楚军来了，便停下脚步。见了公子申，昭王不由抱头痛哭。公子申好言安慰，令大军暂时驻扎，先为昭王更衣做饭。众臣及将士用罢饭后，便商议去往何处。

昭王问公子申："楚属国都已离心，现在郢都失守，落难

第三十一回　楚昭王奔逃随国　渔翁子一剑救郑

之王该去何处?"

公子申说:"再往东行,便为吴界。往北行路途遥远,军中粮饷不足,不如就近想个去处。"

众人都低头沉思,忽然公子申眼前一亮,说:"西北不过百里便是随境。晋侯一呼,各个小国群起,唯独没有随国,可见与楚无怨,我们不如先投奔随,得一安身之所,再作打算。"众人都点头称是,于是大军便直奔随国而去。

伍子胥率军东行数日,沿路打探,方知昭王在随,便率军奔随而来。

伍子胥将大军屯于随都之南,遣人送信给随侯。信中写道:周之子孙,在汉川者,被楚吞噬殆尽。今奉吴君之命,问罪于楚君。若交出楚珍,与吴为好,汉阳之田,尽归随君,吴君与君世为兄弟,同事周室。

随侯看罢此信,急召众臣商议。有大臣说:"楚国一向对诸侯小国残暴不仁,今天收留楚君于危难之中,已尽人情,我们应交出昭王,以保城中百姓平安为上策。"

也有大臣说:"今楚亡吴兴,若与吴对峙,早晚会祸及随国。"

又有一部分大臣说:"救人于危难之中,可见国君仁义之德,才能教化百姓人人行善、仁义处世,才能使国中安泰。"

还有大臣说:"昭王身处逆境,若将他交给吴军,岂不是乘人之危?"

……

随侯听罢诸臣的议论,一时难以定夺,便请来楚国君臣,问他们如何打算?

昭王闻听伍子胥兵临城下,早吓得浑身直出冷汗。一是怕随侯将其交出，命在旦夕；二是怕两军交锋，随国弱小无力，生死不定。昭王左想也怕，右想也怕，毫无主见。

这时，有一楚臣说："平日人人都说我的长相与大王相似，若是刻意打扮一番，将我献出城去，可保大王安全！"

大家看了看此人，果然与昭王相像。昭王正要依计而行，公子申说："虽然伍子胥与昭王不曾相识，但此法只是一时之计，吴军之中楚俘很多，万一被识破，大王仍然难逃此劫！"

众臣一时无言，想不出万全之策。公子申沉思片刻，对随侯说："若大王亲自出城对伍子胥说，他定会相信。"

随侯问："对伍子胥说什么呢？"

公子申说："只说昭王由此路过，已经北上。"

随侯不解其意，心想："子胥之才已名扬天下，怎么会信这话？但事已至此，只好试试再说了。"

随侯领宫中侍卫数人，驭车出城，与子胥相见。

伍子胥对随侯客气了一番后，便问："昭王可在城中？"

随侯说："不在。"

子胥不信，说："吴与随一向无怨，而随为楚之属国，却屡遭楚之欺凌，为何还要保楚？大王若将昭王献出，与吴通好，吴王定然不会亏待随国。"

随侯故意若无其事地说："随既为楚之属国，楚君若真躲居于此，我也不敢不纳。只是昭王已由此而走。"

子胥问："去往何处？"

随侯说："详情小君不知，只知向北走了。"

伍子胥听说昭王往北而去，心想："随国弱小，昭王定是害怕随不敌于吴，才离随而走。再往北走，蔡、陈等国与楚有怨，晋国更是与楚为敌，那么只有郑国可去了。听说囊瓦也在

第三十一回　楚昭王奔逃随国　渔翁子一剑救郑

郑,想必是奔他而去。"

子胥这么一想,果然相信了随侯之言,立即率军北上。

伍子胥率大军入郑,在郊外安营扎寨。子胥心想:"想当年我欲借兵伐楚,郑定公与我巧妙周旋,就是不肯发兵,后来又诛杀太子建,我被逼而走。如今昭王、囊瓦又藏于城中,新仇旧恨正好一起清算!"

郑定公一见子胥围城,心中大惊,暗想:"若知此人今日成大器。当初不该不助他一臂之力,更不该杀太子建啊!如今楚国已破,又何况郑国!"

郑定公寝食不安,遣使数次告知子胥,说昭王不在郑国。子胥根本不信。定公正在万般无奈之际,猛然想起囊瓦,心想:"莫非伍子胥怀疑昭王奔他而来?"于是,立即将囊瓦召进大殿。

囊瓦自从败逃郑国以后,苟且偷生,无脸出门。他听说子胥兵临郑国,以为自己祸及无辜,更是很少见人。今日定公请他上殿,心中便惴惴不安,他颤声问道:"大王召臣何事?"

郑定公本想将囊瓦推给伍子胥,做个替罪羊,但见他年迈可怜,又不好开口。

囊瓦似乎看出了定公的心思,便很知趣地说:"大王莫非因吴军之事召我?"

郑定公就坡而下,说:"正是。如今吴军围城,声称要昭王和你,你看这事该怎么办才好?"

囊瓦说:"大王可将我献给伍子胥,以证明昭王不在,他自会退兵!"

郑定公说:"寡人于心不忍呢!"

囊瓦仰天大笑，心想："既然不忍，为何召我上殿？唉！想想自己乃一个亡国之败将，年事已高，又在他人屋檐之下，也不会活多少日子了，不如就此一死，也算是为国尽忠，以赎往日的罪过！"想到这里，便说："大王不必不忍！若我一死，能保得一城百姓免遭涂炭，死也值了！"说罢，抽出长剑，自刎而死。

郑定公见囊瓦死了，立即命人将囊瓦之尸抬出城去交给子胥。

子胥说："这样的雕虫小技也敢来糊弄我？请回禀定公，三日之内把昭王献出来，否则，郑国将化为灰烬！"

子胥之恨一半是为昭王，一半是为定公杀太子建。因此，他便想借机灭了郑国，让它岁岁向吴贡纳。

郑定公听子胥这么一说，急忙召众臣商议。众臣议论纷纷，可谁也拿不出个好的主意来。

郑定公既不主张硬拼——因为城中兵力不足，也不主张周旋——因为没有人能想出退敌妙计，剩下的便只能是侥幸等待。他对众臣说："楚国那么强盛，吴军尚能破竹而下，又何况郑国？现在传寡人之令：三日之内，若有人能退吴兵，寡人愿与其平分郑国！"

郑定公传令下去之后，本不抱太大希望，倒是天不绝郑，次日，殿外便有一人求见，言称能退子胥大军。

郑定公立即召此人进殿。此人相貌平平，年纪不过四十，出奇的是手中一口宝剑耀人眼目，剑柄之上，镶有七颗宝石。定公觉得这口宝剑似曾相识，但一时又想不起来。

郑定公问他："请问壮士尊姓大名？"

此人说："平民百姓打柴为生，只叫我樵夫便是。"

第三十一回　楚昭王奔逃随国　渔翁子一剑救郑

定公觉得此人有些怪，心想："想立功，想成名，却不愿报出姓名。"接着又问："壮士破吴军有何妙计？用多少人马？"

"樵夫"笑笑说："没有妙计，不用一兵一卒，只用这口宝剑即可。"

郑定公更吃惊，说："莫非壮士之剑乃是神剑？"

"樵夫"说："不是神剑，而是伍子胥之剑。"

郑定公这才猛然想起，当年确实见过子胥身佩此剑。可是，他越想越不明白，子胥之剑为何落入"樵夫"之手？"樵夫"难道仅凭此剑就能退兵？

郑定公问"樵夫"缘由，"樵夫"不答，只要求独自去见子胥。郑定公只好答应了。

"樵夫"在吴军营外，一边走，一边唱："芦中人，芦中人！腰间宝剑七星文，不记渡江时，麦饭鲍鱼羹？"

"樵夫"开始并没有引起吴营将士注意，但他并不气馁，又一连唱了好几天。兵卒将歌谣传给子胥，子胥似有所悟，忽然想起当年过昭关渡江的情景，便赶紧命人将此人请进大帐。

子胥说："请问足下何人？怎知我当年之事？"

"樵夫"把七星宝剑递给他，说："大人可识此剑？"

子胥接剑在手，立刻站了起来，倒退几步，问道："莫非渔丈人没死？"

"樵夫"摇摇头，便将十几年前的事讲了一遍。

原来，子胥过了昭关，渔丈人送他渡过大江之后，以此剑自刎，子胥便将此剑留于船中，以示报偿。

船随水漂，漂出去很远，渔丈人之子久不见父归，便来到江边寻找，一直沿岸寻去，最后发现父亲已死。渔丈人之子误以为伍子胥杀了父亲,便来见东皋公诉说冤屈。

东皋公深知朋友之义,料定是为子胥释疑而死,再一看伤口,更确认是自杀。

东皋公劝渔丈人之子说:"若是子胥杀了令尊,焉能将宝剑留于船上?而且子胥英武非凡,一剑下去,非穿透心腹不可,怎会只在脖颈上轻轻一抹便罢?这是令尊为义而死!"说罢,慨叹不止。

渔丈人之子这才释然,于是在江边为父树碑,使行路过江之人都能看见。他也效仿父亲的义德,常常助人,不索回报。楚国为了征付诸侯,常常抓壮丁,渔丈人之子为了躲避战争,便离开昭关,以四海为家。

这一天,他来到郑国,正好赶上子胥围城,郑定公召人破敌。渔丈人之子平生最讨厌战争,不忍心看黎民百姓惨遭涂炭,想以剑退兵,意在保住城中无辜百姓。

子胥听着渔丈人之子的讲述,往事历历在目,不由得眼含热泪。他说:"我当年幸得令尊相救,令尊又因我而死。现在我大仇已报,正思报恩,恨无其路,今日幸得相遇,足下有何所需?"

渔丈人之子说:"我有一愿,只怕大人不会答应。"

子胥说:"足下尽管直说,我一定答应!"

渔丈人之子说:"郑国惧将军兵威,无人能退敌,我念先人曾与将军有一面之交,特望将军放过郑国!"

子胥一愣,万万没想到他是为此而来。

子胥说:"足下为何为郑国出力?"

渔丈人之子说:"郑公有赏。"

子胥说:"郑国之赏,吴国皆有。"

渔丈人之子说:"郑定公有令,'能退吴兵者,与其平分郑国',吴王能与我同坐江山吗?"

子胥不言,沉思良久。渔丈人之子见他面有难色,便说:"大人不退则罢,我告辞了!"

子胥一咬牙,说:"足下且慢,我有今日,皆渔丈人所赐。苍天在上,岂敢忘怀?我即刻退兵,以报此恩!"

渔丈人之子谢过子胥,将宝剑还于子胥,子胥不收。渔丈人之子便说:"我与郑公同享天下,珍宝之物无数,何况一口宝剑?请大人收回自用。"

子胥只好留下,随即下令退兵。

"樵夫"来见郑定公,定公大喜,准备择日举行典仪,向国人声明,与他同治天下。

"樵夫"说:"大王,我若贪图官位,投吴更好,子胥不会亏待于我。现今,郑国平安了,我便到深山而居,不问世事了!"说罢,拂袖而去。

郑定公望着"樵夫"的背影,百感交集,

子胥后来知道了此事,对渔丈人之子更加敬佩,嗟叹道:"真是父义子德!"

第三十二回　践复楚包胥乞秦
　　　　　　　叛吴王夫概被杀

伍子胥离了郑国，一路之上遣人四处招降楚属。

这一天，子胥刚入郢都，便接到一信。送信之人是楚国人。子胥将信展开，只见上面写道：我乃楚平王旧臣。听说你已鞭平王之尸，虽说你已报仇，但实在过分。常言说，物极必反。我当速归，践"复楚"之约……

子胥再看落款，上写三个字：申包胥。

申包胥乃楚国大夫，是子胥的朋友，常常出使各国。此次郢都失守，他正在北方，闻讯后，迅速赶回。

伍子胥见信沉吟半晌，便想起了当年与包胥各自立下的誓言。如今自己的誓言已经实现，看来包胥也不会食言。

伍子胥并未回信，只是对送信人说："我因军务繁忙，无暇答书，借你之口，为我致谢申君：我现既为吴臣，只能为吴效力，早已忘了当年楚国之事。"

使者回来见了包胥，将子胥的话转告了。申包胥长叹一声，说："子胥灭楚之心已定，我不可坐而待之了！"

申包胥空有其志，手下并无一兵一卒，如何复楚？他苦苦地想，昭王虽在随国，而随弱小无能，自身尚且难保，自然不

第三十二回　践复楚包胥乞秦　叛吴王夫概被杀

能相助。往日许多属国都早已离楚，如今只有一国可以求救。

申包胥想到的是秦国。孟嬴乃秦哀公之妹，昭王乃哀公之甥，要解楚难，唯有秦国。

包胥告知昭王后，便驱车直奔秦国。

这一天，他终于来到了雍州。见了哀公，还没有开言，便昏倒在大殿之上。

秦哀公见申包胥衣衫褴褛，足上有伤，便赶紧让御医为他诊治。

申包胥是因为又累又渴才晕倒的，经御医一掐人中，便苏醒了过来。

秦哀公问："申大夫，你每次出使秦国都有车马相随，这次为何如此落魄？"

申包胥未曾开言，两行热泪便滚滚而下。哀公不知何故，忙说："大夫有话慢慢说，男子汉大丈夫，何必落泪？"

包胥渐渐平静下来，将郢城失守、昭王逃避随国之事详细讲了一遍，又声泪俱下地说："吴军贪如疯豕，毒如长蛇。楚君失守社稷，逃于草莽之间，特命下臣告急于上国，乞念甥舅之情，代为兴兵解难！"

秦哀公沉思片刻，说："秦偏处西陲，兵微将寡，自顾不暇，安能助人？"

申包胥说："楚秦连界，楚遭难而秦不救，吴若灭楚，次将及秦。若楚存，亦可固秦，大王三思！"

秦哀公自从知道了孟嬴被平王偷娶之后，十分恼怒。楚国虽然年年派使者来秦，但秦却一次不曾派使去楚国。秦哀公有心杀平王、灭楚国，但妹妹已嫁了出去，岂不毁她一生？哀公只能忍辱。如今楚国遭难，皆由此而遭报应，哀公高兴还来不及呢，焉能出兵相助？因此，哀公说："大夫暂且回驿馆安住，容寡人与群臣商议。"

申包胥见他推托，便说："楚君尚不得安居，下臣何敢就馆自便？"说罢，又痛哭起来。

秦哀公依然劝他到驿馆休息，包胥就是不去，一直坐在大殿之上。群臣散朝了，哀公说："这下你该回馆了吧？"

申包胥说："下臣借不到秦兵，哪有心思休息？"说罢，又眼泪潸潸。

秦哀公无奈，只好独自离开。大殿之上只剩下包胥一人。有人送饭送水进来，包胥只命人将东西放在地上，却毫不沾唇。次日，秦哀公见他不吃不喝，便问道："大夫为何不吃饭呀？"

申包胥说："楚君尚且受难，下臣如何咽得下？"说罢，又是放声痛哭，弄得大殿之上好不凄凉。

三天之后，申包胥的眼睛哭肿了，嗓子哭哑了。秦哀公见他不吃不喝，只是一个劲地哭，心中甚烦，心想："等你哭累了，饿得挺不住了，自然罢休。"

从此，秦哀公也不到大殿上来了，任凭申包胥去哭。一连七天过去，申包胥的眼睛哭出了血，饿得四肢无力，但仍然坚持着不吃一口饭、不喝一滴水。

秦哀公见申包胥哭声不绝，知他求兵之心坚决，恐怕上天也无力更改，便不免心有所动。到了第八天，忽然天降大雨，霹雳之声不绝于耳，申包胥痛哭着说："苍天哪，莫非你发神兵助我？"

世上之事真是千奇百怪，包胥之言刚刚说完，便有房屋倒塌和大树断折之声此起彼伏。包胥愣了片刻，忽然仰天大笑，

第三十二回 践复楚包胥乞秦 叛吴王夫概被杀

说:"天助我也!"

雨过天晴,人们才发现雍州城中房屋倒塌数间,百年大树俱裂。哀公惊愕,长叹道:"包胥之忠心感天动地,楚国有此贤臣,吴国还要灭掉它;寡人无此贤臣,吴国岂能相容?!"

于是,秦哀公决定发兵助楚。

申包胥顿首致谢,秦哀公亲自将饭递给包胥。包胥含泪将饭吃完,问:"不知大王发兵多少?"

秦哀公说:"车五百乘,步兵一万,号称三万大军。大夫意下如何?"

申包胥感激涕零,再次拜谢。秦哀公又选派子虎、子蒲两员大将同包胥率兵南下。

包胥说:"楚王在随正待救兵,今得大军相救,如大旱逢雨。我必须先行一步,报知楚王。"

子虎、子蒲说:"我们不知入楚路径,如何到达?必须由大夫作先导才是。"

包胥稍做沉思,说:"两位将军从商榖向东,至襄阳,再向南行,即到荆门。我从随国奔至荆门,估计不用两个月,我们便可会合。"说罢,便与秦哀公以及众臣作别,直奔随都。

申包胥日夜兼程,不几日,便见到了昭王。他双膝跪倒,说:"臣已请得秦兵,秦兵现已出境。"

昭王愣了片刻,接着便落下泪来。他双手将申包胥扶起,说:"爱卿辛苦了,寡人有此忠臣,楚必复兴!"

随侯也替昭王高兴,决定出兵一万相助,再加上楚国原有将士五千,号称两万大军。这支大军在申包胥率领下由随出发,浩浩荡荡直奔楚境。

两个月后,大军与秦军会合,五万大军直奔郢都而来。

这一日，前面探马来报："前方沂水一带，约有万名吴兵把守。"

申包胥想了想，对子虎、子蒲说："两位将军领本国兵将在后。吴军见了楚军必不戒备，待我诈败而逃，你们可出其不意杀出，吴军定破！"

沂水一带守将乃夫概和专毅。因为伍子胥恐夫概有不测之事，所以明着是派专毅助守，实则盯梢。子胥嘱咐他：一旦夫概有变，可立即斩首。专毅说："万一大王怪罪怎么办？"

子胥说："夫概在汉水一战违反军令，虽未斩首，但罪名尚在，侄儿不必顾虑。"

专毅这才明白，因此他每天与夫概巡视，不敢有半点疏忽。

夫概有勇无谋，言行粗鲁，性情骄横，目中无人。他见专毅聪明，再加上曾在伍子胥面前为自己哭着求情，所以倒是有几分喜欢他。

这一天，二人闻报楚军至此，夫概便点齐人马，列队应战。

申包胥只领楚国五千人列队于山坳之中，与夫概对峙，而随军与秦师都在山后藏着。夫概一见这些人马，不由得大笑，说："对面何人？想当初楚乃泱泱大国，如今只剩下几千残兵，为何还要为一个亡国之君卖命？！"

申包胥冷笑一声，也不报姓名，说："吃楚国俸禄，理当为楚国尽忠，今日我军虽然兵微将寡，但愿与你决一死战！"

夫概说："好！既然你有此愿，我就成全你吧？"说着，便挥戟刺了过去。

第三十二回　践复楚包胥乞秦　叛吴王夫概被杀

申包胥长得纤细瘦弱，貌不惊人，夫概更不把他放在眼里，只想一戟扎死他算了。

申包胥故作力不从心之状，大败而逃。夫概见主将败了，一挥手，一万大军便蜂拥而上。

专毅见夫概追着"败将"一直不放，也跟了过去，待二人追过山后，才发现秦军。夫概大叫一声："不好！秦兵何时至此？"

夫概与专毅想撤兵，已经来不及了。秦兵呼啦啦拥上来，打得吴军措手不及，兵将损伤多半。

申包胥率兵将吴军追出近百里，方才驻足。夫概与专毅停下来，点点人马，不足三千，夫概一屁股坐在地上，半晌无言。

专毅说："我们不如及早抄近路回郢都告急，让大王和军师早做准备。"

夫概说："郢都万万不能回了。"

专毅问："为何不能回？"

夫概说："汉水一战，我落个违反军纪之罪，如今沂水失守，人马丧失大半，回去如何交差？"

专毅说："军师一向宽容待人，只要将军能够将功补过，军中上下便无可非议。"

夫概从未打过败仗，这一败实在太惨，而且还不知败在了谁的手下。他越想越恼，不由得想到了阖闾，心想："都是一奶同胞，如今他安于楚宫，每日享乐，我却在战场厮杀。你杀王僚篡位夺权，我却什么好处也没捞着……"

夫概想到这里，脑子里打了几个弯，忽然灵机一动，心想："如今吴国空虚，我何不乘此机会回吴，自称吴王。待阖间知晓,已为时晚矣!"

夫概对专毅说:"我们若由此回吴,路途不算太远。而且,大王久离姑苏,国中空虚,只怕越国会乘此机会骚扰边境。我们不如先回吴国都城,再借兵回楚破秦国之兵。"

专毅心想:"这里正需冲锋陷阵,他却要借故回吴,莫非军师猜对了?"

专毅拱手施礼说:"将军日夜思虑国事,小将愿与将军回吴。"

夫概心中暗笑,立即率三千残兵直奔吴境。

这一天,走到会兴一带,离姑苏不过百里了,夫概突然下令安营。专毅不知他心中有何诡计,便问道:"将军,为何在此地安营?"

夫概说:"军卒连日劳累,就此歇息一日,反正眼前就是姑苏城了。"

专毅也不多言,一副老实巴交的样子。

原来,夫概自知城中有太子波把守,他若自称吴王,太子肯定不服。虽说精兵已远走楚国,但城中兵卒尚有万余,自己仅有三千人马如何应付?

这里与越国相邻,他便想约会越国夹攻吴国。太子波无力抵御,自然服从。可是,他不敢将此计告诉外人,唯恐走漏风声,惊动太子。

当天夜里,军卒早已睡下,专毅见夫概帐中仍有亮光,便悄悄来到近前。他轻轻掀开门帘的一角,发现夫概正将一支竹简交给一个军卒,并且嘱他说:"连夜赶路,回来后我自有重赏!"那个人点头称是,便转身出了大帐。

专毅趴在地上一动不动,待军卒出了大帐,便悄悄跟在身后。走出去约有二十里,专毅一声断喝:"呔!大胆的小卒,竟敢连夜逃出大营,还不站住!"

军卒一惊,不由站住了,专毅走了过来,说:"你莫非思念家中亲人,想逃出军营?"

小卒听声音知是专毅,心里害怕,便急忙说:"夫概将军让我送书给越王允常。"

专毅说:"那为何深夜鬼鬼祟祟地去?天明乘车而去,岂不更快?"

小卒说:"夫概将军说不要让外人知道,所以派我深夜前往。"

专毅故作吃惊,问道:"有何紧急秘密之事,不能与外人商议?"

小卒说:"我不识字,夫概将军也没说。"

专毅似有所悟,便对小卒说:"你且把竹简交给我,此事你不必再管。"

小卒不敢,专毅又说:"你若思乡,尽可回去,无第三人知道。"

小卒立即应允,将竹简交于专毅,撒腿就跑。专毅当即奔回大营,拿出竹简细看后,心中不由暗说:"军师真神机妙算啊!"

原来,竹简上写的是:阖闾兵败于秦,不知所往,我当次立。若助我夹攻姑苏城,诛杀太子波,则事成后割五城致谢……

专毅心想:"动手时机已到,此事宜早不宜迟。倘若夫概发现竹简并未送出而一逃了之,则必为吴之祸患!"

专毅看看帐外仍然寂静无声,军卒们连日行军已经很疲乏了，就是睡上几天也不能解乏。他来到夫概帐外，守门军怀抱戟戈尚未醒来。挑开门帘后，见夫概鼾声如雷，大嘴一张一合，似有所语，一翻身竹榻颤悠悠直响。专毅轻手轻脚来到榻前，轻轻叫了一声："将军。"

夫概没醒，专毅又叫一声，仍然没醒。专毅这才将绳子搭在他身上，连人带榻绕了两圈。然后猛一用力，结了个死扣。

夫概这才从梦中醒来。他迷迷糊糊地看见专毅冲他笑，怒道："休要顽皮，快解开绳子！"

专毅还是笑眯眯地说："将军，你多躺片刻，我去去就来。"

这时，守门军也醒了，专毅怒喝一声："乱动者斩！"随后聚集军卒，当众将夫概谋逆之事公布了，众人无不痛骂。

夫概在帐中不能动弹，对专毅说："你若放了我，吴国江山你我分享。"

专毅说："临死还想着称王的美事？若不除你，定为吴患！"

夫概平时对军卒十分残暴，今日被捉，无一人相助，只好闭目待死，只是有一事不明，便问专毅："你如何得知的消息？"

专毅哈哈大笑，说："夫概，你疆场杀敌也算是个英雄，死也让你死个明白！"

专毅把子胥命他跟踪之事一一讲明，夫概恍然大悟，不由得破口大骂："好一个狡猾的伍子胥，今日杀了我，你亦不得好死！"

夫概这么一骂，专毅不由也火冒三丈，他猛然用剑刺向夫概胸口，大声说道："叛贼死有余辜！"

夫概惨叫一声，命归西天。

专毅来不及进姑苏城，赶忙率领人马顺原路返回，以助军师解秦军之围。

第三十三回 立军状伯嚭贪功
施善心子胥求情

自从秦军破夫概大军之后,军中士气高涨。申包胥鼓励将士说:"吴军日久在外,多有思乡情绪。我军已破其一军,吴军军心必然瓦解,我们一路南下,必势如破竹!"

众将士听了,斗志更高。

再说郢都中早有人报告说:"秦军已破沂水,主将不知去向。"

阖闾大惊,急召子胥等商议。

子胥说:"大王可知,现在正是腹背受敌呀!"

阖闾说:"何为腹背受敌?"

子胥说:"夫概巡守沂水,一定败逃于吴,趁姑苏空虚,叛逆称王;再者,楚国忠臣尚在,所以能请来中原秦军,且此来势不可当。这便是臣之所言'腹背受敌'。"

阖闾一听,方寸大乱,急问子胥:"军师神机妙算。你看寡人该如何应付?"

子胥自从接到申包胥之书后,便断定楚军必会卷土重来。包胥"复楚"之誓不是空话,因此,子胥说:"微臣早做了安排,夫概不足为虑,更不会酿成大祸。如今所虑者,秦军挟虎

第三十三回　立军状伯嚭贪功　施善心子胥求情

狼之勇，吴军怕是难以抵挡。"

阖闾急得站了起来，说："这可如何是好？"

子胥说："兵法曰：'兵，凶器，可暂用而不可久也。'吴军久离家乡，思归心切，已无'兵'之锐气。微臣曾奏请大王立芈胜以抚楚，正是虑今日之变。"

阖闾听子胥的意思是班师回吴，心中便有些不悦，叹道："如此知难而退，寡人霸业何日能成？"

子胥说："霸业乃千秋大业，非三年五载之功。知难而退，避其锋芒，保存实力，是为上策。"

阖闾听了默不作声，回到后宫一连几天闷闷不乐。

这一天，阖闾及众臣正在议秦军之事，忽然有人来报："秦军离郢都不过百里，请大王定夺。"

阖闾看了看子胥，心怀不满地说："军师，依你之见该当如何？"

子胥说："依臣之见，不如遣使与秦通好，让其退兵。再与楚讲和，令其扶正芈胜。不然，大王久恋楚宫，与之相持，楚人愤而力聚，吴人骄而惰生，再加虎狼之秦，微臣不敢保大王之万全！"

阖闾不以为然。伯嚭乘机说："我军自从离吴，一路势如破竹，今才遇秦兵，为何倒要胆怯？臣愿领兵前去领教一番秦之厉害！"

阖闾一听，立刻有了笑容，说："伯爱卿果真愿往？"

伯嚭说："果真愿往！"

子胥赶紧上前阻拦，说："伯大人，此事非同小可，千万不要轻举妄动！"

伯嚭说："军师言称秦乃虎狼之师，岂不是长他人志气、灭自己威风？末将定要与他论个高低！"

子胥说："战场厮杀剑戟相见，万万不可意气用事，大人三思！"

伯嚭说："军师，我乃吴之大将，战场征杀亦非一日，若肯给我一万人马，定使秦军片甲不回。如若不胜，甘愿军法处置！"

阖闾一听此言，拍手称好，说："有伯爱卿之志，何惧秦师？"

伍子胥见无法劝说伯嚭，而阖闾又应允下来，只好发兵一万，任他前往。

伯嚭为人居功自大，而且嫉贤妒能。他之所以在吴王面前立下军令状，一是因为吴军屡胜，根本没把秦军放在眼里；二是因为子胥破郢功高，心中不服。

伯嚭领兵出城，一路急驰，行至军祥（今湖北随州市西南），令大军驻扎。

申包胥正率大军前行，忽然探马来报："前方一支吴军拦住去路，约有万余人。"

申包胥急令大军驻足，与子虎、子蒲商议对策。

子虎、子蒲说："出其不意，出奇制胜！"

申包胥问："何为出其不意？"

子虎说："沂水一战即为出其不意。"

包胥又问："何为出奇制胜？"

子蒲说："故意使军形散乱，使敌人轻敌，则我军必胜。"

申包胥微微一笑，心领神会，口中赞道："人言中原秦国藏龙卧虎，从两位将军身上可见一斑！"

第三十三回　立军状伯嚭贪功　施善心子胥求情

申包胥命子虎驭车领本部人马与吴军列队相持。伯嚭早已候战多时，心中有些不耐烦了。他见秦军散乱，士气怠惰，一副疲惫不堪的样子，不由心中暗笑："这就是虎狼之兵？看来我立功之机到了！"

伯嚭驭车上前，与子虎互通姓名之后，便挥戟战在一起。伯嚭一边交战，一边说："楚郢已破，亡国之君助他何用？莫如倒戈一击，求得高官厚禄！"

子虎大骂："你这个背国叛夫，岂能人人学你？我既受君命助战楚国，宁愿战死，也决不降吴！"

伯嚭说："你既然不知好歹，就休怪我无情了！"说罢，疯狂猛刺一阵。

子虎故作喘息状，显出力不从心的样子，大败而逃。

伯嚭急于求功，见子虎败逃，便喊道："原来虎狼之师不过如此！"说着，领兵追杀过去。

子虎率军一直向前奔逃，并不与吴军交战。待跑出五里之后，吴军后部大乱。原是子蒲率大军由左侧冲杀过来，紧接着，右边又冲出一军，由申包胥率领，与吴军中部人马杀在一起。子虎所率本部，见吴军大乱，也掉头与伯嚭前方人马厮杀。

伯嚭的一万人，被楚军、秦军和随军分成三截，团团围住。伯嚭使出全身力气，左冲右突，战了约半个时辰，也不能突围。眼看一万人马所剩无几，伯嚭连累带急出了一身冷汗。正在此时，忽见远方一支人马冲杀过来，与楚军战在一起。

原来，伯嚭走后，伍子胥料定他必败无疑，因此随后率领大军出城接应。

申包胥等一见吴国援军来到，便鸣金收兵。

伯嚭清点残兵，只剩两千余人，他只好下车，在子胥面前跪地叩拜，说："请军师军法惩处！"

子胥叹息一声，想了片刻，然后说："伯嚭，你与大王立下军令状，我并未承诺，你到吴王面前请罪去吧！"

伍子胥因与伯嚭同病相怜，对他毫无戒心，更无杀他之意。他以为今日之事，伯嚭自会引以为戒。谁知伯嚭却从此忌恨在心，将子胥视为眼中钉，进而恩将仇报。

伯嚭命手下人将自己打入囚车，然后来见阖闾。阖闾一见伯嚭果真惨败，心中大惊，再不敢轻视秦军。

伯嚭无法叩拜，在囚车中说："大王，罪臣大败，愿按军令受惩！"

阖闾由惊变为怒，不由得又想起夫概。不仅没有守住沂水，而且丧师近万，如今尚不知其详。伯嚭又以豪言壮语立下军令，只盼望着煞煞秦军的威风，却没想到又丧师近万。

阖闾大吼一声，说："把伯嚭带下去，立即斩首！"

两旁刽子手上前将囚车推了下去。伍子胥上前说："大王，伯嚭虽有丧师之罪，但前功不小，望大王从宽处置！"

阖闾见求情的是伍子胥，心中颇不悦，脸色一沉，说："伍爱卿，你往日军纪甚严，今日为何对伯嚭网开一面？"

子胥说："大敌当前，正是用人之际。"

阖闾冷笑一声，说："伍爱卿，你身为军师，立法而不行，岂能使众将心服？"

子胥故意装出吃惊的样子，问道："大王何言我立法而不行？"

阖闾说："伯嚭既立下军令状，就该依军法从事，你却为何一再为他求情？"

第三十三回　立军状伯嚭贪功　施善心子胥求情

子胥一笑，说："大王，伯嚭并未与我立军令状，而是与大王立的。微臣却是一直在劝他不要出战，难道大王忘记了吗？"

阖闾愣了片刻，心中暗想："好一个伍子胥，真不愧为军师！你拐弯抹角地为伯嚭求情，我却偏不让你好人做到底！"

阖闾想到这里，便说："军师，你既为一军主帅，那寡人就将伯嚭交你处置吧！"

伍子胥说："微臣遵旨。"

接着，子胥又说："伯嚭既未与我立军令状，那么只有饶他一死了！"

伯嚭刚要说谢恩。阖闾又开口道："军师，伯嚭与你虽未立军令状，但他丧师近万，该当何罪呀？"

伍子胥明白阖闾的心思，只好给他个台阶下。于是，对执刑官说："死罪饶过，活罪难免，重打五十军棍！"

伯嚭听到这里，气得牙根儿都疼，但他只能咬紧牙关硬挺着。

五十军棍过后，伯嚭早已昏死过去，子胥只得命人将他抬回府中，派大夫精心调治。

阖闾因为连丧两万大军，心中闷闷不乐，正在此时，又有人报："专毅将军殿外候见。"

阖闾一惊，看了看子胥，子胥脸上非常平静。阖闾心想："伍子胥呀，你在搞什么花样，你口称夫概回吴必反，又说尚无大碍，难道专毅一员小将，就能将此解决？"

阖闾想到这里，便立即召专毅上殿。

专毅来到大殿之上，跪倒在地，叩拜了大王，又叩拜军师。

阖闾说:"专毅,你与夫概奉命巡守沂水,却为何回吴?"

专毅说:"罪臣请罪来了!"

阖闾故意问:"你何罪之有?"

专毅说:"沂水失守,微臣罪过非小。"

子胥听到这里,又故意手拍桌案,说:"大胆专毅,沂水失守,致使楚军长驱直入,你却为何至今才来请罪?"

专毅说:"军师命我不得与夫概分开,所以夫概去哪里,我就去了哪里。"

阖闾听到这里,不由自主地站了起来,忙问:"夫概现在何处?"

专毅很轻松地回答道:"我已经把他杀了。"

阖闾大惊,似乎不敢相信这是自己亲耳所闻。

子胥又问:"大胆专毅,你为何杀了夫概将军?"

专毅说:"他有谋逆之心!"

阖闾闻言,厉声问道:"夫概果然有谋逆之心?"

子胥也追问:"你可有证据?"

专毅不慌不忙,将竹简递与军师。子胥看罢,一言不发,转呈于吴王。阖闾看罢,当即暴跳着骂道:"夫概这个贼子,寡人以手足相待,何故反叛于我?!"

子胥说:"夫概居功自大,沂水失守,经不起挫折,才一错再错,起了谋逆之心。如果不是专毅早早将其处斩,谋反之意传扬开去,越国定会乘国内空虚之机,袭击姑苏。到那时,我军距姑苏千里之遥,班师回吴已晚了!"

阖闾听着,如梦方醒,重赏专毅之后,又似有所悟,说:"专毅,即使夫概有谋逆之心,你也该囚他来见寡人。你却自

第三十三回　立军状伯嚭贪功　施善心子胥求情

杀反叛,难道你不怕寡人问罪于你?"

专毅稍稍迟疑了一下,立即回答说:"夫概当死有三:第一,他叛逆谋反;第二,他在小别山已犯军令;第三,军师有令,他若谋逆,立即斩除!"

阖闾看看子胥,子胥不惊不喜,脸上十分平静。阖闾哈哈一笑,说:"军师之才,寡人不得不服!"

子胥会意,也忍俊不禁。

阖闾自破郢以来已经三年,收复了大半个楚国,但因申包胥率秦兵、随兵与郢都相持,阖闾不得不以"固郢都为主",再无力收复其余疆土。

伍子胥几次进言,要求班师回吴,阖闾不从其计。

子胥说:"楚国土地广阔,人心难服于吴,一时之间难于定楚。况且,我军几万人马常年征战,消耗物资,军士疲惫,更不利于与楚相持,不如班师回吴,鼓励生产,广集粮饷,富民强国。"

阖闾虽然也觉得此话在理,但驻楚已有三年,实在不忍前功尽弃。

他说:"既然已破郢都,楚军如丧家之犬,吴国胜利在即,岂可甘心班师回吴!"

子胥说:"孙武兵法之谋攻篇曰:'凡用兵之法,全国为上,破国次之。'如今楚国民心不稳,服吴者寡,因此,我们再在此驻守,实为下策。"

阖闾仍然不服,愁闷了几日,最后决定在唐、蔡二国征兵,以便内外夹攻,将秦军击退,从而使楚军瓦解。

对于唐、蔡二国，申包胥其实已经想在了吴王之前。他与子虎、子蒲商议说："郢都有左右两城相对，坚固异常，强攻难于制胜，若再遣唐、蔡相助，我军必不可敌。不如另遣一军攻打唐、蔡，若破其中一国，另一国必不敢与吴合力，我军则可全力抗吴"。

子虎、子蒲都说此计甚妙。子蒲自愿率秦军一万，先奔唐而来。

唐成公闻秦兵至，先是十分惊讶，转而立刻明白了秦军的用意。但他念及吴王有恩于唐，因此决定调动全国兵力与秦军抗衡。

这一天，唐军与秦军对阵。唐成公出阵对子蒲说："寡人与秦素无怨仇，将军却为何加兵于寡人？"

子蒲却直截了当地说："我师兵临郢都，两军相持不下，申大夫恐你与吴合兵，故而命我前来剿灭唐国！"

唐成公闻言，将戟一抖，厉声说："两军交锋，胜败乃兵家常事。你军久攻郢都不下，却祸及寡人，真是岂有此理！你快快领兵退出唐境，否则，寡人定叫你戟下丧命！"

子薄哈哈大笑，说："区区不毛之国，竟敢与秦师对垒，看我如何取下你的人头！"说着，一戟刺过来，唐成公赶紧招架。

子蒲身材魁梧，武功颇佳，又常常领兵征战，而唐成公久坐大殿，虽然会个三招五式的，却绝无与子蒲相争之力。他为人仁义，滴水之恩，涌泉相报。假如他见风使舵，倒向楚国，也可安然无事，而他恰恰相反，决心全力与子蒲争斗。

十个回合过去了，唐成公已经浑身湿透，竟只有招架之功，而无还手之力。而子蒲却越战越猛，越杀越勇。他突然连

第三十三回　立军状伯嚭贪功　施善心子胥求情

刺三戟，成公心里一慌，手里的戟便松了劲，被子蒲打落于地。唐成公见兵器没了，刚想驭车而逃，子蒲哪里肯让，他一用力，马向前冲。一戟刺中成公右臂。戟往回一拉，连肉带战袍当即就扯下一大片。唐成公疼得往旁一栽，昏了过去。

唐军见成公战败，大喊大叫，有的冲上前去，要捉子蒲。子蒲又一戟，将唐成公刺死。

唐军大乱，不战而败。成公之子年幼，见父王已死，吓得立刻投降。

子蒲获胜后即率大军回楚见申包胥。申包胥说："唐国一破，蔡国必慌，料定也不敢再助吴了，看来郢城必不攻自破！"

再说阖闾已派伯嚭去唐搬兵，行至途中，听说唐已被秦军所灭，大吃一惊，只好改道去蔡。到了蔡国，要见蔡昭侯，蔡昭侯果然吓得躲藏了起来。

伯嚭见搬兵无望，只好悻悻而归，将这些情况对阖闾讲了。阖闾大失所望，长叹一声，说："寡人入郢三年，尚未定楚。如今刚刚收复的唐国已破，蔡侯又不敢相助，难道寡人真的就要班师而回了吗？"

阖闾正在沮丧之中，忽然又有人报："太子派人来求见大王。"

阖闾立召来人上殿，问他何事求见。等来人把事情一说，阖闾失声惊呼："真乃祸不单行，难道是天意不成？"

第三十四回　返姑苏寻访坟地
　　　　　　　娶王氏伍门有续

原来，越王允常因槜李一战大败，心怀忌恨。如今得知吴王伐楚日久不归，国中兵力空虚，便起了复仇之心，他亲自率兵攻到姑苏城下。太子波与被离等虽全力防守，但恐时间一长，吴都难保，所以向吴王告急。

阖闾正在进退不定之时，闻听此消息，真好比是雪上加霜！

阖闾向伍子胥问计。子胥说："越国必念槜李之辱，而乘隙伐吴。大王若再留恋楚国，恐怕楚国未定，而吴国已属越了！"

阖闾到了此时，于万般无奈中，只好决定舍弃楚都，回吴拒越。

此时，申包胥已闻越国入侵吴境，见时机已到，便修书一封，遣人送交子胥。

子胥手持竹简一看，只见上写：你君臣据郢三年，而不能定楚。天意不该亡楚，亦可知矣。你能践覆楚之言，我亦树复楚之志。朋友之义，相成而不相伤，你不竭吴之威，吾亦不尽秦之力……

第三十四回　返姑苏寻访坟地　娶王氏伍门有续

子胥看罢，暗暗叹道："莫非班师回吴，乃天意所为？"随即将书呈于吴王，吴王看罢也慨叹一声，说："诸事接二连三，我师不得不回吴了，天意不可违！"

子胥说："郢都据守三年，既然不能定楚，但也不可空来一趟。"

吴王问："爱卿此话何意？"

子胥说："与楚君定约，迎芈胜及楚夫人归国。"

吴王应允，子胥立即致书申包胥。书中写道："平王逐无罪之子，杀无罪之臣，我实不胜其愤，以至于此。今太子建之子胜，糊口于吴，未有寸土。楚若能将其迎回，以奉故太子之祀，我将立刻返吴。"

申包胥看罢，立即遣使入随，请求昭王定夺。

楚昭王应允，迎芈胜及楚夫人回楚，并封邑给芈胜，子胥与吴王才安心回吴。

吴王起程之日，楚国府库宝物被搜索一空，并迁楚人数万随行，以增加吴国人口。一切安排妥当，子胥请求伯嚭、公子山、专毅等护驾由水路而还，自己则由陆路而行。阖闾明白其意，立即应允。

子胥只领百余人，先至城父，来到韦氏坟前。子胥下拜而泣，想起自己当年匆匆别去，将妻子草草掩埋，已过二十多年。坟丘颇高，想必有善心之人常常来此培土。子胥在此枯坐三日，将坟上之草一一拔掉，再细细回味韦氏生前之容，犹如昨日之事，禁不住潸然泪下。

临别之时，子胥三步一回首，五步一驻足，心中好不伤悲。

这一日子胥来到历阳山，顺旧路寻东皋公之旧居，去而又返,反复三次,路径丝毫不错,却不见东皋公之房舍。他不知恩人去向,便想起龙洞山,暗说:"东皋公定与皇甫讷在山中隐居,若能在山中相见,正好三人同叙久别之情。"

子胥又往龙洞山寻他们,寻访七日,仍不见二人踪迹,子胥这才悟道:"真高士也!"

传说此二人自救了子胥之后,不敢在山中居住,便云游四海,最后都成仙升天。

过了历阳山,便到了昭关,此时昭关冷冷清清,无人把守。子胥想起当年,自己因为难过昭关,而一夜愁白了头,心中无限悲凉。他当即命人将昭关毁掉。

子胥顺路前行,来到江边,招呼船家,半响无人应声。岸旁立有一碑,上刻:渔丈人之墓。墓无坟丘,想必其子已将其水葬。子胥再次遥望江水,正值日暮,江天一色,风起潮涌,波涛翻滚,情景依旧,真是物是人非!

子胥命手下人从附近找来船家,渡过岸去,来到溧水。子胥不由自语道:"我曾饥困于此,向一女子乞食,女子赐饭给我后,竟投水而死,我曾留字于石上,不知在否?"

子胥找到此石,将土扫净,果见字迹尚在,但已不是血书,而是被人用刀刻的。子胥不由得又发出感慨,向空中拜了几拜,说:"我今日大仇得报,真是天助我也!"

正在此时,众人忽见一白发老妇人,踽踽而行,来到岸边坐下,独自哭泣。

子胥诧异,忙上前打恭问道:"老夫人为何如此悲伤?"

老妇人说:"我女守居三十而不嫁,二十年前,在此浣纱,遇一穷途君子,赠饭于他,恐事情泄露,误她不贞,便投水中自尽。听说那讨饭之人,就是楚国军师伍员。如今他做了

第三十四回　返姑苏寻访坟地　娶王氏伍门有续

大官,不知是否还记得我女。我一想女儿,便来这里坐着,心里自然感到悲伤呀!"

子胥闻言,急忙下拜,说:"我便是当年讨饭之人啊!"

老妇人重新打量伍子胥,见他相貌异常,如传说的一样,便确信无疑,不禁哭泣道:"看来你是有信义之人,我女不枉一死!"

子胥好言劝慰了老妇人后,命人取出千金交给老妇人,说:"当年我言'千金报德',今日正愁不知其家,却幸遇老夫人,这也是天意呀!"

老妇人也点头称是,收下千金,回家而去。

越王允常闻阖闾班师,知子胥善于用兵,料难取胜,便赶紧退兵。

阖闾登上大殿,群臣皆来朝贺。阖闾以功论赏,对众将封官赏邑。首功当属子胥,立为相国;伯嚭虽曾战败于军祥,但小别山之战和柏举之战,战功非小,遂立为太宰;专毅年纪虽小,但功不可没,遂立为司马;公子山护驾有功,也封田数顷。

阖闾又将阊门更名破楚门,又垒石于南界,留兵驻守,以拒越人,号曰石门关。

阖闾自从破楚之后,不仅威震蛮夷,而且中原大国也不得不服。因此,阖闾心中洋洋自得,日日游乐。他大造宫室,建长乐宫于城中,并在姑苏山上建造高台,春夏住城外,秋冬住城中,尽情享受人间富贵。

阖闾正在无忧无虑之时,忽闻齐楚通好,大怒道:"齐楚通好,此为我北方之忧也!"

阖闾有伐齐之意,当即召子胥商议。

伍子胥说:"交往乃邻国常事,齐未必助楚而害吴,不可大兴兵旅!"

阖闾仍不放心。子胥沉思片刻,说:"微臣有一良策,可除大王之忧。"

阖闾说:"爱卿请进。"

子胥说:"太子波元妃已殁,没有继室,大王若遣使求婚于齐,与齐结为'秦晋之好',这样对吴有利而无害,岂不两全其美?"

阖闾从子胥之计,派大夫王孙骆赴齐,为太子波求婚。

此时齐景公已老耄,志气衰颓,不能自振。宫中只有一幼女未嫁,年纪刚满二八,名叫少姜。

景公视少姜为掌上明珠,他闻吴国求婚,心中不禁万分悲哀,心想:"吴乃南蛮之国,风俗语言多有不同之处。而且吴国路途遥远,我又年老,恐怕小女一走,此生再无相见之日了。"

景公虽然悲哀,但又惧吴势重,怕拒婚后吴国会兴师来伐,所以,于无奈中,答应了这桩婚事。

临行之日,景公与爱女相对而泣。景公嘱咐送少姜之臣说:"此寡人之爱女,请吴王善待。"随后,亲自扶少姜登车,送出南门。

少姜虽然年幼,但却生得花容月貌,十分动人,太子波一见,心中十分欢喜,视若珍宝,倍加宠爱。但少姜因为年幼,不懂夫妇之乐,自从与太子成婚后,一心只想念父母,故而日夜啼哭,日渐消瘦,不到半年,便抑郁成病。

阖闾见少姜年幼,又染病在身,也起了怜悯之心,便将北

第三十四回　返姑苏寻访坟地　娶王氏伍门有续

门城楼重新改造，使之高而华丽，更名曰望齐门。

少姜满怀希望地登上城楼，左右眺望却不见齐国，心中不由更加悲哀。不久，少姜病情加重，临终之前，嘱咐太子波说："妾闻虞山之巅可见东海，望能葬我于此。倘若魂魄有灵，也能望见齐国了！"

少姜言罢，便闭目死去。太子波号啕大哭，三日不止。他将少姜临终之言奏于阖闾，阖闾便命人将少姜葬于虞山之上。如今常熟县虞山有齐女墓和望海亭，皆出此故事。

太子波因思念齐女，也染病不起，不足半年，便也去世。

太子一殁，阖闾便想从诸公子中择可立之人为太子。意犹未定，便召子胥商议。

诸公子之中，太子波前妃所生之子夫差闻听此事后，对子胥说："我乃嫡孙，欲立太子，非我莫属，此事只在相国一言了。"

伍子胥知夫差有仁爱之心，而且生得英俊魁梧，人见人爱，便应允了下来。

这一日，阖闾召子胥进见，正是议立太子之事。子胥说："太子以嫡为好，今太子波虽不待继位而逝，但其子尚在。因此，微臣之意立夫差为好。"

阖闾稍做沉思后说："寡人观夫差，愚而多妇人之仁，恐怕不能奉吴之统。"

子胥又说："夫差有仁爱之心，能使万民敬仰。而且大王敦于礼仪，父死子代，此乃立太子之本分，大王不可犹豫！"

阖闾又沉思良久，说："伍爱卿，寡人依你之言，望爱卿善辅之，寡人也可放心。"

子胥说："承蒙大王厚爱，微臣一定尽力辅助。"

阖闾于是立夫差为太孙。

阖闾在伍子胥的辅佐下，吴国大治，人民安泰无忧。这一天，阖闾约子胥到山中射猎。阖闾的箭法非常准，子胥不得不俯伏在地。二人半天之中获得不少猎物，欢喜而归。

下了山，见有一条小溪，阖闾想取溪水而饮。他们刚到溪边，忽闻对面一阵笑声，抬头一望，原来是一群女子正在浣纱。众女子个个青春妙龄，无拘无束，嬉笑如在无人之境。

阖闾看罢，深有感触，心想："宫中之女大多受过仪训，就连行动步态也相差无几，哪有溪边浣纱之女轻松自在之态！无奈自己年老，纵有再好的女子也不能享受了。"

阖闾一阵怅然，看看子胥，正背对溪水，面朝青山，阖闾便开玩笑地说："爱卿，莫非山中有更美的女子？"

子胥脸色立即涨红，无言以对。阖闾又说："爱卿积怨数十载，现在大仇已报，身居显位，却为何不娶妻妾？"

子胥叹息一声，说："夫人韦氏与我两小无猜，结为伉俪，怎奈城父诀别，永不相见。夫人生前，臣曾发誓永不再娶。故此，臣至今仍愿一人生活。"

阖闾深为子胥重情而感动，便说："爱卿虽钟情于先夫人，可知你不娶妻室要落个不孝之名？"

子胥诧异，说："微臣愿请教大王。"

阖闾说："韦氏夫人不曾与你留下子女。'不孝有三，无后为大'，你至今不思传宗接代，难道还不是不孝？"

子胥又叹息一声，说："无后虽为不孝，背约也是不信，看来孝、信不能两全！"

阖闾又说："爱卿先夫人是否贤德？"

第三十四回　返姑苏寻访坟地　娶王氏伍门有续

子胥说："甚是贤德！"

阖闾又问："可曾劝你娶妾，以续香火？"

子胥说："常常劝微臣！"

阖闾说："既然如此，你不从先夫人之愿，岂算信义？"

子胥虽然能言善辩，此时竟哑口无言。

阖闾哈哈大笑，说："伍爱卿乃聪明之人，今日寡人要与你做媒，你焉能不觉？"

子胥仍无言以对，只是低首。阖闾又说："伍爱卿，你看对面女子，中意哪一个？寡人立即为你做媒，如何？"

子胥说："大王为臣做媒，臣不敢轻受。"

阖闾嗔怒道："你若不从，即是抗旨不遵，此为不忠；无后，此为不孝；不尊先夫人之言，此为不义。做一个不忠不孝不义之人，爱卿岂能甘心？"

子胥说："这……"便再也不知说什么为好。沉思良久后，才说："微臣遵旨，任凭大王恩赐！"

阖闾大笑，说："寡人依爱卿之言。你不必自选，全凭天意。"说罢，不等子胥反应过来，便将一支雕翎箭射了出去。只见箭落地上，入土大半，正中一女子裙边。

众女子虽远远望见对面有行猎之人，却并不知大王在此，因此仍是肆无忌惮地嬉笑。这时，突然飞来的一箭，将她们吓得立即四散而逃，唯有箭中裙边的女子未动。只见此女子年龄不过二十，生得小巧玲珑，端庄秀美，她一着急，脸色绯红，更显得楚楚动人。

阖闾命手下侍卫蹚水去对岸，与该女子讲明情形。只见她将雕翎箭拔下，站起身，挽着竹篮，低头喃喃地说："溪头村王门之女。"

三天后，阖闾亲自为子胥下聘礼，将王门之女娶了过来，与子胥成亲。

王氏虽为平民百姓之女，但知书达理，为人贤惠。她久慕子胥之德才，却万万没想到能做他的妻子，因此，过门之后，她格外珍惜飞来之福，对子胥照顾得无微不至。

伍子胥感念阖闾之圣德，对王氏温柔有加。二人新婚恩爱非常，不足三月，王氏便已怀孕，子胥对她更是宠爱。

十月怀胎，分娩之际，夫妻异常欢喜，怎奈王氏腹中作痛一连七天，仍产不下婴儿，大夫也无法诊治。子胥眼看王氏形容疲惫，脸色苍白，心中更是焦急。正在此时，外面天空阴暗下来。大雨将至，突然一声惊雷，王氏吓得惊叫一声。这一用力，孩子生了下来，王氏却已气绝。

子胥被此情此景惊得目瞪口呆，随着儿子的一声啼哭，子胥也禁不住号啕起来。

子胥悲自己之命，叹王氏之死，又怜儿子刚一落地，便没有了生母。

子胥从娶妻到生子只一年时间，他不由悲叹道："天意只赐吾子，而夺我夫妇之乐矣！"子胥因此为子取名封，以告诫自己誓死不再另娶。

第三十五回 伐越国阖闾战死 败椒山勾践被俘

周敬王二十四年（前496），阖闾年老，性情急躁，丝毫听不得逆耳之言。

这一日，忽闻越王允常薨，其子勾践新立，便要乘丧伐越，以报袭吴之仇。

子胥进言说："越虽有伐吴之罪，但乘丧而伐之，为不仁之举，大王宜稍待再行举兵。"

阖闾说："允常曾乘我国兵力空虚之隙袭击，致使寡人由楚郢而返，难道只许他不仁，就不许我不义？"

子胥又说："虽然大王是想以其人之道还治其人之身，但乘丧而伐，也是一种不祥，请大王三思！"

阖闾不听，子胥力劝，仍无济于事。众臣见相国都不能劝说，便无人再敢进言。

阖闾因伍子胥不同意伐越，便留他与太孙夫差守国。自己引伯嚭、王孙骆、专毅等，选精兵三万，出南门伐越。

越国勾践虽然年纪尚轻，但为人非常有志气，遇事有远见，而且任用贤能。文种与范蠡都是楚国人，勾践闻知二人才能非凡，便几次遣人求访，将二人请至国中，封为大夫之职，同理国政。

范蠡曾为勾践献治国之策说:"'国以民为本,民以食为天',要使百姓安居乐业,必须保障粮食丰足,倘若遇到灾荒,也不致使百姓无食。"

勾践又请教说:"大夫之言有理,然而天灾之年,人不能预测,如何保证百姓无饥?"

范蠡说:"丰年谷贱,官府可低价收购;荒年谷贵,官府亦低价卖出。这样,便可平衡粮价,以免谷贱伤农、谷贵有害工商。"

勾践立即采用范蠡之策,深受百姓欢迎。

文种为人忠心耿耿,勤于国政,国中大小诸事无不掌握在胸。由于勾践任用此二臣,国家渐渐强盛。

这一天,勾践忽闻吴兵已至樵李,立即召文种、范蠡商议。

范蠡说:"吴国兵力强于我国,仅凭战场征杀,难于取胜,必须以计取胜。"

勾践问:"大夫有何计?"

范蠡说:"大王亲自督战,并携千余死囚犯人,以乱其营。这样,吴军必败,这叫'出奇制胜'。"

勾践依范蠡之言,亲自点精兵两万、囚犯一千三百人,与范蠡出城,直奔樵李。国中只留文种等臣驻守。

两军相遇,勾践望吴军军伍严整,戈甲精锐,果然非同一般。阖闾见勾践之军也不逊色,倒是出乎意料,心中暗想:"若硬拼,恐怕一时难以取胜,不如择有利地势,停戈相待,等越军懈怠,再攻不迟。"

阖闾想罢,不战而退,至五台山上,安下营寨,并传令军中:不得乱动,不可松懈,待令出击。

第三十五回　伐越国阖闾战死　败椒山勾践被俘

越王勾践见吴军退至五台山，占据有利地势，不能强攻，便问计于范蠡。范蠡说："先令一千死囚，持长枪，杀入吴军。"

勾践立即命左右各五百死囚，持枪直奔吴营。这一千人齐声呐喊，呼啸而去。吴军全然不理，用弓弩手压住阵脚，乱箭齐发，大营坚如磐石。

囚犯进攻三次，伤亡大半，而吴营安然无恙。勾践大惊，范蠡不慌不忙地说："大王莫急，此计不行，再用下一计。"

勾践依计令另外三百死囚袒露胸臂，各自手持宝剑压于颈上，由首领带着，分三行，依次而进。

吴军不知这些人是何用意，正在纳闷，首领令身后之人驻足，自己先上前，说："请将士传令，我等受越君之命求见吴王。"

阖闾来到营前，一见这阵势，也很诧异，不知是何目的、有何计谋。

他问首领："你有何事要见寡人？"

首领说："吾主越王，不自量力，得罪于上国。臣等不愿虚死，愿以死代越王之罪！"

阖闾尚未反应过来，只见此人手一用力，血流如注，当场自刎。后面三百人见首领已死，随即也自刎而亡。

正当吴王及众将士惊诧之时，越军中鼓声大作，兵士持短刀、长枪、戟、戈冲杀而来。吴兵惊慌，队伍立即大乱。

这三百死囚为何甘心自刎于阵前？原来勾践有言在先：若愿从者，以殉国对待，封田赐金给家属。有的死囚心想，反正早晚也是一死，莫如落个殉国之名，让家人也因此沾些荣光，故而自告奋勇，愿意阵前自刎，以乱吴军之心。

越国大将诸稽郢在吴军营中乱杀一阵，左寻右找，不见阖闾。阖闾正驭车同越军作战，而诸稽郢持刀步行。人多车乱之际，阖闾没有发现诸稽郢已到，只见刀光一闪，"嗖"的一声，才感觉有人持刀向他腰间砍来。阖闾往旁一闪，跌坐于车中。这一刀没砍中腰部，却将阖闾的一只鞋连同五个脚趾砍落。

如果不是专毅杀过来，阖闾早被生擒而去。专毅跳上吴王的战车，一边驭马，一边厮杀，逃至吴营帐中，急急鸣金收兵。越兵见五台山地势高险，也不敢追赶。诸稽郢持吴王之履回到勾践面前请功，勾践大悦。

吴军收兵，清点人数，只剩一半。专毅因救吴王，身上多处受伤，已经变成了一个血人。王孙骆和伯嚭急召军中大夫诊治，传令全军立即回吴。

吴王年事已高，足趾一断，如割心之痛，回师途中，走出不足十里，便大叫一声，疼得昏了过去。他迷迷糊糊，似觉是坐车西行，观前方数人，皆坐驴车，不禁凄然道："驴乃阴间之物，我为何见之？"

王孙骆与伯嚭听不清他在说什么，只以为是在说梦话。阖闾昏迷之中，喊叫一阵，便又似睡非睡。他的眼前出现了专诸、王僚、庆忌、要离等人，自己好像正在与他们携手而行。这时，忽然有一个声音在远处喊道："大王，不可与他们同行，快快回来……"

阖闾听声音好像是子胥，却不见人影，便问："伍爱卿你在何处讲话？这是哪里？"

子胥没有回答，只是叹息说："劝大王不要南伐，大王不听，如今落得这么个下场……"

第三十五回　伐越国阖闾战死　败椒山勾践被俘

阖闾听着，后悔不及，便赶紧下车，想顺原路而回。怎奈四肢无力，已无法再动，急得号啕大哭。伯嚭与王孙骆赶紧来到近前，问阖闾有何事，阖闾无言，眼角堆满了泪水，已经气绝身亡。

王孙骆与伯嚭急忙商议，由伯嚭护丧在前，王孙骆断后，昼夜不停，急回吴国，以免阖闾阵亡之事传至越营，越军乘丧而追。

阖闾未听子胥之言，终死于战场之上。虽死前心中悔悟，但为时已晚。

专毅因身有重伤，再加一路闷热，伤口感染，所以高烧不退。他在冥冥之中，似乎听见有人叫他："毅儿，毅儿……"其声不绝，却不见人影，他听清了是父亲的声音。专毅醒来，发现大军急急前行。身边侍卫告诉他："离姑苏城还有五十余里。"专毅闭目说："我恐怕再也见不着伍伯父了。"说罢，昏了过去，就再也没有醒过来。

阖闾死讯早有人报至吴城，夫差率子胥等重臣出城迎丧。并下令全国举哀三日。之后，将阖闾葬于破楚门外的海涌山，令工人穿山为穴，将阖闾生前喜爱之剑——镆铘剑随葬。又葬其他剑甲六千副、金玉无数，殉葬者千人。三日后，有人看见殉葬处，有白虎蹲踞其上，因名虎丘山。

夫差又将专毅葬于专诸墓旁，陪葬剑甲、金玉无数。

夫差把丧事办完，自己宣布登基继位，并立长子友为太子。诸事完毕，他发下誓言：定为祖父报仇！他令侍者十人轮流立于庭中，每当自己由此经过时，他们须大声直呼其名，并说："夫差！你可忘越王杀你祖父？"夫差便流涕说："不敢忘！"

朝中大臣都为夫差此举而感动。夫差又命子胥与伯嚭到太湖边训练水兵,并且在演武场立射棚,亲督训射。

周敬王二十七年(前493)春二月,吴王夫差已练兵三载,召众臣商议伐越之事,众臣无不赞同。夫差任子胥为军师,伯嚭为大将,亲率倾国之兵,从太湖取水道攻越。

越王勾践闻吴人将伐越国,召群臣计议,准备迎敌。

大夫范蠡出班奏道:"吴国以丧其君为耻,众军誓志图报。三年练兵,志愤力齐,势不可当,我军哪是对手?坚守不战,方为上策。"

越王说:"三年前五台山一战,我军险些活捉阖闾,今日夫差兴兵,寡人岂能惧他?"

文种也在一旁力劝不可迎敌。他说:"依愚臣之见,不如卑辞谢罪,以求和谈,待吴兵一退,再从长计议。"

勾践听二人都劝他不要兴兵,心中不悦,说:"两位爱卿言守言和,皆为下策。寡人与吴已结世仇,伐而不战,定以为寡人软弱。寡人破敌之意已决,二卿不必再劝。"

范蠡、文种无奈,只得随军而行。勾践发国中兵将三万人,任诸稽郢为统帅,率大军在椒山之下,安营扎寨。

伍子胥所驻营寨,一半在陆,一半在水。初次约战,子胥命众将说:"只许败不许胜。"众将会意。双方对阵,勾践见吴兵并不像文种、范蠡所言士威兵壮,便命诸稽郢率兵迎战。

几个回合下来,吴军死伤百余人,大败而逃。文种、范蠡劝勾践鸣金收兵。勾践说:"二卿聪明之人,岂能见利不收?"于是,亲自登台击鼓,越军便一路追杀过去。

正在此时,一阵大风刮起,文种、范蠡说:"大王不可再

第三十五回　伐越国阖闾战死　败椒山勾践被俘

追了！应该立即鸣金，否则越军将所剩无几！"

勾践见吴人吓得抱头鼠窜，哪肯收兵？于是又猛击战鼓，诸稽郢乘胜而追，想生擒夫差。

正值早春，风向由南而北。吴军列阵于南，越军列阵于北。待吴军逃至江边，船上的吴军突然箭弩齐发，顺风而出，越军立即伤亡无数。

夫差立于船头，亲擂战鼓，吴军士气大增。越军迎风而战，抵挡不住，只得败逃。

吴军分三路追杀，夫差一箭正中诸稽郢后胸，诸稽郢当即死亡，越军见主将已死，更无心作战。

残余越军以及越王勾践、文种、范蠡逃到会稽山中，被吴兵层层围住。越王清点残兵，不过五千，不禁悔悟道："自先王至今，几十年来，也不曾遭此大败！悔不该不听两位大夫之言，以致如此！"

吴军在山下安营，夫差居中军大帐。子胥于右营，伯嚭于左营。因断了山中水道，夫差静等勾践不战而降。

勾践这次调动了国中大部分兵力，如今所剩无几，心灰意冷，只能坐以待毙。文种思考几日，最后献策说："大王若坐以待毙，不如委屈请降，以图后事。"

越王说："只要能保存寡人之命，以待他日雪耻，寡人怎么做都可以。只是请降之事，吴王若不许，怎么办！"

文种说："只要大王肯忍辱负重，效周文王之道，越国不愁图强。"之后，文种又将具体事宜一一讲明，范蠡在一旁，点头称是。

勾践听罢，心中不禁凄然，沉思良久之后，心一横，说："便依爱卿之言。"

文种立即从军中挑选了一个能讲姑苏话的人,令其断发扮成吴人,夜间乘隙而走,直奔越都。三日后,此人回来报告说:"我已按大夫之言,将事情办妥。"

文种听罢,与勾践、范蠡辞别,乘夜黑来到伯嚭营外,求见吴国太宰。

且说吴王夫差,因子胥于先祖功劳很大,对自己又有力荐之恩,所以对他常有畏惧之感,恐他功高盖主。伯嚭却见风使舵,善于察言观色,阿谀奉承,所以备受夫差宠信。

越大夫文种正是了解了这一点,才夜访伯嚭,以达成求和之意。

伯嚭闻说文种求见,起初不愿相见。文种又请守军去说,伯嚭转转眼珠,说:"问他何事求见?"

守军回来问文种何事,文种不答,只将礼单写于竹简之上,请门军交于伯嚭。伯嚭一见礼单,心中大悦,便对门军说:"东西可在营外?"

门军说:"不曾见。"

伯嚭又说:"让他将东西呈上来。"

门军将此话又传给文种,文种便请门军一同出营至山外见礼车。车上有美女八人、白璧二十双和黄金千镒。礼车随着文种及门军来到伯嚭营中。伯嚭先见礼品,然后才见文种。

文种进入大帐,便跪倒在地,说:"寡君勾践年幼无知,不能善事大国,以致获罪。今寡君已悔恨莫及,愿举国请为吴臣,而恐吴王因咎不纳。知太宰以巍巍功德居于显位,寡君使下臣先叩首于辕门,借太宰之言,望收寡君于宇下。不腆之仪,略表寸心。"

伯嚭听罢,一阵冷笑。尔后脸色一沉,说:"越国朝夕可破,凡越所有,尽可归吴,你却以此区区之礼见我?"

文种又说:"越兵虽败,但会稽城尚有精卒五千,当可一战。即使战而不胜,将尽焚府库,一应金银财宝岂能为吴所有?即使吴尽得越国之物,而大半归于王宫,太宰不过瓜分一二。若大人肯纳越之降,寡君不是委身于吴王,而是委身于太宰。春秋贡献,不入王宫,先入宰府。"

这一席话真正说到了伯嚭心里,使他不由自主地点头微笑。文种又指着身边美人说:"这些人都出于王宫。其实民间更有美人,寡君若能生还越国,当竭力搜求,以供太宰享受。"

伯嚭心中早乐开了花,见八名美女楚楚动人,黄金、白璧光彩闪闪,真是说不出的高兴。他立刻命人将礼物送回都城,以免被外人发现。然后又说:"大夫舍右营而趋左营,分明知我无乘机加害之心。但我仅为吴之臣子,不能擅自做主。待我引大夫去见我主,由我主定夺。"

伯嚭于是留文种于营中,二人重叙宾主之礼。次日早晨,二人同到中军,来见夫差。伯嚭先入,将越王勾践使文种请降之意讲明。夫差当即大怒,说:"寡人与越有不共戴天之仇,岂能允其归降?!"

伯嚭急忙进言,说:"大王可知孙武兵法中说'兵,凶器,可暂用而不可久也',越虽得罪于吴,而越今已知悔改,其君请为吴臣。越国之宝器珍玩,尽贡于吴宫,所存者仅一生命。大王若受越之降,必厚吴之府库;赦越之罪,世人必颂大王仁爱。这样,便可名利俱收。大王若以兵强加于越,俗云'困兽犹斗',倘若越人背水一战,勾践焚其宗庙,杀其妻子,沉金玉于江,然后率敢死之军,与吴对抗,大王未必不受其伤！与其这样，不如以纳其降！"

夫差听罢此言，怒气大减，渐渐已有纳降之意，于是对伯嚭说："文种何在？"

伯嚭说："在营外候旨。"

夫差命人将文种引进帐中，文种膝行至前，面露卑逊，又将与伯嚭所言讲了一遍，夫差已心有所动，他问文种："勾践请为下臣，能从寡人入吴吗？"

文种稽首说："既为吴臣，死生在君，敢不服事大王于左右？"

伯嚭见夫差已有诚意，又说："勾践愿携妻一同来吴。吴虽赦越，实际是得越。大王还有何求？"

夫差一听此话，立即将此事定了下来，允许越国请降。

再说子胥手下有一心腹，见中军帐外有人议论此事，赶紧回到子胥营中告知。

子胥一听，急得冲出大帐，来到中军。他不顾君臣之礼，怒气冲冲地问夫差："大王许可越国请降了？"

夫差见子胥此状，心中不悦，说："已许。"说完，便闭目而坐。

子胥连声说："大王不可！大王不可！吴越相邻，但势不两立，今吴不灭越，他日越必灭吴。大王怀先王之大仇，如不灭越，何以谢立庭之誓？！"

夫差被子胥最后一言堵得说不出话来，不由得面红耳赤。他目视伯嚭。伯嚭会意，对子胥说："相国之言误矣！依相国之意，相邻之国甚多，必须合并而存？所谓先王大仇必不可赦，而相国与楚之仇更甚，何不灭其国，却讲和而归？今越王夫妇皆来吴服役，这与楚纳羋胜有所不同。相国自己行忠厚之

第三十五回 伐越国阖闾战死 败椒山勾践被俘

事,今日为何让大王担刻薄之名?忠臣绝对不这样啊!"

夫差一听,喜上眉梢,说:"太宰之言有理。相国且退,待越国贡献抵吴,一定分赠给你。"

伍子胥气得浑身发抖,脸色一阵青一阵白,他对伯嚭怒目而视,厉声说:"你个误国奸臣!我悔不听被离之言,与你佞臣同事!"说罢,心中仍恨恨不绝。他一边步出帐外,一边说:"越国十年生聚,再加以十年教训,不过二十年,吴宫则变为沼泽!"

众人对子胥所论并不在意,只有文种记在心中,暗暗自语说:"生不能与子胥同朝为臣,但愿死能归于一处!"

此言本是有感而发,没想到二十年以后,果然言中!

夫差与文种定了越王夫妇前来吴都的日子,规定如违约必受处罚。文种一一记下,立即回山中与越王交旨。接着,吴大军退去,越王也率将士回了越都。

勾践见市井如故,深有愧色。然而事已至此,已无回天之力,只好急急命人收拾库藏宝物装车。又挑选国中绝色女子三百余人,送入吴境,其中大多数送于夫差,少数送于太宰伯嚭。

将行之日迫近,勾践对群臣说:"寡人继先人之志,兢兢业业,不敢怠荒。今椒山一败,致使国破家亡,千里而作俘囚。此行有日,怕是无归日呀!"

群臣听罢,无不挥泪。文种进言说:"昔日汤因于夏台,文王因于羑里,后举而成王。处艰苦之境,自有搏起之心。越国必定复兴,大王何必自损其志?"

勾践这才稍稍释然。范蠡又对众臣说:"我常闻'主忧臣辱，主辱臣死'，今大王有去国之忧、臣吴之辱，以我浙东之土，岂无一二豪杰，与大王共分忧辱？！"

众臣齐声说："惟王所命！"

勾践备受感动，说："众爱卿不弃寡人，但愿各言其志、各述其职。谁可与寡人从难？谁愿为寡人守国？"

文种进前说："四境之内，百姓之事，范蠡不如我；与君周旋，随机应变，臣不如范蠡。"

范蠡说："大王若以国事委之于文种，可使国中耕战足备、百姓亲睦。至于辅危难于大王，忍垢蒙辱，以备与君复仇之任，臣不敢辞！"

随后众臣也各述其职、各言其志。

勾践听罢，心中才稍稍踏实，对众臣说："寡人虽为穷虏，而众臣却怀德在胸，以保越国社稷，寡人何忧不能复兴？！"

登程之日已到，众臣送于浙江口，勾践与夫人同众臣氏挥泪而别。

第三十六回 献西施迷乱夫差
铭壮志卧薪尝胆

越王勾践一路悲愤交加，范蠡竭力安慰。

这一日来到吴境，伯嚭早率大军在此等候，勾践遣范蠡将金帛、美女送过去，伯嚭心中欢喜。随后，吴兵便押越王君臣直奔姑苏。

到了姑苏城，伯嚭亲自押着勾践夫妇和范蠡登上大殿，来见夫差。

越王君臣在台阶上跪倒叩首，勾践说："东海役臣勾践，不自量力，得罪大王，承蒙大王厚恩赦臣之罪，能保须臾之命，不胜感戴！"接着，范蠡便将礼单呈于夫差，夫差仔细看过，心中暗暗欢喜。

夫差说："寡人若念先君之仇，你早已当死！"

勾践又叩首，感激涕零地说："臣实在当死，蒙大王怜臣，得存性命。自此以后，臣愿为大王执箕帚之事，毫无怨言！"

此时，伍子胥正在一旁，看到此情此景。气得目若燥火、声如雷吼。他进言说："大王若此时怜他卑微之举，必将祸及吴国，万万不可留此祸根！"

夫差不以为然地说:"爱卿,勾践如今已在寡人手中,臣服于吴,生死皆由我定。难道你以为寡人无谋,会被一个亡国之君所祸?!"

伍子胥说:"微臣不敢言大王无谋,但有一言相告,望大王能三思!"

夫差不耐烦地说:"那就快讲吧!"

子胥说:"飞鸟在青云之上,还想弯弓而射,又何况近在庭檐之下?勾践为人机险,今为釜中之鱼,命在庖丁,所以谄词生色,以求免诛。一旦稍稍得志,便如放虎归山、纵鲸于海。届时,吴国将不可收拾!"

夫差听了此言,似乎心有所动,但想了想,仍说:"寡人常闻诛降杀俘,祸及三世。寡人不是怜越而不诛,而是怕触怒苍天,降祸于寡人啊!"

子胥又说:"勾践并非真正臣服于吴,而是心藏远谋,以图后变!"

夫差又是一震,半晌无语。伯嚭见此情景,赶紧上前对子胥说:"相国明于一时之计,不知安国之道。大王之所以这么做,乃仁者之为。只有这样才能治天下呀!"

伯嚭十分狡猾机敏,此言明着讲与子胥,实则讲给夫差听。夫差有妇人之仁,而且优柔寡断,喜听媚言。他一听伯嚭的话,心中自然高兴,于是对子胥说:"寡人主意已定,不必多言!"

伍子胥见夫差深信伯嚭之佞言,不纳其谏,便愤愤而退。他为自己错看伯嚭而深深懊悔,便不由自主地朝被离府中走去。

被离自从知道夫差纳勾践入吴,便很少上朝。他深知伯嚭

第三十六回　献西施迷乱夫差　铭壮志卧薪尝胆

在朝中一手遮天，吴王倍加宠信，忠臣逐渐受到排挤。

子胥见了被离，将朝中之事讲了一遍，无奈地说："悔不该不听大夫之言，视佞臣为知己。本想以同病相怜之情，一同扶吴图霸大业，没想到竟然事与愿违。如今祸及吴王，也是我的罪过呀！"

被离安慰他说："一国兴亡乃天之定数，纵然相国有力挽狂澜之心，也绝无回天之术。国家前途并非相国一人能主啊！"

子胥听被离之言颇含颓丧之意，心里更感悲凉。被离又说："我久不入朝，便是因为早已料定伯嚭日进谗言，大王定会做出错事。细细回想，自从与相国相识，共同扶助先王灭王僚、图霸业，风风雨雨，是是非非，已经二十几载。我已看破红尘了，现在方悟孙武先生隐退之理。"

子胥听到这里，忙问："难道大夫也要隐退不成？"

被离点头称是。子胥见他主意已定，知道无法挽留，便再也无言。

次日，被离辞官退朝，从此云游四方，以看相算命为生。

伯嚭见被离走了，犹如拔了一颗眼中之钉，心中非常畅快。

夫差使人在阖闾墓侧，筑了一间石屋，将勾践夫妇以及范蠡贬入其中，负责养马之事。

伯嚭常常私馈食物，使他们不至于挨饿。吴王每次驾车出游，勾践都要牵马行在车前，每当此时，吴人都会指着他说："这就是越王。"

勾践只是低首，无恨无怨，一副安于卑贱的样子。

夫差因为早闻范蠡的才学，便有了让他弃越从吴之意。这一天，他将勾践君臣二人召上殿来。勾践跪伏在地，范蠡立于身后。夫差说："寡人常听说'哲妇不嫁破亡之家，名贤不官灭绝之国'，今勾践无道，国已灭亡，你君臣并为奴仆，羁囚一室，岂不感到卑贱？"

勾践听出了夫差的弦外之音，不由得捏了把汗，低首不语。只听范蠡说："既为臣子，岂有富贵共享、贫贱相弃之理？！"

夫差鄙夷地一笑，说："假如寡人赦你之罪，你能改过自新、弃越从吴吗？若能这样，寡人自当重用。弃忧患而取富贵，你意下如何？"

这时勾践已经伏地而泣了，唯恐范蠡从了夫差之意，又怕他得罪了吴王，将会前功尽弃。范蠡却十分镇静地说："臣闻'亡国之臣，不敢语政；败军之将，不敢语勇'，臣在越不忠不信，不能辅越王为善，以致得罪大王。幸蒙大王仁爱，罪不加诛，我君臣保全性命足矣，岂敢奢望富贵？！"

范蠡机智地婉言谢绝，夫差无可奈何，勾践也放了心。夫差说："既然你不移志，寡人也不强求，仍回石室吧！"

勾践与范蠡谢恩。自此越王仍然扫地养马，夫人洗衣做饭，范蠡拾柴提水。一晃将近三年了，夫差经常使人查看。见君臣平静无言，毫无怨恨之色，也无愁叹之声，认为他们已无思乡之情，又何谈兴越之志。

一天，夫差登上姑苏台。看见越王及夫人端坐于马粪旁，范蠡手操马鞭立于左。君臣之礼尚存，夫妇之仪还在。夫差不由得慨叹一声，对伯嚭说："那越王不过一小国之君，范蠡不过一介书生，虽身处穷厄之境，仍不失君臣之礼，寡人甚是敬

第三十六回　献西施迷乱夫差　铭壮志卧薪尝胆

佩呀！"

伯嚭见夫差对越王君臣的态度已有松动，便乘机说："不仅仅是可敬啊，更令人可怜呢！"

夫差说："正如太宰之言，寡人目不忍睹，倘若他们能改过自新，是否可以赦过？"

伯嚭说："臣闻'无德不复'，大王若以圣王之心，怜孤穷之士，加恩于越，越岂无厚报？愿大王决断！"

伯嚭瞧准了时机，正说到了夫差心里。夫差想了片刻，说："可命太史择吉日，赦越王归国！"

伯嚭一听此言，赶紧秘密遣人送信给越王。越王十分高兴，范蠡却说："大王不要太高兴了，凡是好事总要多磨！"

勾践又露愁容，说："大夫何出此言？"

范蠡说："有伍子胥在，此事定有磨难。不过否极泰来，出头之日不远了！"勾践闻言，默不作声。

再说伍子胥听说夫差欲赦越王，急急入宫求见，他说："大王万万不可纵虎归山啊！若放勾践回越，必是吴之后患！"

夫差说："爱卿之言差矣！越王君臣在此三载，毫无思乡之情，何谈吴之后患？爱卿不必多疑！"

子胥又说："大王，昔日桀囚汤而不诛，纣囚文王而不杀。谁想放他们出去以后，桀被汤所灭，纣被周所杀。如今大王即囚越君而不行诛，定有夏殷之患！"

伍子胥这一席话，倒是对夫差有所触动，细细想想，便又起了杀越王之心。伯嚭知道此事后，心中焦急，正不知如何是好，忽闻夫差因感风寒，卧床不起，便有了花招，立刻来见吴王。

伯嚭说："闻大王欲杀越王，臣有一言相告，不知大王是否能听？"

夫差说："请太宰直言。"

伯嚭说："大王若杀了越王，倒是小事，微臣怕大王因此而身体受损……"伯嚭说到这里，假意抹了几把泪。

夫差诧异地说："爱卿，难道寡人之病是因此而起？"

伯嚭忽而由悲转怒，说："大王卧病在床，微臣放心不下，便叫了卜算之人为大王占了一卦。那人说大王正是因此得病，微臣说大王圣明，不信此言，便一气之下把卜算之人杀了。谁想那人头颅落地，却还言'杀越必祸'，所以微臣放不下心，只得实言相告大王。"

夫差听他说得有板有眼，心里便害怕了，于是放弃了杀勾践之念。

伯嚭悄悄将此事告诉了越王。勾践感恩戴德，答应回越之时，一定厚报。

伯嚭走后，范蠡对勾践说："大王出头之日到了！"

勾践说："寡人之所以保全性命，全靠大夫之策。请大夫指教！"

范蠡说："大王自幼颇好医术，今夫差染病在床，你可亲自为其诊治，他自会赦大王回国。"

勾践说："吴国宫中御医无数，夫差怎能相信我？"

范蠡说："大王只要能做到与众不同即可。"

勾践不解，范蠡又说："大王可取夫差之便，亲口尝试，再拜称贺，言及病愈之期，夫差必然感动，大王被赦有望！"

勾践听到这里，不禁垂泪，说："寡人虽然无能，但也曾面南背北为君，虽无可奈何忍辱负重，又岂能为人尝便？"

范蠡说："昔日纣王囚文王于羑里，杀其子伯邑考，并做

第三十六回　献西施迷乱夫差　铭壮志卧薪尝胆

肉食给他吃，文王忍痛而食子肉。凡欲成大事者，必须忍辱负重。吴王有妇人之仁，而无丈夫之气。他已有赦你之心，忽又生变，若不如此，何以使其怜悯？"

勾践这才暗下决心。次日，他先到太宰府中，恳请伯嚭引荐入后宫。伯嚭以礼品相要挟，勾践一口应承。

夫差正在病中，听说勾践求见看望，心生感动，便召他进宫。夫差说："你也来看寡人？"

勾践跪伏在地，叩头说："囚臣听说大王龙体失调，如摧肝肺。臣只想一睹王颜而无别意……"勾践刚刚说完，夫差便觉肚胀，想要排便。侍者取过马桶，众人回避。夫差泄完大便，侍者刚要把桶拿走，勾践赶紧拦住，说："大王，囚臣在东海曾学过医术，观人泄便，便能断其病，并知其痊愈之期。"

众人不解勾践之意，但见勾践揭开桶盖，手取其粪，跪而尝之，左右无不掩鼻。

勾践跪地尝完大便，又叩首说："医书说'夫粪者，谷味也。顺时气则生，逆时气则死'。今囚臣窃尝大王之粪，味苦且酸，正应春夏发生之气，故而到三月壬申必会痊愈。"

此时夫差已被感动得热泪盈眶，说："仁者勾践也！臣事君，子事父，谁肯尝其粪而决疾？"

伯嚭正在一旁，夫差便问："太宰能否？"

伯嚭说："臣不能。"

夫差又说："不仅太宰不能，即使太子也不能！"夫差当即决定：待病痊愈，立即赦越王回国。

伍子胥知道了此事，多次求见夫差。夫差以身体不适为由，避而不见。时值三月，夫差病已好转，到了壬申日，果真痊愈，勾践之言句句应验。夫差心念其忠，决定这一天在文台之上置酒款待勾践。

勾践佯装不知，故意穿着囚服而来，夫差立即命人取过衣冠，请他更换，二人相对而坐。伍子胥在一旁气得面如土色，愤然告退。伯嚭趁机进言说："大王以仁者之心，赦仁者之过，臣闻'同声相和，同气相求'。今日之酒宴，仁者宜留，不仁者宜去。相国乃刚勇之夫，不入座，定是自惭！"

夫差笑道："太宰之言有理。"

三日后，夫差亲自送越王登程。将别之际，子胥追至城外，对夫差说："大王，勾践内怀虎狼之心，外饰温恭之貌，大王爱须臾之谀，不虑日后之患，弃忠直而听谗言，溺小仁而养大仇。譬如纵毛于炉炭之上，而幸其不焦，投卵于千钧之下，而望其必全，这是毫不可能的事啊！"

夫差冷冷地说："寡人卧病三个月，相国无一好言相慰，是相国不忠；不进一物相送，是相国不仁。为人臣者不仁不忠，要他何用！越王弃其国家，千里来归寡人，献其货财，以身为奴婢，是其忠；寡人有疾，亲为尝粪，毫无怨恨之心，是其仁。寡人若听相国之言，诛此善士，皇天必不佑寡人！"

子胥又说："大王之言正相反。虎卑其势，欲有所击；狸缩其身，将有所取。越王入臣于吴，怨恨在心，大王可知？他尝大王之粪，实则吃大王之心，大王若不察其奸，吴必被越所灭！"

吴王已经听得不耐烦了，说："相国不必再说了，寡人主意已定！"说罢，与勾践君臣挥手告别。子胥望着越王远去，心中惴惴不安，不由得一阵阵叹息。

越王勾践回到越国，群臣皆大欢喜。勾践从此冬常抱冰、

第三十六回 献西施迷乱夫差 铭壮志卧薪尝胆

夏常握火,并累薪而卧,不用床褥,又悬胆于坐卧之所,饮食起居,必取而尝之,以诫自己不忘囚房之辱。

勾践为了增加人口,增强国力,在国中宣布:壮者勿娶老妻,老者勿娶少妻;女子十七不嫁,男子二十不娶,其父母俱有罪;孕妇将产,告于官,生男赐一壶酒一只狗,生女赐一壶酒一只猪;生子三人,官养其二,生子二人,官养其一。就连越国夫人也要纺线织布,与民共同劳苦。勾践对吴更是金玉、布帛、宝物年年贡献、岁岁朝贺。文种献计说:"若送吴王绝色美女,以惑其心志,大王报仇更有望了。"

于是,勾践派出国中相士,走遍越境,择选美女。半年以后,一千名美女集于宫城,勾践亲自挑选。其中有一女,苎罗人,名西施,生得红颜花貌,颇有倾国倾城之美。传说中,西施在溪边浣纱,水中鱼儿见她长得美貌,羞得沉入水底,便是后来人常说的"沉鱼之貌"。

勾践选中西施以后,请乐师教授歌舞。三年以后,西施技艺学成,由范蠡送至吴国。

范蠡带西施叩见吴王夫差说:"东海贱臣勾践,不能亲率妻妾服侍大王,遍搜境内,得此一女,敬献大王以供洒扫之役。"

夫差一见西施,以为仙女下凡,魂魄俱醉。西施更是以色媚之,使得夫差在大殿之上便心驰神往。

子胥在一旁见此情景,心中好不悲凉,他进言说:"臣闻夏亡以妹喜,殷亡以妲己,周亡以褒姒,美女乃亡国之物,大王千万不可接受!"

夫差面露愠色说:"好色,人之同心。勾践得此美女,不留下自用,此乃尽忠于吴之证,相国不要多疑!"

子胥只好愤愤而退，自此常常佯病不朝。

西施妖艳善媚，歌舞无所不通，夫差日日与其寻欢作乐。西施居于姑苏之台，出入仪制，与妃后无别。

自从西施入吴以后，夫差终日不理朝政，并特建馆娃宫于灵岩山，铜沟玉栏，饰以珠玉，供西施游憩。又建响屐廊，就是在空廊之地，铺上瓮，瓮之上再铺上木板，西施及宫女们穿上木屐行于上面，发出铮铮之声。山中又建有玩花池、玩月池。又有井，名吴王井，井泉清碧，西施在此照泉而妆，夫差立于身旁，亲自为她理发。又有一洞为西施洞，夫差与西施同坐于此。西施常鸣琴于山巅，今日称琴台。

夫差从此以姑苏台为家，一年四季随时出游，弦管相逐，流连忘返，只有伯嚭与王孙骆常侍左右。

越王勾践闻吴王十分宠幸西施，日夜游乐，便与文种谋划。文种说："臣闻'国以民为本，民以食为天'，今年谷物歉收，粟米将贵，大王可请贷于吴，以救民饥。"

越王说："夫差若不贷，寡人该怎么办？"

文种说："依靠伯嚭，此事定成！"于是，勾践命文种以重金先贿赂伯嚭，伯嚭便引他来见吴王。

文种说："越国水旱不调，年谷不收，人民饥困。愿从大王府库贷谷万石，以救目前之荒，待明年谷熟，立即奉还！"

夫差说："越王臣服于吴，越民饥困，即是吴民饥困，寡人怎能只爱积谷、不爱人民呢？"

这时，子胥听说越人到了，也追到姑苏台，这才得见吴王。他进言说："大王不可！今日之势，非吴则越，非越则吴。我看越国使者并非因真正饥困而求谷，而是要空吴之粮仓，大王应该辞之！"

夫差说:"勾践囚于吴国,为我牵马,众臣无所不知。今寡人复其社稷,恩施于他,他年年贡献不绝,岂有背叛之嫌?!"

子胥说:"我听说越王恤民养士,日夜训练剑戟弓矢之艺,志在图吴。大王又以粟助之,臣怕越王不久便要与大王刀刃相见了!"

吴王说:"勾践既已称臣,焉有以臣伐君的道理?!"

子胥说:"汤伐桀,武王伐纣,难道不是臣伐君?"

伯嚭听到这里,大怒道:"相国之言太甚!我主岂能与桀纣相比?!又何况越国年年贡献不绝,借万石粟米,实际也出自越国。待明年谷熟,令其如数归还就是了,而大王又做了一件仁义之事,何乐不为呢?!"

夫差赶紧对文种说:"寡人不听子胥之言,借粟于越。明年必还,不可失信!"

文种再拜称谢,说:"大王救助于饥荒之时,臣一定如约而还!"

文种领谷万石而归。越王大喜,将粟米赐予国中贫民,百姓无不颂德。

次年,越国谷物丰收,文种献计说:"越国年丰,不可失信于吴,必须如数奉还。但是,我们择精良之谷,蒸而晒之,粒大饱满,吴王一定高兴,肯定以它做种。到明年此时,吴国一定大饥,我们伐吴之日不远了!"

越王勾践心中大喜,依文种之计,将熟谷如数奉还吴国。夫差十分高兴,从此更信伯嚭而远离子胥。

夫差见谷粒大而饱满,便发到民间,令百姓做种子。次年,熟谷子不发芽,颗粒无收,夫差还以为是土地差异所致,却不知粟米是熟的。

周敬王三十六年（前484），吴国饥困，越王便生伐吴之意。文种进言说："时机尚未到，因为吴国忠臣伍子胥尚在。伐而不成，反而自毙。"

越王只好耐心等待，与范蠡、文种操劳习战之事，昼夜不怠。

第三十七回　越勾践一举灭吴　伍子胥属镂自裁

伍子胥见夫差整日沉湎于酒色之中，而且只听伯嚭之谗，颇有心灰意冷之感，但念及先王之恩，实在不忍眼睁睁看着吴国危亡。他听说勾践习武练兵，便急匆匆求见夫差。

夫差居于姑苏台，与西施缠绵不休。子胥从早晨一直等到中午，夫差才勉强召见。

夫差无精打采地说："伍爱卿又有何事求见呢？莫非又是越国出了什么事？"

子胥跪倒在地，没有开言，却已老泪纵横。夫差不知其故，不耐烦地说："老爱卿，有话慢慢讲，为何见了寡人就落泪？真是不吉利！"

伍子胥拭了拭泪，说："微臣辅助先王二十几载，今又蒙大王重用，在朝也有十几年了。老臣眼看着吴国一天天强盛，攻破郢都，威震中原。如今这几十年来创下的业绩，将被毁掉，微臣心中实在不忍……"

伍子胥的话还没说完，夫差又不耐烦了，他打断说："老爱卿，你有话直说，别绕弯子了，寡人无心再听！"

子胥只好泪往肚里咽，忍气吞声地说："大王深信越王臣服,可是如今越国日夜操练兵马,剑戟弓矢之艺也无不精良,一旦乘隙而入,大王将难于应对呀!"

夫差听到这里,心里有所触动,问道:"越国果真昼夜练兵?"

子胥说:"大王若不信,可派人暗暗察访。"

夫差为人优柔寡断,随风而倒,见子胥这么一说,沉思片刻,便立即命人暗中去查访。

两个月之后,暗访之人回来,说越国从全国各地召集剑艺名师、弓弩高手,日夜习训,负责此事之人便是范蠡。

夫差听罢,半晌无语,心想:"莫非子胥往日所言无错?!"

夫差不敢相信这个事实,便问伯嚭:"越已服吴,为何又要练兵?"

伯嚭转转眼珠,说:"越蒙大王恩赐,复得其国,非兵莫守。如今练兵,也是守国之常事,大王有何怀疑?"

夫差默默不言,终不能释然,便渐渐产生伐越之意。

伍子胥见夫差渐渐明悟,心中又燃起了强吴的希望,便常常见机进言,请求伐越之事。但夫差被西施所迷,整日不问国家大事,虽有伐越之心,却无伐越之举。

却说齐国与鲁国因内乱而交兵,齐求救于吴。吴发兵至齐,齐与鲁又言和,夫差一怒之下,发兵伐齐,一举击破,齐国只好以金帛相送言和,并答应世世臣服于吴。

吴国因此大振华夏,诸侯各国无不敬畏。就在吴王夫差刚刚对越有了疑心时,鲁国与齐国又相持于汶上。

鲁国之人孔丘不忍见国亡,立即召集千名弟子,商议救鲁之策。众人纷纷建议,个个欲争先游说列国,而孔丘却独独选

第三十七回 越勾践一举灭吴 伍子胥属镂自裁

中了子贡。

这一日,子贡来到吴国,求见吴王,说:"吴鲁连兵伐齐,齐恨之入骨,今已兵屯汶上,大有灭鲁之势,鲁国被灭,其次必及吴。大王何不伐齐以救鲁?既败万乘之齐,又收千乘之鲁,而后再威图强晋,称霸华夏非吴莫属!"

夫差被子贡一说,仿佛自己已经成了霸主,心中十分自得,但又想起越国练兵之事,便有些退缩。他说:"齐国曾经答应世世代代服事吴国,至今朝聘不至,寡人也正要问罪于它。只是听闻越君勤政训武,有谋吴之心,寡人有意先伐越国,然后再伐齐未晚!"

子贡说:"大王不可,越弱齐强。伐越之利小,而纵齐之患大,大王怕弱越而避强齐,非勇也!逐小利而忘大患,非智也!无智无勇,何以称霸?大王若虑越国之患,臣愿替大王去见越王,请他亲自领兵随大王伐齐如何?"

此话正说到夫差心里去了,夫差不禁大悦。三个月之后,子贡由越而归,谒见夫差,说勾践及文种已在殿外等候,夫差急急召勾践君臣上殿。

勾践与文种跪伏于地。勾践说:"东海贱臣勾践,蒙大王不杀之恩,得奉宗祀。虽肝脑涂地,也不能相报。今闻大王兴大义之兵,诛强救弱,勾践愿亲自披坚执锐,率四境勇士,同大王共同征战疆场,死无所惧!"

夫差大喜,心想:"勾践果真是信义之人,险些被我冤枉!"

夫差与越兵即将伐齐,子胥虽然力谏,夫差却根本不听。子胥心中无限悲哀,但想到既为吴臣,便当为吴而尽忠。

吴兵即将出发，子胥又进谏说："昔日先王伐楚，郢都虽破，但闻越兵进犯，尚不敢久留，致使楚国终未能收复，所以必先除后患，而后才可攻外强。今日越在，乃吴心腹之患。大王兴师十万，行程千里而伐齐，非一日之事。臣恐怕伐齐未胜，而吴已祸至！"

夫差自听勾践誓与吴兴师伐齐后，对越便丝毫没有戒心了，所以对子胥之言句句不信。今天又听他出言不吉利，非常恼火，说："越兵若有意乘机伐吴，却为何与寡人共同兴师？你白白聪明一世！今寡人行程在即，你却说出不吉之言，阻挠称霸大计，该当何罪？！"

子胥仍然说："越助吴兴师伐齐，正是为了使吴消耗财力和兵力！"

夫差见子胥毫不理会自己，心里更加气恼，大喝一声说："伍子胥！你自恃对先王有功而藐视寡人，该当何罪？！"

子胥见夫差如此固执，知道不可再谏，只得悲愤地退下。

伯嚭见子胥走了，又生一计，他对夫差说："他乃先王老臣，不可加诛。大王不如遣他赴齐约战，让齐人来处置他，岂不更好？！"

夫差笑笑说："太宰之言有理。"于是，夫差致书于齐简公，列出齐国怠慢吴国之罪十数条，想激起齐简公之怒而加害子胥。

伍子胥接过夫差给齐国的书信，更加悲伤。他沉思一夜，料定吴国命数不会太久了。自己虽愿为国尽忠，可儿子伍封尚幼，实在不忍心使他遇害。次日，便携伍封前往齐国。

到了齐国，齐简公一见吴王之书，勃然大怒，想杀伍子胥。

第三十七回 越勾践一举灭吴 伍子胥属镂自裁

这时齐国大夫鲍息阻止说:"大王不要担其恶名!"

简公不解,说:"大夫何意?"

鲍息说:"子胥乃吴之忠臣。他屡谏夫差,夫差对他很不喜欢。今日遣他来齐,一定是想借齐之手而杀他。大王何必杀一忠臣,而让世人贻笑大方?"

简公心想:"此言有理。再者双方交战,不斩来使,不如纵其回吴,让他们忠佞相残,而夫差独受恶名。"

简公对子胥以礼相待,并告以战期。

鲍息为何救伍子胥?皆因为此人久仰子胥大名,深知其人不凡,所以早有敬慕之情。今日一见,此意更甚,于是才竭力为子胥解脱。

伍子胥对鲍息万分感激,便携伍封来到鲍府谢恩。

鲍息见伍子胥携其子来,便问:"相国出使齐国,路途遥远,为何要携贵子?"

子胥悲叹一声,将吴国之事讲了一遍。又说:"犬子年幼无知,我又受佞臣攻击,不日将亡。只盼能有善心之人收养犬子,扶养成人,留下伍家根苗,我愿足矣!"

鲍息说:"既然相国知己有险,何必再返吴国?天下诸侯众多,哪里没有大人栖身之地?"

子胥叹息一声,说:"既为吴之臣子,岂能让人耻笑我背信弃义、为臣不忠?"

鲍息深为子胥之忠而感动,他说:"相国既然至死不移其志,若放心卑职,贵子可交由我收养,如何?"

子胥不胜感激,千恩万谢。鲍息又建议说:"既然我有幸收养贵子,望能与相国结为金兰之好,不知相国意下如何?"

伍子胥闻听此言,视如飞来之福,随即二人互通了年龄。鲍息长，子胥小，子胥称鲍息为兄。子胥说："封儿由兄长收养，我完全放心。但自此后不要让他姓伍，改称公孙之姓吧！"

鲍息不解，问其缘故。子胥说："冤冤相报何时了啊，不如让他忘记伍姓，忘记是伍员之子，免得再生恩恩怨怨了。"

鲍息这才领悟。伍子胥父子洒泪而别，鲍息留他再住几日，子胥说："心念吴事，不必久留！"说罢，即刻起程。

鲍息心想："如此忠良之士，真是天地可鉴！"

伍子胥由齐而归，正与夫差大军相遇。夫差与伯嚭见他未死，心中不免遗憾。夫差令他随军作战，子胥推说身体患疾，匆匆回吴。其实，子胥心中所念，唯恐吴国空虚，越人会趁机而入。

子胥一路急行，一路思索，心想自己死里逃生，为报家仇含恨忍辱乞于吴市，如今大仇已报，只想一心事于吴王，没想到夫差听信谗言，排斥忠臣。

子胥回想着前前后后的往事，不由得老泪纵横。如今唯一的亲子迫不得已流落他国，想到此事，心中好不悲凉。

这一天，子胥正从一个街市经过，看见前面有一个相面小摊。凄然之际，便下车来到近前，他刚想上前打问，只见此人抬头说："相国欲问何事？"

子胥一愣，仔细一看原来是被离。子胥一阵酸楚，痴呆呆地站了半晌，不知从何说起。被离说："相国急行匆匆，一定有要事吧？"

子胥叹息了一声，接着便说了被离走后的朝中变化。被离说："我已看破红尘，对这些是是非非不感兴趣。只是相国明

第三十七回 越勾践一举灭吴 伍子胥属镂自裁

知回吴有难,却为何偏要逆行?"

子胥说:"此时逆天而行,却是顺自己之心。我吃吴国俸禄多年,先王对我又有大恩,当此吴国大难来临之际,我岂能逃脱?"

被离叹息一声,不复再劝,目视子胥登车而去。只听子胥自言道:"速速回吴,以免越兵将至!"

被离不禁一阵茫然。

夫差果然大胜齐师,共获车八百乘,擒齐将四人。齐简公大惊,急使人贡献金帛于吴,谢罪请和。夫差主张齐鲁复修兄弟之好,齐国听命,夫差凯旋。

夫差回吴后,先到姑苏台见西施。夫差与西施饮酒甚乐,忽然听见有小孩唱歌,歌中唱道:桐叶冷,吴王醒未醒?梧叶秋,吴王愁更愁!

夫差甚惊,赶紧将馆娃宫的小孩们召来,问他们此歌是何人所教?

小孩们说街市上的孩子们人人会唱。夫差怒气冲冲地说:"寡人天之所生、神之所使,有何愁事?"

次日伯嚭亦知此事,急忙进言说:"春至而万物喜,秋至而万物悲,此乃天道。大王悲喜与天同道,正预示着大王将称霸于天下呀!"

夫差大喜,立即起驾回城升殿。百官祝贺夫差凯旋,子胥亦到,但独无一言。

夫差十分得意,与众臣说:"寡人今伐齐大获全胜,中原强国无非齐晋二国,齐既已降服请和,又何愁晋国?寡人称霸之日不远了!"

众臣复又拜贺，子胥仍无言。

夫差讥讽地说："伍子胥，你力谏寡人不能伐齐，今寡人得胜而归，国中又安然无恙，你有何话讲？难道不自愧吗？！"

伍子胥听罢此言，忽然哈哈大笑，声音如铜钟一般，震得大殿瓦梁直响，笑得众臣悚然。

子胥笑罢多时，忽然振臂朗声说："天之将亡吴国，先赐其小喜，而后报之大忧。胜齐不过小喜，恐怕吴之大忧将至呀！"

夫差闻听此言，气得脸红一阵白一阵，大怒说："寡人久不见老儿，耳边倒觉清净，今日老儿却又恬不知耻地絮叨起来了！"

夫差随即闭目坐于殿上，以手掩耳。顷刻间，夫差似睡非睡之中，好像看见四人相背而倚，须臾又四分而走。又见殿下二人相对，北向人杀南向人。夫差一惊，睁开眼睛，将此景说于众臣，众臣皆不知如何解释。

伍子胥上前奏说："四人相背而走，四方离散之象也；北向人杀南向人，谓臣弑君也。大王若再不警醒，必有杀身亡国之祸呀！"

夫差听了大怒说："老儿之言太不吉利，寡人不听！"

伯嚭却诡笑着说："四方离散，乃各国奔走吴廷。大王有代周称霸天下之兆！"

夫差松了一口气，说："太宰之言有理，可以宽寡人心胸。相国老了，心已不明，眼已不亮了！"

数日后，天降大雨，深秋已至。秋风萧瑟，梧桐败叶铺满吴城。伍子胥见景伤情，心中更感悲凉，连日来总是昏昏欲睡，梦中常见亡故的亲人，醒来后不由得嗟叹：父兄因奸臣陷

第三十七回　越勾践一举灭吴　伍子胥属镂自裁

害而死，自己也将因佞臣谗言所诛，伍家之人世代忠良，却无一善终！

伍子胥临危虽然意识到了这一点，却仍不肯放弃自己的愚忠。虽死有憾，还是选择了死。

越王勾践亲自来吴朝贺胜利。夫差说："越王孝事寡人，始终不倦。寡人将再增其国，以酬助我伐齐之功！太宰伯嚭为寡人作战有功，寡人将赏为上卿，众大夫之意如何？"

众臣都说："大王赏功酬劳，乃正当之事！"

此时，子胥在一旁，忽然哭着说："忠臣掩口，谗夫在侧；养乱离奸，将灭吴国！"

夫差气得面如土色，猛然站起身，说："老贼太狂，实为吴之妖孽！你自恃功高，想要专权擅威，倾覆吴国。寡人因先王之故，不忍加诛，今日退下去，永不再朝，寡人实不想见！"

子胥却坚持说："老臣若不忠不信，不能为先王之臣。譬如龙逢遇桀、比干逢纣，臣虽见诛，君亦随臣灭了！"

夫差闻听子胥又将自己比喻成桀纣，更是怒火填膺。此时，伯嚭见时机已到，便对夫差说："臣听说子胥使齐，以其子托于齐臣鲍息。子胥若无叛吴之心，为何有此举动？望大王明察！"

夫差一听这话，更是气愤，当即从腰间抽出属镂剑，扔到子胥面前，说："老儿自裁吧！"

众臣见此，心中暗替子胥叫冤，但无一人敢言。

伍子胥此时不笑不哭，双手将剑拾起来，平静地走出殿外。他用手摸着这把剑，不由得又想起当年"求剑"的情景。岁月如梭，仿佛那些事情刚刚发生一般。子胥暗想："用自己所求之剑自裁，难道是天意？义士专诸以鱼肠之剑刺王僚，自己也因此而死，恩人阖闾则以镆铘之剑陪葬，剩下此剑，用它来自裁，这真是天意呀！"

伍子胥释然地笑笑，仰头观看，见乌鸦在枯枝间徘徊，天空阴霾重重。子胥又想："为吴效忠几十载，不求有功但求无过，却没想到最终还是做了冤鬼！"

想到此，伍子胥仰天大呼，说："夫差呀，夫差！昔日先王不想立你，我却力争，你得以嗣位。我忠心事你，大败越军，威加诸侯。今日你不听忠言，反赐我死，明日越兵到来，将掘吴之宗庙社稷呀！"

临终，子胥又告知老家人："我死后，可挖我双目，悬在东门，我要看越兵入吴！"

说罢，刎颈而死。

夫差来到殿外，对着子胥之尸说："伍子胥，你死后能知道什么？"随后断其首，令人置于盘门城楼之上，将其尸投入江中。

伍子胥之尸入江以后，随流依潮来往。百姓不忍见，悄悄将其安葬于吴山。后人将吴山改名为胥山，上建子胥庙。

周敬王四十二年（前478），夫差连年用兵于中原，又沉湎于酒色，致使勾践直入吴城。范蠡、文种不许夫差请降，破盘门而入。

传说中，二人望见伍子胥之头，巨若车轮，目若耀电，须发四张，光射十里，越国将士无不畏惧。到了夜里，暴风由城门而起，疾雨如注，雷声大作，电光四射，飞沙扬石疾如强弓。越兵遇着，非伤即亡。

第三十七回 越勾践一举灭吴 伍子胥属镂自裁

范蠡、文种情急之中,认为是子胥阴魂所为,便冒死谢罪,良久才风息雨止。越人知此门有子胥阴魂守卫,只好改攻东门。可见,子胥的忠心被人们传颂至深。

越王攻破吴都后,伯嚭降越,勾践因其佞,杀了他。夫差亡国,始知悔恨,拔剑自刎而亡。

数年以后,勾践称霸,范蠡隐退归乡。勾践恐文种功高盖主,便妄加其罪赐死。正应了文种当年的会稽之愿:"生不能与子胥同朝为臣,但愿死能归于一处!"

从此之后,人们在钱塘江涨潮时,常见海潮重叠,前者为伍子胥,后者为文种。